UN PEU PLUS À L'EST

lemasque.com

Lucien Nouis

UN PEU PLUS À L'EST

ÉDITIONS DU MASQUE
17, rue Jacob, 75006 Paris

Lucien Nouis, né en 1971, vit à Paris. Après *Nous ne négligerons aucune piste* (prix spécial de l'Evêché - polars du Sud 2021) et *Jusqu'au dernier chapitre*, *Un peu plus à l'est* est le troisième tome d'une série mettant en scène le commissaire Bordarier.

Maquette de couverture : Louise Cand.
Photo de couverture : © Pexels

ISBN : 978-2-7024-5174-8

À Rose

1

Sofia déroulait ses boulevards sous une pluie fine. À un feu rouge, Vera Cordelle aperçut une vieille dame. Cigarette aux lèvres, elle observait de son premier étage un ivrogne occupé à uriner contre une poubelle, épaule contre le mur. Un peu plus loin, une prostituée arpentait le trottoir devant le rideau de fer d'un café fermé. Ses jambes nues dépassaient d'un énorme manteau en fourrure synthétique bleue qui s'arrêtait à mi-cuisse, lui donnant la silhouette d'un oiseau mécanique.

Dès l'aéroport, le chauffeur de taxi s'était mis à déplorer la corruption généralisée, la perte des repères, la fuite des Bulgares vers l'Ouest, l'éternel retour d'une classe de privilégiés dont la seule ambition était de s'en mettre plein les poches.

— On ne nous laisse plus que le choix entre le terminal 1 ou 2. Vous savez combien il y en a, des anciens du parti qui sont encore au pouvoir ? C'est bien simple, ils sont partout. Des cancrelats. On a beau faire, ils se cachent dans les murs. Dès qu'on a le dos tourné, ils ressortent. Leurs enfants aussi d'ailleurs. Des bébés cancrelats. Et ça ne fait que croître et embellir. Ne vous faites pas d'illusion, vous n'êtes pas en Europe, ici. Vous, les Français, vous avez oublié ce que c'est de vivre dans un pays où le gouvernement entier est pourri. Ils sont tous complices, pas un pour racheter les autres. Ce qu'il nous faut, c'est un grand nettoyage, oui, un grand nettoyage.

— Vous pensez que le linge de ceux qui feront le ménage sera vraiment plus reluisant ?

— On verra bien après la révolution. Et les détournements, au ministère des Transports, vous en avez entendu parler ? Vous voulez que je vous raconte ?

Après que le taxi l'eut déposée à l'entrée du Grand Hotel Sofia, Cordelle présenta au comptoir sa carte et ses papiers au nom de Delphine Grimal puis monta dans sa chambre. Elle était décorée d'un papier peint à rayures verticales bleues sur fond blanc et d'une épaisse moquette turquoise. Face à une baie vitrée ouverte sur les toits de la ville et le ciel de plomb, un fauteuil jaune à franges dorées semblait attendre les fesses d'un dignitaire venu d'un pays satellite de l'Union soviétique.

Elle effectua rapidement les gestes habituels. Regarder derrière les meubles, sous les tiroirs, passer le bras entre le matelas et le sommier, placer quelques papiers relatifs à sa légende sur le bureau, en les disposant de telle sorte qu'elle verrait tout de suite si quelqu'un les avait touchés. Quand tout fut en ordre, elle alluma la télévision et se fit un café. Une chaîne d'information commentait l'accident d'un Mig-29 bulgare qui s'était abîmé en mer Noire lors d'un entraînement. Certains se demandaient si les Russes n'y étaient pas pour quelque chose. Elle finit par s'allonger sur le lit et s'assoupir. Deux heures plus tard, son rendez-vous approchant, elle prit une douche et se prépara.

Il ne pleuvait plus, mais lorsque Cordelle descendit du trolleybus, son haleine se condensa en vapeur blanche dans l'air refroidi. Le parking du Musée national d'histoire était presque désert. Elle fit quelques pas le long de la grille, sous le regard du guichetier. L'unique bâtiment se dressait au loin, monumental, palais aux allures de blockhaus, dont les murs clairs se confondaient avec la montagne derrière et les bois nus semés de quelques taches de neige.

Avec seulement quinze minutes de retard, Ivanka Kostadinov, nom de code « Shumenska », arriva au volant d'une Renault Captur. Ses cheveux décolorés retombaient sur un hoodie tie-dye mauve et blanc. En s'approchant, Cordelle nota les bas résille et la minijupe en cuir roulés en boule sur la banquette arrière, partie de l'uniforme réglementaire des femmes de compagnie de Georgi Blagoev. Ivanka avait vécu à Lyon et parlait un français presque sans accent. Le refrain mélancolique de « Dvama », tube bulgare intemporel, sortait de la radio : « *Akh, kak ne iskam da sŭm sama!* » (Ah, comme je ne veux pas être seule!) Cordelle sourit tristement à l'idée de devoir à nouveau amadouer cette fille aussi sentimentale que têtue. Non que la tâche ait été difficile pour un agent rompu aux techniques de manipulation. Ivanka rêvait d'une autre vie et avait besoin d'argent pour fausser compagnie à Blagoev, qui de son côté serrait la laisse. La partie pénible, c'était de se dire qu'elle allait faire prendre des risques à un être vénal, certes, mais aussi et surtout vulnérable et naïf.

— Ça me fait plaisir de te revoir.

— Tu sais ce qui se passerait si Georgi s'apercevait que je te parle? Tes euros ne me serviraient plus à grand-chose.

— Il ne le saura jamais. Et puis j'ai une bonne nouvelle, on peut t'offrir plus qu'avant.

Ivanka alluma une cigarette pendant qu'elles se mettaient à marcher vers le bout du parking. Après quelques pas, elle releva la tête. Du rouge à lèvres s'était déposé sur le filtre, elle avait de nouvelles rides aux coins des yeux.

— Combien?

— On verra suivant ce que tu peux faire. Beaucoup, en tout cas. Est-ce que Serov est repassé récemment?

— Il est à Sofia cette semaine. Depuis qu'il a reçu la nationalité bulgare, il n'arrête pas de venir. Cet été, il a navigué avec nous, sur le *Galina*. On a fait la traversée jusqu'en Crimée. C'est très joli, là-bas.

— Et qu'est-ce qu'il raconte à Georgi?

— Quand ils parlent de leurs affaires, surtout si ça a un rapport avec Moscou et le Kremlin, ils me font quitter la pièce. J'ai l'impression qu'ils se méfient de plus en plus.

Il était encore trop tôt pour mentionner les micros qu'elle avait apportés dans ses bagages. Il fallait avancer à petits pas.

— Comme je te l'ai dit, je ne suis ici que pour rétablir le canal de communication. Dans quelques jours, ce sera un autre qui recevra tes rapports et te remettra tes paiements.

— Je ne veux pas avoir affaire à quelqu'un d'autre ! Toi, je te connais, je sais que tu fais tout pour me protéger.

Elles arrivaient au bout du parking. Des écoliers descendaient d'un bus. Filles et garçons surexcités, insensibles au vent froid qui ridait les flaques. Cordelle détacha son regard du groupe et le posa sur Ivanka, sur le duvet blond de sa joue, semé de la poussière fine d'un fond de teint.

— Je sais, mais j'ai une autre vie, maintenant.

— Tu vas rester quelques jours ici ?

— Deux semaines. Nous allons nous voir à nouveau. Et puis je te présenterai mon remplaçant.

Ivanka avait l'air d'accepter, rassurée malgré tout. Cordelle esquissa un bref sourire. Sa mission de réactivation ne serait pas aussi délicate qu'elle l'avait pensé.

— Je ne serais pas ici s'il y avait le moindre risque.

Ivanka hocha la tête. Les enfants pénétraient dans le parc, leurs cris fusant vers le bâtiment monumental. Savaient-ils qu'avant d'être un musée, il avait servi de résidence à Todor Jivkov, principal dirigeant de la république populaire de Bulgarie pendant trente-trois ans et auteur à la fin des années 1980 du nettoyage ethnique des Turcs de Bulgarie, jugés non bulgarisables ?

Étrange de se trouver à nouveau sur le terrain. Cordelle avait beau n'avoir aucun regret, elle accueillait en vieille amie la tension qui accompagnait le secret. Elle se sentait plus alerte, comme plongée dans une eau vive.

À peine trois semaines s'étaient écoulées depuis qu'elle avait profité d'être de passage à Paris dans le cadre d'une enquête de la PJ pour répondre à l'invitation de son ancien patron, Fabrice Destoine, qui avait requis sa présence boulevard Mortier. Il avait commencé par l'informer de ce qui s'était passé depuis son exfiltration de Bulgarie, en urgence, l'hiver précédent. L'enquête de la DGSE diligentée en interne avait montré que la fuite qui aurait pu révéler son identité et les mettre en danger, elle et sa source, n'avait en définitive pas compromis sa mission comme on l'avait d'abord craint. Adrien Barthez avait été mis à pied, on pensait qu'il s'était laissé approcher par des Russes très habiles qui l'avaient piégé. L'important était que la légende de Cordelle avait tenu bon. Il serait facile d'expliquer à la fois son départ et son retour à Sofia. Et surtout, sa source était encore en théorie utilisable. Le seul problème, avait continué Destoine, était que Shumenska, échaudée par la brusque interruption des opérations, avait refusé de rencontrer le nouvel agent traitant en poste à Sofia. Or, le renseignement avait besoin de son accès à Georgi Blagoev, dont les relations les menaient au cœur du Kremlin. Destoine comprenait tout à fait que Cordelle n'ait pas envie de remettre le couvert, mais comment ne pas exploiter jusqu'au bout la dynamique de pénétration qu'elle avait si habilement et courageusement mise en place ?

Cordelle avait pensé à son compagnon, Fayçal, à leur vie tranquille dans leur propriété de la garrigue nîmoise, à ces dix mois passés à la PJ de Nîmes, sous le commandement bienveillant du commissaire Émile Bordarier. Après toutes ces années à la DGSE, elle avait accueilli comme une libération de ne plus avoir besoin d'avancer masquée. Devinant sa réticence, Destoine était revenu à la charge, évoquant les fragiles frontières de l'Europe, le menaçant ours russe tapi dans ses grandes forêts, qui n'attendait qu'un signe de faiblesse des Vingt-Sept et de l'OTAN pour intensifier ses offensives. Elle avait fini par accepter à condition que sa mission ne dure au maximum que deux ou trois semaines, le temps de rétablir les canaux de communication.

Consciente qu'Ivanka se demandait à quoi elle pensait, Cordelle lui adressa un sourire rassurant.

— Tu vas voir, tout va bien se passer. Prends déjà ça.

Discrètement, Cordelle lui glissa une enveloppe remplie d'une liasse de billets de cent euros.

Ivanka la mit rapidement dans son sac à main. Cordelle se souvint qu'elle avait évoqué l'achat d'une maison en Italie, près de la mer. Elle espéra qu'elle arriverait à réaliser son rêve. Il lui sembla que le visage d'Ivanka était devenu triste. Est-ce qu'elle aussi avait été traversée par l'idée que les histoires d'espionnage ne finissent jamais en conte de fées ?

Pendant tout le trajet de retour, Cordelle observa les voyageurs du trolley. À l'hôtel, elle appela pour se faire livrer un repas dans sa chambre, puis envoya un message chiffré à Destoine. Après avoir effacé ses traces, elle éteignit son ordinateur.

L'homme qui frappa à la porte portait un costume noir ajusté qui soulignait un physique extrêmement avantageux. Sa peau était bronzée, probablement aux UV, il avait des cheveux blonds décolorés qui lui arrivaient jusqu'aux épaules. Avec un sourire discret, il salua Cordelle en claquant des talons et en inclinant la tête. Surmontant sa surprise devant ce groom un peu bizarre, elle s'écarta pour le laisser entrer. Il mit le couvert, posa le verre de vin qu'elle avait commandé, protégé par un couvercle en papier, puis l'assiette surmontée d'une cloche, tout ça avec des gestes un peu fleuris et une sorte de détachement ironique, comme s'il tenait à lui faire comprendre qu'il n'était pas serveur, mais qu'il jouait au serveur.

— Autre chose, madame ?

Un français parfait.

— Non, ça ira, merci.

Il s'inclina à nouveau puis fit un pas en avant. La cloche traça un rapide arc de cercle et percuta Cordelle à la tempe, puis cent kilos de muscles la projetèrent contre le mur. L'adrénaline pulsant comme un courant électrique à travers tous ses muscles, nerfs et tendons, elle parvint à se saisir de la main qui se dirigeait vers sa gorge et à retourner le pouce vers l'extérieur, forçant l'homme à s'incliner sur le côté, à reculer. Il se dégagea brusquement et la frappa au visage.

Goût de métal. Du sang dans l'œil, qui coulait sur la joue. Attrapée par les cheveux, projetée à terre. Plusieurs coups de pied dans les côtes, à chaque fois comme un épanchement acide sous la peau. Souffle coupé, elle sentit qu'elle allait se recroqueviller, s'enrouler autour de son côté meurtri. La pire chose à faire. Serrer les dents.

Elle fit une violente ruade. Touché à l'entrejambe, l'homme lâcha un sifflement de pneu crevé, de l'air mélangé à de la salive. Cordelle en profita pour se relever. Islam, son premier maître d'armes, lui avait appris à ne jamais retenir ses coups. « *Ne dumay.* » Ne réfléchis pas. À chaque fois frappe plus fort. Éteint tout espoir en ton ennemi. Mais l'homme était solide. Déjà, il l'avait prise par la taille et amenée à terre. Le nez dans la moquette, Cordelle se retourna. Il pesait sur elle de tout son poids. Elle lutta pour éviter le mouchoir dont il essayait de couvrir son nez et sa bouche. L'odeur de l'éther, écœurante. Une ombre noire commençait à envahir sa vision périphérique. Ils n'étaient plus seuls dans la chambre. Des chaussures vernies, le dessus du chariot déposé sur le sol.

2

En proie à une perplexité douloureuse, le commissaire Émile Bordarier regardait les vagues se briser en gerbes d'écume scintillantes sur le bulbe torsadé d'une église orthodoxe. Comment diable ce sucre d'orge bleu et blanc avait-il pu apparaître d'un coup si près du cargo ? C'était étrange, vertigineux, presque sinistre. Marquait-il l'emplacement d'un bourg englouti par un cataclysme ? Il se pencha sur le bastingage. La coque lépreuse plongeait dans une eau verte.

Le paysage redevint bientôt vide. Quelques mouettes agrafées au ciel bleu. Renonçant à comprendre, Bordarier haussa les épaules et décida d'aller rejoindre Cordelle.

Il la trouva dans la cafétéria, assise devant l'échiquier. Les pièces avaient été remplies de liquides. Certains étaient épais et opaques, d'autres fluides et transparents. Les trépidations des machines y dessinaient des ronds.

— Une partie, commissaire ?

Vingt ans qu'il n'avait pas joué aux échecs. À vrai dire, il n'était pas sûr d'en connaître les règles les plus élémentaires, même s'il avait le vague souvenir qu'une personne se plaçait sur chacun des côtés, puis une sous la table pour désigner au hasard les pièces qui devaient tomber.

— Et les autres ?

Alerté par le tintement d'une clochette d'hôtel, un vieil homme en costume chocolat émergea d'une coulisse invisible. Il n'inspirait pas confiance. Au fond de ses lunettes en cul de bouteille, ses yeux ressemblaient à deux huîtres glaireuses. Une femme en tailleur couleur sapin le suivait de près, ses jambes musclées prolongées par des chaussures à boucles qui claquaient sur le métal. Presque dissimulé derrière eux était un autre homme, très petit et pâle, avec un nez de boxeur.

La mine grave, saluant de la tête, le vieux et la femme prirent chacun un côté du jeu pendant que l'autre s'asseyait en tailleur sous la table. Sa voix aigrelette fit sursauter Bordarier.

— Première joute.

Cordelle fit basculer une pièce d'une pichenette pendant que la femme retournait un sablier noir aussi gros qu'un nourrisson. Bordarier regarda le sirop se répandre sur le damier. Le vieux aux lunettes lui fit signe.

— À vous, monsieur.

Déjà son tour ? Il hésita, se gratta la tempe, avança la main vers un cheval rempli à ras bord, s'interrompit pour consulter Cordelle du regard. Elle esquissa un sourire. Il lui sembla que ses pupilles étaient fixées sur la chèvre bleue. Mais dans quelle direction la déplacer ? Le mouvement des chèvres, c'était compliqué, il ne savait plus. Des sortes de zigzags, peut-être. N'osant pas demander, déstabilisé par le frottement lugubre du sable à l'intérieur du verre, il revint au cheval. Cordelle se raidit. Trop tard, le poil soyeux avait glissé entre ses doigts et la pièce s'était couchée en répandant son contenu.

— Ah, celui-là, il va falloir le lécher.

Tout en parlant, la femme en tailleur avait porté une main à sa bouche pour cacher une vilaine carie. Au mouvement de son bras à l'intérieur de sa veste, Bordarier comprit que Cordelle était en train de défaire la sangle de sécurité sur l'étui de son arme. Le geste n'avait pas non plus échappé à l'homme au costume chocolat.

— Hé oh, les règles, c'est les règles. Il faudra bien qu'il lèche. Celui qui fait tomber lèche.

— Quelle couleur, la soupe ? Bleue ou canari ?

La femme repoussa un peu sa chaise pour informer le boxeur sous la table. Il sembla à Bordarier qu'elle avait volontairement écarté les jambes dans la jupe de son tailleur.

— Canari.

— Oh !

Bordarier fut pris de nausée en regardant le liquide. À coup sûr, c'était du poison. Alors, c'était ainsi que ça finissait ? Sur ce méchant rafiot qui dérivait vers nulle part ? Que faisait-il ici, d'ailleurs ?

— Regardez, une vague scélérate !

Cordelle s'était levée et se dirigeait vers les hublots. Sans bouger de sa place, Bordarier vit que le paysage marin s'était transformé. Derrière le verre rayé de graffitis, la ligne d'horizon s'était effacée et la mer était striée de bandes d'écume verticales. L'homme et la femme se précipitèrent. Le boxeur se traîna sur les fesses pour les rejoindre.

Bordarier resta seul devant le jeu. Qu'est-ce que ça pouvait lui faire, que le navire soit envoyé par le fond ? N'était-il pas déjà condamné par son coup malheureux ? Au moment où il appuyait ses poings contre ses tempes, une petite manette rouge, près de son genou, attira son attention. Elle ressemblait à un vieux levier de vitesse de vélo de course. Mû par la curiosité, et peut-être, sans encore vouloir l'admettre, un vague espoir, il la poussa puis la tira pour en éprouver la résistance. C'était grippé, ou alors verrouillé par un mécanisme invisible. Misant sur la première hypothèse, il vérifia que les autres étaient toujours massés autour des hublots, puis se leva presque de son siège pour y mettre tout le poids du corps. La manette céda d'un coup et décrivit un arc de cercle au bout duquel il faillit se pincer les doigts. Étonné, il regarda l'échiquier effectuer une rotation avec le mouvement heurté d'une vieille machine de foire, puis s'arrêter lorsqu'il eut parcouru 180 degrés. Le cheval couché se trouvait désormais du côté opposé. Bordarier étouffa un cri de triomphe. Déjà, les joueurs revenaient précipitamment, le vieil homme en tête.

— Ah, le salaud ! Regardez, il en a profité pour roquer l'échiquier !

Cordelle fit un clin d'œil à Bordarier. Est-ce qu'elle était allée jusqu'à inventer la vague pour faire diversion ? Il se tourna vers l'homme.

— Maintenant, c'est vous qui devez lécher, non ?

Les yeux de la femme au tailleur étaient plus vifs, comme si elle était en proie à une grande excitation.

— Oui, il a raison, c'est vous le lécheur maintenant.

— Vous savez bien que ce roque ne vaut pas en compétition. C'est bien parce qu'on joue à l'amiable.

— Il ne fallait pas vous lancer, si vous n'étiez pas sûr de vous. Les parties sauvages, c'est toujours plus périlleux, Gérard, vous le savez aussi bien que moi.

Réprimant un élan de pitié, Bordarier regarda sa victime ôter ses lunettes embuées et se frotter les yeux du pouce et de l'index. Une gouttelette grise glissait le long de son poignet. L'homme se baissa avec une sorte de raideur compassée. Sans doute voulait-il montrer à Bordarier qu'il avait de l'honneur, lui, des principes. Sa langue absorba la flaque. Ses lunettes enfilées à nouveau, il enleva sa veste et déboutonna sa chemise. Sa poitrine pendait en mamelles, son ventre était recouvert de poils blancs.

Bordarier frémit en voyant la peau s'éclaircir au niveau du nombril, devenir diaphane, puis les organes apparaître, l'empilement des intestins prenant la teinte orange des tables en plastique qui se trouvaient derrière. L'homme le regarda dans les yeux.

— Joli travail, vous pouvez être fier de vous. Dans quelques minutes, je ne serai plus qu'un souvenir.

— Hé, la vague !

Le boxeur montrait du doigt l'immense mur d'eau qui occultait maintenant le soleil. Une sirène se mit à mugir. Les tableaux d'ampoules multicolores, au-dessus des portes rivetées, s'étaient allumés et clignotaient à toute vitesse.

Cordelle tendit une pièce à Bordarier. Il n'en reconnut pas la forme, vaguement suggestive de l'envol d'un oiseau. Elle se saisit ensuite d'un cube et l'invita à se lever pour trinquer.

— Avec ça, nous serons tranquilles, commissaire.

Jetant la tête en arrière, Bordarier sentit une affreuse brûlure descendre dans sa gorge. En face de lui, l'homme n'était plus qu'un contour, un trait, une méduse.

3

Tiré de son sommeil par le passage d'un camion de pompiers toutes sirènes hurlantes, Bordarier chercha à ouvrir celui de ses yeux qui n'était pas enfoui dans l'oreiller et s'aperçut qu'il en était incapable. Ses paupières étaient comme soudées, cousues ensemble. Désorienté, il resta immobile, imaginant le pire. Un AVC qui l'aurait frappé dans son sommeil, par exemple. Ou un inexplicable accident nocturne. Puis il éternua et se souvint du rhume qui l'accablait depuis trois jours.

Quand il eut fini de dissoudre au lavabo les sécrétions qui avaient emprisonné ses cils, le radio-réveil à piles indiquait 3 h 47 et un quinquagénaire cerné et blafard lui lançait un regard lourd de reproches dans le miroir de la salle de bains.

— Tu n'aurais pas été mieux inspiré de te faire une tisane de thym et de remplir ta bouillotte ?

Devant celui qui l'interpellait sans manières, Bordarier essaya de relever un sourcil, d'incarner l'innocence offusquée, mais comment se cacher à lui-même la bouteille qu'il avait vidée, certes sans presque s'en apercevoir, en accompagnement de son repas de pain et de chorizo pata negra ? Il tourna le dos à son reflet et entrouvrit une petite fenêtre. Au lieu de l'air frais et parfumé de la garrigue, une forte odeur de fumée pénétra dans la pièce, nettement perceptible malgré son nez encombré. Il s'empressa de refermer. L'incendie devait être proche, mais on était en février et il avait plu, le risque que la végétation s'embrase était donc quasiment nul.

Il venait de ramener la couverture sur son menton lorsqu'une détonation sourde retentit. L'explosion d'un réservoir de voiture ? Il essaya de se souvenir si une rencontre du Nîmes Olympique avait été programmée la veille, puis y renonça, préférant se concentrer sur l'agréable sensation de chaleur qui commençait à revenir dans ses pieds.

Son portable se mit à vibrer au moment précis où il allait réussir à se rendormir. Grognant, déterminé à ne pas décrocher, il changea d'avis au bout de la troisième sonnerie. Ça faisait quelque temps qu'il n'avait pas récupéré sa fille à des heures indues, dans des lieux glauques, titubante et barbouillée de maquillage. Marion allait mieux, mais personne n'était à l'abri d'une rechute, il était bien placé pour le savoir.

— Frédéric Audibert à l'appareil. Je te réveille ?

— C'est pour quoi ?

— Désolé, mais la maison de Stéphane Marsot est en feu et je crois bien qu'il est dedans. On a besoin de toi.

Bordarier connaissait Marsot pour l'avoir croisé plusieurs fois aux fêtes de quartier. Un retraité parisien installé à Nîmes depuis une dizaine d'années, enthousiaste du Midi comme seuls peuvent l'être les gens du Nord. Lorsqu'il était parvenu à arracher une maigre récolte d'olives à son terrain, l'été précédent, il en avait fait profiter quelques voisins choisis. D'abord méfiant, Bordarier avait fini par ronger ces fruits coriaces un soir où son frigo n'avait rien eu d'autre à proposer. Pas vraiment une dette, mais tout de même.

La nuit était humide et froide, un épais halo argenté emmaillotait une lune gibbeuse. Lorsqu'il arriva au bout de l'impasse des Anémones, la toiture de la villa laissait échapper des flammes hautes de plusieurs mètres, prolongées par des brandons qui montaient en flèche dans le ciel noir. Il n'y aurait pas d'autres bocaux. Les oliviers, proches des murs, s'étaient embrasés, de même que la Porsche Cayenne. Les pompiers arrosaient dans plusieurs directions.

— Ah, pétard, Émile, regarde-moi ces branques ! Ils ont reçu leur diplôme de pompier dans une boîte de Chocapic, ou quoi ?

Bordarier reconnut Claude Farfale, un entrepreneur en bâtiment, membre du comité de quartier. À côté de lui se tenait André Casse, patron d'un bar-tabac depuis quelques mois en quête d'un repreneur. Comme Bordarier ne répondait pas, ce fut lui qui donna la réplique à Farfale.

— Des pyromanes ! Ils font tout pour arroser à côté. Si on n'était pas là, ils ne se gêneraient pas pour sortir les bidons d'essence !

Un pompier se retourna et les fusilla du regard. Bordarier releva son écharpe, moins pour se protéger de la fumée que pour tenter de préserver son anonymat.

— Et Marsot ?

— Personne ne l'a vu depuis hier après-midi. Le feu a dû le surprendre en plein sommeil.

— Les pompiers n'ont pas pu entrer ?

— Tu as vu la fournaise ? Ah ! Voilà notre ténor du barreau qui est de retour. Il est allé se changer, il était trempé. On a débâché la piscine et on a fait la chaîne avec des casseroles et des bassines. Pétoule en trois actes.

Hugues Courtois était un avocat à l'allure flegmatique que Bordarier croisait de temps en temps au Palais de justice. Son visage épais se terminait en bajoues molles qui le faisaient ressembler à un bouledogue.

— Alors, commissaire, Audibert vous a mis sur l'affaire ?

— On dirait bien.

— Vous avez l'air malade. Ça va ?

— Juste un mauvais rhume.

— Tenez, il nous amène justement les cafés.

Ancien inspecteur des impôts, grand, un peu voûté, Frédéric Audibert était le voisin immédiat de la maison sinistrée. Il avait plusieurs fois sollicité Bordarier pour diverses fêtes organisées par le comité des garrigues nord, sans doute parce que son statut de commissaire l'avait assimilé à une sorte de notable. Ils avaient ainsi regardé ensemble trotter des ânes chargés d'enfants, suivi des moutons fraîchement débarqués d'un camion le long d'une route goudronnée censée évoquer les drailles des transhumances d'antan, tenu la buvette lors du marquage des veaux – incontournable de la tradition taurine – et d'un concours de boules qui avait failli se terminer en pugilat. En peignoir, bonnet et doudoune, Sandrine, sa femme, marchait derrière lui, chargée d'un plateau sur lequel tintinnabulaient une dizaine de tasses. Il s'approcha de Bordarier.

— Désolé de t'avoir réveillé, mais il fallait vraiment que tu viennes, c'est un incendie criminel, j'en suis sûr !

Bordarier fit une grimace en avalant la première gorgée du café dont il s'était saisi fébrilement. Difficile de faire plus amer, mais la faute en incombait moins à Sandrine qu'à l'effet conjugué de son rhume, de la fumée et de l'heure matinale.

— Qu'est-ce qui te fait croire ça ?

— La rapidité, d'abord. Jamais vu un truc pareil. À 3 h 05, je me lève pour aller aux toilettes, je jette un œil dehors, par la fenêtre. C'est le noir complet chez Marsot. Je bois un verre d'eau, je me recouche. À peine un quart d'heure plus tard, je suis réveillé par de la lumière. J'écarte les rideaux, on y voit comme en plein jour. Le temps que j'appelle les secours, les oliviers commencent à prendre feu, la bagnole aussi.

— Il y a des incendies accidentels qui se propagent vite.

— Je veux bien, mais attends, un, la rapidité, deux, le mobile. Hé, les gars, vous vous souvenez du vol des outils, dans la remise ?

— Les migrants.

Farfale avait lancé ça sur le ton délibérément plat et détaché que les faux cyniques prennent parfois pour évoquer les catastrophes. Malgré un réveil abrupt et l'âge, une bonne soixantaine, il conservait son allure d'homme à femmes, avec ses cheveux plaqués en arrière au peigne et ses yeux verts un peu moqueurs. Bordarier leva le menton en le regardant arroser du reste de sa tasse les raquettes d'un figuier de barbarie.

— Comment ça ?

— Marsot a essayé de les faire dégager, le mois dernier, il les accusait de lui avoir volé des outils.

— Des migrants dans la garrigue ?

— Ils ont monté une espèce de campement à deux ou trois cents mètres d'ici à peine. À tous les coups, c'est eux qui ont foutu le feu. Demande à Nanorobot, ils tournaient autour des maisons quand les gens étaient au travail. Des chocolats, et pas au lait, hein !

Devant le sourire bête de Farfale, Bordarier laissa échapper un soupir d'impatience. Nanorobot était le surnom dont avait hérité Géraldine Pinot, une femme à personnalité forte et langue âpre que les gens invitaient volontiers chez eux pour un café ou un apéro matinal. Nourrie de théories du complot à travers la fréquentation assidue de sites tous moins recommandables les uns que les autres, elle avait à cœur de les partager en distribuant le courrier. Il renifla pour contrer la fuite qu'il sentait venir dans sa narine gauche.

— Tu sais d'où lui vient son sobriquet, au moins ?

— On ne peut plus savoir ce qui est vrai ou pas. Moi j'essaie de garder l'esprit ouvert.

— L'esprit ouvert ? Elle est convaincue que la terre est plate.

— Admets qu'on puisse avoir un doute, non ? C'est pas comme si les preuves étaient irréfutables.

Bordarier chercha le regard d'Audibert, mais il s'était tourné vers sa femme. Elle discutait avec le chef des pompiers, un brun sec qui opinait du casque avec un empressement enthousiaste.

— Sandrine, tu ne vois pas qu'on a l'air cons avec nos tasses vides, là, tu viens les reprendre ou quoi ?

— OK, la terre est ronde, d'accord, je veux bien, pourquoi pas, mais ça ne veut pas dire que Nanorobot se soit trompée sur les migrants.

Que répondre à ça ? Farfale avait passé le niveau de bêtise en deçà duquel la raison voulait qu'on renonce à tout effort d'éducation. Le pire, c'était que ce tissu d'inanités n'avait pas l'air de déranger Audibert.

— De toute façon, Émile, qu'il s'agisse de migrants ou de gitans, c'est clair, les voleurs sont revenus se servir chez Marsot, il a voulu les en empêcher, ils ont eu peur, ils l'ont assommé, puis ils ont foutu le feu et adieu la valise ! Si on allait les débusquer dans leur campement ? Ils y sont peut-être. Farfale, tu as toujours tes fusils de chasse ?

— Demande au cuissot de sanglier qui est dans ton congélateur.

— Bon, ben vas-y, on t'attend.

Comme Farfale faisait mine d'aller prendre son arsenal, Bordarier le retint par le bras.

— Tu veux finir en tôle ou quoi ?

— Ben quoi, si tu es avec nous, il n'y a pas de problème, non ?

— Avec vous ?

Jusque-là resté silencieux, l'avocat Courtois secourut Bordarier en se fendant d'un conseil *pro bono.*

— Il fait nuit, tout ce que vous allez gagner, c'est vous foutre en l'air dans les rochers. Laissez faire la police.

Audibert secoua la tête tout en battant l'air de sa main pour faire revenir sa femme qui était toujours avec le pompier.

— La police, moi je veux bien, mais faut voir qu'elle n'a pas bougé quand les migrants ont manifesté devant la mairie le mois dernier. Ils réclament des droits et de l'argent et en plus on les écoute. Les travailleurs français, en revanche, qu'est-ce qu'on fait pour eux, hein ? Moi je te les aurais tous foutus dans des bus, direction l'aéroport ! Si le service public ne fait plus son travail, il y a un moment où il faut bien que des Samaritains prennent le relais.

Le clignotement de gyrophares bleus se mit à éclairer leurs visages tendus et permit à Bordarier de sortir de sa sidération.

— Allez, voilà les collègues. Ils vont établir un périmètre de sécurité. Je propose qu'on aille tous se recoucher.

Au moment où il reposait sa tasse sur le plateau finalement apporté par Sandrine, une contraction nerveuse ferma la paupière gauche de Bordarier. Audibert le dévisagea avec l'acuité inquiétante de l'inspecteur des impôts particulièrement retors qu'il avait dû être. Son spasme avait été confondu avec un clin d'œil.

— Il est bon le café de ma femme, hein ?

— Très bon, merci.

Est-ce qu'il avait rêvé, ou Sandrine avait rougi, gênée et presque effrayée ? Pour la première fois depuis qu'il connaissait Audibert, Bordarier se demanda s'il n'avait pas affaire à un tyran domestique.

Il s'éloignait à grands pas lorsqu'il entendit dans son dos le crépitement caractéristique d'un appareil photo réglé en mode rafale. Michel Pourtalet profita de ce qu'il se retournait pour lui tirer le portrait en gros plan avec son redoutable Nikon D850.

— Écoutez-moi bien, Pourtalet, si jamais le *Midi Libre* publie cette photo, vous le regretterez !

— Des menaces, commissaire ?

Le fait-diversier semblait ravi. Bordarier le considéra d'abord avec surprise, puis comprit que se faire rabrouer par la police, forcément, c'était pour lui une forme d'hommage. Fragilisé par la fièvre et le rhume, il se sentit envahi d'une immense pitié.

— Il est encore d'heureux pays où on les fout en tôle, les gens comme vous ! Et pire ! Bambou sous les orteils, gégène, baignoire…

Pourtalet mit son appareil en bandoulière et ficha une cigarette dans sa barbe de cinq jours. On aurait dit un photographe de guerre anticipant le bar d'hôtel où il allait faire le récit à peine embelli des dangers traversés.

— Bon, sérieusement, cette thèse des migrants, ça vous parle, commissaire ?

— D'après vous ?

— Ça ne vous parle pas.

— Généralement, c'est l'inverse qui se passe, ce sont les migrants qui sont la cible d'incendies criminels.

Pourtalet soupira au milieu d'un nuage de fumée illuminé par les gyrophares.

— Vous avez raison, je crois même que je vais zapper ça pour mon article, c'est trop bidon.

— C'est bien, Pourtalet.

— On ne peut pas toujours servir au cochon l'écuelle qu'il réclame.

— Il finirait par se lasser ?

4

Levé à 8 h 30, Bordarier prit une longue douche qui vida son ballon d'eau chaude et molletonna sa salle de bains d'une agréable vapeur de hammam. Il se frictionna avec vigueur. La serviette était rêche, le sang afflua sous sa peau. Nausée et frissons avaient disparu, seul son nez restait encombré. À travers les fenêtres une aube roussâtre se préparait à dissoudre l'obscurité hivernale.

Il se fit un café serré dans lequel il jeta trois sucres. Sur France Bleu Gard Lozère, un retraité de station-service redonnait un peu de tangibilité aux statistiques des économistes sur la baisse du pouvoir d'achat : « *Faut augmenter les pensions et les retraites. 650 euros, vous savez, c'est pas bézef. Et puis quand EDF arrive, maintenant ils nous demandent 150 euros. On me dit de choisir entre le chauffage et la voiture. Et qu'est-ce que je fais, moi, sans voiture ?* » Tout en tartinant d'une épaisse couche de beurre et de miel une biscotte qui se rompit sous la pression du couteau, Bordarier pensa à son voisin. La vie était peu de chose, se dit-il, regardant le plus gros fragment qui venait de tomber dans son café.

La première personne qu'il croisa au deuxième étage du commissariat fut Marie Hennequen. Depuis qu'elle consacrait tous ses loisirs au crossfit, enchaînant jusqu'à cinquante *burpees* avant la pause-déjeuner et se suspendant pour un oui ou pour un non à la barre qu'elle avait installée au-dessus de la porte de son bureau, elle affichait avec insolence son teint rose au milieu des têtes boucanées de ses collègues. Elle le considéra avec commisération.

— Oh, la vache, les yeux !

— C'est le rhume, il finira bien par passer.

— Vous devriez essayer le jus de betterave crue, c'est super efficace, surtout avec un peu de gelée royale dedans.

— De betterave crue ?

Bordarier n'osa pas lui dire qu'il ne voyait pas comment extraire le jus de ce légume plutôt coriace quand il n'était pas cuit.

— Si vous le mixez en plus avec des baies d'açaï, alors ça devient vraiment une superfood.

Il la regarda sans comprendre. Elle fit rouler ses épaules en arrière. De la région des vertèbres cervicales s'échappa un chapelet de craquements inquiétants. C'était à se demander si elle ne les écrasait pas à mains nues, ses betteraves.

— L'açaï, vous ne voyez pas ? Une petite baie qui vient d'Amazonie. Ou alors, ajoutez du goji. C'est chinois. Sept fois plus de vitamine C que dans l'orange. J'en prends tous les jours.

Bordarier releva un sourcil étonné. Ça paraissait beaucoup, sept fois.

— Vous êtes en mode turbo, Hennequen.

— Faut bien.

— Ah, pendant que j'y pense, des nouvelles de l'incendie dans le quartier des garrigues nord ?

— La villa de ce matin ? Kévin doit faire son rapport. Vous l'aurez sans doute dans la journée.

Il ne put s'empêcher de grimacer. Six mois auparavant, il avait reçu un courrier anonyme accusant Kévin Ratier d'une tentative de racket. N'apportant ni détails ni preuves, mal rédigé, le document était manifestement une dénonciation calomnieuse qui n'aurait même pas dû justifier l'enquête discrète qu'il avait menée et qui, comme il s'y attendait, n'avait rien donné. Les choses en seraient donc restées là s'il n'y avait pas eu son profond agacement devant les costards brillants et serrés de Ratier, sa brosse enduite de gel effet mouillé, son nez dont il fallait admettre qu'il tenait du groin plus que d'autre chose. Ratier, en vérité, ne lui était jamais revenu. Lorsqu'il ne l'avait pas sous les yeux, les données objectives dessinaient le portrait d'une victime innocente. Mais il suffisait qu'il croise son sourire faux dans le couloir pour qu'il se mette aussitôt à soupçonner derrière cette façade ingrate le cerveau calculateur d'un ripou particulièrement retors. Conscient qu'il était probablement en train de commettre une erreur, voire une injustice, Bordarier avait prétexté de vagues contraintes de fonctionnement pour l'exiler pendant un trimestre dans un purgatoire administratif. Il y serait resté plus longtemps si un syndicat à droite de la droite n'avait fait des pieds et des mains pour qu'on lui rende son service normal.

— Vous l'avez pris en grippe.

Hennequen le regardait avec curiosité et quelque chose qui ressemblait à un très discret reproche. Que savait-elle de l'affaire ?

— Mais non, pourquoi ?

— Ratier, je n'ai jamais eu de problème avec lui, je le trouverais même plutôt sympathique.

La remarque d'Hennequen l'accompagna jusqu'à son bureau, où il se mit à siffloter pour tenter de se distraire de son agacement. Il se laissa tomber dans son vieux fauteuil puis, tel un joueur de mikado kamikaze, tira un dossier au hasard de la pile qui était devant lui. Effondrement spectaculaire. Tant mieux, comme ça il n'y avait plus à reculer, il fallait s'y mettre, ça lui changerait les idées.

Le premier document qu'il ramassa fut la lettre officielle que Vera Cordelle lui avait remise avant son départ. Elle était caractéristique de son style court : « *Monsieur le commissaire Bordarier, j'ai l'honneur de solliciter mon détachement auprès de la DGSE, à compter du 3 février 2022, pour une durée de deux semaines. Veuillez agréer, monsieur le commissaire, mes meilleures salutations.* »

Le 3 février ? Il leva les yeux au-dessus de ses lunettes pour consulter son calendrier tauromachique, cadeau de son boucher. Le mois était illustré d'une bête piquée de banderilles, le museau maculé de sang devant son bourreau corseté d'or. Il compta les cases. Onze jours déjà que Cordelle aurait dû reprendre son poste. Sauf erreur de sa part, la DGSE n'avait pas essayé de le contacter pour l'avertir d'une extension du détachement. Son rêve délirant de la nuit précédente lui revint tout à coup. La partie d'échecs sur le cargo, le poison, la vague scélérate. Qu'est-ce que ça pouvait bien signifier ? Rien, sans doute. Des visions aberrantes. Il avait trop bu, il avait eu de la fièvre, il était malade.

Il composa quand même le numéro de Cordelle et tomba directement sur sa boîte vocale. Le message d'accueil dont il se souvenait avait été effacé, maintenant c'était juste un bip et un silence qu'il combla avec un petit temps de retard.

— Euh, Bordarier à l'appareil. Vous allez bien ? Je vous appelle parce qu'il me semble que vous devriez être de retour de votre détachement à la... à la... Et donc, bon, voilà, euh, j'attends de vos nouvelles...

Une fois qu'il eut raccroché, il s'empara d'un des dossiers tombés à terre, moins pour avancer que pour donner le change à son esprit tout à coup inquiet. C'était une affaire de proxénétisme qui attendait depuis trop longtemps les tampons et les signatures. Au bout de quelques lignes à peine, se rendant compte qu'il n'arriverait pas à se concentrer, il traversa le couloir pour pousser la porte du bureau d'en face.

— Il a même demandé à voir ma carte d'identité, il voulait vérifier si j'étais française. Quand j'ai refusé, il m'a traitée d'Al-Qaïda. Oui, monsieur l'inspecteur, maintenant, on a un tas de crottes devant notre portail. Est-ce que je vous ai dit que c'est une bête horrible, toute grise, le poil ras, la tête plate ? Et ses crocs, mon Dieu ! Ils lui ont mis un collier clouté autour du cou. Quand il lui fait faire ses besoins, il ne quitte pas notre maison des yeux, il sait que je suis derrière les rideaux. Mon mari me dit de laisser tomber, de ne pas faire de vagues, mais là, je suis à bout. Nous sommes chez nous, nous aussi !

Pendant que Bordarier s'installait aussi discrètement que possible derrière l'ordinateur de Cordelle, Namgyel se pencha au-dessus de son bureau pour proposer une boîte de mouchoirs en papier à une femme d'une soixantaine d'années qui portait une djellaba.

— Nous allons faire le nécessaire, madame Mansouri. En attendant, ne leur adressez pas la parole, ne répondez pas à leurs provocations, faites comme s'ils n'existaient pas.

Bordarier se demanda ce que Namgyel avait réellement en tête. Les agressions racistes de ce genre étaient en général très difficiles à pénaliser. Sans le témoignage fiable d'un tiers ou un enregistrement vidéo, le bonhomme n'aurait qu'à nier avoir proféré la moindre insulte.

Après avoir raccompagné Mme Mansouri jusqu'à l'ascenseur, Namgyel referma doucement la porte.

— Tout va bien, patron ?

— Tu as des nouvelles de Vera ? Je viens de m'apercevoir qu'elle aurait dû être de retour de son détachement.

— Non, je n'ai rien entendu. Depuis quand ?

— Plus d'une semaine. Ça m'inquiète.

— Si tu veux, j'appelle Fayçal. S'il y avait un problème, il nous aurait contactés, non ?

Fayçal Aboulafia, le conjoint de Cordelle. Bordarier l'avait croisé deux ou trois fois. Il était arrivé avec elle dans la région quand elle avait pris son service au commissariat.

— J'imagine.

— Si ça se trouve, sa mission s'est prolongée. Ou alors il y a eu une erreur sur les dates. Pourquoi tu ne vois pas directement avec la DGSE ?

Bordarier hocha la tête pensivement. Il entendait encore la voix du responsable à Paris qui l'avait contacté. Ses intonations affables, patientes et fermes disaient assez qu'il ne mettait les formes que par pure courtoisie, et qu'un refus n'était pas une option. On n'avait d'ailleurs pas demandé à Bordarier de valider le détachement, déjà avalisé au-dessus de lui. C'était lui qu'il fallait interroger. Mais quel numéro composer ?

Il salua Namgyel et retraversa le couloir.

Au bout d'une demi-heure passée à chercher l'attestation de détachement de Cordelle ou un quelconque document officiel envoyé par Paris sur lequel figurerait un contact, il n'était plus certain d'avoir rempli un formulaire. Est-ce que la DGSE avait fait en sorte qu'il n'existe aucune trace administrative ? Il se tourna vers le bureau des secrétaires.

Mme Zakine repoussa derrière son oreille une mèche dont la pointe avait été trempée dans une teinture rose.

— Il faudra attendre que Géraldine se remette de son Covid, monsieur le commissaire, les détachements, c'est elle qui s'en occupe.

— Parce qu'on en a beaucoup, des détachements ?

— Je ne sais pas. Comme je vous le dis, c'est elle qui s'en occupe.

— Il n'y a pas moyen de trouver le dossier ?

— Demandez à Géraldine. Commissaire, si je commence à faire son travail, qui va faire le mien ? Pareil pour vous, non ?

— Euh.

— Si vous vous mêlez de faire mon travail, qui va faire le vôtre ?

— Entendu. Mais, dites-moi, le dossier des emplois du temps, vous l'avez ? Les documents de Cordelle y sont peut-être ?

— Je sais où il se trouve, mais je ne peux pas vous le donner.

— Et pourquoi ça ?

La secrétaire désigna avec gravité une grande armoire métallique tout en se mettant à actionner le bouton-poussoir de son stylo-bille rétractable contre son bureau. Sans doute le cliquetis amplifié par le bois avait-il pour elle un effet lénitif, mais pour Bordarier, c'était exactement l'inverse.

— C'est Mme Simard qui a la clé.

Bordarier considéra l'objet ancien et massif sur lequel étaient déjà venues se briser plusieurs directives incitant à davantage de réactivité et d'agilité dans la gestion administrative des commissariats. Même armé d'un pied-de-biche, il n'était pas certain qu'il en serait venu à bout.

— Mais ce n'est pas numérisé ? Tout est numérisé, non ?

— Et d'après vous, qui a le code d'accès ?

Bordarier faillit suggérer que, dans ce cas, il n'y avait qu'à appeler Mme Simard pour l'obtenir.

— Bon, tant pis, alors.

— Pendant que je vous tiens, commissaire, vous en êtes où des dossiers que Mme Simard a déposés dans votre bureau la semaine dernière ? Il y en a qui sont urgents.

Bordarier laissa échapper un soupir.

— Ça avance.

— Vous devriez aller déjeuner, vous n'avez pas bonne mine.

— Vous trouvez ?

— Prenez quelque chose de solide.

— J'en ai bien l'intention.

— Du cheval. Ou du taureau. Une bonne gardianne.

— Pour la remise en forme, on m'a parlé des vertus du jus de betterave, vous y croyez, vous ?

— Ouh, alors, ça, je sais d'où ça vient ! Hennequen, avec son extracteur. Elle a vu la vierge, elle. Vous devriez entendre la femme de ménage, elle va le retrouver dans la poubelle, son bidule.

5

— Je te remets la même chose ?

Bordarier releva la tête, surpris par le bruit des conversations, le tintement des verres et des fourchettes. Il s'était si bien perdu dans ses pensées qu'il n'avait pas eu conscience d'avoir vidé le demi posé devant lui.

— Oui, s'il te plaît. Et je vais prendre les poulpes à l'aïoli.

Edwin le considéra de ses yeux un peu enfoncés entre un front bombé et des joues hâves. Après avoir mené sa bosse dans des pays lointains et travaillé dans toutes sortes de restaurants, il s'était posé à Nîmes. Mais pour combien de temps ? On avait l'impression qu'il pourrait tout lâcher sur un coup de tête pour reprendre son sac et la route.

— Des soucis au travail ?

Bordarier tira un Doliprane de sa poche et s'efforça de sourire.

— Pas plus que d'habitude.

— Tiens, je voulais te demander, ça fait un moment que je n'ai pas vu Vera. Elle est en congé ?

S'émerveillant de la façon dont Edwin le ramenait précisément sur le sujet de la méditation qu'il avait lui-même interrompue, Bordarier acquiesça avec un geste vague de la main puis posa son cachet sur le zinc en attendant de pouvoir le faire passer avec une gorgée de liquide.

— En quelque sorte.

— C'est marrant, ça, en quelque sorte, je le ressortirai, tiens. Ah, les *usual suspects* débarquent.

Soulagé de voir Edwin s'éloigner pour accueillir trois clients à l'appétit bruyant et jovial qui avaient leurs habitudes à La Poutargue, Bordarier tira à lui un *Midi Libre* et essaya de finir une grille de mots croisés déjà à moitié remplie. Il trouva facilement « Garniture de doudoune » et « Donna tarte et beigne » mais cala sur « Sinistre trou où finir ses jours » en quatorze lettres. Quand les poulpes arrivèrent, véritable poésie marine grassement enrobée par les onctuosités jaunes de l'œuf marié à l'olive, à l'ail et à la pomme de terre, il se mit à envisager les choses plus sereinement. Pas de nouvelles, bonnes nouvelles. S'il était arrivé malheur à Cordelle, il en aurait déjà été informé. Il se promit d'arrêter d'oublier qu'un bon repas était la voie royale vers la sérénité. Après s'être essuyé la bouche et les doigts avec un morceau de pain, il réveilla son portable et trouva sans difficulté le numéro du standard de la DGSE.

Il appela en sortant du restaurant. Dans la rue, les platanes et les micocouliers lançaient leurs branches nues vers le ciel d'hiver bleu et lumineux. Une sonnerie à deux tons fit place à une voix de femme.

— Opératrice.

— Euh, j'appelle pour un renseignement.

— Ça tombe bien, c'est notre spécialité.

Renvoyé de poste en poste, il finit par être mis en relation avec une personne supposée être au courant du détachement, un certain M. Grünbein, dont la voix distraite ressemblait à celle d'un homme qu'on a tiré contre son gré d'une rêverie agréable et qui fait semblant de vous écouter pour que vous le laissiez tranquille.

— Oui, monsieur, je suis désolé mais rien ne peut être communiqué par téléphone. Il va falloir patienter encore quelques jours.

— Mais, euh, tout va bien ?

— Oui, ça va, ça va. Excusez-moi, nous aurions dû vous informer de notre retard par rapport aux dates du contrat.

— Elle va revenir bientôt ?

— Qui ça ?

— Eh bien, ma collègue.

— Ah, oui ! Oui, elle va revenir, n'en doutez pas.

Rencontrant l'obstacle de sa jambe appuyée sur la boursouflure d'un tronc qui débordait sur le trottoir, un teckel habillé d'un collier mais dépourvu d'escorte humaine leva un œil intelligent et mélancolique vers Bordarier, puis passa sous son mollet avant de lever la patte et d'envoyer un jet très jaune sur l'écorce. C'était tout juste s'il ne s'était pas excusé.

— Mais bientôt ?

— Ah, ça, il faut attendre, monsieur. On attend, on attend. J'ai votre numéro. Rappelez-moi votre nom ?

— Euh, commissaire Bordarier.

— Bon, eh bien, monsieur Bordelier, je vous tiens au courant et je vous dis au revoir.

Bordarier rangea son portable en secouant la tête d'étonnement. Une goutte transparente se détacha de son nez, scintilla un instant et s'écrasa près de son genou. Il essuya le tissu de son pantalon avec sa manche, puis se moucha dans la serviette en papier orange du restaurant qu'il avait prise avec lui. Lorsqu'il s'arrêta, il se rendit compte que le son qu'il avait cru produit par les trémulations de ses narines était en fait son portable qui s'était mis à vibrer.

— Allô, commissaire ? C'est moi, Kévin. Je vous communique les données préliminaires sur l'incendie de la garrigue ? Hennequen m'a dit que vous vouliez être tenu au courant.

— Allez-y.

— Ah, eh bien, pour l'instant, on n'a pas grand-chose. Les prélèvements vont passer au spectromètre de masse. Si le labo met en évidence des coupes pétrolières volatiles, type alcool à brûler ou white-spirit, ou semi-volatiles, type gazole, on sera fixés, ce sera volontaire. À mon avis, en attendant, il faut anticiper la piste criminelle. C'est aussi ce que pensent les primo intervenants.

— Les badauds ?

— Euh, ben non, commissaire, les pompiers… En fait, pour eux, cet incendie est très suspect.

Bordarier essuya le bord de son œil qui commençait lui aussi à couler. Qu'est-ce qui lui avait pris de sortir dans le froid au milieu de la nuit ?

— Vous êtes toujours là, commissaire ?

— Toujours.

— Il y a aussi les témoignages des voisins. Il y avait des gens plutôt louches dans la garrigue, ces derniers temps.

— Vous êtes allé voir ?

— Non, il faisait nuit.

— Mais, dites-moi, le propriétaire, Stéphane Marsot ?

— Ah, pardon, vous n'étiez pas au courant ?

— Décédé ?

— On a trouvé un corps, il faudra procéder à une identification.

— Écoutez, Ratier, pas la peine que vous y retourniez. C'est mon quartier, les riverains se sentiraient trahis si je ne m'en occupais pas personnellement.

— Comme vous voudrez, commissaire. Mais dites-moi si vous changez d'avis, je peux très bien m'en charger, vous savez, j'ai…

Bordarier regretta un instant de lui avoir raccroché au nez. Il n'y pouvait rien, il avait du mal avec ce garçon.

Après quelques tâtonnements, il fut mis en relation avec un responsable à la caserne des pompiers, à qui il demanda s'il pensait lui aussi que l'incendie de la villa était criminel. À cause de sa voix forte et de son accent, Bordarier se représenta un pilier de mêlée gascon interrompu dans la dégustation d'un cassoulet. Derrière on entendait deux ou trois personnes qui riaient fort.

— Oui, commissaire, j'y étais, ce matin, alors je peux vous donner mon opinion à chaud, si on peut dire. Il faudra attendre les analyses, mais des comme ça, qui se propagent aussi vite, c'est plutôt rare. Pour l'accélérateur de feu, je parie que ce sera confirmé.

Revenu d'un pas lent jusqu'au commissariat, Bordarier se retrouva face à sa pile de dossiers à signer. Le plafonnier était éteint. Dans le clair-obscur du bureau, cette archive des rêves brisés et des folies de ses congénères prenait un aspect sinistre.

Ses yeux passèrent sur quelques lignes de procès-verbal provenant d'une affaire de vengeance dans le quartier Pissevin. « *Le jeune homme a alors montré un menu imprimé détaillant les prix pour différentes quantités de moula, d'amnesia, de zipette et d'ecstasy, ce qui a malheureusement déclenché la furie de son compétiteur.* » Vers 17 heures, il décida de remettre le reste au lendemain et alla chercher Namgyel dans son bureau.

— Je vais faire une enquête de voisinage, impasse des Anémones, ça te dit de venir ?

— Je croyais que c'était Ratier qui s'occupait de la villa incendiée ?

— Non, c'est moi.

— Ah, pourtant, il avait l'air tout content d'être sur l'affaire.

Est-ce qu'ils s'étaient donné le mot ? Après Hennequen, c'était maintenant Namgyel qui semblait prendre la défense de Ratier.

— Je suis du quartier et quand on est du quartier, on n'envoie pas un étranger mener l'enquête.

C'était vrai. Si dans sa phase initiale elle avait été confiée à quelqu'un d'autre que Ratier, ç'aurait été pareil, il l'aurait reprise immédiatement. D'ailleurs, Marsot n'aurait jamais voulu de Ratier, il aurait insisté pour que ce soit Bordarier qui s'occupe de lui, quelqu'un qu'il connaissait, avec qui il avait sympathisé.

En descendant les escaliers qui les menaient au parking, un souvenir très précis de l'été précédent lui revint. Avec un grand sourire, Marsot lui faisait cadeau de ses olives maison. Oui, il les voyait bien, maintenant, pas les olives, mais ces dents sur lesquelles le médecin légiste allait bientôt se pencher. De beaux rectangles d'ivoire que les soixante-dix ans passés de leur propriétaire avaient laissés intacts. Il n'avait pu s'empêcher d'en être un peu jaloux en pensant à ces familles bourgeoises où tout n'est que luxe, calme et volupté, et où l'on enseigne aux enfants une hygiène sévère. Personne ne l'avait grondé, lui, lorsqu'il se mettait au lit avec une réserve de chocolat, ou pire, de Carambar, sous l'oreiller, comme en témoignaient ses nombreux plombages et ses trois couronnes.

6

Malgré l'approche du soir, les habitants du quartier étaient encore une bonne quinzaine derrière la rubalise qui interdisait l'accès aux décombres inondés de la villa. Bordarier constata que la thèse d'un crime perpétré par des migrants avait fait un émule de plus.

— Tous des voleurs, des violeurs et des assassins ! Quand est-ce qu'on va agir, bordel ? Vous attendez qu'on soit tous remplacés ? Vous savez combien ils sont à rôder dans la garrigue ?

Attifé d'une parka verte et d'un hideux pull en laine rouge brodé d'un père Noël, un homme aboyait et agitait le bras en direction des murets et des buissons. Pur hasard ou conséquence d'un positionnement habile, Namgyel apparut dans le prolongement direct de l'index accusateur et Bordarier eut le plaisir de voir l'énergumène ouvrir la bouche sans qu'il en sorte le moindre bruit. Combien de fois dans l'histoire de l'humanité l'expression « couper le sifflet » avait-elle connu une aussi spectaculaire illustration ? C'était à se demander ce qu'il avait vu. Un homme à nattes, mains griffues et moustaches perfides ?

— Ma tête ne te revient pas ?

Devant la carte à bandeau tricolore que Namgyel avait placée sous son nez, l'homme déglutit péniblement. Bordarier comprit qu'il n'allait même pas chercher à sauver la face devant les riverains qui ricanaient déjà. Sa priorité, de toute évidence, c'était de sortir indemne de cette situation cauchemardesque.

— Si monsieur.

— Tiens regarde, est-ce que j'ai les canines pointues ?
— Non monsieur.
— Et mes yeux, ils sont cruels, mes yeux ?
— Non monsieur.
— Et quand je souris, j'ai l'air de vouloir te planter un couteau dans le dos ou de venir chez toi t'égorger dans ton sommeil ?
Le rictus qui s'était formé sur les lèvres de Namgyel était à vrai dire assez inquiétant. C'était à se demander s'il n'était pas en train de s'inspirer de souvenirs cinématographiques du docteur Fu Manchu.
— Euh, non monsieur.
Du coin de l'œil, Bordarier aperçut Audibert qui refermait son portail et venait à leur rencontre. Il s'était enveloppé du grand manteau noir qui avait fait trembler pendant quarante ans les particuliers et les entreprises en délicatesse avec les impôts. Avec sa grande taille, ses épaules rentrées et son cou qui se détachait de son cache-nez selon un angle peu naturel, l'image du vautour s'apprêtant à dépiauter une charogne s'imposait naturellement. Il interpella l'homme qui était devant Namgyel.
— Hé, oh, Maurice, ne me dis pas que je te reprends à faire ton numéro !
— Non, enfin je...
— Ça ne va pas, ça, Maurice, ça ne va pas du tout. Tu ne te souviens pas de ce qu'on avait dit ? Émile, je peux te parler une seconde ? Vous aussi, monsieur l'inspecteur, si ça ne vous gêne pas.
Pendant que le dénommé Maurice regardait le bout de ses chaussures en se mordant les lèvres, Namgyel et Bordarier firent quelques pas pour rejoindre Audibert. Il prit la pose de l'entraîneur expliquant sa stratégie à ses joueurs, tout juste s'il ne leur passa pas les bras sur les épaules.
— Voyez, euh, Maurice, il est un peu spécial. Toc toc, si vous voulez. Je connais son histoire et sa situation, assez malheureuses ma foi. Mère alcoolique, père alcoolique. Le peu qu'ils lui ont laissé, il l'aurait perdu s'il n'avait pas été mis sous tutelle. Il passe

ses journées sur Internet à gober tout ce qui passe, mais il n'est pas méchant. Et puis c'est rare qu'il sorte. Entre nous, le mieux, c'est de le laisser tranquille.

Bordarier échangea un regard avec Namgyel. Après ces révélations, il était évident qu'ils n'allaient pas s'acharner. Sur un signe d'Audibert, Maurice commença à s'éloigner sans demander son reste. Quant à savoir quel serait l'effet psychologique à long terme de sa confrontation improbable avec un géant tibétain, nul pouvait le prédire, mais Bordarier était à peu près sûr qu'il vérifierait la composition de son public la prochaine fois qu'il se laisserait aller. Audibert secoua encore la tête en l'accompagnant du regard.

— Pas un mauvais bougre, vous savez. Bon, en tout cas, vous tombez bien. Venez avec moi, je vais vous montrer quelque chose qui risque de vous intéresser. Tu verras, Émile, ça vaut le détour. C'est par là. Et, tiens-toi bien, le chemin fait la boucle et passe derrière la villa de Stéphane, comme par hasard.

Son geste circulaire désignait une zone non bâtie de la garrigue. Bordarier devina qu'il s'agissait du soi-disant camp de migrants dont il avait été question la veille.

Le taillis de chênes verts était épais, les feuilles étroites et sèches griffaient la peau. Au terme d'une assez longue déclivité, ils débouchèrent sur un creux abrité d'une bâche dont les coins étaient noués à des branches. Des boîtes de conserve, des bouteilles en plastique, une canisse à demi déroulée et des fragments de tissu et de papier jonchaient le sol autour des cendres d'un feu qui avait l'air ancien. Le spectacle d'une grille pour barbecue façonnée à partir d'un morceau de caddie suscita chez Bordarier le même malaise que lorsqu'il apercevait une tente Quechua le long d'un terrain vague, ou une cabane faite de bric et de broc nichée sous un échangeur ou un pont. Qu'est-ce qu'il aurait fallu pour que lui-même échoue au même endroit ? Peu de choses, sans doute. Il y aurait eu les habits rances, la comptabilité des petites pièces, le sol dur au sommeil, la saleté des sacs de couchage et des couvertures.

— Vous voyez, Nanorobot avait raison, il y a bien des migrants dans la garrigue.

— Qu'est-ce qui te dit que ce sont des migrants ?

— Parce qu'ils ont été vus, Émile.

— Par Nanorobot ?

Audibert ne répondit pas. Comme un chien d'arrêt ayant humé une présence lapinesque, il s'était immobilisé devant un bidon en plastique.

— Pétard, regardez-moi ça !

D'après l'étiquette, le récipient avait contenu deux litres d'alcool à brûler de la marque Mieuxa. Audibert le ramassa pour le considérer de près puis l'approcha de Namgyel. Bordarier comprit que l'ancien moine puisait assez profondément dans sa réserve d'aménité.

— Et ?

— Il faut que je vous fasse un dessin ? Ils avaient tout sous la main pour faire leur sale coup.

— Ou pour allumer un feu de camp.

— L'un n'empêche pas l'autre. Souvent, l'arme du crime s'improvise au moment fatidique, vous le savez mieux que moi. Tenez, prenez-le. Pièce à conviction.

Comme Namgyel n'esquissait pas le moindre geste pour se saisir du bidon, l'enquiquineur fit quelques pas pour le présenter à Bordarier, mais le trouva soudainement occupé à prendre des photos du campement avec son portable.

— Alors quoi, je le laisse là pour la Scientifique ?

— Quoi donc ?

— Mais le bidon, Émile !

— Quel bidon ?

— Eh bien, regarde, alcool à brûler Mieuxa, deux litres !

Namgyel avait glissé la main sous un coin de la bâche et en retirait un sac plastique rempli de vêtements. Bordarier contourna un Audibert abasourdi devant tant de mauvaise volonté. Ils exhumèrent du bout des doigts quelques tee-shirts moisis et un morceau de papier ramolli que Namgyel déplia précautionneusement.

Sous l'en-tête d'un centre d'accueil de demandeurs d'asile étaient listées des ressources pour les nouveaux arrivants. Bordarier se souvint que les locaux du CADA L'Alesti avaient fermé il y avait quelques mois à cause de problèmes de financement.

— C'est quoi ?

Audibert s'était penché au-dessus de leurs épaules. Namgyel rangea le papier dans sa poche, mais son contenu n'avait pas échappé à l'œil exercé de l'ancien contrôleur des impôts.

— Vous comprenez maintenant ? Ils ont fauché des outils dans la remise de Marsot une première fois, puis ils sont revenus en prendre d'autres. Et là, il les attendait. C'est parti en vrille.

Bordarier grimaça en percevant l'excitation fébrile d'Audibert. Décidément, ce contexte de crise révélait une âme resserrée, jalouse et mesquine. Il fallait l'envoyer balader au plus vite.

— Tu sais qu'à force de vouloir incriminer les migrants, tu vas finir par te rendre suspect ?

— Hein ?

— Mets-toi à ma place. Qui découvre l'incendie avant tout le monde et avertit les pompiers ? Toi. Qui m'appelle sur mon portable, en pleine nuit, pour me faire venir ? Toi. Et là, comme par hasard, qui s'efforce de nous vendre un scénario improbable de migrants assassins ? Encore toi. Avoue qu'il y a de quoi s'interroger.

— Comment ça, de quoi s'interroger ?

— Tu ne serais pas le premier criminel à vouloir téléguider une enquête pour écarter les soupçons. Tu t'es disputé avec Stéphane ? Vous en êtes venus aux mains ? Tu as mis le feu pour couvrir ton forfait ?

Bordarier put se réjouir quelques instants de la mine éberluée d'Audibert. Mais il aurait dû savoir qu'on n'ébranlait pas aussi facilement un homme convaincu de son importance et accoutumé à être du côté des inquisiteurs.

— Ah ! Tu te fous de ma gueule. C'est pas très marrant. Non, pas marrant du tout, même. Franchement, un mort, ça ne te suffit pas ?

— Une scène de crime est un puzzle où les mêmes pièces peuvent entrer dans des trous différents. J'espère pour nos concitoyens que tu faisais preuve d'un peu plus de rigueur aux impôts.

— Je n'ai jamais alpagué d'innocent, si c'est ça que tu veux dire. En revanche, j'ai laissé échapper pas mal de coupables, les pires, ceux qui planquent leur fric aux Bahamas.

— Et maintenant tu t'attaques aux migrants ?

— Mais qu'est-ce que tu crois, Émile, c'est pas parce qu'ils sont des migrants que j'en ai après eux, c'est parce qu'ils ont trucidé mon voisin !

— Tu ne m'as pas dit la nuit dernière que tu voulais tous les mettre dans des bus, direction l'aéroport ?

— Et alors ? Est-ce que c'est ma faute si beaucoup sont criminels ?

Bordarier se détourna en laissant échapper un bref chapelet de jurons entre ses dents, d'où les mots « pays de cons » et « tête de pintade » émergèrent distinctement, en réponse à quoi Audibert, vexé, se laissa distancer sur le sentier qui remontait par l'arrière en direction de la villa de Stéphane Marsot. Après quelques minutes, Bordarier se retourna et constata qu'il avait disparu. Il avait dû changer d'avis et repartir dans l'autre sens, peut-être pour continuer à farfouiller dans le campement.

Vue sous cet angle, en venant de la garrigue, la villa incendiée se révélait beaucoup plus grande que ce qu'il avait cru jusque-là. Toutes ces années, une aile entière était restée invisible du trottoir. Ses murs noircis, surmontés de quelques restes carbonisés de la charpente, jetaient de longues ombres sur la piscine débâchée. L'eau était recouverte d'une taie de cendres.

Namgyel examina les raquettes de figuiers de barbarie qui avaient colonisé le mur de pierres sèches à un endroit où il s'était un peu éboulé. Malgré les épines, l'escalade aurait été ici plus facile qu'ailleurs pour pénétrer dans la propriété.

— Pas de traces de chutes de pierres récentes, pas de plantes abîmées, pas d'empreintes dans le sol. Personne n'est passé par là.

Ils débouchèrent bientôt sur l'impasse des Anémones. Les badauds s'étaient dispersés, on entendait le miaulement intermittent d'une tronçonneuse.

La villa de l'avocat Hugues Courtois était de l'autre côté de la rue. Une fontaine en béton moulé se dressait au milieu du terrain. Un bout de tuyau jaune sectionné sortait du sol et laissait supposer qu'elle n'accueillait plus que les eaux de pluie afin de les proposer, stagnantes, aux oiseaux de la garrigue. Deux grands cyprès montaient la garde de part et d'autre des marches de l'entrée. Ils auraient peut-être pu donner à l'endroit une vague solennité de mausolée ou de temple antique, si la porte elle-même n'avait pas paru ridicule avec ses ferrures imitation donjon et si l'avocat ne l'avait pas rapidement ouverte pour répondre à la sonnerie d'un carillon tout ce qu'il y avait de plus banal.

— Bonjour commissaire. Alors, des nouvelles ?

Courtois portait un kimono bleu indigo qui avait l'air assez authentique. Faisant un effort pour limiter son examen au visage de son interlocuteur, Bordarier remarqua que ses joues s'étaient colorées par endroits d'une teinte purpurine. Il se demanda si c'était le résultat de la chaleur intense à laquelle il s'était exposé quand lui et quelques riverains avaient puisé dans la piscine de Marsot pour essayer d'éteindre les flammes.

— On penche pour l'incendie criminel, mais il faudra attendre les résultats des prélèvements.

— On n'a pas besoin de ça, dans le quartier, surtout après la série de cambriolages de l'été dernier. Si maintenant on commence à se faire trucider, alors…

Comme il les invitait à le suivre dans un vestibule tapissé d'un papier peint à fleurs de lys, Bordarier entrevit son propre visage dans un miroir encadré de guirlandes d'or et de feuilles rutilantes. Le contraste était saisissant avec son teint terreux, sans doute aggravé par le mal de tête qu'il sentait maintenant venir.

Ils débouchèrent dans un salon dallé de carreaux noirs et blancs où étaient disposés des meubles trapus à colonnes torsadées. Sur un étroit piédestal en marbre rose, un buste en bronze représentant

Jeanne d'Arc surveillait la scène, tandis qu'un des murs accueillait une panoplie composée d'une hallebarde, d'une massue et d'un fléau d'armes. Dans la cuisine attenante, à laquelle on accédait par une ouverture voûtée, Bordarier faillit s'empaler sur une lance attachée à une armure naine d'à peine un mètre de haut.

— Aïe, oui, faites attention, mon petit paladin est équipé d'un méchant dard. Je vous offre un café, messieurs ?

Namgyel ayant acquiescé à la proposition, Bordarier fit de même et regarda Courtois mettre une dosette dans la machine.

— Vous aviez entendu parler de cette histoire de vol d'outils dans la remise de monsieur Marsot ?

— J'avoue que non, commissaire, pas avant ce matin. Mais je ne suis peut-être pas aussi au courant qu'Audibert et Farfale, ce sont un peu eux les sycophantes du quartier.

Dans l'ignorance de ce que ce mot signifiait, Bordarier prit l'air pensif, ce qui sembla encourager Courtois à continuer. C'était sans doute avec ces mots savants qu'il impressionnait son monde, au tribunal.

— Il y a deux ou trois semaines, Mme Pinot, la postière, m'a dit de me méfier. Elle les avait repérés qui traînaient. Selon elle, ils préparaient un cambriolage.

— Dans l'impasse ?

— Oui, enfin elle n'a pas indiqué où exactement. À vrai dire, je ne l'ai pas vraiment prise au sérieux, vous la connaissez comme moi. Autant nous sommes dans une posture de recherche de la vérité, en particulier vous, les enquêteurs, autant elle donne l'impression de vouloir la fuir par tous les moyens.

Bordarier se contenta de sourire, il n'allait pas gaspiller sa salive à détailler toutes les bêtises qui sortaient de la bouche de Nanorobot.

— Et vos rapports avec Marsot ?

— Pendant longtemps nous n'avons eu que des relations de voisinage, cordiales mais superficielles. Et puis il y a quelques années il a eu recours à mes services, ce qui m'a permis de mieux le connaître. L'affaire des tableaux, ça vous dit quelque chose ?

— Non.
— Une histoire assez improbable. Comme vous le savez certainement, Marsot était veuf quand il est venu s'installer ici, mais est-ce qu'il vous avait parlé de sa femme ?
— Pas que je me souvienne.
— Le père de sa femme, son beau-père, donc, était à la tête d'une imprimerie. Riche famille du Nord. Un vrai entrepreneur à l'ancienne, avec le goût des belles choses et en particulier une collection de tableaux pour décorer sa villa. Après la mort du paternel, Marsot et sa femme en ont récupéré. Quand elle est décédée à son tour et qu'il s'est installé ici, à Nîmes, des tableaux l'ont suivi. Il y a quelques années, il s'en est lassé et en a proposé plusieurs à la salle des ventes. Ils ont été vendus assez facilement, mais au bout de quelques mois, il y a eu un problème.
Avec un bruit de moteur, la machine à café avait exprimé dans la première tasse un filet de café mousseux. Courtois s'interrompit pour la tendre à Namgyel puis inséra une nouvelle dosette dans la machine.
— Sucre ?
— Volontiers.
— En fait, je n'ai plus que de l'édulcorant, pas de vrai sucre.
— Ah, pas grave, merci.
Bordarier fit un effort pour ne pas s'impatienter pendant que le bruit reprenait et que Courtois regardait Namgyel touiller son café. L'avocat donnait l'impression d'avoir complètement perdu le fil de ce qu'il était en train de leur raconter.
— Quel problème ?
— Ah, euh, oui, eh bien, un des acheteurs s'est plaint de s'être fait refiler un faux. Il y a eu une nouvelle expertise, une contre-expertise, puis une contre-contre-expertise. En fin de compte, c'était bien le cas. Comme Marsot était venu me voir, je lui ai conseillé d'offrir de reprendre le tableau et de protester de sa bonne foi.
— Et ça s'est arrêté là ?

— Ah non, l'info a circulé, les autres tableaux ont été à nouveau expertisés, il y a eu de gros doutes sur la plupart. Si vous voulez, je pourrai vous communiquer les éléments du dossier, je les ai encore à l'étude. Marsot aurait aimé se retourner contre le marchand qui avait vendu les tableaux à son beau-père, mais ça remontait aux années 1950. Le marchand était mort et la galerie avait fermé depuis longtemps. Tenez, votre café.

Bordarier refusa d'un geste ferme le sucre de régime et avala d'un coup la moitié de sa tasse. Le breuvage était correct, bien qu'inférieur à celui qui sortait de sa cafetière italienne culottée par l'usage. Sans doute son jugement était-il influencé par son aversion instinctive pour l'engin moderne que Courtois était en train de manipuler à nouveau pour faire une troisième tasse.

— Il possédait d'autres objets de valeur ?

— Sans doute. C'était bien meublé, chez lui, même si ça restait très sobre et même un peu vide, à vrai dire. Je n'y suis pas allé souvent.

Bordarier se promit de demander à Genet d'examiner les polices d'assurance. Migrants ou pas, il était trop tôt pour écarter la possibilité d'un cambriolage qui aurait mal tourné. Namgyel posa sa tasse sur un comptoir en quartz noir.

— Alors, qu'est-ce qu'il a fait, il a aussi repris les autres tableaux ?

— C'est ce qui a mis un terme à l'affaire, monsieur. La maison de vente a accepté de rembourser son pourcentage. Tout s'est assez bien déroulé, finalement. Il n'a pas trop perdu d'argent.

Courtois but son café à son tour et sembla y prendre un plaisir intense, faisant tourner chaque gorgée dans sa bouche.

— Et sinon, récemment, vous n'avez pas constaté de comportement inhabituel chez Marsot ?

— Rien de particulier. Il était assez tranquille, comme d'habitude. Dernièrement on le voyait tailler ses oliviers. Ça l'a occupé un moment. Triste. Ah, j'espère vraiment que l'incendie n'est pas criminel ! On ne se sentira plus jamais en sécurité sinon.

Bordarier prit une grande inspiration en retrouvant l'air libre. Ce n'était pas que son mal de tête. D'ordinaire impassible devant les divers intérieurs dans lesquels il était amené à pénétrer, du taudis le plus sordide à la propriété la plus flashy, il s'était réellement senti agressé par la déco de Courtois, où les fleurs de lys semblaient suggérer la possibilité d'une adhésion à un mouvement royaliste, par exemple Présence du souvenir bourbonien (PSB), ou Cercle d'action légitimiste (CAL), tandis que le buste de Jeanne d'Arc sur son piédestal luxueux pointait vers le Rassemblement National, peut-être tendance bling-bling. Association redoutable pour ses nerfs éprouvés par les dernières quarante-huit heures.

Personne ne répondit à l'adresse suivante, qui correspondait à une villa aux volets fermés. Un passant promenait un chien coiffé en buisson de jardin topiaire, avec des pattes rasées et des pompons autour des chevilles et au bout de la queue. Parfaitement inconscient de l'indignité qu'il avait subie, l'animal à houppette renifla les poches de Bordarier d'un air intéressé pendant que son maître parlait.

— Ah, eux ? Les Müller. Ils ont leur résidence principale à Strasbourg.

— Vous connaissiez le propriétaire de la maison sinistrée ?

— Pas du tout. J'habite un peu plus loin, en bas, près de l'arrêt de bus. Les Strasbourgeois, je les connais bien parce qu'ils sont volontaires à la Banque alimentaire du Gard tous les étés. Ils me demandent de passer de temps en temps pour voir si rien n'a bougé chez eux.

Le soleil était en train de disparaître derrière un toit de tuiles lorsqu'ils s'arrêtèrent devant le portail d'André Casse. C'était de là que venait le cri strident d'une tronçonneuse qui, en plus du bois, paraissait déterminée à découper la paix du soir en rondelles. Casse les avait vus arriver. Il posa son outil infernal à côté du tronc qu'il était en train de débiter, puis se débarrassa de ses lunettes de protection et de ses gants pour venir leur ouvrir. Son visage était luisant de transpiration.

— La mairie m'a envoyé une notice à cause du risque d'incendie, alors avec ce qui s'est passé à côté, je me suis dit que j'allais m'y mettre. De toute façon, ils allaient me coller une amende de 120 euros par jour si je ne le dégommais pas. Venez, entrez.

Le patron de bar-tabac avait installé un flipper et une machine à sous dans son salon. Une énorme télé écran plat était réglée sur CNews, heureusement sans le son. Il ouvrit un meuble-bar et en sortit une bouteille de Ricard et trois verres qu'il posa sur la table, puis hésita en regardant Namgyel.

— Vous buvez de l'alcool ? Je demande, parce qu'on ne sait jamais, de nos jours.

Pour toute réponse, Namgyel tendit son verre, ce qui parut faire plaisir à leur hôte. Les doses distribuées, il alla chercher de l'eau dans la cuisine. Bordarier en profita pour regarder autour de lui. La retraite de Casse était imminente, il n'attendait plus que le repreneur de son fonds de commerce, mais cette ambiance de bar promettait d'adoucir le choc du changement. Il revenait déjà avec son carafon publicitaire, comme pour servir deux clients. Le café de Courtois n'ayant eu aucun effet positif sur son mal de tête, Bordarier transféra ses espoirs sur cette nouvelle boisson.

— C'est dommage que tu ne viennes pas plus souvent aux fêtes de quartier, Émile, tu nous manques.

— Ça tombe souvent mal.

— La dernière fois que tu y étais, je me souviens, c'était à la fameuse fête de l'âne. Ça remonte. Marsot, lui, il ne nous a jamais fait faux bond, depuis qu'il vivait ici.

— Il ne t'a jamais fait part d'éventuels soucis ?

— Des soucis ? Non, pourquoi ?

— Je sais qu'il n'a pas eu d'enfant. Est-ce qu'il avait de la famille qui venait lui rendre visite de temps en temps ? Une petite amie ?

— De la famille, non, mais une petite amie, oui, en tout cas au début. Tu ne l'as pas connue ?

— Pas que je sache.

— Il l'a pêchée sur un site de rencontre, la deuxième année après son installation. Une Ukrainienne. Je ne sais pas ce qu'il cherchait, mais elle, elle était du genre sérieux. Trente-cinq ans, elle voulait le mariage, des enfants. Lui non. Du coup, au bout de deux ans, elle est rentrée dans son pays. Six mois plus tard, elle revient, enceinte. Insémination artificielle, qu'elle lui dit comme ça. Non, je te jure. Elle voulait qu'ils recommencent. Il a refusé, mais à mon avis, il lui versait encore de l'argent. Je ne serais pas surpris qu'elle habite toujours la région.

— Tu te souviens de son nom ?

— Son nom, tu m'en demandes trop, mais son prénom, attends… Oui, je crois que c'était Kalyna, ou quelque chose du genre.

Lorsqu'ils prirent congé, le crépuscule était tombé. L'étau qui lui serrait les tempes depuis un quart d'heure venant de recevoir un tour de serrage supplémentaire, Bordarier fouilla fébrilement dans sa poche et finit par détecter au bout de ses doigts la plaquette de Doliprane qu'il cherchait. Son soulagement fut de courte durée. Elle se révéla vide, les petits morceaux d'aluminium tous enfoncés ou bâillants.

Ils venaient de monter dans la Primula quand le nom de Cordelle apparut sur son portable. C'était son numéro de fixe.

— Allô, commissaire ? C'est Fayçal. J'ai écouté le message que Chögyam m'a laissé ce matin à propos de Vera. Ça vous dirait de passer chez nous ce soir ?

— Des nouvelles ?

— Il faut qu'on parle.

7

Malgré son impatience, Bordarier fut contraint de se garer sous les micocouliers du boulevard Gambetta pour entrer dans une pharmacie. Une jeune femme à longs cheveux auburn lui remit deux boîtes de Doliprane ainsi que le spray d'eau de mer à 8,90 euros qu'elle lui avait conseillé. Ses iris étaient deux petites noisettes enchâssées dans une blancheur quasi virginale.

— Surtout, monsieur, évitez bien la prise d'alcool avec le paracétamol, sinon ça risque de vous endommager le foie.

Bordarier ressortit en méditant l'air préoccupé de la pharmacienne. Il était évident que cette mise en garde lui avait été personnellement adressée. La faute à ses cernes bistre ? Aux reflets jaunâtres de sa sclérotique assortis à son haleine parfumée par les apéros de tout à l'heure ? Il repensa à ses bonnes résolutions de la nouvelle année, abandonnées trop vite. Ce soir, il se ferait un plat de carottes râpées. Quelques radis, très peu de beurre et de sel. Accompagnés d'un grand verre d'eau. Il se purifierait, comme Hennequen. Il soupira en remontant son col. Un vent froid commençait à souffler et des nuages aux reflets orange glissaient au-dessus de la ville, masses ventrues venues de la Méditerranée. Comme Namgyel l'attendait dans la Primula, il se dépêcha de sortir les médicaments de leurs boîtes et avala un cachet de 1 000 milligrammes avant de s'envoyer le spray dans les narines. D'après la notice, l'eau avait été pompée de la baie du Mont-Saint-Michel, origine patrimoniale qui devait expliquer son prix exorbitant.

Il conduisit chauffage à fond. Au bout de quelques minutes, il s'aperçut que son nez s'était un peu débouché et qu'il pouvait à nouveau sentir la légère odeur de sèche-cheveux en surchauffe qui émanait des grilles d'aération du tableau de bord. Namgyel avait inséré au hasard une vieille cassette dans l'autoradio. Comme la bande magnétique avait tendance à s'échapper en serpentin de sa boîte de plastique et avait été plusieurs fois rembobinée au crayon, les voix entremêlées de Bernard Lavilliers et de Nicoletta donnaient l'impression de vaciller sur les vers sinistres d'« Idées noires » : « *Je fais des mauvais rêves, j'suis sur un mauvais câble, dans la paranoïa, pas de marchand de sable, j'vois en panoramique, urgente et désirable, une blonde décapitée dans sa décapotable.* » Les troncs des platanes apparaissaient et disparaissaient sous la lumière des phares. Au ras d'une colline couverte de ceps crucifiés sur leurs tuteurs s'éteignait la dernière lueur du crépuscule, pan de drap violet suspendu à une lucarne céleste.

— Qu'est-ce que tu lui as dit, à Fayçal, dans ton message ?

— Je lui ai juste demandé s'il avait des nouvelles.

— Et lui, qu'est-ce que tu as sur lui ?

— Pas grand-chose. L'élevage de chiens. Ils se sont connus à Paris, je crois. À part ça, rien. Tu sais comme moi que Vera n'est pas du genre à raconter sa vie.

Bordarier hocha la tête. Avec la demande de détachement à la DGSE, le mystère Cordelle avait semblé s'éclaircir. Mais en fin de compte, que savait-il d'elle ? Le dossier restait étonnamment vide. Sur un ordre venu d'en haut, elle avait été parachutée au SRPJ de Nîmes sans qu'on juge nécessaire de détailler ses états de service. Porte ouverte à toutes les spéculations. Quand ses nouveaux collègues avaient détecté la trace d'un accent, discret roulement des *r* qui n'apparaissait que par intermittence, la machine à café était devenue le point de ralliement où s'étaient mises à percoler les théories les plus farfelues. Jusqu'à ce qu'il n'en reste plus qu'une. Cordelle aurait infiltré des mafieux russes, la mission se serait mal passée, on l'aurait mise au vert chez eux. Lorsqu'elle avait mentionné avoir vécu dans une petite ville de Sibérie jusqu'à la fin de son adolescence, ce scénario était devenu parole d'évangile. Une policière à la fois capable de se faire passer pour une véritable Russe et d'aimanter les regards de flics pourtant revenus de tout était bien évidemment la candidate idéale pour ce genre d'opération. Bordarier s'était contenté d'écouter ces bruits sans se laisser convaincre. Le patron de la PJ de la zone Sud, à Marseille, était un ami, il n'aurait pas eu de raison de passer sous silence une information de ce genre. De toute évidence, l'affaire était plus complexe, mais il n'avait pas cherché à creuser. Ce n'était pas le manque de curiosité qui l'avait retenu, mais plutôt quelque chose en Cordelle. Comment appeler cette réserve dure, farouche, qu'il avait lue dans son regard ? Interdiction d'entrer, zone minée ? De toute façon, il n'avait pas de raison de se mêler de ce qui ne le regardait pas. Elle faisait son travail, elle était solide, prenait l'initiative, connaissait les textes de loi par cœur, n'avait pas peur de faire le coup de feu. Bien sûr, maintenant qu'il savait qu'elle était passée par la DGSE, ceci expliquait cela.

Ils s'arrêtèrent bientôt devant la propriété. Au bruissement des chênes verts se mêlaient les aboiements de chiens de chasse. Il donna deux brefs coups de klaxon. Une ampoule s'alluma, bille jaune dans la nuit, puis une ombre démesurément longue se projeta sur les arbres et les buissons. Fayçal Aboulafia déverrouilla le portail et désigna pour la voiture un emplacement sur le côté de la maison. La lumière des phares éclaira les têtes desséchées de quelques chardons. Ils le rejoignirent sur la véranda.

— Bonsoir, Namgyel. Bonsoir, commissaire.

— Alors, Vera ?

— J'ai contacté la DGSE tous les jours depuis qu'elle aurait dû rentrer. Ils me disent qu'ils vont bientôt m'informer, mais pour l'instant, rien.

— J'ai parlé ce midi à un certain Grünbein.

— Ah, lui ! Qu'est-ce qu'il vous a dit ?

— Pour ainsi dire, rien. Vous le connaissez ?

— Un peu.

— D'où ?

— On a travaillé ensemble, à l'époque.

Bordarier pénétra à l'intérieur en tentant de ne rien laisser paraître de son étonnement. Ainsi, Aboulafia était lui aussi un ancien agent de la DGSE ? Il jeta un coup d'œil vers Namgyel, qui lui répondit par un haussement des sourcils et des épaules.

Une surprenante icône orthodoxe russe les accueillit dans l'entrée, un saint Georges rutilant, armé d'une longue lance au bout de laquelle se tortillait un dragon longiligne, sorte de serpent à ailes de chauve-souris. Plus loin, sur une photo noir et blanc d'assez grand format, un homme à la musculature très développée et au visage marqué, avec la tête rasée et un collier de barbe, peut-être un boxeur ou un lutteur, se tenait au milieu d'un bois de bouleaux, torse nu, en bas de survêtement. Est-ce que c'étaient des souvenirs qu'elle avait conservés de sa vie d'avant ?

— Venez, on va s'installer à la cuisine.

Les meubles étaient dépareillés, avec un buffet en pin, des étagères bleues fermées par des battants à grillage de fer. Sur le sol, des cageots tapissés de papier journal avaient dû contenir des fruits. Ils s'assirent pendant qu'Aboulafia tirait trois verres d'un placard et posait devant eux une bouteille de vin rouge. La table était grande, éclairée par un lustre rustique en forme de roue de charrette. Un panier placé sur un napperon contenait plusieurs emballages de médicaments antidouleur. Bordarier perçut soudain une odeur d'épices et vit qu'un plat était en train de mijoter sur la gazinière. Aboulafia les regarda tour à tour, la mine grave.

— Vous savez quoi, exactement ?

— Seulement que Vera a été rappelée par la DGSE pour une mission de courte durée.

— Et à toi, Chögyam, elle ne t'a rien dit de plus ?

— J'ai cru comprendre qu'elle retournait là où elle avait été postée auparavant, mais elle ne m'a pas dit où exactement.

— Bon, vous connaissez la règle du « à en connaître » ?

— Vaguement.

— Ça veut dire, commissaire, qu'avant de partager une information, un agent doit s'assurer que son interlocuteur a le droit d'y accéder. Chez nous, la règle est d'avancer masqué, tout est compartimenté.

— Vous avez rencontré Cordelle à la DGSE ?

Aboulafia eut un petit sourire fatigué, puis baissa la tête et passa la main sur sa nuque. Il portait ses cheveux très courts, ce qui allongeait encore son front et son visage ovale. Lorsqu'il l'avait croisé pour la première fois, Bordarier s'était dit qu'il faisait plus jeune que ses probables quarante et quelques années, mais aujourd'hui il avait des poches sous les yeux et ses joues étaient creusées par des ombres. Il le regarda se lever, s'approcher de la gazinière, réduire les flammes du brûleur jusqu'à ce qu'elles ne soient plus qu'un collier de minuscules perles bleues.

— Vous voulez du tagine ? J'en ai fait beaucoup hier, j'espérais que Vera serait rentrée. Il y en aura largement pour trois.

Tant pis pour les crudités, se dit Bordarier, la bouche soudain pleine de salive. Namgyel signala également qu'il ne disait pas non.

Le tagine à l'agneau réparti dans les assiettes et les verres à nouveau remplis de vin, ils se mirent à manger en silence pendant qu'autour d'eux la maison craquait sous les bourrasques. C'était bon, les épices brûlaient agréablement la langue. Comprenant qu'Aboulafia ne les avait pas fait venir pour rien et qu'il était inutile de le pousser, Bordarier ne posa pas de questions. Namgyel était sans doute arrivé à la même conclusion et mangeait la tête baissée sur son assiette, à la manière des moines. Au bout d'un moment, Aboulafia s'essuya la bouche et posa sa serviette.

— Bon, voilà, avant de venir chez vous, Vera a passé un an comme agent traitant dans un pays d'Europe de l'Est. Sa mission était de recruter une source proche d'un mafieux.

Namgyel s'arrêta de mâcher.

— Dans quel but ?

— Là on est dans le secret défense, alors vous gardez ça pour vous, d'accord ?

Bordarier fit signe que oui, il promettait d'être muet comme une tombe, ou plutôt comme une carpe, rectifia-t-il intérieurement.

— Le mafieux en question était très ami avec un homme d'affaires russe à qui il avait obtenu un passeport doré.

— Doré, c'est-à-dire ?

— Il y a encore des pays de l'Union européenne qui vendent leurs passeports, commissaire, en contrepartie d'investissements ou plutôt de promesses d'investissements qui peuvent se concrétiser ou pas. Chypre, Malte, la Bulgarie. Dans le cas qui nous intéresse, l'homme d'affaires russe a injecté de l'argent dans les affaires du mafieux. Son nouveau passeport lui a donné la possibilité de circuler librement en Espagne, en France et en Italie où il avait toutes sortes de magouilles en cours. Mais ce n'est pas ça qui intéressait la DGSE. Ils voulaient savoir ce qu'il confiait au mafieux sur ce qui se passait à Moscou. Il avait des contacts parmi les proches du président et après quelques verres, il aimait parler. Alors si la source de Vera était dans la pièce à ce moment, c'était presque comme d'avoir un micro planté au cœur du Kremlin.

Le nez dans son verre de vin dans l'espoir d'y cueillir des composés volatils susceptibles de continuer à stimuler ses récepteurs olfactifs, Bordarier s'efforça de renvoyer aux obscurs recoins de son inconscient les images resurgies de son cauchemar de l'avant-veille. Le clocher d'église orthodoxe battu par la houle, le jeu d'échecs empoisonné, l'énorme sablier dont il lui semblait encore entendre le chuintement. Sa tête vacilla soudain devant ces sinistres présages. Le Kremlin ! Poutine ! Et lui, commissaire dans une PJ de province, dans quoi était-il en train de se faire embarquer ? Namgyel épongea son assiette avec un morceau de pain puis regarda Aboulafia dans les yeux.

— Est-ce que tu peux nous dire dans quelles circonstances Vera est arrivée chez nous ?

— Sa mission à l'étranger s'est terminée abruptement, il y a un peu plus d'un an, juste avant Noël, à cause d'une suspicion de fuite à la DGSE. On a craint qu'elle ait été démasquée et elle a été exfiltrée en urgence. De retour à Paris, elle s'est dit qu'elle en avait assez. Moi aussi, depuis plus longtemps qu'elle d'ailleurs. Trop de stress, trop d'incertitude. On a fait jouer des contacts et un poste lui a été proposé à la PJ de Nîmes.

— Comment ça se fait qu'elle ait accepté de reprendre du service à la DGSE, si elle en avait si marre que ça ?

— La France avait encore besoin d'elle.

Bordarier s'attarda sur le visage d'Aboulafia dans l'espoir d'y détecter une trace d'ironie. Rien. C'était sérieux.

— Elle avait déjà beaucoup donné, non ?

Aboulafia écarta l'idée d'un geste vague de la main que Bordarier n'arriva pas à comprendre. Allez dire ça à Vera ? On ne donne jamais assez à sa patrie ? Agent un jour, agent toujours ?

— L'enquête de la DSEC a montré que la mission de Vera n'avait en fait pas été compromise. De son côté, son patron a eu des problèmes pour réactiver sa source. L'interruption brusque des opérations l'avait effarouchée. Tout ce que Vera devait faire, c'était retourner là-bas pour lui parler et la convaincre de travailler avec un autre agent traitant.

Bordarier se versa un autre verre. Il avait besoin d'apaiser le tumulte qui faisait battre ses tempes.

— Et c'est qui, son patron ?

— Un spécialiste de l'infiltration en Russie. C'est sans doute à lui que vous avez eu affaire.

Bordarier se remémora le ton faussement aimable du bonhomme qui l'avait informé du détachement, décidé sans qu'il ait eu voix au chapitre. Namgyel avait le front soucieux en levant les yeux vers Aboulafia.

— Pourquoi tu nous racontes tout ça ?

— Je pense qu'il est arrivé quelque chose à Vera et que la DGSE temporise. J'aimerais que vous leur demandiez des comptes, que vous alliez à Paris avec moi. J'ai peur qu'elle ait été attirée dans un piège.

Bordarier renifla. Si on lui avait dit seulement deux jours auparavant qu'il se trouverait pris, même de manière indirecte, dans une affaire d'espionnage, il aurait souri avec l'innocence de ceux qui se croient à l'abri des accidents les plus étranges de l'existence sous prétexte qu'ils sont hautement improbables.

— Quelle sorte de piège ? Tendu par qui ?

— C'est la question. Vera a pris de très gros risques avec cette source. Le mafieux est complètement perché. Et je ne parle pas des Russes. Si jamais ils avaient trouvé le moyen de la faire revenir pour se venger d'avoir été infiltrés, elle serait en danger de mort.

— Mais qu'est-ce qu'ils vous disent, là-haut, à Paris ?

— Ne croyez pas que mon statut d'ancien agent me donne accès à quoi que ce soit. Tout ce que je sais, c'est qu'ils ne veulent pas dire la vérité. Vous-même avez dû le sentir, ils sont embarrassés.

Sur la nationale, Namgyel régla la radio sur 92.2 FM. La ligne médiane réfléchissait le faisceau des phares, fil d'Ariane au milieu du labyrinthe des vignes noires. Bordarier se demanda si une force occulte n'était pas en train d'orienter son destin dans une direction aussi imprévue que dangereuse lorsque l'animatrice de Radio Nîmes annonça « Moujik Russe », chanson de Marie Paule Belle extraite de l'album *Héritage*, paru en 1978. Il y eut les arpèges dramatiques d'un piano, puis la chanteuse donna de la voix, mêlant ses inflexions à celles d'un violon mélancolique et tzigane : *« Depuis que je travaille à La Villette, dans une usine de faux caviar, je suis Russe des pieds à la tête, je rentre le soir beaucoup trop… tsar. »* Suivit un accelerando endiablé de jeux de mots douteux, rythmés par une guitare qui jouait à la balalaïka.

— Qu'est-ce que tu penses de tout ça, Chögyam ?

— Faudrait peut-être faire ce qu'a suggéré Fayçal. Monter à Paris, parler à la DGSE. Tu ne connais personne qui pourrait leur mettre la pression pour qu'ils nous disent ce qu'il se passe ?

Bordarier secoua la tête. Le seul espoir auquel il pouvait encore se raccrocher devant ce monceau d'emmerdements, c'était qu'Aboulafia se soit trompé. Un agent secret était par définition paranoïaque. Éviter la pointe empoisonnée d'un parapluie ou s'abstenir d'ingérer un breuvage au polonium reposait en fin de compte sur une capacité acquise ou naturelle à imaginer le pire.

Le plus probable était que Grünbein avait raison quand il promettait le retour prochain de Cordelle. Quand tout le monde se serait bien monté la tête, elle débarquerait sans prévenir au commissariat pour reprendre son service. Il l'imagina à son bureau, s'informant des dossiers en cours, ses cheveux roux ramassés en une queue-de-cheval d'où s'échappaient des boucles rétives. Un sourire se dessinait sur ses lèvres, rendu encore plus énigmatique par son absence. Tout serait presque comme avant.

8

Bordarier fut contraint de se relever plusieurs fois au milieu de la nuit pour se soigner à l'eau de mer en spray, au Doliprane, à l'infusion d'herbes de Provence, à l'ail cru, au miel de garrigue (à pleines cuillerées) et finalement au whisky, brûlure anesthésiante qui lui fit regretter de ne pas avoir commencé par là son combat sans pitié contre les microbes. Vers 9 heures, il se traîna jusqu'à la cuisine et vida coup sur coup deux cafetières accompagnées de biscottes, avant de prendre une longue douche durant laquelle il expectora des mucosités aux viridités de mousses, de lichens ou d'huîtres, ce qui lui fit se souvenir d'une blague douteuse apprise au collège où il était question d'un mollusque dépourvu de coquille. Comme son dos restait tendu et raide malgré le flot brûlant qui descendait de son pommeau de douche, il tenta de l'assouplir en se flagellant avec un gant de toilette mais ne réussit qu'à se meurtrir un muscle sous l'omoplate.

Pour ne rien arranger, l'ouverture de son armoire le mit face à un dilemme. Faire durer un jour de plus une de ses chemises imprégnées de transpiration qui fermentaient dans le panier de linge sale, ou s'affubler du dernier cadeau quasi empoisonné que sa demi-sœur Marina lui avait fait pour son anniversaire ? En considérant le vêtement avec une sorte de répulsion instinctive, il se souvint qu'après avoir obtenu un « oui » hypocrite et honteux à la question de savoir s'il lui plaisait, Marina avait eu le toupet de se lancer dans une critique de sa garde-robe, trop sinistre à son goût : « Quand même, quelqu'un comme toi, plutôt cool, non, non c'est vrai, tu ne crois pas que tu devrais donner une image plus moderne de la police ? » À l'instar d'un foulard rosâtre qui avait fini par lui servir à faire briller ses chaussures pour les remises de médailles et les rencontres avec le préfet, l'intimidante chemise abricot à motif « pois blancs gipsy » qu'il tenait maintenant à bout de bras n'avait jamais été portée. Il arracha l'étiquette, enfila le déguisement, évita le miroir de l'armoire, puis remplit le tambour de sa machine.

Arrivé au commissariat, veste boutonnée, il rejoignit directement son bureau et rappela la DGSE, bien déterminé cette fois à s'accrocher métaphoriquement aux jambes de Grünbein pour le ramener au sol et lui arracher des réponses cohérentes. Mais il eut beau expliquer que c'était urgent, cette fois il ne dépassa pas le standard. L'opératrice se contenta de répéter que personne n'était disponible et qu'il faudrait rappeler ultérieurement. À ses inflexions mécaniques, qui dénotaient la militaire endurcie, il crut comprendre qu'elle avait reçu des instructions. N'acceptant pas d'en rester là, il consacra le reste de sa matinée à interroger diverses instances sur les recours envisageables lorsqu'un officier détaché n'était pas réincorporé à la date prévue et qu'on restait sans aucune nouvelle. Malheureusement, dès le moment qu'il mentionnait la DGSE, tout ne devenait que méfiance, silences et hésitations. On ne savait pas comment procéder, sinon en contactant directement l'administration responsable. « Débrouillez-vous avec eux », lui conseilla un commissaire divisionnaire avant de lui raccrocher au nez.

À l'heure du déjeuner, il se rendit à pied dans un bon restaurant de l'Écusson pour tenter de retrouver son assiette. Le serveur, dont la coiffure était un hommage direct à Paul Pogba, posa la carte devant lui avec un large sourire d'homme habitué à considérer la vie comme une série de vidéos comiques sur TikTok.

— Ah ouais, j'adore votre chemise, trop top, elle vous va trop bien. Comme quoi, c'est pas parce qu'on est quinqua qu'il faut s'interdire la couleur, au contraire !

Bordarier essuya cette taquinerie effrontée sans parvenir à faire sortir la riposte spirituelle qu'il avait sur le bout de la langue, puis se résolut à commander froidement le mi-cuit de thon snacké, ce qui lui valut une petite tape sur l'épaule.

— Excellent choix, vous allez kiffer.

Il eut du mal à percevoir le goût du poisson, mais le rituel du repas, avec cette assiette bien composée posée devant lui, eut au moins le mérite de lui faire oublier pendant quelques minutes Cordelle ainsi que l'infortuné Stéphane Marsot.

Une fois que Pogba II eut servi la crème caramel sur laquelle il avait décidé d'enchaîner (« Gaffe à la chemise, hein, mettez la serviette ! »), il tira son carnet d'adresses de sa poche et le parcourut plusieurs fois, s'arrêtant à chaque passage un peu plus longuement sur la lettre B. Entre Jules Bigot, professeur d'occitan disparu depuis longtemps et qui de toute façon ne lui aurait été d'aucun secours, et Nathan Bulle, dentiste à tendance sadique à qui il ne faisait confiance que pour encaisser ses honoraires, il y avait Gérard Brun. Parmi toutes ses connaissances, c'était incontestablement lui qui avait le bras le plus long et le plus souple, un authentique membre d'homme-serpent auquel il n'hésitait pas à faire subir des contorsions contre nature s'il y avait le moindre gain à la clé. En remontant du maire au préfet de région, en passant par quelque comité ou délégation, ce serait bien le diable s'il ne parvenait pas à faire entendre sa requête au ministère des Armées et à obtenir un peu plus de la DGSE que ce silence inquiétant. Bordarier ne se décida pourtant pas tout de suite à passer l'appel. Quelque chose en lui résistait, qu'il ne put se formuler clairement qu'après un moment d'introspection devant son café et sa sambuca servie *con la mosca*.

Depuis qu'il avait atteint la cinquantaine, il s'efforçait de cultiver vis-à-vis des erreurs et échecs passés une position sinon détachée, du moins aussi sereine que possible. Par exemple, lorsque son ex-femme lui reprochait un peu durement son incapacité à assurer le minimum requis en matière de paternité et qu'elle rejetait sur lui l'entière responsabilité des bas préoccupants traversés par leur fille Marion, il le prenait plutôt bien, allant même jusqu'à éprouver une sorte de satisfaction à les voir tous deux incarner fidèlement leurs rôles malgré une rupture déjà ancienne. Mais il avait beau faire, certaines démangeaisons cuisantes continuaient de mettre à l'épreuve la sérénité apportée par l'âge mûr.

Ce qui avait particulièrement le don de l'agacer, c'était que l'homme pour qui Martine l'avait quitté ne perdait pas une occasion d'exhiber des atouts matériels hors de portée de la classe de fonctionnaire à laquelle il appartenait. Pas plus tard que le mois dernier, alors qu'ils s'étaient croisés par hasard à l'inauguration d'un centre d'action médico-sociale précoce, Brun avait trouvé le moyen de caser dans une conversation d'à peine deux minutes qu'il était en train de transformer entièrement l'aménagement intérieur de *La Fidèle*, le voilier de 20 mètres à bord duquel le couple aimait sillonner la Méditerranée. Un menuisier de marine talentueux lui avait construit un mobilier magnifique, finition vernis grand brillant, ça rutilait comme un Versailles marin. Tout en hochant la tête avec une amplitude proportionnelle à son degré d'agacement, Bordarier s'était senti rougir en se disant que Martine avait dû faire au moins une fois la comparaison avec ce qu'il lui avait offert de son côté en guise de croisière, deux ou trois sorties moroses en pédalo, au Grau-du-Roi, qui leur avaient sauvagement meurtri les mollets. Comme si tout cela n'avait pas été assez humiliant, il y avait aussi cette bienveillance dont le gratifiait Brun, accolade protectrice du mâle dominant qui veille au grain pour rendre la vie agréable à son petit groupe. Rien de plus navrant que la façon qu'il avait de lui mettre dans les bras une bouteille d'excellent vin. À part peut-être le fait que Bordarier n'avait jusqu'ici jamais eu la force morale de la refuser.

Après avoir vidé le reste de sa sambuca et gardé un moment son parfum médicinal dans la bouche, il finit par sortir son portable.

— Ah, Émile. Mais oui, oui, pas de problème, j'ai un peu de temps. Tu es dans l'Écusson ? Tu veux me rejoindre près des halles ? Je suis en train d'acheter des rideaux.

Énervé d'avoir pressé le pas malgré lui, Bordarier poussa quinze minutes plus tard la porte d'un tapissier décorateur lui-même décoré du titre de Meilleur ouvrier de France par Nicolas Sarkozy. Un seul regard sur la boutique suffisait pour s'apercevoir que la sélection offerte s'adressait à la haute bourgeoisie nîmoise désireuse de s'asseoir sur des motifs qui n'existaient pas chez Ikea et de cacher son train de vie derrière des rideaux qui coûtaient au bas mot un mois et demi de SMIC.

— Ah, Émile ! Superbe, ta chemise, c'est une couleur qui te va bien, ça, le melon. Alors, dis, tu préfères celui-là, ou celui-ci ?

C'étaient des tissus damassés à motifs modernes, très épais, l'un à dominante verte, l'autre plutôt jaune. Bordarier fit une moue indécise, tout en enregistrant avec un léger mouvement de recul le prix faramineux indiqué sur les rouleaux.

— Le jaune ?

— Ah oui ? Tiens, pourquoi pas. Bon, dis-moi tout, qu'est-ce qui se passe ?

Quand Bordarier eut fini son exposé, d'autant plus bref qu'il ne reprenait qu'en partie le récit déjà caviardé d'Aboulafia, Brun le regarda avec un sourire effaré.

— Tu plaisantes, n'est-ce pas ? C'est une histoire inventée pour me faire marcher ?

Bordarier se raidit et releva le menton. Se faire traiter de menteur par celui qui avait subrepticement fait la cour à sa femme pendant des mois, c'était le comble.

— Pas du tout, Gérard, c'est très sérieux. Fayçal est inquiet. Personne n'a de nouvelles de Vera.

— S'il lui était arrivé quelque chose, il aurait déjà été averti. Nous sommes dans un état de droit, tout de même. Vous êtes en train de vous monter le bourrichon pour rien. Attendez qu'elle rentre, c'est tout.

— Tu ne veux pas faire jouer tes contacts ?

— Tu te fais une idée un peu exagérée de mes pouvoirs, il faudrait que ça vienne de haut, de très haut même.

De retour dans la rue, Bordarier entra dans le premier bar ouvert et commanda un costières-de-nîmes qu'il vida en trois gorgées. Habile à reconnaître les gens que la vie envoyait valdinguer d'une chiquenaude devant son comptoir, le barman le resservit immédiatement. Tant pis, se dit Bordarier en nouant ses doigts autour du verre à pied et en présentant une narine, puis l'autre, au bouquet qui ne lui parvenait que faiblement, il monterait lui-même à Paris, à la DGSE. Quand il débarquerait boulevard Mortier avec Aboulafia, il faudrait bien qu'ils s'expliquent.

Son portable vibra. Bordarier reconnut avec surprise le numéro de celui qu'il venait à peine de quitter. Le barman tendit l'oreille, prêt à augmenter la dose au cas où les nouvelles ne seraient pas bonnes.

— Finalement, j'ai pris les verts, ils iront mieux avec notre canapé Poltrona Frau. Je crois que Martine aimera. Bon, sinon, j'ai réfléchi à ton histoire et j'ai peut-être quelqu'un, je vais voir. Ah, au fait, tu sais, ton neveu, enfin, ton ex-neveu, Lucas, le fils de Marielle, la sœur de Martine…

Bien sûr qu'il savait, ce n'était pas comme si son divorce lui avait fait perdre la mémoire et l'avait délié de toute responsabilité. Il restait l'oncle de Lucas, même si ça faisait un bon moment qu'il ne l'avait pas vu.

— Oui, qu'est-ce qu'il y a ?

— Il déconne un peu ces jours-ci. Depuis la mort de son papa, les choses n'ont pas été faciles.

Bordarier baissa les yeux et vit un mouton de poussière se déplacer sur le sol de granito, le long du comptoir. La mort de son papa ? Il se souvint tout à coup que le beau-frère de Martine avait été emporté par un cancer foudroyant.

— Ah bon, oui, j'imagine.

— Tu ne crois pas qu'il serait bien qu'il passe un peu de temps avec son oncle, enfin son ex-oncle, enfin tu vois ce que je veux dire ? Peut-être que tu pourrais l'amener au cinéma, ou à un concert, un de ces jours, pour que vous parliez un peu. Il a besoin de se trouver des modèles positifs, des modèles masculins.

Il était entendu qu'avec Brun rien n'était gratuit, mais la requête était tout de même surprenante. Lui, un modèle positif?

— Est-ce que Martine est au courant?

— Non, ça m'est venu comme ça. On en reparle bientôt, d'accord?

Bordarier venait à peine d'arriver au commissariat quand Kévin Ratier entra dans son bureau sans frapper. Il portait un nouveau costume dont la matière un peu satinée et la coupe n'étaient pas sans évoquer les tenues portées par les zigotos de *Deux flics à Miami*. Comme Ratier lui rendait son examen, Bordarier se souvint que lui-même était affublé d'une chemise qu'aurait pu porter un mafieux cubain sur le retour.

— Qu'est-ce que vous voulez, Ratier?

— On a reçu les résultats, pour l'impasse des Anémones. Il s'agit bien d'un incendie criminel, les prélèvements ont montré qu'il y a eu deux accélérateurs au point de départ de feu, de l'alcool à brûler et de l'essence.

— Et où a-t-il eu lieu, ce départ?

— Bonne question. En fait il y en a eu deux. En bas des escaliers et dans la chambre. Comme tout a cramé, malheureusement, on ne sait pas exactement par où les incendiaires sont entrés.

— Bon, merci, Ratier.

— Vous pensez que c'est les migrants?

— Peu probable, mais allez quand même avec Namgyel faire le tour des centres d'accueil et voyez si quelqu'un peut nous dire qui a occupé le campement dans la garrigue. Il vous expliquera.

— Bien, chef.

Une fois qu'il fut parti, Bordarier demeura un moment immobile à regarder sa porte restée ouverte, puis laissa échapper un profond soupir en reportant son attention sur l'amas de documents qui lui restait à signer. Il venait de s'emparer du premier lorsque le sommet d'une boîte crânienne apparut dans l'embrasure. Elle était tendue d'une peau squameuse mouchetée de taches roses, où l'on devinait, semé avec parcimonie, un long duvet transparent qui s'exacerbait sur un côté en filaments qu'on n'aurait pu qu'abusivement désigner du nom de mèche. Après avoir jeté un coup d'œil circonspect à l'intérieur, Tristan Genet finit par entrer. Il était équipé d'une sorte de spatule ronde fixée au bout d'un manche court, qu'un fil raccordait à une sorte de radio portée en bandoulière. Ça ressemblait à un mini-détecteur de métaux. Bordarier se demanda si son bureau n'était pas en train de devenir la scène d'un théâtre de boulevard, sur laquelle entraient et sortaient librement des personnages bouffons.

— Quel bon vent, Genet ?

Genet s'arrêta un instant, son regard errant vers le col, puis le buste de Bordarier. On sentait qu'il cherchait à comprendre ce qu'il voyait mais n'y parvenait pas. Finalement, il parut se décider à prendre le risque d'un compliment.

— Très belle chemise flamenco, commissaire.

— Merci.

— Permettez ?

Bordarier le regarda passer la partie plane et ronde de l'instrument devant les étagères et le long des huisseries.

— Vous faites quoi exactement ?

— Si vous avez à faire ailleurs, ne vous gênez pas pour moi, j'en ai pour une petite heure.

Sachant d'expérience qu'il était contre-productif de questionner son collègue lorsqu'il était en proie à l'un de ses accès compulsionnels, Bordarier saisit le prétexte que lui offrait la providence et prit la direction du distributeur de café. Samuel André, des stups, était en train d'agiter une touillette dans un gobelet de chocolat chaud.

— Notre machine est cassée, du coup je suis venu ici. On a appelé Genet pour qu'il la répare, mais il nous a dit qu'il était occupé.

Bordarier remarqua le paquet de cigarettes dans la poche de chemise de son collègue.

— Je peux t'en taxer une ?

— Mais bien sûr.

Au moment où il tirait la cigarette du paquet, Hennequen fit son entrée dans la cuisinette.

— Ah, mais ça ne va pas aider votre rhume, ça, commissaire !

Hennequen avait les joues roses et un peu de transpiration sur les tempes. Elle se versa un grand verre d'eau au robinet. Pour la première fois depuis quelques jours, Bordarier mentit effrontément.

— C'est pas pour moi.

— C'est pour qui, que je le gronde ?

Au lieu de répondre, il sourit mystérieusement et prit la fuite vers les escaliers. Une fois en haut du bâtiment, il s'engagea sur une étroite plateforme illégalement colonisée par les fumeurs et demanda du feu à la secrétaire administrative qui s'y trouvait déjà. Elle lui tendit un briquet sans lever les yeux du jeu sur son portable.

— Ah, commissaire, au fait, vous avez trouvé le document que vous vouliez, pour le détachement de Cordelle ?

— Non, mais j'ai contacté directement l'administration concernée.

— Alors, c'est vrai qu'elle s'est fait enlever par un commando russe ?

— Mais qu'est-ce que vous racontez ? D'où vous sortez ça ?

— Il faudrait être bouché pour ne pas comprendre qu'il se passe quelque chose de grave. Vous avez vu Genet ?

Bordarier hocha la tête puis tourna le dos à la secrétaire pour ne pas avoir à lui répondre. Les tintements idiots du téléphone reprirent. Il aspira profondément la fumée en plissant les paupières pour ne laisser entrer que la plus petite partie possible du paysage de toits de tuiles de la ville, se concentrant sur la tour Magne qui se dressait contre le ciel bleu.

Comment un simple retard de Cordelle avait-il pu entraîner une si rapide poussée de fièvre dans le commissariat ? En dépit de lui-même, Cordelle lui apparut soudain comme une inquiétante étrangère. Sur quoi, en effet, la fascination qu'elle exerçait depuis le début se fondait-elle, sinon sur l'inconnu ? Au moment même où il se faisait cette réflexion, il s'en voulut. Non, Cordelle était beaucoup plus que ce qu'on ignorait d'elle. Elle était une bonne personne, en qui il avait confiance. Sur des choses de ce genre, il se trompait rarement.

Au bout d'une demi-heure, Bordarier jugea que son absence avait suffisamment duré. Genet finissait la zone entourant son bureau.

— C'est bon ?

Le petit homme leva un sourcil en mettant le doigt sur sa bouche, repassa trois fois la machine au-dessus du pied de lampe, puis fit glisser les écouteurs autour de son cou.

— J'ai effectué un premier passage, commissaire, mais pour un vrai dépoussiérage, il faudrait me laisser plus de temps.

— Pardon ?

— Pour être sûr qu'il n'y ait pas de micros.

— Vous vous croyez en pleine guerre froide ?

— Ce serait plutôt à moi de vous le demander. C'est vous qui êtes en train de mettre les pieds dans quelque chose qui vous dépasse. Moi, je ne fais que veiller au grain.

— Vous voulez parler de Cordelle ?

— Cordelle, les Russes, la DGSE, la CIA, le Mossad, le Guoanbu. Et ça, c'est pour commencer. À appeler les services secrets tous les jours, vous vous êtes fait remarquer. Je suis surpris qu'on ne vous ait pas déjà collé des micros partout et pastillé la voiture.

— Ah, parce que vous avez aussi fait ma voiture ?

— C'est l'endroit classique. J'en ai profité pour réparer votre allume-cigare, d'ailleurs.

— Vous savez, si ça se trouve, Cordelle est tout simplement en retard de quelques jours, elle va revenir bientôt, sa mission a dû être prolongée de manière imprévue, il n'y a pas de quoi s'inquiéter.

— Dans ce cas, la DGSE vous aurait simplement envoyé un courrier pour prolonger le détachement. Or, ils n'ont rien dit.

C'est louche, commissaire. Vous-même, vous êtes inquiet, ça se voit.

— Mais j'essaie de garder la tête froide.

— Je suis rationnel, moi aussi, et être rationnel, dans cette situation, c'est anticiper et se préparer à toutes les éventualités. De toute façon, faites comme vous voulez, c'est vous le patron, moi j'ai accompli mon devoir, j'ai la conscience tranquille. Vous voulez que je fasse chez vous ?

Bordarier hésita. Le front de Genet avait pris une teinte rose assez vive, il ne voulait pas prendre le risque de le braquer en plein.

— On verra, mais avant je vais avoir besoin de vous sur un autre dossier urgent. Est-ce que vous pourriez creuser un peu dans le passé de M. Marsot ?

— Votre voisin ? Vous pensez qu'il y a anguille sous roche ?

— Le laboratoire vient de déterminer que l'incendie est criminel et j'ai appris lors de l'enquête de voisinage que Marsot avait été mêlé à une affaire de faux tableaux. Faites le point avec l'avocat Hugues Courtois, c'est lui qui s'en est occupé. Vérifiez avec les assurances s'il avait des objets précieux chez lui. J'aimerais aussi retrouver une Ukrainienne dont Marsot a fait la connaissance il y a quelques années sur un site de rencontre, une certaine Kalyna. Je n'ai pas de nom de famille.

— Bon, je m'en occupe.

Doigts écartés pour faire de sa main un peigne rudimentaire, Genet arrangea son fantôme de mèche puis s'excusa brusquement. Bordarier l'accompagna dans le couloir et le suivit des yeux jusqu'à l'endroit où celui-ci faisait un coude, se disant qu'il devenait urgent de distraire son coéquipier. Personne n'avait envie de voir jusqu'où tout ça pouvait aller.

Il allait retourner dans son bureau lorsque Hennequen poussa violemment la porte des escaliers de secours. Ça faisait des mois qu'elle n'avait pas pris l'ascenseur.

— Alors, patron, cette cigarette, elle a plu ?

— Ah, Hennequen, vous tombez bien, j'aurais besoin de quelqu'un pour aller vérifier les caméras de surveillance privées le long des trois routes qui montent vers la garrigue. Il y a plusieurs villas qui en sont équipées et j'aimerais savoir quelles voitures sont passées par là quand l'incendie s'est déclaré.

— Waouh, merci patron.

— C'est de l'ironie ?

— Pas du tout, j'ai passé toute la journée au commissariat, j'ai besoin de bouger. Un petit jogging jusqu'à la garrigue, ça me fera du bien. Je prends ma clé USB et j'y vais.

— Bon, euh, merci Hennequen.

— Non c'est moi.

Lorsqu'un peu plus tard il se gara devant son mazet, Bordarier resta un long moment immobile à écouter les petits cliquetis du moteur qui refroidissait. Près du mur de pierres sèches, des oiseaux picoraient les baies noires d'un buisson de laurier-tin. C'était une scène bucolique charmante. Dans la lumière tombante, il lui sembla pourtant que cet endroit qu'il aimait par-dessus tout prenait un air sinistre, comme si sa paix avait été compromise par l'affaire Cordelle. Peut-être Genet avait-il raison, après tout, il faudrait passer son mazet au peigne fin à la recherche de micros espions.

Il finit par s'arracher au siège de la Primula et pousser le portail rouillé. Sa boîte aux lettres contenait une enveloppe d'aspect inhabituel. Elle ne portait ni timbre, ni adresse. Juste son nom. Il la palpa prudemment. Peu probable qu'elle contienne un explosif, mais il existait d'autres pièges. Une substance toxique, la ricine, par exemple. Repensant à la dernière fois qu'il avait cru à un colis piégé, une boîte de bêtises de Cambrai reçue en remerciement d'avoir déposé aux objets trouvés un appareil photo égaré, il haussa les épaules et l'ouvrit. Sur une feuille pliée en quatre, un prote maladroit avait composé un message à partir de caractères découpés dans un journal : « *Migrants assassins.* »

Bordarier pensa d'abord à l'homme qu'il avait croisé la veille, impasse des Anémones, puis s'empara d'une petite loupe jadis achetée à Nature et Découvertes. Son vague projet de consacrer un peu de son temps libre à la botanique ne s'étant pas encore concrétisé, il s'en servait habituellement en remplacement de ses lunettes pour la lecture des étiquettes et des dates de péremption sur les emballages. Il plaça la lettre sous le lustre de la cuisine et regarda à travers le verre grossissant. Des traces avaient été laissées par des mots formés sur une autre feuille. La mine d'un crayon à papier fit bientôt apparaître en fines lignes blanches un nom et une adresse : *« Claude Farfale, 12 chemin du Canigou, 30 000 Nîmes. »*

Bordarier poussa un grognement de surprise puis se mit en quête d'un pamphlet photocopié que Farfale avait adressé aux membres du comité de quartier, lorsqu'il avait fait campagne, trois ans auparavant, pour tenter d'arracher à Casse le contrôle de la buvette. Il était bien là où il se souvenait de l'avoir laissé, à l'intérieur d'un livre sur la chanson française pour lequel il avait servi de marque-page.

« Mes chers collègues du comité de quartier, nous savons tous que, le jour de la fête de l'âne, il a manqué à peu près un tiers de la recette par rapport à la quantité de bière vendue. Est-ce que Casse a été trop généreux ? Est-ce qu'il a confondu l'argent de l'association avec le sien ? Qui sait ? Mais la vraie question est de savoir si, à ce compte, on peut continuer à financer nos évènements. Je ne suis pas patron de bar-tabac comme notre ami, mais en tant qu'entrepreneur en bâtiment, je m'inquiéterais un peu si un tiers de mes matériaux disparaissait sur le chantier. Il est temps de revoir l'organigramme de l'association et je me propose pour tenir la buvette. Signé, Claude Farfale. »

Le style n'était pas celui de Farfale, il fallait y voir l'intervention d'un prête-plume plus lettré. Audibert, sans doute. Depuis qu'il n'était plus à la tête du comité de quartier, il s'efforçait d'y imposer ses vues de manière occulte. En revanche, l'écriture était bien celle de l'entrepreneur en bâtiment. Bordarier compara avec l'adresse apparue par frottis. Les « a » étaient formés d'une manière très particulière qui ne laissait pas de place au doute. Cette fois, il avait fait fort. Envoyer une lettre anonyme à un commissaire ? Qu'est-ce qu'il croyait qu'il allait se passer ?

Il alla chercher un vieux *Midi Libre* dans le panier à côté de la cheminée, puis sortit d'un tiroir une paire de ciseaux et un pot de colle Cléopâtre.

9

Après avoir attendu quelques minutes qu'on vienne le chercher, Bordarier se résolut à pousser la porte de la morgue. Il y fut accueilli par le bourdonnement des machines frigorifiques, la rumeur des conduits d'aération et le petit tambourinement d'un robinet d'évier mal fermé. Le lit utilisé pour les autopsies et les portes d'acier des cellules réfrigérantes luisaient sous la clarté impitoyable de néons blancs.

— Il y a quelqu'un ?

Bien sûr, qu'il y avait quelqu'un. Sans doute étaient-ils même plusieurs allongés là, dans l'obscurité et le froid, leurs chairs immobiles attendant la morsure de l'incinérateur ou l'impitoyable décomposition cadavérique de la tombe. Au moment où il allait rebrousser chemin pour patienter à la cafétéria, il remarqua la présence d'une double porte différente de celle par laquelle il était entré. Elle donnait sur un couloir mal éclairé. Un bruit de percussion lui parvint, creux et métallique, accompagné d'un grincement désagréable et de voix qui résonnaient comme dans une grotte.

— Yes !

— Ah putain, c'est pas vrai !

— Vous pouvez aller vous rhabiller, les amis.

— Waouh, oh, non…

Arrivé au bout du couloir, Bordarier vit qu'un liseré de lumière dessinait un cadre. Il frappa, mais le bruit était tel à l'intérieur qu'on ne risquait pas de l'entendre.

— Attention à tes arrières, camarade. Hop, hop !

— Mais comment il fait, merde !

Tournant la poignée et glissant une tête prudente à l'intérieur, Bordarier découvrit une salle équipée d'une cuisinette, d'un lit de camp et d'un imposant baby-foot violemment secoué par trois joueurs. Deux d'entre eux lui étaient connus. Un jeune un peu bizarre, à qui il avait secrètement collé le sobriquet d'Igor mais qui s'appelait en réalité Cuvier, s'efforçait de contrer les assauts sauvages de Malabru et de remonter la balle vers l'attaquante de son équipe. Celle-ci devait être nouvelle. Une femme d'une petite trentaine d'années aux cheveux blonds très courts et à l'épaule tatouée d'un serpent. Saluant Bordarier sans lever les yeux, Malabru imprima une torsion violente à la manette des avants et envoya un boulet de canon au fond des buts. Non seulement Igor n'avait pu faire réagir ses défenseurs, mais son gardien s'était même écarté pour laisser passer la balle de liège.

— Ah merde !

— Et ça fait encore 5-0. Si vous voulez vous qualifier pour le tournoi de l'hôpital Carémeau, il va falloir travailler les amis. Émile, ça te tente, une petite partie ?

Bordarier bredouilla un refus. La dernière chose dont il avait besoin, ce matin, c'était de donner l'occasion au médecin légiste de raconter à tout le monde qu'il avait battu un commissaire à plate couture.

— La prochaine fois, alors. Tenez, Poortvliet, allez avec Cuvier ressortir la 2 et le dossier correspondant, j'arrive.

La fille frôla Bordarier, ce qui lui donna l'occasion de noter qu'elle sentait la cigarette et le cuir et qu'elle faisait au moins une tête de plus que lui. Cuvier suivait avec une expression heureuse et bête, on aurait dit qu'elle avait pris un ouistiti en remorque. Pendant ce temps, Malabru entreprit de refermer un à un les boutons de sa blouse blanche.

— Tu connais la température d'un incendie de maison ?

— Non.

— Tu devrais, Émile, ça fait partie de ton métier. Pour un poulet, on règle à 180 °C, n'est-ce pas ?

— Un poulet ? Euh, oui, sans doute.

— Pour le cochon aussi. Avec une viande rouge rôtie au four, en revanche, on mettra traditionnellement le thermostat à 250 °C et plus.

— Oui, effectivement.

— Eh bien, imagine 800 °C pendant trois heures. Évidemment, le repas est cramé, on ne pourra pas manger.

— C'est sûr, oui, cramé.

— Faux ! Ça dépend de la taille de l'animal, mon cher. Ça va peut-être te surprendre, mais même à 800 °C l'humain n'est pas cuit à cœur. En fait, on peut encore retrouver les organes crus. Et les morceaux de viande qui reposent sur le sol, ou contre un mur, peuvent rester saignants, voire bleus.

— Excuse-moi, juste pour préciser, on parle de monsieur Marsot, là ?

— Qui d'autre ? Enfin bref, il est cuit, le pauvre, mais comme on pouvait s'y attendre, mal cuit, ce dont je me réjouis pour toi car il a continué à parler.

Malabru poussa la porte de la salle d'autopsie au moment où l'assistante soulevait le drap. Bordarier détourna le regard du corps noirci, craquelé et ratatiné, mais tout de même reconnaissable, de son voisin. Le spectacle de la mort, surtout lorsqu'il s'agissait de quelqu'un qu'il avait connu vivant, lui était de plus en plus insupportable. Poortvliet, en revanche, affichait un sourire radieux, limpide, décontracté. La dernière fois que Bordarier en avait vu un comme ça, c'était sur le visage d'une jeune baigneuse par une belle journée d'été. Troublé, il eut besoin de quelques secondes pour parvenir à se concentrer sur ce que lui expliquait Malabru.

— … ce qui est typique d'un incendie domestique, c'est la position en garde ramassée du boxeur. Tu vois, les membres supérieurs et inférieurs sont fléchis à cause de la carbonisation.

— Ah ? Et, euh, ce qui n'est pas typique ?

— Le corps n'a pas été découvert en retrait, dans un coin de la pièce, ou près d'une fenêtre ou d'une porte, mais sur son matelas.

— Il a été asphyxié par la fumée et ne s'est pas réveillé ?

— Mais, mon cher Émile, pour se faire asphyxier, encore faut-il respirer ! Cuvier, dites-lui où se trouvait la langue.

— Elle n'était pas en protrusion.

— Et l'état de la trachée ?

— Impeccable.

— Et les bronches ?

— Pareil.

— Pas de suie, donc. Or, Émile, qui dit pas de suie, dit pas de… ?

— Respiration.

— Bien. Et qui dit pas de respiration, dit pas de… ?

— Vie.

— D'où j'en conclus ?

— Qu'il était mort avant l'incendie ?

— Voilà, nous y sommes. Maintenant, observe la zone du cou.

Bordarier se pencha, il lui sembla que la peau noire et épaisse avait été découpée. Une plaie profonde.

— Un coup de couteau ?

— La carotide a été sectionnée, il s'est vidé de son sang. J'ai même retrouvé un fragment de tissu au fond, sans doute venu du drap. Le coup classique, on a affaire à une tentative de carbonisation pour maquiller une scène de crime.

— On dirait, oui.

— Toi qui es fin psychologue, il faudra qu'un jour tu m'expliques pourquoi les criminels s'entêtent à vouloir foutre le feu aux cadavres n'importe comment. Une véritable incinération, ça ne s'improvise pas, que diable ! Ils s'imaginent qu'il ne va rien rester. Nous, derrière, on ouvre, les viscères sont intacts. On dirait qu'ils n'ont jamais fait de grillades. Quel imbécile mettrait un bœuf entier sur le barbecue, hein ? Tenez, Poortvliet, dites au commissaire comment vous vous y prendriez.

— Moi ? Eh bien, je commencerais par insérer une canule de thanatopracteur au niveau de l'artère du cou, pour remplacer le sang par un liquide inflammable. Après, j'improviserais un four, peut-être avec un de ces tuyaux en béton, vous savez, sur les chantiers. Je combine plusieurs accélérateurs de feu, j'ajoute un tas de charbon, j'installe un gros ventilateur sur un côté…

Malabru regarda Poortvliet d'un œil ému puis laissa échapper un long soupir avant de se tourner à nouveau vers Bordarier.

— Ne te vexe pas, Émile, mais avec elle tu n'aurais aucune chance. Avec Cuvier, peut-être, mais elle, non. De toute façon, Cuvier connaît ses limites. Hein Cuvier, vous ne vous lanceriez pas dans une carrière qui n'est pas faite pour vous ?

— Moi ? Non, je ne ferais pas de mal à une mouche.

Lorsque Bordarier remonta à la surface, il était presque l'heure de déjeuner. Il se dirigea vers le snack de l'hôpital, un Relais H, puis hésita devant un paradoxe inédit. Il avait faim mais n'avait pas vraiment envie de manger. La faute n'en était pas tant à sa visite à la morgue qu'à son maudit rhume. En rendant toute nourriture insipide, celui-ci avait transformé ses repas en séances de manducation laborieuses et tristes.

Il fit tout de même la queue. Les tables étaient occupées par des visiteurs et le personnel hospitalier. Après avoir passé en revue des sandwichs farine Label Rouge peu inspirants, il emporta sur son plateau un panini jambon et un Coca. Même réchauffé, le pain resta sec. Quelques minutes plus tard, il commanda un café servi dans un gobelet éco-responsable et une boule coco. Dans une vitrine, des jouets étaient à la vente. Il pensa à sa fille Marion et aux patins à roulettes qu'il lui avait offerts alors qu'elle était en train de se remettre de son appendicite. Elle avait tellement eu envie d'en faire que le soir même sa cicatrice s'était rouverte et elle était retournée à l'hôpital. Bordarier s'était fait remonter les bretelles par Martine. Il faut dire qu'à cette époque, déjà, leur mariage battait de l'aile.

10

Bordarier venait de mettre le cap sur le commissariat quand Namgyel l'appela sur son portable. Fait rare, il détecta une pointe d'irritation dans la voix du bouddhiste pourtant parfaitement entraîné à cultiver l'équanimité et les pensées positives.

— J'ai pu rencontrer une assistante sociale qui travaillait au centre d'accueil des migrants, le CADA L'Alesti, celui qui a fermé. Elle m'a mis sur la piste d'un certain Ludovic Corti, un particulier qui accueille les migrants mineurs lorsqu'il n'y pas d'hébergement disponible. Apparemment, il aurait entendu parler de migrants dans la garrigue.

— Ah, excellent. Ratier est avec toi ?

— On s'est séparés. Il devait aller voir un juriste qui a lui aussi travaillé au CADA L'Alesti. On s'était donné rendez-vous après, mais ça fait une heure que je l'attends. Il ne répond pas au téléphone. J'ai eu le juriste, Ratier n'est même pas allé le voir.

Bordarier grogna. Qu'est-ce que Ratier pouvait bien avoir de mieux à faire sur ses heures de travail ? Qu'il ait été distrait par cette nouvelle ou qu'il n'ait pas réussi à essuyer complètement le film gras qui s'était déposé sur ses doigts lors de la dégustation de sa boule coco, son portable lui échappa. Un coup d'œil lui fit comprendre que la situation était dangereuse, il s'était glissé pile sous la pédale de frein. Au prix d'une contorsion douloureuse qui lui donna l'impression qu'une de ses côtes était passée par-dessus une autre, il s'en ressaisit et releva la tête juste à temps pour éviter de percuter un utilitaire sur la file de gauche. Le peintre en bâtiment qu'il avait forcé à planter un coup de frein redémarra en baissant sa fenêtre.

— Regarde la route, con de la lune !

— Allô, allô ? Ça va, patron ?

— Oui, bon, je passe te chercher et on va voir Ludovic Corti.

Bordarier tenta de se calmer en respirant profondément. Il avait besoin de se concentrer sur l'affaire Marsot, mais le petit Kévin Ratier ne perdait rien pour attendre.

Arrivé sur le boulevard Jean Jaurès, il repéra facilement son coéquipier qui le hélait du trottoir. Une fois installé sur le siège passager, Namgyel se tourna vers lui.

— Ça y est, j'ai eu Ratier, apparemment il a une urgence familiale. C'est sa mère qui a fait un scandale à la Coupole. Elle a un gros problème d'alcool. Il a été obligé d'aller la chercher.

N'ayant jamais entendu parler de la mère de Ratier, Bordarier fit une moue soupçonneuse, même s'il était peu probable qu'une excuse de ce genre soit mensongère, l'alcoolisme étant une source de honte que les familles avaient tendance à dissimuler. Il passa la main sur le côté de son abdomen. Ça faisait encore mal. Il essaya de se représenter la cage thoracique, les côtes flottantes. Est-ce qu'il était possible qu'une côte remonte pour se coincer entre deux autres ?

Corti habitait à la lisière du quartier Pissevin, un ensemble composé de tours, de barres, de dalles et de voies sur pilotis qui était entré depuis déjà un certain temps dans une phase de déclin accéléré. Des infrastructures et des commerces en urgence de réfection ou de démolition, et surtout la présence constante de trafics de drogue, avaient transformé ce qui avait été au départ une ZUP à la pointe de la modernité urbanistique en un quartier de reconquête républicaine. Ici, la police se résignait souvent à des compromis entre la protection du matériel et des hommes et l'impératif de témoigner par sa présence d'un soutien au moins symbolique aux habitants. De son côté, la municipalité pitchait un quartier d'avenir aux lendemains radieux. C'était simple, il suffirait de désenclaver, de moderniser et d'investir pour que ces tours sortent de leur marasme. Les axes routiers étaient là, le dynamisme était partout présent dans l'Ouest nîmois. Le seul problème, dans cette histoire, c'était que l'avenir mettait un peu trop longtemps à arriver.

Corti les attendait sur le palier, au huitième étage d'un immeuble lépreux et grêlé érigé vers le milieu des années 1960. Il avait des cheveux gris coupés à la Jules César, des yeux bleus, une voix posée. Du café les attendait sur la table, prêt à être servi.

— Je n'envisage pas qu'ils restent exposés à la rue, alors je les loge chez moi et je les aide dans leurs démarches administratives. Les gens s'étonnent, mais pour moi, ces jeunes qui ont fait des milliers de kilomètres en bravant toutes sortes de dangers, ce sont eux les vrais héros.

Namgyel approuva de la tête. Bordarier se souvint qu'il avait fait au début des années 1990 le voyage d'Inde à la Suède en motocyclette, mû par l'espoir de retrouver la belle Scandinave en quête de spiritualité qui l'avait imprudemment détourné de la voie monastique lors d'un séjour à Dharamsala.

— On nous a dit que vous aviez connaissance de migrants qui s'étaient réfugiés dans la garrigue, c'est vrai ?

Corti fit tourner sa tasse de café déjà vide entre ses doigts en considérant Namgyel d'un air las. Il ne devait pas être facile d'essayer de faire comprendre au reste du monde ce qui se passait là où la plupart préféraient ne pas regarder.

— Vous savez, monsieur, quand en gare de Nîmes il en débarque cinquante en un week-end, tous les services sont saturés. Du coup, il y en a qui dorment dans la rue et d'autres qui ont peur de se faire ramasser par la police et vont plus loin, parfois même jusque dans des zones de friche, en bord de ville. Plusieurs associations leur distribuent des tentes et des sacs de couchage, mais on essaye toujours de mobiliser au maximum le réseau citoyen pour leur trouver un lit et les loger dans du dur, surtout les mineurs. En tout cas, oui, pour répondre à votre question, après la fermeture du CADA L'Alesti, j'en ai récupéré un dans la garrigue, près de là où l'incendie s'est déclaré.

— Ah, vous êtes au courant ?

Il prit un *Midi Libre* sur le coin de la table, l'ouvrit et le tendit à Bordarier. Une tache de gras avait imbibé le papier.

— Si vous voulez mon avis, vous faites fausse route, celui à qui je pense n'a rien d'un incendiaire ou d'un criminel.

Un peu inquiet, Bordarier survola l'article mais ne releva pas la moindre allusion à la thèse du migrant assassin. Michel Pourtalet semblait avoir tenu parole, aussi étonnant que ça puisse paraître.

— Et vous savez où on pourrait le trouver, ne serait-ce que pour le mettre hors de cause et faire taire des rumeurs potentiellement dangereuses pour lui ?

— Il est resté chez moi un moment, mais quand il n'a pas pu faire la preuve qu'il était mineur, il a senti que les choses allaient devenir encore plus compliquées et il est parti, je ne sais pas où, ça va faire deux semaines. Attendez, j'ai encore la décision qu'il a reçue.

Il se leva et fouilla dans le tiroir d'un buffet rempli de papiers administratifs, dont il tira une feuille qu'il parcourut avant de la poser devant les policiers. Bordarier enfila ses lunettes de lecture.

« *Vous vous êtes présenté au conseil départemental du Gard, et vous indiquez vous nommer Demba. Vous sollicitez une prise en charge par la plateforme d'accueil des mineurs non accompagnés du Conseil départemental. Vous n'apportez aucun document d'identité ou d'état civil qui pourrait constituer un commencement de justificatif de votre minorité permettant l'application, sur la base de l'article 47 du Code civil, des dispositions réglementaires concernant la protection des mineurs. Dans ces conditions, votre minorité n'étant ni démontrée, ni même possible à établir, je n'envisage pas de répondre favorablement à votre demande.* »

— J'ai essayé de le retenir, sans succès. Pour tout vous dire, ça m'a fait beaucoup de peine. C'est un jeune très poli, très bien élevé, sans aucun problème autre que celui d'être né dans un pays pauvre, la Gambie. Il ne parle pas français, on communiquait en anglais, c'est la langue officielle, là-bas. Tout le temps qu'il est resté ici, son comportement a été irréprochable. Il appelait sa famille tous les deux ou trois jours. Et puis il avait déjà quitté son campement depuis longtemps quand l'incendie s'est déclaré.

Bordarier sortit son portable et montra à Corti les photos du site qu'Audibert leur avait fait visiter l'avant-veille.

— Oui, c'est bien là qu'il a passé une dizaine de jours avant de venir chez moi. Moi aussi, j'ai pris une photo du campement pour le documenter et mettre les autorités face à leurs responsabilités.

Namgyel s'était tourné vers la fenêtre et contemplait le paysage de tours et de béton qui au loin, après la nationale, laissait place à des quartiers pavillonnaires puis à la garrigue. Il considéra à nouveau Corti.

— Vous pensez qu'il aurait pu retourner s'y cacher ?

— J'y suis passé à tout hasard, mais rien n'avait changé et il n'y avait personne, c'était abandonné.

De retour en bas, Bordarier et Namgyel empruntèrent une ruelle où périclitaient quelques commerces au milieu de rideaux de fer définitivement baissés. À la terrasse de L'Automatic, salon de thé et salle de jeux, quelques hommes tétaient des cigarettes électroniques et lâchaient des nuages de vapeur parfumée comme une offrande d'encens faite aux tours. Une boucherie proposant de la charcuterie et des surgelés côtoyait Défini'tif, salon de coiffure qui avait effectivement depuis longtemps franchi le cap au-delà duquel les grands changements paraissaient peu probables. Un jeune en scooter dérapait en rond sur sa roue arrière. Au passage des policiers, quelques adolescents qui traînaient là prirent des attitudes de caïds, écartant les jambes et roulant des épaules. Namgyel leur opposa un sourire ambivalent et Bordarier un coup d'œil morne. Se souvenant que cette ruelle était connue pour ses trafics de drogue et plus récemment deux ou trois tirs nocturnes à la kalachnikov dignes des quartiers nord de Marseille, il fut soulagé de retrouver la Primula intacte.

De retour au commissariat, il partit à la recherche d'Hennequen. Elle était dans son bureau, en train de siroter un liquide vert dans lequel baignait une tranche de citron.

— Alors, ces caméras ?

— Il n'y en avait pas beaucoup qui pointaient vers la rue, mais j'ai quand même pu en trouver deux.

— Quelque chose ?

— Une Fiat Panda rouge, regardez.

Bordarier se pencha au-dessus de son épaule pour examiner l'écran. Une voiture avançait par saccades. Il était impossible de voir à l'intérieur de l'habitacle. Il trouva même optimiste d'avoir assigné une couleur au véhicule tant l'éclairage était mauvais.

— Elle passe deux fois, une pour monter, une pour descendre. À cause de l'angle, on ne voit pas la plaque. Je cherche à retrouver sa trace par d'autres moyens.

— Bien, Hennequen, tenez-moi au courant.

Genet était dans son bureau, en train de manipuler un épais stylo-plume au-dessus de l'ouverture de l'un des tubes à sable du commissariat, équipement normalement situé à l'entrée de l'armurerie pour charger et décharger les armes sans danger.

— Vous avez peur de vous tacher, Genet ?

— De faire des trous.

— Comment ça ?

— Vous connaissez l'American Derringer numéro deux ?

— Euh, non.

— La Rolls-Royce des stylos-pistolets. Ce que vous voyez est ma version personnelle, nettement améliorée. Pour commencer, on peut charger deux balles à la fois.

— Genet, il faut faire très attention, il y a des collègues derrière le placo, vous savez.

— D'où le tube à sable, chef.

Bordarier pinça les lèvres. Ce qu'il craignait était en train d'arriver, son collègue perdait pied.

— Vous savez que la possession et l'usage de ce genre d'arme sont formellement interdits ?

— Ouh, là, là, c'est beaucoup plus nuancé que vous ne le pensez. Selon l'article R311-2 du code de la sécurité intérieure, les armes camouflées sont classées en catégorie A1, avec les armes de guerre. Mais si l'arme camouflée date d'avant 1900, alors il n'y a pas de problème, c'est un objet de collection.

— Ce n'est pas le cas de votre stylo, puisque vous me dites que vous venez de l'inventer.

— Sauf que je l'ai fabriqué avec des pièces majoritairement anciennes. Par exemple, le percuteur date de décembre 1899, c'est facile à prouver.

— Il me semble que nos législateurs avaient plutôt en tête la date de conception, non ?

— Si on veut m'emmerder sur un point de détail, j'aiderai à cocher les cases et on verra qui gagnera.

Genet s'était marbré de rouge et triturait son stylo au-dessus du tube à sable. Un tir accidentel paraissait possible.

— Il est chargé ?

— Je m'apprêtais à le décharger quand vous êtes arrivé. Vous voulez que je vous montre ?

— D'accord, mais faites attention.

Tempes gonflées, bras tremblants, une sorte de ronflement au fond des narines, Genet employa la force pour triompher du métal momentanément grippé. La chambre éjecta enfin deux balles qui atterrirent sur le bureau, à vue de nez du 6 mm.

— Vous savez, commissaire, un gadget comme celui-ci pourrait très bien vous sauver la mise, un jour.

Bordarier faillit se frapper le front en réalisant d'un coup ce qui se passait derrière celui du bricoleur de génie. L'affaire Cordelle avait embrasé son imagination, c'était évident, et le résultat était qu'il se prenait maintenant pour Q, le maître armurier de James Bond. Il laissa échapper un profond soupir. À quel âge étaient apparus les premiers signes ? Est-ce qu'il avait équipé sa poussette d'un moteur électrique ? S'était-il bricolé un biberon autochauffant ?

— Bon, rangez-moi ça, Genet, vous continuerez chez vous.

Avec lenteur et ostentation, Genet glissa le stylo-pistolet dans la poche de sa chemise rayée à manches courtes.

— Comme vous voudrez, patron.

— Sinon, vous avez creusé dans le passé de Stéphane Marsot, comme je vous l'avais demandé ?

— Trente-deux ans PDG de la même entreprise, une grosse affaire dans les Hauts-de-France, spécialisée dans le papier pour les rotatives, l'héliogravure et l'impression offset. Veuf depuis une dizaine d'années. J'ai vérifié aussi les assurances comme vous me l'aviez demandé. Pas d'œuvres d'art ni d'objets de grande valeur dans le détail de la police. Mais pour l'affaire des tableaux qui vous intéresse, j'ai la liste des acheteurs. Là non plus, rien de bien prometteur. Ils ont d'ailleurs tous été remboursés, les tableaux rendus, ça s'est résolu à l'amiable. Pour faire les choses bien, il faudrait vérifier s'ils n'ont pas brûlé avec la villa.

— Et l'Ukrainienne ?

— Kalyna Kravchenko. Arrivée en France il y a dix ans, elle fait effectivement la connaissance de M. Marsot à travers un site web maintenant défunt mais dont j'ai tout de même retrouvé la trace. Apparemment ça n'a pas marché entre eux, maintenant elle s'appelle Mme Brisot, elle vit à Anduze, mariée à un pharmacien. Ils ont deux enfants, en plus du premier qu'elle aurait eu en Ukraine et qu'elle aurait ramené à Marsot. J'avoue que je ne vois pas ce que lui aurait apporté son décès. Ni pacsés ni mariés, pas d'assurance-vie, pas de reconnaissance de l'enfant de son côté. Si vous voulez, allez rencontrer Mme Brisot, elle sait peut-être quelque chose. Sinon, il va falloir élargir, c'est sûr. La seule personne à avoir un passé judiciaire, dans le lot, c'est l'expert qui a été consulté pour la défense de Marsot et qui l'a aidé à faire la preuve de sa bonne foi, un certain Dominique Frioul.

— Ah ? Qu'est-ce qu'il a fait ?

— Il s'est débarrassé de son beau-père avec un couteau électrique, le jour de Noël. Il a pris dix ans. Sorti en 2005, c'est de l'histoire ancienne. Vous pourrez le trouver au musée des Beaux-Arts de Nîmes, il travaille à la restauration de tableaux.

— Vous auriez pu commencer par là, non ?

En s'installant derrière le volant de la Primula pour rentrer au mazet, Bordarier fut gêné par le coin dur d'une enveloppe. Il la sortit de sa poche et reconnut la lettre anonyme qu'il avait rédigée la veille en réponse à celle de Farfale.

Le travail avait été fastidieux, chaque caractère découpé dans un vieux *Midi Libre* et collé séparément lui avait fait froncer les sourcils et tirer la langue comme un de ces maquettistes ou collectionneurs de timbres dont les plaisirs microscopiques restaient un mystère pour lui. Malgré l'effort et le temps investis, il hésitait encore à l'envoyer, ne serait-ce que parce qu'il risquait de sérieux ennuis. N'aurait-il pas mieux fait de convoquer Farfale au commissariat pour lui faire peur ? Bordarier roulait et hésitait encore lorsqu'il aperçut une boîte à lettres jaune fixée au mur d'un tabac-presse-loto. Un signe. Il se gara en épi sur le trottoir. Une affiche sous protection plastique montrait deux chevaux de course en train de franchir la ligne d'arrivée au grand galop (« *Plus aucun obstacle entre le million et vous. Tirelire 1 000 000 au Quinté +* »). Il sortit de la voiture pour glisser l'enveloppe dans la fente.

Il venait de redémarrer lorsque son portable vibra. Un appel masqué.

— Commissaire Bordarier ? DGSE. Nous nous sommes parlé il y a quelques semaines, je vous demandais le détachement de l'un de vos officiers.

— Ah, enfin ! Alors quelles sont les...

— Pas au téléphone, nous ferons le point de vive voix, dans des conditions sécurisées. Je suis prêt à vous inviter à vous rendre chez nous, boulevard Mortier, à Paris. Si vous pensez être en mesure de vous déplacer, bien entendu.

Bordarier hésita une seconde, puis se décida. Il avait senti que la personne à l'autre bout du fil espérait qu'il n'irait pas.

— Eh bien, oui, si c'est le seul moyen, j'y serai.

— Ah ? Bon, très bien, alors... Que diriez-vous d'après-demain, 13 heures ?

— Elle va rentrer ?

— Encore une fois, je ne peux rien vous dire au téléphone, sinon que la situation est encore un peu fluide, tout en restant parfaitement à l'intérieur des paramètres habituels. Permettez-moi d'ailleurs d'être beau joueur et de vous féliciter, vous avez des relations haut placées.

— Ah, oui ?

— Pour ne pas dire le bras long.

Surpris, Bordarier resta un instant silencieux. Puis il se souvint du pacte faustien qu'il avait passé avec Gérard Brun.

— Euh, merci.

— Votre requête aurait normalement dû rester lettre morte, il est extrêmement dangereux de divulguer des informations sur un agent en mission. À vendredi, commissaire.

11

Bordarier posa ses clés sur la table, puis se laissa tomber sur son canapé, en proie à une fatigue intense. Après avoir observé pendant un long moment une mouche petite, noire, immémoriale, tracer obstinément ses rectangles et zigzags imparfaits autour du plafonnier en verre dépoli, il sortit son portable et se débattit quelques minutes avec l'application SNCF Connect pour acheter son billet de TGV. Il composa ensuite le numéro de Fayçal Aboulafia.

— Moi aussi, je suis invité le même jour à la même heure. Celui qui vous contacté, commissaire, c'est Fabrice Destoine, le patron de Vera. C'est lui qui est à l'origine de son retour sur le terrain.

— Vous pensez qu'il va nous apprendre quelque chose ?

— Je crois surtout qu'on va assister à une magnifique démonstration de langue de bois. Vous leur avez forcé la main, mais vous verrez, nos fonctionnaires n'ont rien à envier aux rédacteurs des organismes officiels soviétiques des années 1950. Ils n'ont pas grand mérite, d'ailleurs, ils sont surentraînés.

Bordarier gratta une tache sur l'accoudoir qui commençait à laisser voir sa trame. Ça devait être de la sauce tomate. Il espéra que ce voyage ne serait pas totalement inutile.

— On se retrouve après-demain à la gare ? Je prends le train de 8 h 33.

— Entendu, je ferai de même.

— Je vous envoie mon numéro de voiture et de place.

— Quoi qu'il arrive, on en profitera pour mener l'enquête à Paris. Il y a des choses que j'aimerais éclaircir.

— Quelles choses ?
— N'en parlons pas au téléphone.
— Décidément.

Après avoir raccroché, Bordarier appela Benedetta. Ils ne s'étaient pas vus depuis qu'elle était descendue à Nîmes quelques semaines auparavant. Bien qu'ils se soient parlé tous les deux ou trois jours, cet éloignement commençait à nouveau à peser sur leur relation. Dans les rares moments où il avait le temps d'y penser, il se rendait bien compte que la belle Italienne de dix ans sa cadette approchait du moment où elle aurait besoin de prendre une décision. Vivre ensemble, ou poursuivre des chemins séparés ? Plusieurs fois, elle avait évoqué la possibilité qu'il s'installe à Paris avec elle, dans son appartement du boulevard de Ménilmontant. Mais il avait beau essayer de se projeter, il n'arrivait pas à s'imaginer demandant sa mutation pour se réveiller chaque matin dans cet environnement nordique. Brumes, gelées blanches, frimas ! Comment lui faire comprendre que ce n'était pas là son biotope, qu'il y dépérirait à coup sûr, que l'amour ne suffirait pas à lui faire surmonter son déracinement ?

Elle ne décrocha pas. Sans doute avait-elle senti que ce n'était pas le moment de se parler. Il lui laissa un message expliquant qu'il serait à Paris le surlendemain.

Pour chasser ses idées noires, il alluma la radio et une belle flambée dans la cheminée. Ses papilles gustatives peu réceptives continuaient à rendre superflu tout effort de cuisine. Comme le compartiment congélation ne recélait qu'un givre épais et jaunâtre, il se rabattit sur les fonds de placard et finit par dénicher une boîte de filets de maquereau aux deux moutardes dont la date d'expiration n'était dépassée que de six mois. Côté boisson, pour l'accompagner, il avait même un pic-saint-loup.

Installé à la table de la cuisine, il repensa à sa conversation avec Destoine. *Une situation fluide*, oui, c'était ça, *quoique dans les paramètres habituels*. Il soupira. Formules vagues. Roupie de sansonnet. Comme les militaires quand ils ne voulaient pas admettre qu'ils se trouvaient dans le plus épais brouillard. Il se souvenait parfaitement du soir, dix ans auparavant, où il avait tenté de tranquilliser une mère sans nouvelles de sa fille en lui expliquant que dans 99 % des cas, ce genre de disparition n'était qu'une fugue. Lorsqu'on avait retrouvé dans un fossé le corps sans vie de l'adolescente, percutée alors qu'elle rentrait sur son scooter, son « *elle va revenir, vous allez voir* » lui était resté en travers de la gorge pendant plusieurs semaines, comme un renvoi qu'aucun antiacide n'aurait pu apaiser.

Il s'aperçut qu'il avait saucé la boîte de maquereau jusqu'à lui rendre un brillant de casserole neuve. Il se versa un nouveau verre. Sur France Bleu Gard Lozère, un auditeur venait de remporter un forfait inclusif week-end pour deux à la station de ski Alti Aigoual.

« *Et ça tombe bien, David, il y a trente centimètres sur les pistes !*

— *Oui, merci, merci, c'est super génial !*

— *Vous êtes pépiniériste, dans la vie ?*

— *Oui, je suis encore au travail, d'ailleurs.*

— *Vous travaillez tard ?*

— *Souvent.*

— *Mais dans la bonne humeur, j'ai l'impression.*

— *Ah, oui, toujours.*

— *Et ça s'entend, ça s'entend, David. Et maintenant,* Bum bum tam-tam, *un tube qui nous arrive tout droit du Brésil pour encore plus de bonne humeur, bien sûr, à la neige comme sous les bananiers.* »

Le morceau commença par une mélodie à la flûte traversière – Bordarier reconnut un sampling de Bach – vite interrompue par des interjections d'adolescent mal réveillé, quelque chose comme des « heu » ou des « oh ». Des percussions grêles se mirent de la partie, puis on en arriva vite à ce qui devait servir de refrain. Il se demanda ce que l'Allemand spécialiste du contrepoint aurait pensé de ce « *bum bum tam-tam* » répété au moins une vingtaine de fois, de toute évidence une évocation à peine voilée de l'acte sexuel. Après avoir éteint la radio, il se dit qu'une promenade nocturne lui ferait peut-être du bien.

Une brume épaisse enveloppait la garrigue, traversée de loin en loin par la lumière d'un lampadaire. Les villas avaient disparu, les arbres et les murets se distinguaient à peine de chaque côté du chemin. Au bout d'un petit kilomètre, il arriva à l'embranchement où il lui fallait à chaque fois faire le choix difficile entre une boucle courte, peu sportive, et une autre plus ambitieuse mais qui risquait de le laisser sur les rotules. Il sourit en pensant à Hennequen et esquissa une flexion assez profonde, à défaut du redoutable *burpee*, mais fut doublement interrompu par un avertissement douloureux du genou et un bruit dans son dos.

Il se retourna et resta interdit. Là où il s'était attendu à voir un promeneur, peut-être même un autre sportif comme lui, il n'y avait personne. Il chercha au pied des murets la présence d'un animal nocturne, un chat, un sanglier, puis aperçut en relevant les yeux la silhouette noire d'une tête derrière un figuier de barbarie. Quelque chose dans la façon dont elle était tournée vers lui, à demi camouflée par la végétation, suggérait une détermination hostile, pour ne pas dire maléfique.

— Bonsoir ?

Figé dans une immobilité de prédateur, l'autre ne répondit pas. Seuls les contours de son crâne étaient visibles, le reste du visage était plongé dans l'ombre. Bordarier se baissa pour ramasser une grosse pierre, puis s'approcha en essayant de maîtriser sa peur.

— Oh, vous êtes qui, vous ? Fantômas ?

Alors qu'il n'était plus qu'à cinq mètres, il lâcha la pierre. Non, il n'avait pas affaire à l'homme sans visage qui avait troublé son sommeil d'enfant, mais à un avertissement à demi mangé par la rouille : Propriété privée. Il resta une bonne minute à digérer sa honte devant le panneau. Qu'est-ce qu'il avait cru ? Qu'un migrant assassin l'avait attendu, tapi derrière un muret, pour l'égorger ?

La vibration de son portable dans sa poche le fit sursauter. Bordarier éprouva une sorte de réconfort à entendre la voix de Genet.

— Dites, patron, finalement je suis allé la visiter, votre villa, après notre conversation. Il n'y avait pas de tableaux sur les murs au moment de l'incendie, ça se verrait encore. J'ai cherché partout, pas de vente non plus, pas de donation, pas d'argent sur les comptes. Ils se sont pour ainsi dire volatilisés.

— Vous pensez vraiment qu'ils pourraient avoir un lien avec l'assassinat ?

— Des tableaux manquants d'un côté, de l'autre un restaurateur qui a trucidé son beau-père et qui se trouve avoir participé à une expertise mandatée par l'avocat Courtois pour le compte de Marsot. C'est déjà quelque chose. Il a travaillé au couteau électrique. Vous savez, pour trancher la viande. Jeannine et moi on en avait un de 100 watts. J'ai changé le moteur et maintenant, à 1 000 watts, quand je fais des tranches pour l'osso-buco, ça passe à travers l'os comme si c'était du beurre. Vous voulez que je vous envoie les photos de la scène de crime ?

— Euh, non, pas la peine, je les verrai plus tard si c'est nécessaire. Je passerai demain au musée pour lui parler.

— Vous me direz, patron.

Une fois de retour dans l'obscurité de sa chambre, Bordarier posa à côté du lit le verre de whisky qu'il s'était servi mais qu'il n'allait pas finir, puis s'allongea et passa en revue ce qu'il avait pour l'instant sur l'affaire Marsot. Presque rien, il fallait l'admettre. Il y avait bien la Fiat Panda rouge repérée par Hennequen, mais sans le numéro d'immatriculation, des efforts supplémentaires seraient nécessaires pour en identifier le propriétaire, tout ça pour arriver à la conclusion probable qu'il n'aurait rien à voir avec ce qui s'était passé. Et le campement ? Il allait falloir interroger Nanorobot. Quand avait-elle repéré les migrants pour la première fois ? Combien de temps étaient-ils restés ? L'autre chose à vérifier, c'était ce Demba dont lui avait parlé le bénévole du quartier Pissevin. Les phares d'une voiture passant dans la rue projetèrent sur le plafond les formes du laurier-tin. Il lui paraissait étonnant que des hommes trouvent encore le moyen de se cacher dans la garrigue. Celle de son enfance recélait des coins oubliés, abandonnés, des terrains où se dissimulait parmi les arbres un minuscule mazet délabré, une pièce, un abri dans lequel attendaient des objets empoussiérés et rouillés. Il était facile à l'époque de s'imaginer qu'un homme traqué, en fuite, avait abandonné ce vélo dont les pneus fendus pourrissaient au soleil, cette gamelle remplie de terre, ce parapluie à la toile déchiquetée. Mais maintenant ? Les terrains étaient de plus en plus rares, les villas de plus en plus grandes, les gens de plus en plus nombreux.

Repoussant ces souvenirs d'une autre époque, Bordarier fit un dernier effort de réflexion. Il y avait aussi l'ex de Marsot. Il irait la voir après sa visite au musée. Mais c'était faute de mieux. Depuis la disparition de Cordelle, il peinait à consacrer à son enquête l'énergie qu'elle méritait. Dans le langage de la police et de la justice, sa mission était la recherche de la vérité, mais il lui sembla que la vérité était comme un trousseau de clés égaré, dont il n'avait jamais su quelles portes elles étaient censées ouvrir.

12

Dix ans au bas mot qu'il n'avait pas mis les pieds dans le musée des Beaux-Arts de Nîmes. Les baies vitrées déposaient des plaques de lumière sur le granito, la poussière scintillait sous les plafonds à caissons. Un visiteur se penchait au-dessus d'une mosaïque romaine protégée par une minuscule ceinture de fer et donnait l'impression de vouloir franchir la clôture d'une pelouse interdite. À quelques pas de lui, image d'une patience sans objet ni fin, un homme au costume un peu lâche dodelinait sur une chaise pliante. Autant que le lui permettaient ses narines encore encombrées, Bordarier respira un bouquet qu'on aurait pu baptiser « lieu tranquille ». Des notes de vieux bois et de cire d'antiquaire réveillèrent le souvenir d'un grenier chaud, l'été, puis d'une église où brûlaient des cierges. Il se rendit compte l'instant d'après qu'il pensait à celle où sa mère l'emmenait prier, quand il était enfant, pour le repos de son père.

Lorsqu'il émergea de son absence momentanée, Namgyel s'adressait en chuchotant à la jeune femme en col roulé de l'accueil. Elle paraissait troublée par la carte à bandeau tricolore qu'il lui avait présentée en guise de billet d'entrée.

— Dominique ? Descendez l'escalier jusqu'au sous-sol, il est en salle 4, au bout du couloir à gauche. Euh, attendez, je vais le prévenir. C'est pour quoi exactement ?

Namgyel échangea un coup d'œil avec Bordarier. Elle tenait le combiné contre son épaule et attendait une réponse.

— Une expertise de tableaux, pour une affaire de faux.

— Ah, d'accord.

Bordarier l'interpella en l'observant avec attention.

— Vous pensiez que c'était pour autre chose?

— Mais non, pas du tout, pourquoi?

Il ne répondit pas. L'empressement sec avec lequel elle avait repoussé son allusion au crime jadis perpétré par son collègue suggérait qu'elle n'en ignorait pas l'existence. Elle soutint son regard, mais il lui sembla que ses pupilles s'étaient dilatées et rétractées un bref instant sous le coup d'une forte émotion.

Dominique Frioul ne se détacha pas tout de suite de la vaste toile sombre et enfumée sur laquelle il travaillait. À demi perché sur un tabouret, grand mais étroit d'épaules, maigre, voûté, il faisait penser à un échassier triste cherchant sa proie dans les eaux d'un marais. Des lunettes grossissantes relevées sur son front, il peignait par petites touches grises pour effacer une sorte de lézarde qui avait défiguré l'œuvre.

— C'est quoi cette histoire d'expertise?

— Monsieur Frioul? SRPJ de Nîmes. Je suis le commissaire Bordarier et voici mon collègue, brigadier Namgyel. C'est au sujet d'une affaire pour laquelle vous avez été consulté, il y a quelques années. Hugues Courtois, l'avocat de M. Stéphane Marsot était venu vers vous. Vous voyez de quoi je veux parler?

— Ah, oui, Marsot! Une histoire amusante.

— Amusante?

Frioul releva son pinceau puis le long bâton prolongé d'une boule dont il se servait pour stabiliser sa main au-dessus de la toile.

— Au moins pour ceux que réjouit le béotisme. Au cas où ce mot ne vous dirait rien, ça veut dire grossièreté de goût, lourdeur d'esprit.

Bordarier soupira. En plus d'avoir zigouillé son beau-père, Frioul devait être un snob ultra-cultivé qui se pensait très intelligent. Dans un roman de Thomas Harris, ce serait le moment où le héros commencerait à paniquer en réalisant qu'il avait négligé de prendre son arme de service.

— Un industriel probablement assez inculte cherche à se donner un vernis de culture, il achète dans les années 1970 une quinzaine de tableaux à un marchand d'art sans scrupule, sa fille les récupère à sa mort, puis son gendre, à sa mort à elle, décide de les revendre. Quelques mois plus tard, il reçoit une plainte. L'un des clients met en cause l'authenticité de son achat malgré les certificats. Une nouvelle expertise est mandatée par lui et par les autres acheteurs. On s'aperçoit que ce sont tous des faux. De jolis faux, certes, mais des faux tout de même. Marsot prend un avocat, qui fait appel à moi. Mon rôle a été de montrer que notre bourgeois était de bonne foi, que les faux dataient, qu'il n'avait pas agi en receleur et que n'importe qui d'autre aurait pu se trouver berné de la même façon, surtout avec les preuves d'authenticité données par le marchand lors de l'achat et transmises aux héritiers. Ce n'est pas allé jusqu'au procès.

— Et vous savez ce qu'ils sont devenus, après, ces tableaux ?

— S'il a bu sa honte, il les a raccrochés à ses cimaises, sinon il les a entreposés dans son garage. Cela dit, même faux, ils n'étaient pas sans valeur, il aurait aussi pu chercher à les vendre.

Namgyel s'était approché de la toile, mains derrière le dos, dans la pose de l'amateur d'art s'attardant sur un détail.

— C'est minutieux.

— J'ai eu peur que vous me demandiez combien ça vaut ou combien ça pèse ! Ça s'appelle la réintégration illusionniste. On applique un mastic sur les parties très endommagées de la toile, là où la peinture a disparu, puis une couche de vernis sur l'ensemble, avant de faire les retouches de couleur par-dessus. L'idée, c'est redonner sa lisibilité à l'œuvre, sans rien faire qui soit irréversible. Les générations futures pourront éventuellement enlever le verni et utiliser d'autres techniques de restauration.

— Vous êtes au courant que M. Marsot est mort dans la nuit de dimanche à lundi ?

— De mort violente, j'imagine, étant donné que vous êtes ici. Je vous arrête tout de suite, je ne le connaissais même pas. J'ai toujours eu affaire à son avocat. J'imagine aussi que vous vous êtes renseignés sur mon passé et que vous voulez savoir ce que je faisais dimanche soir ?

Tout en s'approchant de l'œuvre en cours de restauration, Bordarier fit un signe de tête qui aurait aussi bien pu vouloir dire oui que non. Elle représentait un homme équipé d'une lyre, qui faisait face à un couple étrange. Tous deux portaient une couronne. L'homme était bronzé, enveloppé d'un drap rouge, avec à la main une lance dont la lame faisait une sorte de zigzag. La femme avait la peau très blanche. Sous sa couronne, plus petite, ses cheveux étaient diaphanes, comme une sorte de voile. L'arrière-plan du tableau était effrayant. Derrière la porte d'un mur d'enceinte, des démons torturaient un homme attaché à une roue. Un autre se faisait manger le foie par des chiens. Des femmes et des hommes nus, prédateurs ou gibier, couraient avec des torches. Plus loin, les silhouettes de potences garnies de corps s'élevaient près d'un château ravagé par un incendie.

— Ça ne manque pas d'imagination.

— Ambrosius Francken, école hollandaise, XVIIe siècle.

Frioul essuyait son index dans un morceau de tissu maculé de traînées d'un vert qui touchait au noir. À cause de la lampe qui éclairait le tableau, son visage était plongé dans l'ombre.

— Il n'était pas commode, vous savez.

— Qui ?

— Mon beau-père.

— Ah.

— Il y a eu une grosse humiliation. Celle de trop. J'avais le couteau électrique dans la main, pour couper la dinde de Noël. Vous avez déjà été possédé par une colère qui vous rend insupportable l'idée que l'instant d'avant puisse ressembler à l'instant d'après ?

Bordarier réfléchit. Il avait eu une ou deux fois des colères spectaculaires, mais elles dataient de très longtemps et il fallait avouer qu'elles avaient été plus ridicules que terribles. Il se tourna à nouveau vers le tableau. Mieux valait ne pas répondre. La question était rhétorique, de toute façon.

— Qu'est-ce que ça représente ?

— Orphée demandant à Zeus la permission d'aller chercher Eurydice aux enfers.

— Je ne savais pas qu'il avait eu besoin de demander la permission.

— On ne pénètre pas dans les enfers comme on veut, il faut d'abord montrer patte blanche. Une catabase, ça ne s'improvise pas.

— Une catabase ?

— La descente dans le monde souterrain. C'est un des rites de passage obligés des héros épiques, dans le monde grec. On va ramener quelqu'un d'entre les morts, ou combattre un monstre.

— Vous pourriez peut-être nous aider à savoir ce que sont devenus les tableaux de Marsot. Il se peut que le meurtre et l'incendie soient le résultat d'un cambriolage qui aurait mal tourné. Mais comme vous le dites, il aurait pu les avoir vendus à nouveau, même si pour l'instant nous n'avons pas encore retrouvé la trace d'une transaction. Vous pensez que ç'aurait été faisable, après les nouvelles expertises ?

— Ce ne serait pas la première fois. D'autant que l'affaire de M. Marsot s'est réglée à l'amiable, sans trop s'ébruiter.

— Et c'était qui, le peintre ?

— Il y en avait plusieurs. Le plus réputé était George-Daniel de Monfreid. Ce qui serait quasiment impensable avec Picasso peut se faire avec un artiste moins recherché. Les sommes sont proportionnellement modestes, mais si vous en vendez régulièrement, ça finit par faire beaucoup. Il y a des amateurs qui se font avoir et même de petits musées qui achètent avec des subventions et des dons privés.

De retour devant la façade néoclassique du musée des Beaux-Arts, Bordarier interrogea Namgyel.

— Tu crois qu'on tient quelque chose ?

Son coéquipier regardait pensivement le bout de papier sur lequel Frioul avait noté les titres des œuvres qui appartenaient ou avaient appartenu à M. Marsot.

— On le saura quand on aura mis la main sur les tableaux.

— S'ils ont été vendus à nouveau, ça ne devrait pas être trop difficile. Je vais demander à Genet.

— Et l'ex de Marsot, l'Ukrainienne ? Une bonne vieille vengeance amoureuse, ce serait parfait, non ? L'enquête serait pliée en trois jours et on pourrait se concentrer sur une autre affaire.

— Cordelle ?

— Si tant est qu'il lui soit vraiment arrivé quelque chose.

13

Un beau soleil projetait l'ombre ovale d'une déjection d'oiseau sur le tableau de bord de la Primula. Les mains sur le plastique chaud du volant, bercé par le ronronnement du moteur, Bordarier s'abandonna à la contemplation du paysage hivernal. À cause des violentes inondations saisonnières qui donnaient parfois aux automobilistes l'impression de traverser une plaine lacustre, la N106 avait été surélevée à grands frais, ce qui permettait une vue dégagée sur les vignes brunes et nues de la vallée. De temps en temps se dressait au sommet d'une petite colline un village avec un clocher.

Namgyel fouillait dans la boîte à gants où Bordarier jetait périodiquement de nouvelles cassettes. Les plus vieilles avaient une bonne quarantaine d'années, ce qui était assez incroyable quand on y pensait. Il finit par en extraire une dont l'étiquette à peine lisible dut lui parler, puisqu'il la poussa dans l'autoradio.

Après un bref gazouillis, la voix de Françoise Hardy fit vibrer les enceintes. « *Nous n'irons plus au bois chercher la violette, la pluie tombe aujourd'hui, qui efface nos pas.* » Il avait beau aimer le morceau et l'artiste, Bordarier sentit que son humeur était en train de s'assombrir. Cette complainte d'une fille d'à peine vingt-trois ans à l'époque de l'enregistrement du tube, n'était-ce pas une insulte à la sienne, de jeunesse, qui avait disparu depuis si longtemps qu'il s'en souvenait à peine ? Et puis l'idée d'une fin sans retour, d'un adieu définitif, avait réveillé l'inquiétude sourde qui l'étreignait à chaque fois qu'il pensait à Cordelle.

L'ancienne petite amie de Stéphane Marsot avait élu domicile à Anduze, bourg coincé au pied de falaises abruptes creusées au fil des millénaires par les eaux puissantes du Gardon. Bordarier et Namgyel se garèrent dans le parking municipal 136 places, puis passèrent la porte des remparts pour pénétrer à l'intérieur de la vieille ville. Selon les informations communiquées par Genet, Mme Brisot avait ouvert une petite boutique de souvenirs. Ils n'eurent pas de difficulté à la trouver. Elle était stratégiquement située à quelques mètres d'une fontaine surmontée d'un toit de pagode en tuiles vernies, caprice de deux Anduziens du XVIIe siècle en commerce avec l'Orient.

Kalyna Brisot, née Kravchenko, semblait avoir réuni autour d'elle l'essentiel de la production légale des hippies des montagnes environnantes. Il y avait des jouets en bois, des paniers d'osier, des gilets en peau de mouton, des tissus enrobés de cire d'abeille bio pour conserver les aliments et même du kimchi fermenté dans un village des hauteurs selon les techniques coréennes les plus ancestrales. Elle devait avoir tout juste dépassé la quarantaine. Ses cheveux décolorés encadraient un beau sourire rehaussé de rouge à lèvres rose.

— Vous êtes au courant ?

— De ?

Bordarier perdit soudain contenance. Il se savait plutôt maladroit pour communiquer les mauvaises nouvelles, mais son entrée en matière atteignait cette fois-ci un sommet d'inanité. D'un coup d'œil nerveux, il appela Namgyel à la rescousse. Pris au dépourvu, celui-ci abaissa sa mine sombre vers la femme effrayée.

— Nous sommes au regret de vous annoncer le décès de M. Stéphane Marsot.

Après cinq secondes d'incompréhension, elle battit des paupières pour expulser deux grosses larmes cristallines.

— Pauvre Stéphane, pauvre, pauvre Stéphane ! Mais qu'est-ce qui a bien pu se passer ?

Sans se l'énoncer distinctement, Bordarier avait présumé que la motivation principale de l'Ukrainienne, lorsqu'elle avait mis le grappin sur le retraité, avait été de profiter de son argent et plus généralement du standard de vie des habitants d'Europe de l'Ouest. Il avait sans doute eu tort. Hors le cas peu probable d'une actrice rompue au mélodrame réaliste slave, tout indiquait que son émotion n'était pas feinte et qu'elle avait dû aimer Stéphane Marsot. Il regarda ses souliers, tout à coup peiné, lui aussi.

— Je le connaissais un peu, nous étions voisins.

Elle releva vers lui ses yeux bleus. Il devait lui apparaître comme une forme vague à travers un pare-brise sous une averse.

— Je me souviens de vous, maintenant. Vous n'aviez pas une vieille voiture amusante, couleur moutarde ?

— Euh, si, je l'ai toujours. Une Autobianchi Primula coupé S.

— On vous voyait souvent passer le matin, Stéphane me disait à chaque fois « Mais pourquoi il roule dans ce tacot ? ». En tout cas, si vous le connaissiez, alors vous savez, il avait un cœur d'or.

Sa voix se brisa en un sanglot. Bordarier avala sa salive tout en essayant de pardonner l'offense qui lui était parvenue d'outre-tombe. C'était plutôt Marsot qui était à plaindre, après tout. En plus d'être mort assassiné, il avait eu le très mauvais goût d'acheter une de ces grosses allemandes qui feignent la finesse et l'élégance mais gardent une âme de tank, une Porsche Cayenne Turbo GT qui avait coûté 200 000 euros et passait à peine dans les ruelles du quartier.

— Il avait des ennemis ?

— Je ne vois pas. C'est absurde.

— Vous êtes restés ensemble plusieurs années, n'est-ce pas ?

Au soupir qu'elle poussa, Bordarier comprit qu'il n'y aurait pas besoin d'insister pour avoir des détails sur la nature de sa relation avec Marsot et la façon dont elle s'était terminée. Qu'elle l'ait toujours été ou qu'elle le soit devenue, cette femme était de toute évidence une réaliste et une pragmatique.

— Presque quatre ans. On avait une différence d'âge importante, mais c'était lui que ça gênait, pas moi. Il avait peur que je passe à côté d'une famille, que je finisse par m'ennuyer avec lui. On a fait connaissance à travers un site de rencontre franco-ukrainien. Un homme mûr, c'est vrai, mais encore en pleine forme. Il m'a invitée à passer quelques jours sur la Côte d'Azur et j'ai accepté. Après, il y a eu d'autres voyages, nous avons eu de très bons moments. C'est quand j'ai voulu avoir un enfant que tout a commencé à changer. Nous nous sommes disputés et je suis rentrée quelques mois à Kiev. Là-bas, j'ai opté pour une insémination artificielle. Je suis revenue enceinte. J'espérais qu'on se réconcilierait, qu'il nous accepterait dans sa vie, mais il m'a dit qu'il valait mieux que j'aie mon propre logement. Il m'a trouvé un appartement dans le centre de Nîmes. De temps en temps, il passait, il achetait des cadeaux pour la petite, et puis il y a eu de plus en plus de distance, on a fini par ne plus se voir.

Pendant qu'elle parlait, Namgyel s'était emparé d'un sachet de spiruline cévenole en brindilles et en avait étudié l'étiquette. Il le reposa pour interroger Mme Brisot, mais une expression de profonde perplexité était restée imprimée sur son front.

— Vous l'avez toujours, cet appartement ?

— C'était une location, j'ai déménagé il y a longtemps.

— Et il a continué à vous aider ?

— Pendant un an et demi, le temps que je trouve du travail. Ça s'est bien sûr arrêté quand j'ai rencontré mon mari.

— Vous n'avez plus du tout été en contact ?

— Non, enfin si, tous les ans il envoyait une carte à la petite, avec un chèque, mais on ne se parlait plus.

Elle s'était arrêtée de pleurer, mais ses joues duveteuses gardaient deux taches brillantes qu'elle n'avait pas essuyées. Bordarier avisa derrière elle une affiche pour une exposition dans un espace culturel alternatif à Saint-Sauveur-du-Merlet.

— Vous étiez au courant pour les tableaux ?

— Les tableaux de son beau-père ? Oui, bien sûr. Il les avait vendus, mais il a été obligé de tous les reprendre, la plupart étaient des faux. Vous pensez qu'il y a un lien ?

— Et vous ?

— Je ne vois pas comment, c'était une affaire réglée.

Namgyel interrompit ses questions pour renifler un savon découpé grossièrement, qu'une étiquette annonçait parfumé au chanvre et fait avec du lait de brebis. Il le reposa délicatement dans le bol en terre d'inspiration sud-américaine où il l'avait trouvé.

— Est-ce que vous vous souvenez d'avoir été témoin d'un incident concernant Stéphane, quelque chose qui vous aurait interpellée, peut-être mise mal à l'aise ?

Mme Brisot esquissa d'abord un non de la tête, puis parut hésiter avant de finalement se décider à répondre.

— La seule chose, c'est la grosse dispute qu'il a eue avec son beau-frère, le frère de sa femme. Un jour il a frappé à la porte, il était de passage dans la région. C'était quelques mois avant mon départ pour l'Ukraine. Je n'ai pas tout entendu. Dès qu'il l'a vu débarquer, Stéphane m'a envoyé faire des courses. Albert, oui, je crois que c'était son nom. J'étais en train de revenir quand il a arrêté sa voiture à la hauteur de la mienne. Il m'a dit que Stéphane leur avait fait beaucoup de mal, à lui et à sa sœur, qu'il était quelqu'un de détestable et que je devrais m'en méfier.

— C'est tout ?

— Il est reparti. Il avait l'air furieux.

— Et vous en avez parlé ensuite avec Stéphane ?

— C'étaient des histoires d'argent autour de la vente de l'usine de fabrication de papier. Elle avait appartenu à son beau-père, le père de sa femme. C'est Stéphane qui l'a reprise ensuite. Son beau-frère disait qu'il avait encore droit à quelque chose et selon Stéphane c'était complètement absurde, il n'avait qu'à s'être mieux débrouillé, il ne pouvait pas avoir le beurre et l'argent du beurre, il n'était quand même pas responsable pour toute la famille.

— Les héritiers du beau-père n'ont pas eu leurs parts ?

— De l'usine au moment de la vente, non. Stéphane les avait rachetées tout au début. Je crois qu'ils ont regretté de les avoir vendues quand l'entreprise a vraiment décollé. Ils sont venus réclamer, mais bien sûr ils n'avaient plus aucuns droits sur l'entreprise.

Bordarier fronça les sourcils. De quelles sommes d'argent parlait-on ? Certes, la villa de Marsot avait été imposante, mais sans rien de véritablement extraordinaire. Depuis quelques années, le quartier accueillait des verrues dignes de narcotrafiquants qui faisaient au moins le double ou le triple en surface. Et puis surtout, un ex-PDG de grosse entreprise aurait pu choisir de vivre dans un endroit plus chic que les garrigues nord. Les hauteurs de Saint-Tropez, par exemple.

— Stéphane était très riche ?

— Très, je ne sais pas, mais assez. Il donnait beaucoup, d'ailleurs.

— À qui ?

— Toutes sortes d'associations caritatives.

— Par exemple ?

— Les Restos du Cœur, d'autres, je ne sais pas.

— Pourquoi a-t-il choisi Nîmes, d'après vous ?

— Il y avait vécu un ou deux ans, dans son enfance. Il avait toujours gardé un bon souvenir du Midi.

— Il avait encore de la famille ici ?

— Non, pas que je sache. Tout le monde était mort depuis longtemps quand il est revenu.

Lorsqu'ils prirent congé, Mme Brisot était en train d'abaisser le rideau de fer, trop ébranlée pour continuer sa journée. Avant de récupérer la Primula, Bordarier et Namgyel firent un crochet jusqu'au pont d'Anduze pour voir les eaux du Gardon. Avec les pluies qui s'étaient abattues plus haut dans la montagne, leur niveau était monté de plusieurs mètres le long des hautes murailles de protection. Des remous faisaient jaillir leur écume jaune autour des piles. Un vieux monsieur accoudé à la rambarde de fer leur adressa un sourire ravi.

— Pétard, encore un peu plus et ils vont avoir les pieds dans l'eau, en bas. On n'est pas loin de la gardonnade.

Alors que Bordarier s'amusait de cette Schadenfreude pleinement assumée, Namgyel regarda son portable et lui fit signe qu'il était temps d'y aller. En lui emboîtant le pas, Bordarier se remémora un documentaire sur les moines Shaolin qu'il avait vu une fois, tard le soir, à la télé. Namgyel avait la même élasticité dans le jarret que ces guerriers bouddhistes et donnait l'impression de pouvoir s'envoler le long d'une tige de bambou pour sauter d'un toit de tuiles à l'autre.

— Des nouvelles ?

— Tu te souviens de Mme Mansouri, la dame qui a déposé une main courante, lundi, à cause de ses voisins ?

Bordarier revoyait vaguement la femme en djellaba que Namgyel avait reçue dans son bureau.

— Qu'est-ce qui s'est passé ?

— Ils ont menacé de lâcher leur chien sur elle. Ça te dit de m'accompagner ?

14

Cette sombre affaire de voisinage avait pour théâtre un quartier pavillonnaire aux rues courbes, aux murets hauts, aux trottoirs étroits. L'architecture était homogène, sans imagination. Crépi beige tirant sur le rose, tuiles orange, haies de troène. Qu'est-ce qui motivait les municipalités à autoriser la construction de ces labyrinthes sans buts ni centres, véritables nasses composées de culs-de-sac en forme de tentacules ? Bordarier soupçonnait un mélange de cupidité, de corruption et de croyance aveugle en la supériorité du moderne sur l'ancien. La seule chose positive était qu'on ne pouvait pas déduire de cette platitude urbanistique une semblable absence de relief dans la vie intérieure de ses habitants. Ce n'était pas la première fois qu'une enquête conduisait Bordarier ici et il avait vite compris que chaque pavillon recélait un monde unique, avec ses règles, ses habitudes, ses folies, peut-être aussi imprévisible et différent que chacun des milliards de systèmes planétaires qui attendaient d'être découverts à travers la galaxie. En deux mots, une famille.

Avec ses trois millimètres de cheveux sur les côtés de la tête, sa mèche blonde aplatie sur le dessus, sa chemise rayée et son pantalon bleu, le garçon d'environ quinze ans qui répondit à la porte aurait pu orner la couverture d'une publication visant à promouvoir la régénération de la France à travers le modèle d'une jeunesse saine, abstinente, blanche et catholique. En découvrant Namgyel, le boy-scout esquissa un mouvement de recul. Déjà impressionnant avec son crâne nu, son grand manteau noir et ses bottes de gardian, taille 50 au bas mot, celui-ci ne s'était pas rasé depuis deux ou trois jours et l'ombre bleue qu'il avait sous le nez commençait à lui donner un vague air d'envahisseur des steppes. Un chien se mit à aboyer derrière la porte du garage.

— C'est à quel sujet ?

Le colosse tibétain montra sa carte.

— Police. Votre père est là ?

— Euh, oui.

— On peut le voir ?

— Papa, c'est la police !

Le père apparut presque aussitôt sur le seuil. Lui aussi était scrupuleusement dégagé autour des oreilles.

— Bonjour messieurs, que puis-je pour vous ?

— Vous êtes monsieur Mercadet ?

— Lui-même.

Il n'était pas difficile de prévoir qu'interrogé directement, Mercadet père nierait avoir harcelé sa voisine et clamerait haut et fort qu'il n'avait jamais été raciste et encore moins islamophobe. En le mettant en confiance, tout au plus pourrait-on lui arracher qu'il était partisan d'une politique d'immigration juste et cohérente, pour le bien-être et la sécurité des migrants comme des Français. À tous les coups, ils allaient perdre leur temps. Bordarier regarda donc avec intérêt Namgyel montrer de l'index un pan de trottoir devant le portail des voisins.

— C'est quoi ces crottes ?

— Pardon ?

— Ces crottes, là.

— Ah, euh, eh bien…

— C'est votre chien ?

— C'est bien possible, vous savez, le soir je le laisse sortir un peu dans la rue, alors parfois…

— On peut le voir ?

— Qui ?

— Le chien.

— C'est pour ça que vous êtes là ? Pour des crottes sur le trottoir ?

— Oui, vous voyez, le commissaire s'est déplacé en personne. Bon, vous nous l'amenez ?

Affichant une expression de profonde perplexité mélangée à quelque chose qui aurait pu passer pour de l'amusement, Mercadet se tourna vers son fils.

— Va chercher Z, Henri. Mets-lui la laisse, hein ?

La bête ronflante que le jeune homme ramena au bout d'une corde était trapue, dotée d'une forte musculature ainsi que d'une tête plate qui témoignait d'un probable croisement avec un pit-bull. Bordarier fit involontairement un pas en arrière.

— Vous avez un permis ?

— Il est classé en catégorie deux par le véto, monsieur le commissaire, nous avons l'attestation d'aptitude, tout est en règle. Comme je suis souvent parti, ça me tranquillise d'avoir un vrai chien de garde. Z est dissuasif, on n'a jamais eu de problèmes de cambriolage.

Mercadet père s'interrompit en voyant Namgyel s'accroupir et refermer son énorme main autour du museau de Z. Avec un petit gémissement, le chien se mit à regarder sur les côtés en montrant le blanc des yeux. Ses oreilles taillées en pointe s'étaient plaquées vers l'arrière et s'il avait encore disposé d'une longueur de queue suffisante, celle-ci aurait disparu entre ses jambes.

— Hé, qu'est-ce que vous faites ? Il ne vous connaît pas, c'est dangereux.

Namgyel lâcha prise en donnant une tape amicale quoique ferme à la bête qui n'osa pas se plaindre.

— Mais non, il est gentil comme tout votre toutou. Viens, Z, je vais t'expliquer quelque chose.

Namgyel fit signe à Henri de lui donner le contrôle de la laisse et amena Z au milieu de son champ d'étrons. De sa main implacable, il le saisit à nouveau, cette fois au niveau de l'échine, pour le forcer à un tête-à-tête intime avec ses propres déjections. La truffe souillée, gémissant d'angoisse, Z tenta de se dérober, mais

Namgyel l'obligea trois fois à regarder ses crottes, puis la porte de sa propre maison.

— Pas caca ici, Z, pas bien, caca là-bas, tu comprends ?

Le molosse stressé laissa échapper quelques gouttes d'urine accompagnées d'un jappement d'excuse. Lorsqu'il devint clair que son œil affolé avait bien enregistré le nouvel emplacement des toilettes, Namgyel le flatta et le serra dans ses bras.

— On a bien compris, hein, on a bien écouté. On ne fera plus de bêtises ?

— Ça suffit, lâchez mon chien !

Mercadet, lèvres blêmes, ouvrait de grands yeux. L'humiliation était profonde. Non seulement son noble chien de garde s'était métamorphosé en humble roquet, mais cette déchéance se doublait maintenant d'une véritable trahison. Comme en proie à un soudain et intense bonheur, Z remuait timidement son moignon de queue en regardant Namgyel à travers des paupières mi-closes. Bordarier eut l'impression que s'il avait pu parler, il aurait déclaré d'une voix tremblante et émue à celui qu'il prenait peut-être pour son nouveau maître que tout irait bien, qu'il ne fallait pas s'inquiéter, qu'il avait appris sa leçon et que ses déjections, il les ferait désormais devant chez lui, pas devant le portail des voisins.

Sans écouter Mercadet, Namgyel raccompagna Z devant le pavillon de ses propriétaires et sourit lorsqu'il s'accroupit pour pousser, son arrière-train tremblant sous l'effort.

— Regardez, il va faire.

— Mais ça, mais alors, non Z, non, non, non !

Une selle que l'émotion avait rendue liquide se répandit sur l'asphalte. Mercadet arracha la laisse à Namgyel et tira sur le collier. Dérangé et meurtri, Z grogna. Le jeune Henri regardait la scène avec une expression indéchiffrable.

Namgyel se redressa, imposant, athlétique. À cet instant, Bordarier se dit qu'il n'aurait pas aimé se trouver en face de lui quand il était armé d'un bâton haut de deux mètres et qu'il faisait régner l'ordre dans son monastère bouddhiste de Dharamsala.

— Bon, vous, vous allez tout de suite ramasser les crottes, je veux que ce soit immaculé devant chez les Mansouri. Je repasserai voir. Continuez vos intimidations et je viendrai personnellement m'occuper de vous.

Remonté dans la voiture, Bordarier exprima son admiration avec enthousiasme. Le coup du chien féroce retourné contre ses maîtres, c'était très fort. À moins d'en conclure que la fidélité de nos amis canins était surfaite, ce qui paraissait douteux devant tant de témoignages accumulés au fil des siècles, il fallait admettre que Namgyel était doté de pouvoirs qui confinaient au surnaturel.

— Comment tu as fait ?

— C'est simple, toi et moi avons la chance d'avoir été réincarnés sous une forme humaine qui nous permet la recherche du Dharma, mais ce pauvre chien était en train d'accumuler un mauvais karma par la faute de ses maîtres. Il a senti que je voulais le guider vers une forme de conscience supérieure, c'est pour ça qu'il s'est laissé faire. Peut-être que dans des siècles, à force de réincarnations, il deviendra un grand lama. Nos actes ont des répercussions infinies à travers l'univers et le temps.

Bordarier hocha la tête devant cette explication qui l'entraînait un peu loin de ses habitudes de pensée. De toute façon, peu importait le comment, l'essentiel était dans le rétroviseur. Les Mercadet père et fils, immobiles sur le trottoir, abasourdis, défaits, à côté de Z dont le moignon de queue était dressé en l'air et la langue pendante en travers de ses babines. Il n'y aurait eu qu'à le siffler pour qu'il grimpe sur la banquette de la Primula. Bordarier s'aperçut que Namgyel le regardait avec un petit sourire amusé.

— Quoi, Z ne va pas devenir un grand lama ?

— En fait, on avait beaucoup de chiens dans le premier monastère où j'ai fait la sécurité. Un moine s'était mis en tête de tous les recueillir. Il y en avait des gros, des difficiles. J'étais très jeune, mais j'ai dû apprendre à les faire obéir au doigt et à l'œil. C'est la tradition, chez nous, d'avoir des molosses. On utilisait les dogues du Tibet pour garder les portes.

Bordarier dissimula son soulagement. L'idée de la réincarnation, à vrai dire, lui répugnait un peu. Quoi de plus déstabilisant que de s'imaginer prisonnier d'un cycle infini de naissances et de morts où, comme dans un jeu de l'oie, un malencontreux coup de dé pouvait vous ramener à la case départ ? Les rares fois qu'il y pensait, la même angoisse absurde s'imposait à lui. Produit de passions sur lesquelles il n'avait aucun contrôle, son karma le ferait à coup sûr revenir au monde sous la forme d'un crabe se nourrissant de déchets putréfiés au fond de l'océan. Il y aurait des fumerolles de méthane, des prédateurs cauchemardesques, le noir absolu.

De retour au commissariat, il s'installa derrière son bureau et s'empara d'un dossier auquel Mme Zakine avait apposé un Post-it. Apparemment, c'était très urgent. Il soupesa la chose et craignit qu'elle ne représente au bas mot une heure d'un travail excluant toute idée de finalité ou d'utilité, au bout duquel il émergerait à demi abruti, le poignet meurtri à force de signatures et de vérifications de documents qui seraient à leur tour signés et vérifiés par d'autres. Il prêta l'oreille à la petite voix intérieure qui lui suggérait de renoncer maintenant, avant même d'avoir commencé. D'ailleurs, le retard était tel que l'urgence soulignée par la secrétaire était déjà en train de doucement s'estomper, en admettant qu'elle ait jamais existé. Il décrocha le combiné de son téléphone fixe pour appeler le bureau de Genet.

— L'adresse du beau-frère parisien de Marsot ? Le frère de sa femme ? Bien sûr que je peux vous la trouver. Pourquoi vous la voulez ?

— J'ai appris qu'il avait une dent contre mon voisin. Il lui reprochait de l'avoir floué en reprenant à lui seul l'usine de son père. S'il avait gardé ses parts, lui aussi aurait fait fortune.

— Ah, je vois. Et comme Marsot n'a pas de progéniture, du moins pas d'enfant reconnu, son beau-frère aura au moins droit à une partie de ses biens. Ça suffit pour constituer un mobile.

Quelques minutes plus tard, l'adresse apparut sur son portable. Genet rappela dans la foulée.

— Vous avez vu, patron, c'est à Paris. Comme vous montez déjà là-haut pour l'affaire Cordelle, ce sera parfait, d'une pierre deux coups.

— Qui vous a dit que je montais à Paris ?

— Évitons le téléphone, il ne manquerait plus que les Russes interceptent les communications du commissariat.

— Ah, oui, les Russes, c'est vrai.

Bordarier grimaça, traversé par l'idée que si jamais Genet se mettait à travailler pour une puissance étrangère, ce serait une catastrophe. Plus aucun secret d'État ne serait à l'abri.

Il composa ensuite un court message pour rappeler à Benedetta son arrivée le lendemain.

Le soir, seul dans sa cuisine, il mit de l'eau à bouillir pour faire cuire une boîte de radiatori achetée en chemin dans une supérette. Il venait d'écraser quatre gousses d'ail pour insuffler un peu d'âme à la sauce industrielle aux champignons qui faisait des bulles dans sa casserole, lorsque son portable vibra. C'était Aboulafia. Il n'allait pas fort.

— De toute façon, ils ne nous diront rien, là-haut. Mais pourquoi elle n'appelle pas ?

— Je fais confiance à Vera. Elle a peut-être dû se planquer, couper toutes les voies de communication.

— Il vous est déjà arrivé d'avoir un mauvais pressentiment ?

Bordarier hésita. Il aurait pu expliquer à Aboulafia que pendant des années, quand Marion partait le matin à l'école, il s'était imaginé toutes les choses horribles qui pourraient lui arriver. Parfois, il interrompait ce qu'il était en train de faire, un creux à l'estomac et regardait son portable pour voir si personne n'avait appelé. Sans doute, ce problème psychologique, qu'il avait du reste peu à peu appris à surmonter, lui venait-il de son métier. La vie telle qu'il la voyait au jour le jour était une trame délicate qui pouvait se déchirer d'un coup et laisser place à une béance sans fond. La parade qu'il avait trouvée consistait à ne pas donner corps à ses angoisses, à les laisser à leur état fantomatique d'étincelles neuronales. Si on ne voulait pas que le pire devienne réalité, il ne fallait par exemple jamais en parler. Les jeteurs de sort et les spécialistes du vaudou le savaient bien. Une poupée martyrisée par des aiguilles n'était jamais aussi efficace que quand on la présentait à celui qui devait souffrir.

— Gardez-le au fond de vous, votre pressentiment, Aboulafia. S'il reste secret, il ne se réalisera pas.

15

Après avoir confié la Primula au parking souterrain de la gare, Bordarier s'installa dans l'un des deux bars-tabacs qui se faisaient concurrence au pied de l'avenue Feuchères. Des jeunes en manteaux, sacs à dos entre les jambes, faisaient durer leurs cafés tout en examinant avec des moues sceptiques une liste des sandwichs peinte à même la vitrine. C'était un fait qu'elle ne contenait pas d'option végane, mais comment ne pas lui trouver le charme d'un poème laissé par un voyageur parti depuis des lustres, ou d'une comptine transmise à travers les âges, accompagnant un air de marelle ? « *Jambon, pâté, saucisson, fromage et rille-e-ettes ! Jambon, pâté, saucisson, fromage et rille-e-ettes !* » Plus que les pierres romaines récurées pour les touristes, ce vestige rappelait à Bordarier la ville ancienne, bruyante, odorante et sale dans laquelle il avait grandi. Il eut envie de dire à ces jeunes qu'il fallait en profiter, car un jour pas si lointain tout ne serait plus qu'esplanades lisses, mobilier urbain respectueux de l'environnement, enseignes internationales offrant des nourritures ultra-standardisées ou du prêt-à-porter jetable, ou encore, de manière peut-être plus perverse, boutiques et épiceries rétros aux tarifs assassins, tenues par des milléniaux qui mettraient en scène sur Instagram leur nostalgie d'un monde qu'ils n'avaient pas connu.

Bordarier venait de terminer son crème et ses tartines lorsque Fayçal Aboulafia passa sur le trottoir. Sa nuque raide et son pas ample malgré le sac de voyage auraient pu dénoter le militaire. Quel avait été son rôle à la DGSE ? Il paraissait douteux qu'il ait passé des années assis devant un écran, il était plutôt du genre à intervenir sur le terrain. Sans savoir s'il devait être rassuré ou au contraire rendu encore plus inquiet par cette constatation, Bordarier paya et sortit pour aller le retrouver dans le hall de la gare.

Il l'aperçut devant la vitrine du Relay, étudiant les titres de magazines et de journaux glissés sur un présentoir. Comme il s'approchait avec l'esquisse d'un salut, leurs regards se croisèrent dans le reflet de la vitre, communication silencieuse qui ne dura qu'un instant avant que le compagnon de Cordelle ne pivote et ne s'éloigne sans se retourner. Continuant sur sa lancée, Bordarier fit semblant de s'intéresser à son tour aux couvertures des magazines. Pas d'erreur possible, il fallait faire comme s'ils ne s'étaient jamais vus.

Qu'est-ce que ça pouvait signifier ? Cerné par des jumeaux de trois ans et un père trentenaire acquis aux principes de l'éducation bienveillante, Bordarier tenta d'analyser la situation de manière lucide tout en maintenant fermement la main sur son accoudoir gauche, dernier rempart avant une invasion en règle de son fauteuil Carré Famille. Le plus probable était qu'Aboulafia, comme Genet, était en proie à une légère paranoïa, réaction compréhensible étant donné les circonstances. À peine énoncée, cette vérité de bon sens laissa pourtant apparaître une faille. Est-ce que c'était toujours le plus probable qui survenait ? Non, bien sûr. Les spéculations en apparence les plus absurdes tombaient parfois juste. Le grognement qu'il laissa échapper dut être mal interprété par les jumeaux, puisqu'ils s'arrêtèrent de tartiner leur yaourt sur la tablette pour se mettre à pleurer à qui mieux mieux en déclarant que le monsieur allait les manger.

Lorsque trois heures plus tard le TGV entra en gare de Lyon, Bordarier ne parvint pas à repérer Aboulafia dans la foule. La fermeture intempestive de la voiture-bar, par manque de personnel, l'avait privé de déjeuner et il avait faim. Comme l'heure du rendez-vous approchait et qu'il était incertain du temps qu'il lui faudrait pour effectuer le trajet en métro, il décida d'attendre d'être dans le voisinage du siège de la DGSE pour grignoter quelque chose.

Le chuintement cotonneux et automatisé de la ligne 1 fit place aux cahots de wagonnet de mine de la ligne 11, puis Bordarier émergea de l'édicule de la station de métro Porte des Lilas et découvrit un food truck pittoresque qui flanquait l'entrée d'un parc sans charme. Une pancarte en forme de soleil irradiant annonçait le programme : *Relais tropical. Le menu du soleil. 1er restovit kreol de Paris. Chalet gastronomique mobile.* Bordarier le jugea plus prometteur que l'autre option rapide, un McDonald's qui faisait le coin. Il s'approcha, inspecta le menu en s'interrogeant sur ce que pouvait être une morue tropicale ou un thon façon créole, ou encore ce qui pouvait se cacher sous l'appellation vague de légumes tropicaux. Le voyant à la peine, l'employée se résolut à abandonner momentanément son portable.

— Je peux vous aider ?

— Je ne sais pas, vous avez quelque chose de savoureux mais de pas trop relevé ?

— Le poulet fumé, c'est servi avec des haricots rouges et du couac.

— Du couac ?

— De la semoule de manioc.

— D'accord.

— Le menu vient avec une boisson. Vous voulez essayer le Royal Soda banane ? C'est très bon et c'est typique.

— Banane ? Pourquoi pas.

Bordarier s'installa sur l'unique table de pique-nique réservée aux clients et se mit à déguster son assiette devant le trafic du boulevard, heureux qu'il ne fasse pas trop froid. De temps en temps, il jetait un coup d'œil en direction de la sortie du métro, espérant en voir émerger Aboulafia. À quelques pas de lui, une vieille dame en robe balayait le bord du trottoir, insensible au danger des voitures qui la rasaient. Il se demanda quelle âme trempée dans l'acier guidait ces mains noueuses qui répétaient sans cesse le même geste court et sec. Où s'arrêtait son bout de trottoir ? La poussière n'était-elle pas sans fin ? Moins d'un quart d'heure plus tard, la bouche en feu, il jeta les emballages dans une poubelle qui débordait et se mit à descendre le boulevard Mortier.

La porte du 141 s'ouvrait au milieu d'un long mur d'enceinte couronné de grosses caméras, de pointes anti-intrus et de rouleaux de fil de fer barbelé. Admis à l'intérieur, il présenta sa carte d'identité sous le regard attentif d'hommes en uniforme, pistolet à la ceinture et fusil-mitrailleur en travers de la poitrine. Un guichetier à qui le verre blindé donnait un teint verdâtre s'assura que la photo sur sa carte de police était bien la sienne puis continua de le dévisager pendant quelques secondes, peut-être pour évaluer son degré de nervosité. Il ne dut pas penser grand-chose des gouttes de transpiration digestive qui s'étaient formées sur ses tempes, puisqu'il lui tendit son badge après lui avoir demandé d'émarger la liste des visiteurs.

Le tour de cou enfilé, le commissaire laissa son sac dûment fouillé et son portable dans une consigne automatique à portes transparentes, franchit un détecteur de métal et se dirigea vers les portillons de l'entrée. De l'autre côté, un homme en costume gris un peu flottant venait d'arriver et lui faisait un petit signe de la main.

— Monsieur Bordarier ?

— Oui.

— Marc Grünbein, c'est moi qui vous accompagne à votre rendez-vous.

— Ah, c'est vous que j'ai eu au téléphone l'autre jour ?

— Moi-même, en effet.

Coiffé d'une épaisse touffe de cheveux roux et équipé de lunettes en écaille un peu trop larges et épaisses, Grünbein avait sans doute la cinquantaine mais avait gardé un air adolescent. Celui-ci était assez bien assorti à leur étrange conversation téléphonique de l'autre jour, durant laquelle Bordarier l'avait senti planer quelque part dans la stratosphère ou alors carrément en orbite autour de la lune. Une fois que Grünbein l'eut aidé à déverrouiller le tourniquet avec son badge, ils empruntèrent un escalier mécanique jusqu'à un couloir sans fenêtres dont les murs étaient revêtus de panneaux de bois et de plastique rétroéclairé. De l'autre côté, il y avait à nouveau des escaliers mécaniques et des couloirs.

— Nous allons bientôt déménager, ce sera plus moderne. Mais je crois que ce lieu plein d'histoire nous manquera terriblement. Il s'en est passé, des choses, ici. Ah, si les murs pouvaient parler !

La salle de réunion dans laquelle Bordarier fut admis était meublée de tables disposées en U, le long desquelles s'alignaient des fauteuils ergonomiques matelassés du genre de ceux qu'il n'aurait jamais pu obtenir pour le commissariat. Grünbein, qui n'avait pas lâché la poignée de la porte, resta encore un instant dans l'embrasure.

— Destoine sera bientôt avec vous. Je vous demanderai de ne pas sortir de cette salle sans être accompagné. Vous voulez que j'aille vous chercher un café ?

— Euh, volontiers.

Au bout de vingt minutes d'attente, Bordarier aboutit à la conclusion que son guide n'avait jamais eu l'intention de remplir sa promesse, ou alors qu'il l'avait complètement oubliée aussitôt la porte refermée. Dans un cas comme dans l'autre, la sensation d'être entré dans une dimension parallèle se confirmait. Sans lecture ni téléphone, le silence seulement entrecoupé par le bruit de la ventilation et les borborygmes intermittents de son estomac, Bordarier finit par s'intéresser au logo de la DGSE qui ornait le devant de la salle. À l'intérieur d'un cercle autour duquel était inscrit *République Française - Direction Générale de la Sécurité Extérieure*, un rapace aux allures de planeur portait entre ses ailes un globe terrestre sillonné de courbes entrecroisées. Aucun continent n'était visible, la France seule était représentée par un petit pentagone rouge. Au bout d'un moment, il fut visité par ce qui lui parut être une importante révélation. Ce globe strié ne ressemblait-il pas comme deux gouttes d'eau à une boule de pétanque ? Il en était presque à se demander si le renseignement français n'avait pas cherché à suggérer que la lutte antiterroriste et les guerres sourdes menées entre États ressemblaient à des joutes de boulistes vouées à se terminer tôt ou tard devant un Pernod, lorsqu'un homme entra dans la salle d'un pas décidé. Un visage carré et une raie de côté auraient pu le faire passer pour le PDG d'une multinationale dont le siège se situerait à Dallas.

— Commissaire Bordarier, heureux que vous ayez pu faire le déplacement.

Bordarier se leva et vint à la rencontre de Fabrice Destoine pour lui serrer la main. Celle-ci était sèche, au contraire de la sienne. Il ne put s'empêcher de fixer le regard sur son nez irrigué d'un impressionnant réseau de veinules bleues.

— De même, monsieur Destoine.

— Venez, passons dans l'autre salle. M. Aboulafia, que vous connaissez, est déjà là.

La deuxième salle de réunion était plus petite, presque intime. Le compagnon de Cordelle salua Bordarier comme s'il ne s'était rien passé. Quelles qu'aient été les raisons de son attitude du matin, ce n'était pas devant Destoine qu'elles lui seraient révélées. Ce dernier s'était assis dans un fauteuil légèrement surélevé par rapport aux autres et se penchait maintenant en avant, coudes sur les genoux et mains jointes. Derrière lui, des poupées russes étaient alignées sur une étagère. La plus grande était à l'effigie de Vladimir Poutine. Venaient ensuite Dimitri Medvedev, Boris Eltsine, Mikhaïl Gorbatchev et enfin, quasiment une fève, Leonid Brejnev. Leurs visages étaient peints à traits grossiers, à la mode des objets touristiques, brimborions et autres petites choses hideuses et charmantes qui stationnent sur les étagères à souvenirs. Ça devait être la touche d'humour de Destoine, cette brochette un peu Dalton. Où les avait-il dénichées ? Est-ce que c'était le cadeau d'un agent ? D'une femme ? Un achat impulsif dans un aéroport ou une gare lointaine, en Sibérie ou au Bachkortostan ?

— Comme je l'expliquais à l'instant à M. Aboulafia, nous ne savons pas à l'heure actuelle où se trouve Vera Cordelle, mais nous travaillons sur plusieurs possibilités. Son détachement était pour une mission de courte durée, mais cruciale. Il s'agissait de faire revenir à nous l'une de ses sources, une source dont nous avions impérativement besoin, mais qui s'était un peu effarouchée après son départ. Un simple travail de persuasion. Le problème, c'est que nous avons perdu sa trace après le premier rendez-vous. Le scénario le plus favorable, celui que nous espérons, c'est que Cordelle a jugé bon de couper toute communication parce qu'elle s'est sentie compromise.

Bordarier regarda Aboulafia. Il était sombre, les yeux fixés sur le sol, l'une de ses paupières tressaillait un peu.

— Et le scénario le moins favorable ?

— Ce serait son enlèvement par un service étranger, commissaire. Mais même là, rassurez-vous, nous finirions par la récupérer, sa libération serait négociée en contrepartie d'une autre libération ou d'un déblocage d'avoirs, ce sont des arrangements courants. Nous restons donc pour l'instant dans l'expectative. Une petite équipe a été envoyée pour mener l'enquête, mais le plus probable, c'est qu'il va juste falloir attendre qu'elle refasse surface.

— Et sa source ?

— Introuvable, elle a peut-être eu peur elle aussi.

— Vous dites que l'opération s'est déroulée où ?

— Je ne peux pas vous communiquer cette information, vous m'en voyez navré.

Bordarier repensa à ce que lui avait raconté Aboulafia. Cordelle avait infiltré l'entourage d'un mafieux pour capter les informations sur le Kremlin que son ami russe partageait avec lui.

— Je me suis laissé dire que sa source était proche des milieux du crime et du banditisme dans un pays d'Europe de l'Est, est-ce qu'il n'y aurait pas pu y avoir un problème de ce côté-là ?

Destoine fit une grimace mécontente en jetant un coup d'œil rapide en direction d'Aboulafia.

— Non, commissaire, je vous rassure tout de suite, nous y avons pensé, mais cette éventualité ne fait plus partie des pistes envisagées. Nous surveillons cette personne, ses communications sont interceptées, il n'était absolument pas au courant du rendez-vous de Cordelle avec sa source.

Bordarier trouva Destoine bien affirmatif. Les criminels n'étaient pas idiots, ils se méfiaient des portables, même cryptés. Pour se débarrasser de quelqu'un qui les surveillait, l'opération aurait été préparée de vive voix, sans laisser de traces.

— Alors, qu'est-ce que nous allons faire ?

— Vous, vous allez attendre, messieurs. Attendre et faire preuve de discrétion. Continuez à travailler comme si de rien n'était, commissaire, dites à vos collègues que Cordelle est encore en mission, que son contrat de détachement a été prolongé. Il ne faut pas éveiller les soupçons. Votre ami Gérard Brun a réussi à avoir l'oreille du ministre des Armées, très bien, félicitations, mais sachez qu'en passant au-dessus de ma tête, vous nous avez mis dans une situation délicate. C'est justement ce genre de publicité qui peut nuire à Cordelle.

— Et vous ?

— Nous, nous allons tout simplement faire notre métier et trouver une issue à cette situation dans les meilleurs délais possibles.

Réapparu comme par magie, mais sans le café qu'il avait promis, Grünbein raccompagna un Bordarier en proie à toutes sortes d'émotions désagréables et un Aboulafia qui visiblement broyait du noir. Ils se retrouvèrent bientôt seuls sur le boulevard.

— Qu'est-ce qu'il s'est passé, ce matin ?

— C'est à la suite d'une visite de votre collègue Genet, commissaire. Il a débarqué chez moi à 21 heures, très insistant, avec tout son barda de dépoussiérage dans une camionnette. En moins d'une heure, il a découvert trois micros. Il pourrait y en avoir plus. Clairement une surveillance mise en place par des professionnels, sans doute des acteurs étatiques. J'ai pensé qu'il valait mieux faire comme si on ne se connaissait pas, bien que ce soit futile, entre nous. Quels qu'ils soient, ceux qui ont fait ça ont déjà plusieurs longueurs d'avance.

— Vous en avez parlé à Destoine ?

— J'ai préféré m'en abstenir.

— Pourquoi ? Vous pensez que ça pourrait être la DGSE ?

Devant le visage fermé d'Aboulafia, Bordarier hocha la tête. Destoine lui avait paru aussi faux et manipulateur en personne qu'au téléphone. Il était clair que l'entretien qu'il leur avait accordé faisait partie d'une communication de crise dont le but principal était de les empêcher de parler. Aboulafia s'arrêta un instant devant l'entrée du métro.

— Je pensais rendre visite à un ancien collègue de Vera, vous voulez m'accompagner ? Il la connaissait bien et travaillait dans le même service, il pourra peut-être nous en dire plus que ce qu'a bien voulu lâcher Destoine.

— Vous n'avez pas peur qu'on soit suivis ?

— Il va peut-être falloir déjouer une filature. Je vous montre comment on fait, si ça vous intéresse.

Malgré un certain degré de nervosité, Bordarier ne put s'empêcher d'être curieux. À la PJ, les techniques adoptées par les criminels qu'ils surveillaient étaient en général assez sommaires. Principalement, il s'agissait d'appuyer sur l'accélérateur et de brûler des feux.

— C'est qui, exactement, ce collègue ?

— Adrien Barthez. L'année dernière, le service où travaillait Vera a craint la présence d'une taupe russe, c'est ce qui a interrompu sa mission en Bulgarie. Sofia, pour être plus précis. On a cherché l'origine de la fuite et les soupçons se sont dirigés vers lui. Il a été mis en congé administratif le temps que la DSEC mène l'enquête.

— Et c'était lui, la taupe ?

— Il n'y a pas eu de preuve définitive, mais il n'est pas encore revenu. Quand elle est montée à Paris avec vous, pour l'affaire Balagne, Vera en a profité pour aller le voir.

— Pourquoi ?

— Elle est d'abord passée à la DGSE parce que Destoine voulait lui parler de la mission. C'est lui qui lui a dit que Barthez était sans doute impliqué. Elle connaissait très bien Barthez, elle l'avait formé. Elle a eu envie d'entendre ses explications.

— Et ça s'est mal passé.

— Vera m'a dit qu'il était bourré. Ça a fini en bousculade.

Bordarier se souvenait bien de cette journée, ils avaient mené l'enquête à Paris ensemble et le soir elle était partie de son côté. Le lendemain, quand elle l'avait rejoint dans le TGV du retour, elle portait de nouvelles lunettes noires pour masquer un hématome à l'œil et avait refusé catégoriquement de lui dire ce qui s'était passé.

— Pourquoi elle n'a pas porté plainte ?

— Pour ne pas l'accabler. Elle était convaincue qu'il était innocent. Lui non plus ne l'a pas fait, d'ailleurs.

16

Lieu saturé de monde, théâtre des opérations pour une faune interlope rompue aux combines et aux trafics les plus sordides, la gare du Nord se prêtait aussi à merveille à la mise en application de techniques de contre-surveillance. Après avoir accéléré aux endroits où les couloirs faisaient des coudes, emprunté plusieurs escaliers mécaniques et ascenseurs dans le sens de la montée comme de la descente, être entré dans des rames avant d'en sortir au moment où les portes se refermaient, Aboulafia initia Bordarier au désilhouettage en lui demandant d'enlever son manteau et le coiffant d'un bob qu'il avait sorti de sa poche. Tous ses sens en alerte et le cœur battant, Bordarier crut à un moment reconnaître un visage déjà vu auparavant, puis se rendit compte que ce n'était qu'une image publicitaire imprimée sur le côté d'un distributeur de boissons. Il commençait à avoir mal aux jambes et se prit à rêver que leurs poursuivants, à supposer qu'ils existent, abandonnent la partie par pure lassitude.

Le trajet qu'ils firent finalement en RER lui permit de se reposer un peu. Descendus à Sevran-Livry, ils sortirent de la gare et traversèrent une petite place bordée de commerces et à demi mangée par un gros chantier. Juste à côté d'un bar-tabac, il y avait Kanapathi, magasin d'alimentation générale spécialisé dans les produits africains et orientaux, frais ou en conserve, surgelés aussi bien que cosmétiques. Une porte plus loin, la vitrine de Beauté indienne était presque entièrement occultée par des images cotonneuses d'épilations et de bains de pieds dans des baquets fumants remplis de pétales de rose. Malgré l'ouverture vertigineuse sur le monde qu'offrait cette brochette d'enseignes exotiques, l'atmosphère était provinciale, jamais on aurait imaginé être si près de Paris.

Adrien Barthez habitait un petit pavillon à toit de tuiles dans une rue en surplomb du canal de l'Ourcq. Bordarier n'avait pas eu l'occasion de se former une image mentale précise de ce à quoi pouvait ressembler un agent de la DGSE soupçonné d'être une taupe russe, mais il fut quand même surpris. L'homme avait l'air tout à fait normal. Un peu bedonnant, mal rasé, cheveux gras. Seule sa grosse attelle à l'index suggérait la possibilité d'une vie dangereuse, mais rien n'indiquait qu'elle n'était pas la conséquence d'un banal accident domestique.

— Alors, tu viens me voir pour me casser la gueule, Fayçal ?

— On peut entrer ?

L'intérieur n'était pas cosy. Un poste de travail était installé en plein milieu du salon. Il y avait plusieurs écrans, des tours d'ordinateur. Les persiennes étaient fermées et la lumière qu'elles laissaient passer formait un clair-obscur auquel ne remédiait pas une lampe de faible wattage posée à côté d'un canapé miteux. Barthez leur fit signe de s'asseoir et prit place dans un fauteuil en osier. Tel un maître de maison attirant l'attention de ses hôtes sur un morceau de bravoure décoratif, il montra une chaise cassée appuyée contre le mur.

— Travail de Vera.

— Elle m'a raconté.

Il leva sa main meurtrie pour montrer l'attelle en métal et son doigt enveloppé de gaze.

— Ça aussi, d'ailleurs, plus d'un mois que ça dure. Bon, pourquoi vous êtes là ?

— Vera a disparu en recontactant une source à Sofia.

— Je croyais qu'elle avait quitté la Piscine.

— Elle a été détachée pour une mission courte. On soupçonne le SVR ou la mafia. Ou alors elle se serait sentie menacée et se serait planquée, mais dans ce cas elle m'aurait déjà appelé.

— Ou peut-être pas. Ce n'est jamais prudent d'appeler à la maison quand on est en mission. En tout cas, sache que je suis navré, même si je ne vois vraiment pas pourquoi tu as décidé de passer m'apprendre la nouvelle. Je suis démis de mon poste et sous le coup d'une enquête, qu'est-ce que je pourrais faire pour elle ?

— Elle ne t'a rien dit sur sa mission quand vous vous êtes vus la dernière fois ?

— Notre conversation a été laconique.

— Vera n'était pas convaincue de ta culpabilité.

— Oui, je m'en souviens, c'était gentil de sa part. Écoute, je crois comprendre où tu veux en venir. Tu cherches à savoir si son identité a fuité et si ça pourrait expliquer qu'elle ait été repérée si vite ? Je ne peux pas te répondre, ce n'est pas moi la taupe. En plus, j'ai été démis depuis presque un an. Je ne savais même pas qu'elle était en mission. C'est qui lui, déjà ?

— Le commissaire avec qui Vera travaille.

Jusque-là témoin fasciné de cet échange entre anciens agents de la DGSE, Bordarier esquissa à nouveau un petit bonjour. Aboulafia avait entre-temps jeté un coup d'œil en direction du bureau avec les écrans et les tours d'ordinateur.

— Tu travailles sur quoi ?

— Je profite de mon loisir forcé pour essayer de débusquer la taupe et prouver mon innocence.

— Tu ne fais pas confiance à la DSEC ?

— Qu'est-ce qui me prouve qu'ils ne sont pas eux aussi infiltrés par les Russes ? Peut-être même qu'ils savent qui est la taupe et qu'ils m'abandonnent à mon sort pour faire diversion et voir s'il n'y aurait pas moyen de la manipuler pour envoyer de fausses informations à nos amis du SVR. Dans tous les cas, je suis le dindon de la farce. Je vais me démerder moi-même. Pour Vera, tout ce que j'espère, c'est qu'elle n'a pas été vendue au SVR. Ils voudront peut-être faire un exemple. S'attaquer à Anton Serov, ce n'était pas sans risques.

Bordarier releva la tête.

— Serov, c'est le Russe proche du cercle de Poutine ?

— Oui, l'ami du mafieux bulgare.

— Et il s'appelle comment, lui ?

— Georgi Blagoev.

Bordarier ne pouvait plus distinguer les traits du visage de Barthez, seulement les contours de sa chevelure. Il aurait suffi de modifier sa voix pour avoir l'impression d'assister au tournage d'une de ces émissions de télé où des silhouettes donnent des témoignages choc.

En attendant le prochain RER à la gare, ils prirent des cafés à un distributeur. Aboulafia avait le regard triste en buvant son allongé dans un gobelet de carton. Bordarier pensa à nouveau que quelque part sur la terre, Cordelle était là, vivante ou à l'état de cadavre, à l'abri ou en danger, cachée ou emprisonnée. Ne rien savoir de sa situation était presque insupportable.

— Qu'est-ce que vous attendez de lui ?

— Si c'était vraiment lui la taupe, ce que je ne crois pas, j'aimerais établir une ligne de communication avec ceux qui le contrôlent, pour négocier.

— Et si ce n'est pas lui ?

— J'espère qu'il trouvera quelque chose et qu'il le partagera avec moi. À ce stade, il faut chercher dans toutes les directions. Techniquement, Barthez est un excellent agent, Cordelle a passé beaucoup de temps à le former sur le terrain, même si je ne suis pas sûr qu'il ait conscience de tout ce qu'il lui doit. On pourrait même dire qu'il était son protégé.

Une fois dans la rame, Aboulafia appuya la tête contre la fenêtre, il avait l'air épuisé et vaincu.

— Je dois rentrer à Nîmes, les chiens vont se bouffer entre eux si je ne suis pas de retour ce soir.

— Connaissant Vera, elle ne s'est pas laissé prendre comme ça, elle va revenir, j'en suis sûr.

— Par pitié, ne soyez sûr de rien. Même les meilleurs peuvent se faire piéger, commissaire, c'est ça le problème. Il suffit d'une erreur, une fois.

Dehors défilait un paysage de banlieue. Quartiers pavillonnaires, immeubles, cheminées d'usines crachant de la fumée, le tout surmonté d'un ciel bleu sali d'orange, où les traînées de condensation laissées par les avions faisaient comme des broderies au fil d'or.

Bordarier observa les passagers autour de lui. Un cycliste accompagné de son vélo paraissait occupé à vérifier ses performances sur une appli sportive. Un jeune bougeait la tête en rythme avec la musique qui sortait de ses écouteurs. Deux femmes glissaient le doigt dans une cage où se trouvait un énorme lapin domestique. Au bout d'un moment, Bordarier pensa à vérifier son portable et vit que Benedetta lui avait enfin envoyé un message : « Caro, *tu aurais pu me prévenir un peu plus à l'avance ! Je suis en Lombardie, j'ai visité une manufacture pour voir les mailles et les cuirs pour une nouvelle collection de chaussures pour un client. Mais ça y est, j'ai fini, je suis à l'aéroport, à Milan. J'arrive ce soir à CDG, 19 h 30. Je vais prendre un taxi pour aller plus vite. :-)* »

17

De retour à gare du Nord, ils se promirent de ne pas lâcher l'affaire. Même s'ils n'étaient pas beaucoup plus avancés qu'à leur arrivée à Paris, leur visite avait au moins contraint la DGSE à admettre que quelque chose ne s'était pas déroulé comme prévu et que Cordelle était livrée à elle-même, peut-être en danger dans un environnement hostile. Cela étant posé, les options, de leur côté, n'étaient pas bien nombreuses. Bordarier sentit son cœur se serrer à l'idée qu'Aboulafia allait devoir continuer à attendre un appel de Cordelle, seul dans sa grande maison, avec les chiens qui aboyaient dehors dans leurs cages. Il lui était difficile d'imaginer que Cordelle, même forcée au black-out pour se protéger, n'avait pas trouvé le moyen de faire passer le moindre message à son compagnon pour dire qu'elle était vivante. Est-ce que le bruit d'une respiration enregistrée sur la boîte vocale n'aurait pas suffi ?

— Merde.

Fayçal parvint à s'extraire de ses pensées pour poser une main consolatrice sur l'épaule de Bordarier.

— On va la retrouver, commissaire, on va la retrouver.

— Je sais.

Après avoir regardé Aboulafia s'éloigner en direction du RER D pour prendre son TGV à gare de Lyon, Bordarier ramassa son sac, qui lui parut lourd même s'il ne contenait qu'un change de vêtement.

La ligne 2 survolait les boulevards, à mi-hauteur des immeubles. En bas, sur les trottoirs, des gens marchaient, parlaient, vendaient.

Tous lui semblaient étrangement lointains. Descendu à Père-Lachaise, il regretta de ne pas avoir la clé de l'appartement de Benedetta. Les portes du cimetière étaient encore ouvertes. Se promener lui permettrait peut-être de se remettre les idées en place et de reculer le moment où il devrait s'installer dans un bar pour attendre.

La lumière baissait, maintenant, l'orange de tout à l'heure virait au bleu-gris et on sentait l'humidité du soir. Il suivit des allées bordées de tombeaux noircis, de guingois, aux portes rouillées, auxquels un arrosoir ou un balai-brosse oubliés donnaient parfois des airs de cagibi, puis atteignit le sommet de la colline.

Assise sur un banc, au pied d'un mur sans fenêtres, une vieille femme baissait les yeux vers les pavés de l'allée. Effrayé par ce deuil silencieux qui semblait chercher l'être perdu dans les profondeurs de la terre, Bordarier passa devant elle en levant la tête vers le dôme byzantin du crématorium, dont les grandes palmes en grès doré semblaient éteintes. C'était peu de dire que l'atmosphère était lugubre. Avec un frisson, il pensa au tableau qu'il avait vu au musée des Beaux-Arts de Nîmes. Quel était son titre, déjà ? Ah oui, *Orphée demandant à Zeus la permission d'aller chercher Eurydice aux enfers*. Ce cimetière était l'endroit idéal pour ce que le restaurateur avait appelé une catabase, une descente dans les mondes souterrains.

Une cloche grêle se mit à sonner pour signaler aux visiteurs qu'il était temps de prendre la direction de la sortie. Croyant aller au plus direct en empruntant deux volées d'escaliers qui semblaient conduire tout droit au boulevard, puis forcé de couper en zigzags dans les intervalles parfois étroits qui séparaient les tombes, il s'aperçut au bout d'une centaine de mètres qu'il avait complètement perdu son cap. Il demanda son chemin à un couple de touristes polonais qui l'aidèrent à se repérer sur leur plan, puis, continuant à pas rapides, tomba sur le rond-point Casimir-Périer. Il hocha la tête, troublé. Il y avait des ronds-points, au Père-Lachaise, c'était véritablement une ville des morts. Combien étaient-ils à y avoir été inhumés ? Dix mille ?

Cent mille ? Un million ? Il n'était plus sûr de l'embranchement qu'il devait prendre. Cette fois, il sortit son portable, ouvrit le GPS, tourna l'écran, le retourna, fit un tour sur lui-même puis s'engagea dans l'avenue de la Chapelle. Une tombe à sa gauche attira son regard à cause des étranges sillons qui l'entaillaient.

Il s'immobilisa, ému. La voix d'Alain Bashung, il pouvait l'entendre à volonté dans ses oreilles, gravée à jamais. Sans réfléchir, il s'agenouilla et toucha un coin de la pierre. Il se releva, c'était troublant d'imaginer qu'il était là, dessous, silencieux pour l'éternité.

— Commissaire Bordarier ?

L'homme portait une gabardine. Une oreillette reliée à un fil transparent se perdait dans le col de sa chemise.

— Euh, oui, c'est moi.

— DSEC, direction de la sécurité de la DGSE. Vous avez été invité à la DGSE par Fabrice Destoine pour discuter de la disparition de Vera Cordelle, n'est-ce pas ?

— C'est exact.

— Excusez-moi de vous aborder ici, sans prévenir, mais comprenez que nous avons besoin d'être discrets. Nous aimerions discuter avec vous d'une situation délicate et du rôle que vous pourriez jouer pour nous aider à la résoudre.

— Moi, mais comment ?

— Nous vous expliquerons ça. Surtout ne parlez à personne de ce rendez-vous et ne prenez pas votre portable avec vous. Nous avons choisi un lieu public, mais tranquille. Tenez. À demain ?

— Euh, entendu.

L'homme s'éloigna et Bordarier se retrouva avec à la main une de ces cartes touristiques que les hôtels tiennent à la disposition de leurs clients. En l'examinant, il vit qu'un lieu de rendez-vous, une date et une heure avaient été notés. Il la plia et la mit dans sa poche.

Réprimant un vertige, il se demanda ce qui était réellement en train de se passer. Pourquoi la DSEC intervenait-elle en aval de sa visite à la DGSE, comme s'il s'agissait de s'en cacher ? Est-ce que pour couronner le tout il avait mis le pied dans une guerre interne du renseignement ?

Guidé par le son de la cloche dont l'insistance annonçait la fermeture imminente de la grille, il se retrouva bientôt à nouveau sur le trottoir. Le long du mur extérieur, des pancartes égrenaient année par année et alphabétiquement la longue liste des soldats parisiens tombés pendant la Grande Guerre. Contrairement au Midi, il n'y avait pas eu ici de Bordarier. Il traversa le boulevard puis entra dans un bar brasserie d'habitués qui annonçait des spécialités portugaises.

Il faisait chaud, la lumière était douce. On lui servit son porto dans un petit verre à pied décoré d'un trois-mâts. Sur le plan qu'il avait sorti de sa poche, l'endroit marqué d'une croix, comme sur une carte au trésor, correspondait à un bâtiment situé à l'intérieur de l'enceinte de l'hôpital Saint-Louis.

Quand Benedetta arriva en taxi de l'aéroport, les deux parts de *bacalhau com natas* que Bordarier avait prises à emporter commençaient à refroidir dans le sac qu'il tenait à la main. Ils s'embrassèrent langoureusement sur le trottoir, puis elle le regarda dans les yeux en le tenant par les joues.

— Qu'est-ce que tu as, Émile ?

Il devait faire une tête bizarre, en effet. Que dire ? Depuis son rendez-vous, l'impression d'être entré dans une dimension parallèle n'avait fait que s'accentuer.

— C'est un peu compliqué, en ce moment, au travail.

— Bon, monte, tu m'expliqueras ça.

Heureusement, le frigo contenait des bières fraîches. Ils déballèrent les sacs sur la table basse. Dehors, la nuit était tombée, mais les lumières de la ville éclairaient encore les arbres nus du cimetière et les monuments funéraires, damier labyrinthique qui se perdait dans l'obscurité à mesure que le regard de Bordarier remontait vers le sommet de la colline.

18

Bordarier s'était réveillé rafraîchi et apaisé. La nuit lui avait permis de mettre en perspective les évènements de la veille, sans qu'ils en deviennent pour autant moins étranges et improbables. Il quitta l'appartement en même temps que Benedetta, qui partait au travail, puis arriva au terme d'un assez long voyage en métro à la station Jules-Joffrin. L'adresse qui lui avait été communiquée par Genet n'était qu'à deux pas et il trouva sans peine l'immeuble haussmannien de la rue Ferdinand-Flocon où vivait Albert Tréhot, le beau-frère de Marsot.

L'homme âgé qui l'attendait avec impatience sur le palier paraissait particulièrement remonté, au point que ses cheveux parfaitement blancs qui se détachaient en soie fine sur sa peau rose donnaient l'impression d'être traversés de courants électriques. Sans doute ses vieilles rancœurs s'étaient-elles réveillées à l'annonce de la mort de celui qu'il accusait de l'avoir lésé, à moins qu'il n'y ait été pour quelque chose. D'un geste nerveux, il invita son visiteur à pénétrer dans un appartement étroit, avec des pièces en enfilade.

— Alors, il est mort, finalement. Et sans cracher un euro, comme on pouvait s'y attendre. Bon débarras quand même !

— Vous m'expliquez ?

Tréhot lui fit signe de s'asseoir sur un canapé qui n'était pas de la première fraîcheur, prit lui-même place dans un fauteuil Ikea gris, lustré aux accoudoirs, puis tourna son regard vers la fenêtre. De l'autre côté de la cour, à cinq mètres à peine, un homme avec de grosses mains violettes et enflées nourrissait des pigeons. Plumes et duvet souillaient le rebord de sa fenêtre, collés par un épais guano. C'était assez dégoûtant.

— Je ne sais pas ce qu'on vous a dit, mais ne croyez pas qu'il s'agisse d'une simple histoire d'argent. La vérité, c'est que ma sœur a souffert le martyre avec Stéphane. Pendant trente ans. Vous ne pouvez pas vous imaginer ce qu'elle a subi à cause de lui. Vous qui êtes commissaire, vous le savez sans doute mieux que moi, les violences conjugales ne sont pas toujours physiques. Il y a aussi toutes les choses qu'on dit ou qu'on ne dit pas. Je n'oublierai jamais cette visite à l'hôpital, quand Julie était en train de mourir de son cancer du pancréas. On était dans l'ascenseur pour monter lui rendre visite. Je savais qu'elle l'attendait avec impatience, il ne venait pas tous les jours. Il m'a regardé en rigolant et m'a dit : « On va voir mémé. » On va voir mémé ? Ma sœur ? Sa femme ? Elle s'était plainte tout l'hiver d'avoir mal au ventre. Il disait qu'elle exagérait, qu'elle avait toujours fait un cinéma pas possible dès qu'elle avait le moindre pet qui ne passait pas. C'est lui qui l'a dissuadée d'aller voir le médecin.

— Elle n'a jamais voulu le quitter ?

— Elle y a souvent pensé, mais n'en a jamais eu la force. Il lui lançait « Va-t'en, mais je garde tout ». J'avais beau essayer de la persuader qu'elle recevrait sa part et que de toute façon, on s'occuperait d'elle, elle finissait par renoncer.

— Vos rapports avec M. Marsot ne se sont pas améliorés après le décès de votre sœur, si j'ai bien compris. J'ai parlé à son ancienne compagne, elle m'a dit que vous étiez descendu au moins une fois à Nîmes et que vous en aviez profité pour rendre visite à votre beau-frère. Il paraît que ça ne se serait pas très bien passé ?

— Cette usine de papier, c'est mon père qui l'a montée. Le pauvre, paix à son âme, il n'était pas très fort pour se protéger des gens qui avaient en tête de le plumer.

— Vous n'avez pas eu votre part ?

— Marsot s'est très bien débrouillé pour prendre le contrôle. Une captation d'héritage dans les règles. En théorie, l'usine appartenait aussi à ma sœur, puisqu'ils étaient mariés, mais dans la pratique, c'était lui qui dirigeait tout. Ni moi ni elle n'avons été très malins.

— Mais vous avez été dédommagé, non ?

— Très peu par rapport à ce que ça valait et à ce que c'est devenu. Il a réussi à nous forcer à nous défaire de tout ce que notre père avait construit. Le pauvre avait signé toutes sortes de documents. Et après sa mort, pas moyen de prouver qu'il n'avait pas toute sa tête au moment où il avait transféré tous les biens et tous les pouvoirs à Marsot.

— Étant donné ce que vous me dites, j'espère que vous ne m'en voudrez pas de vous poser la question de savoir où vous étiez la nuit de dimanche à lundi ?

Tréhot laissa échapper un sourire amusé. Dehors, des pigeons s'envolèrent avec des battements d'aile mats, comme de petits tapis battus à la fenêtre.

— Oh, pour ça, j'ai un alibi en béton armé, ne vous inquiétez pas là-dessus.

Le vieil homme souleva sa chemise. Il avait un gros pansement sur l'abdomen. Puis il se pencha pour pousser devant Bordarier des papiers entassés sur la table basse. Il s'agissait d'un compte rendu d'opération et d'une facture à l'en-tête d'une clinique parisienne.

— J'ai été admis dimanche soir et j'étais sur le billard lundi matin. On m'a retiré la vésicule biliaire. Avouez que dans mon état il aurait été difficile d'aller trucider Stéphane dans sa bicoque.

— Vous avez des enfants ?

— J'en ai un et il est à Washington, aux États-Unis. Il est ingénieur. L'alibi est bon ?

— On va tout vérifier.

— Si vous trouvez l'assassin, dites-lui merci de ma part. Je suis sûr qu'il avait une bonne raison.

— Je crois que vous allez toucher une part de l'héritage, non ? Si j'ai bien compris, Marsot n'avait plus de famille, pas d'enfants.

— On verra. Ça ne m'étonnerait pas qu'il ait fait enregistrer un testament auprès d'un notaire pour s'assurer que je ne toucherai jamais un kopeck. Il donnait beaucoup aux Restos du Cœur. Une façon de tromper son monde. Comme ça, les gens ne pouvaient pas s'imaginer le salaud qu'il était en réalité.

De retour dans la rue, Bordarier décida de marcher un peu. Il avait du mal à réconcilier ce qu'il venait d'apprendre à propos de Stéphane avec ce qu'il en savait lui-même et ce que lui avait confié son ancienne amie ukrainienne. Mais ça ne signifiait pas forcément que M. Tréhot mentait. La vérité était que l'être humain était une bête complexe. Pouvaient très bien coexister en une seule personne un Marsot bon voisin, apparemment plutôt généreux pour cette femme qui avait tenté de lui imposer un enfant alors qu'il n'en voulait pas, et puis un Marsot captateur d'héritage, cruel et froid envers son épouse.

Il consulta sa montre. Le mystérieux rendez-vous à l'hôpital Saint-Louis était prévu pour midi. Il calcula qu'il lui restait assez de temps pour aller à pied jusqu'à Barbès et prendre la ligne 2 jusqu'à Belleville, après quoi il n'aurait qu'un arrêt jusqu'à Goncourt. Il passa par les rues et ruelles en marge du boulevard. Une poissonnerie africaine offrait des denrées inhabituelles. Barracuda, bossu du Sénégal, ravil. Un peu plus loin, devant une boucherie, des têtes de mouton doraient dans les rôtissoires.

Arrivé dans l'enceinte de l'hôpital Saint-Louis, Bordarier tourna un peu avant de localiser le bâtiment gris marqué sur le plan. Il s'aperçut qu'il abritait le musée des Moulages. Dans le vestibule, le bassin asséché d'une fontaine accueillait des plantes en pot. Les murs étaient décorés de portraits photographiques qui représentaient des sommités de la médecine. Un escalier ciré à tapis rouge et baguettes en laiton débouchait à l'étage sur une salle spacieuse. Le plancher craquait. Une porte entrebâillée laissait voir les rayonnages d'une bibliothèque ancienne. Une autre porte devait mener au musée. Entre les deux se tenait une petite dame au sourire sympathique qui se dirigea vers lui en faisant claquer ses talons.

— Monsieur Bordarier ? Quelqu'un vous attend à l'intérieur, il m'a déjà remis votre ticket. Vous connaissez l'endroit ?

— Non, c'est la première fois.

— Alors, surtout, pas de photos, c'est par respect de la dignité des patients.

— Des patients ?

— Ah, vous ne savez pas ? C'est un musée dermatologique. Vous n'êtes pas dans la profession ?

— Non.

— Ce sont des objets qui peuvent choquer. Je ne vous accompagne pas, votre ami m'a dit qu'il se chargeait de vous faire la visite.

Bordarier la remercia et entra en hésitant dans une salle à haut plafond. Un balcon en bois en faisait le tour, séparant en deux étages des alignements continus de vitrines. Il n'eut pas besoin d'examiner longtemps les moulages qu'elles abritaient pour s'apercevoir qu'il s'agissait d'un inventaire exhaustif des plus abominables maladies dermatologiques. Les modèles étaient en cire, extrêmement réalistes, peints pour reproduire à la perfection nécroses, tumeurs, chancres, lésions purulentes et excroissances noirâtres. Ici, un visage sans nez et sans œil, mangé par la syphilis, là une côte d'où semblaient s'échapper des œufs de poisson en une grappe orange, plus loin, des organes génitaux rongés, déformés.

— Bonjour commissaire. Merci d'être venu. Ethan Berest, direction de la sécurité de la DGSE.

L'homme qui s'approchait de lui, sourire aux lèvres, avait les épaules et le visage carrés, une peau hâlée entretenue aux crèmes autobronzantes ou aux UV et des mèches blondes qui lui retombaient sur le cou. Un impressionnant spécimen humain, 100 kg de muscles au bas mot. Le contraste avec les vitrines était brutal. Avant de penser aux services secrets, il aurait fallu épuiser une longue liste de possibilités où se seraient mêlés chanteurs de variété, surfeurs australiens sur le retour, impétrants recalés à Koh-Lanta ou encore dresseurs d'alligators en Floride. D'autant qu'il avait un léger accent, assez indéfinissable, comme quelqu'un qui s'applique.

— Bonjour, monsieur Berest.

— J'imagine que vous devez vous poser beaucoup de questions.

— Vous imaginez bien.

— Je vous explique tout, promis, commissaire. Mais avant de commencer, mes excuses pour ce lieu de rendez-vous un peu inhabituel. À vrai dire, nous l'avons choisi parce qu'il a l'avantage de la tranquillité, il y a peu de visiteurs. Nous avons posté plusieurs agents pour repérer une filature, mais il semblerait que vous ne fassiez pas l'objet d'une surveillance, ce dont je me réjouis car cela nous permettra de prendre notre temps.

Ils étaient en train de passer devant une collection de nécroses. Sur les étiquettes les noms des maladies défilaient. Ichtyose, sarcome, lupus tuberculeux, acanthosis nigriscans, maladie de Darier, de Recklinghausen, de Paget. Bordarier détourna les yeux.

— Allez-y, je vous écoute.

— Eh bien voilà, nous avons des raisons de penser que votre collègue Vera Cordelle a été trahie par quelqu'un à l'intérieur de la DGSE qui l'a donnée au SVR, les services du renseignement extérieur russes. Nous savons que dans un premier temps elle a été arrêtée Sofia, puis qu'elle est miraculeusement parvenue à s'échapper. À l'heure actuelle, elle a peut-être déjà quitté la Bulgarie. Si elle n'a pas recontacté la DGSE, c'est parce qu'elle a dû comprendre comme nous que quelqu'un là-bas avait révélé sa légende. Elle se méfie et cela rend l'exfiltration compliquée. Notre but, c'est d'établir le contact directement, sans que personne à la DGSE ne soit au courant et avant que le SVR ne la localise. Il semblerait qu'elle soit devenue pour les Russes une cible prioritaire au plus haut niveau.

— Pourquoi ?

— Elle a tenté d'infiltrer le Kremlin en espionnant un proche de Poutine. Il est à craindre que pour le SVR, mettre la main sur elle soit devenu une question d'honneur.

— C'est Serov ?

— Ah, je vois que vous êtes au courant. Oui, l'un des buts était d'espionner Anton Serov. Probablement qu'il fait pression de son côté pour laver son humiliation. Après tout, dans cette histoire, il apparaît comme le maillon faible qui nous a donné accès au cercle de Poutine.

— Alors les Russes ne vont pas la laisser tranquille ?

— Peu probable, du moins dans le futur proche, c'est bien pour ça que nous voulons la récupérer au plus vite.

— Et moi, dans tout ça ? Je ne suis pas un agent, je n'ai aucune expérience.

L'homme sortit d'un sac un petit Nokia accompagné de son chargeur qu'il posa dans la main de Bordarier.

— Rassurez-vous, on ne va pas vous envoyer en mission. Tout simplement, vous m'appellerez avec ce téléphone si jamais elle établit le contact avec vous. Mon numéro est préenregistré.

— Et son compagnon, vous l'avez averti ?

— Oui, oui, il est au courant. Cependant, il vaut mieux que vous ne communiquiez pas entre vous, on ne sait jamais. Nous devons tout faire pour protéger Cordelle.

— C'est tout ?

— Pour l'instant oui, c'est tout. Nous espérons la récupérer et la mettre en lieu sûr le plus vite possible.

En sortant du musée, Bordarier se sentit tiraillé par des émotions contraires. Fallait-il se méfier ? Est-ce que c'était bien à la DSEC qu'il avait eu affaire ? Il écarta ses soupçons. Qui d'autre est-ce que ça pourrait être ? Et puis un immense soulagement irradiait comme un soleil au milieu de sa poitrine. Cordelle avait réussi à s'échapper des griffes du SVR, elle était vivante et elle était libre. Il ne doutait pas qu'elle allait continuer à mettre en échec ses poursuivants. Pourtant, il se sentait presque plus désemparé que la veille, quand il était encore dans le noir. La menace russe se précisait et lui faisait de plus en plus peur.

19

Certes, Bordarier l'avait lui-même demandé, la harissa, mais là, c'était trop, sa bouche s'était transformée en un puits de douleur. Il posa son falafel et vida la moitié de sa bière en grimaçant. Benedetta lui contait l'histoire d'un client italien ému jusqu'aux larmes devant un prototype de chaussures à boucles styles années 1940, ferrées, un peu lourdes, qu'il avait finalement demandé à toucher avant de les embrasser furtivement. Comme un escargot, il avait laissé un peu de bave sur le cuir noir.

— Il m'a expliqué que sa mère avait longtemps gardé une paire quasiment identique, des chaussures qu'il venait prendre dans le placard pour les renifler et les porter quand elle n'était pas là. Et puis il me dit comme ça : « Je sais, c'est un peu dégoûtant, mais est-ce que ce n'est pas aussi très mignon ? » Non mais tu imagines le mec ?

Bordarier s'efforça de sourire, stoïque, digne, mais surpris tout de même que Benedetta ne remarque rien de sa souffrance à lui, de ses larmes qui commençaient à couler sous la brûlure du piment, de son nez qui donnait l'impression de vouloir se liquéfier. Il l'essuya furtivement avec sa serviette en papier, ainsi que le front, avant de lever des yeux indignés vers son bourreau. Le tartineur de harissa faisait semblant de rien, concentré sur l'écran de son portable derrière le comptoir. Quelle satisfaction avait-il tirée d'un geste aussi puéril ?

Soudain, tout s'éclaira. C'était une vengeance. Benedetta avait ses habitudes dans ce restaurant situé à côté de son studio de design maroquinerie et chaussure, rue de Provence. À coup sûr amoureux d'elle, le patron avait reconnu en Bordarier son rival et avait conçu dans l'instant le projet machiavélique de le faire transpirer comme un bœuf afin de le montrer sous un jour peu flatteur.

Bordarier soupira. Absurde, bien évidemment. Il vida le reste de sa bière, puis tâta nerveusement la poche de son manteau, là où le portable et le chargeur donnés par l'agent Berest faisaient une bosse. La vérité, c'était que lui aussi était en train de devenir complètement paranoïaque.

— Tu ne dis rien ?

— Excuse-moi, j'étais en train de réfléchir à un truc.

— Un truc ? Tu veux de l'eau ? Tu es tout rouge.

— Oui, merci. Euh, c'est toujours aussi épicé ici ?

— Tu as vu la quantité de harissa que tu as demandé ?

— Comment ça ?

— À chaque fois qu'il voulait s'arrêter, tu faisais signe qu'il en rajoute.

— Il me semblait pourtant qu'il n'en avait pas mis autant.

— Non, là, tu ne peux t'en prendre qu'à toi-même. Va en commander un autre, si tu ne peux pas manger celui-là.

— Non, ça ira, je vais juste reprendre une bière.

Les bières, puis deux excellentes pâtisseries au miel ayant adouci le feu des épices, Bordarier se remit peu à peu. Sur le chemin pour raccompagner Benedetta à son atelier, il y eut une ondée. Serrés dans l'encoignure d'une porte cochère, ils s'embrassèrent. Avec peut-être autant de plaisir que celui qui fourrait son nez dans les chaussures de sa mère, Bordarier respira au passage le parfum chaud des cheveux de Benedetta. Leurs séparations étaient de plus en plus tristes. En prenant son café, le matin, elle lui avait parlé d'un lieu où elle aimerait l'amener, l'été venu, pour des vacances. C'était au milieu de l'Italie, mal desservi par les transports, un petit village en Toscane, près de la ville de Pitigliano, perdu dans des terres sillonnées par les anciens chemins étrusques. Sur le coup il avait dit que ce serait bien, mais de manière un peu détachée, comme on approuve un projet lointain dont nul ne sait encore s'il restera idée en l'air ou deviendra réalité. Maintenant, si elle le lui demandait, il serait tenté de partir sur-le-champ. Il aurait aimé rester un jour de plus à Paris, passer le dimanche avec elle, mais ses déplacements l'avaient mise très en retard, elle comptait rester dans son atelier tout le week-end et même une partie de la nuit.

Le TGV qui le ramenait dans le Midi quitta le quai à 17 h 13, soit avec douze minutes de retard sur l'horaire prévu. Cette fois aussi, il y avait un enfant, une petite fille qui regardait un dessin animé sur une tablette, des écouteurs sur les oreilles. Ça promettait d'être un peu plus calme que l'aller, mais encore échaudé par son expérience du Carré Famille, Bordarier décida de s'installer le plus longtemps possible dans la voiture-bar.

Perché sur un tabouret de plastique dont le confort paraissait calculé pour une utilisation optimale de dix à vingt minutes, les coudes appuyés sur le bord d'un comptoir juste assez large pour poser un express ou une salade repas de la taille de trois petits yaourts, il passa deux appels au commissariat puis sortit son carnet de la poche de sa veste en vue de faire le point sur l'affaire Marsot.

L'enquête, il fallait bien l'admettre, en était encore au stade des tâtonnements. Les pistes qu'il avait explorées jusqu'ici n'étaient pas à proprement parler des impasses, mais il n'avait encore rien identifié qui lui fasse dresser l'oreille et se dire que cette fois, il tenait vraiment quelque chose. Avec un peu d'effort, on retrouverait au moins quelques-uns des migrants qui avaient cherché refuge dans la garrigue, tel ce Gambien dont leur avait parlé le bénévole. Mais à quoi bon, en vérité ? Ils n'étaient pas responsables de la mort de son voisin, il en était convaincu. De même, la théorie d'une vengeance familiale ne lui paraissait plus très encourageante. Quant à la Fiat Panda rouge, il faudrait d'abord commencer par pouvoir l'identifier, ce qui promettait d'être difficile. Restaient les tableaux, en attendant mieux.

Lorsqu'il voulut ranger son carnet dans la poche intérieure de son manteau, un bout de papier mal plié fit obstacle. C'était la petite carte que lui avait remise l'agent dans le cimetière du

Père-Lachaise. Un peu comme le dormeur d'un conte fantastique découvrant dans sa main la preuve que ce qu'il a vécu n'était pas un rêve ou un délire, Bordarier sentit comme un vacillement. Geste d'exorcisme, il roula la carte en boule et s'en débarrassa dans la poubelle à battant qui était incorporée au comptoir.

Quelles étaient les chances pour un commissaire de province de se retrouver jeté comme il l'était au milieu d'une affaire d'espionnage de cette ampleur ? Derrière le verre épais de la fenêtre où se dessinait, imprécise, sa silhouette en buste, scintillaient de temps en temps des lumières multipliées et fragmentées par les filets d'eau. Les lampadaires d'un hameau, emportés par la nuit comme les feux d'un navire sur l'océan, une fenêtre jaune au coin d'un bâtiment de ferme, des phares de voiture sur une autoroute se décomposaient ainsi en petites gouttes colorées sur la toile sombre de la nuit. Ce miroir incertain reflétait aussi les autres occupants de la voiture-bar. Un homme en costume attendait son croque-monsieur. Une mère essayait en vain d'arracher un paquet de chips à son enfant de deux ans. Plus près de lui, deux Anglaises sexagénaires, dont il avait remarqué en arrivant le teint pointilliste, mélange de rose, de blanc et de brun qui racontait des décennies d'exposition au soleil, buvaient des bières en puisant de temps en temps dans un sachet de madeleines longues pur beurre.

Malgré les 20 heures passées lorsque le train entra en gare de Nîmes, Bordarier décida de faire un arrêt au commissariat avant de dîner quelque part et de remonter dans sa garrigue.

Namgyel était encore à l'étage, plafonniers éteints, son visage seulement éclairé par une lampe de bureau et l'écran de son ordinateur. Le croyant d'abord endormi, Bordarier hésita à allumer, puis comprit à sa nuque droite et à la façon dont ses mains étaient posées sur ses genoux qu'il était en pleine méditation. Il ouvrit soudain les yeux et regarda le commissaire sans surprise.

— Vera ?

Bordarier enleva de son épaule son sac week-end et le posa sur la table, ralentissant son geste pour se donner le temps de réfléchir à la façon dont il allait répondre. Destoine avait insisté sur l'importance de faire preuve de la plus grande discrétion. Quant à ses étranges rencontres avec Barthez et l'agent Berest, il allait de soi qu'elles devaient rester sous le sceau du secret le plus absolu. Mais, d'un autre côté, comment ne pas partager avec Namgyel la nouvelle qui depuis le musée des Moulages lui donnait l'impression d'avoir des ailes à chaque fois qu'il y pensait ?

— Destoine ne nous en a pas dit beaucoup plus qu'au téléphone. Son topo, c'était soit qu'elle s'était fait arrêter, soit qu'elle avait eu peur et se cachait. Entre-temps, j'en ai appris plus d'une autre source. La chose la plus importante, c'est que Cordelle est vivante. Aboulafia avait raison, son travail était d'obtenir des informations sur le Kremlin en infiltrant l'entourage d'un mafieux bulgare qui est apparemment très ami avec un homme d'affaires russe proche de Poutine. Le Bulgare s'appelle Georgi Blagoev. Le Russe, c'est un certain Anton Serov. On ne sait pas comment elle s'est fait démasquer, mais elle a été arrêtée en Bulgarie et a miraculeusement réussi à s'enfuir. Maintenant elle serait planquée quelque part. Le problème est de savoir dans quelles circonstances elle s'est fait brûler et qui exactement est à ses trousses. Les services extérieurs russes ? Les hommes de main du mafieux ? Aboulafia craint qu'elle ne soit tombée dans un piège.

Malgré l'incertitude qui subsistait, Namgyel eut l'air soulagé en écoutant ces nouvelles. La partie n'était pas finie, mais de la savoir en fuite était beaucoup mieux que de l'imaginer enterrée dans une tombe sauvage, découpée en morceaux ou dissoute dans l'acide.

— Et tu dis que tu tiens ça d'une autre source ?

— Un agent appartenant à la direction de la sécurité de la DGSE, la DSEC, m'a contacté directement. Il avait l'air de suggérer qu'il y avait un problème à la DGSE. Ils essaient de localiser Cordelle et de l'exfiltrer le plus vite possible pour la mettre à l'abri. Ils m'ont donné un portable pour que je les contacte immédiatement au cas où j'aurais des nouvelles de Cordelle.

Une expression pensive reparut sur le visage de Namgyel. Il se frotta les côtés du crâne, puis brièvement les yeux avec la paume de ses mains énormes.

— Comment ils t'ont contacté exactement ?

— Ils m'ont abordé dans le cimetière du Père-Lachaise et puis ils m'ont donné rendez-vous dans un musée assez confidentiel.

— Tu es sûr que c'est vraiment la DSEC ? Ils te remettent un portable qui va leur permettre de te tracer et puis ils te demandent de les appeler si tu es contacté par Cordelle, mais quelles garanties ils te donnent de leur côté ?

Bordarier hocha la tête. Namgyel faisait renaître en lui le soupçon qu'il avait essayé d'écarter. Et il avait raison. Rien ne lui prouvait que l'agent Berest travaillait pour les renseignements français.

— Si Cordelle nous contacte, j'attendrai de savoir ce qu'elle en pense avant d'appeler Berest.

— Tu connais la variante du jeu d'échecs qui s'appelle kriegspiel ?

— Non.

— C'est pour simuler le brouillard de la guerre. Tu joues sans voir les pièces ennemies.

— Et ça donne quoi ?

— En général, c'est assez violent.

Bordarier se remémora l'échiquier de son cauchemar de l'autre jour, entendant presque tinter les pièces avec les trépidations de machines.

— Si on ne voit pas leurs positions, mais eux voient les nôtres, comment ça s'appelle ?

Namgyel ne répondit pas. Bordarier se promit que si jamais il tombait sur l'équivalent de la petite manette rouge, il n'hésiterait pas une seconde. Dans la scène éternelle de l'empoisonneur et de sa victime cherchant à tromper l'autre en inversant les verres posés sur une table tournante, il ne serait pas celui qui s'écroulerait l'écume aux lèvres.

Namgyel pivota sur son fauteuil pour réveiller l'écran de son ordinateur qui venait de s'éteindre et se mit à pianoter sur le clavier. Il atterrit bientôt sur la page d'une entreprise spécialisée dans le tirage de câbles, où une courte biographie apparaissait en anglais.

— Anton Serov, né à Rostov-sur-le-Don en 1965, il lance une chaîne de restauration rapide au début des années 1990, puis s'intéresse aux équipements électriques pour les grandes entreprises avant de démarrer son activité de tirage de câbles. Regarde, c'est lui le PDG, ils posent des câbles souterrains, creusent des chemins de câble sur les tunnels routiers, le long de voies ferroviaires.

Bordarier, dont les lunettes de lecture étaient inaccessibles quelque part dans son sac, plissait les yeux en se penchant au-dessus de l'épaule de Namgyel. Serov avait l'air propre sur lui, en costume sombre, avec quelque chose d'un peu froid et tendu autour de la bouche, comme quelqu'un qui avait très faim. Il aurait pu travailler pour un fonds d'investissement dans n'importe quelle grande ville du monde.

— C'est lui, le plus jeune, sur la photo ? Et l'autre, c'est qui ?

L'homme plus âgé à qui Serov serrait la main souriait franchement, bouche ouverte et tempes ridées en éventail. Derrière eux, au-delà d'une étendue d'herbe rase, commençait une mer parfaitement bleue, exempte du moindre navire, qui s'étirait jusqu'à l'horizon.

— Anatoli Tiefersumpf, d'après la légende. Attends, j'ouvre une nouvelle fenêtre. Milliardaire. Propriétaire de SFT Group et de Mostorabot. Il fait partie du cercle des amis de Poutine. Ils ont fait du judo ensemble.

— Des entreprises qui proposent quoi ?

Namgyel consulta rapidement quelques-uns des sites qui étaient apparus sur le moteur de recherche.

— La première est dans la construction de pipelines pétroliers et gaziers, en fait Tiefersumpf l'a vendue en 2019. Elle a aussi été en compétition pour la construction du pont de Crimée qui traverse le détroit de Kertch, entre la mer Noire et la mer d'Azov.

— Et Mostorabot ?

— Ils font principalement des ponts et des tunnels. J'imagine que l'entreprise d'Anton Serov fournit celles de Tiefersumpf en câbles spécialisés.

Bordarier se demanda quel cerveau farfelu avait imaginé ce plan d'infiltration à la DGSE. Est-ce que c'était Destoine lui-même ? Cordelle devait avoir un courage et un sang-froid extraordinaires pour s'être lancée dans ce genre d'aventure. Aller à Sofia manipuler une source dans l'entourage de l'ami bulgare de Serov ? Lui-même n'aurait pas tenu une seconde. Il frémit en comprenant qu'il était en ce moment connecté à Poutine par une chaîne très courte. De Cordelle à sa source, à Blagoev, à Serov, puis enfin, dernier maillon, déjà un pied dans le Kremlin, Tiefersumpf. Il éprouva le besoin urgent de changer de sujet de conversation.

— Sinon, il est peu probable que le beau-frère soit le meurtrier Marsot. Il entrait à l'hôpital à Paris le soir de l'incendie.

— Il aurait pu le commanditer.

— On va examiner ses listes d'appel pour voir s'il n'y a rien de suspect, j'ai déjà mis Genet sur le dossier.

Bordarier reprit son sac et salua Namgyel. Leurs regards se croisèrent. Il était clair que le géant tibétain, tout habitué qu'il était à contrôler ses émotions, n'en menait pas large non plus.

20

Remonté dans sa voiture, Bordarier se souvint du Milonga, un restaurant dont la cuisine fermait tard le samedi. Sa situation légèrement excentrée, sa salle peu remplie et une carte plus qu'honorable l'avaient déjà fait revenir plusieurs fois. Comme consciente de l'impatience de son maître, la Primula se faufilait dans les rues étroites avec encore plus de souplesse que d'habitude, au point que Bordarier eut un instant l'illusion qu'elle se comportait en cheval dont il n'était plus besoin de tenir la rêne et faillit lâcher le volant pour voir si elle ne pourrait pas rivaliser avec la Tesla d'Elon Musk.

Ce soir encore, l'atmosphère était propice au peu de réflexion dont il restait capable. Pour ne pas avoir à croiser le regard du nouveau venu, trois solitaires équidistants baissèrent le nez vers leur assiette, sous le regard vitreux d'une tête de taureau un peu pelée qui décorait le mur. En s'installant à sa table, Bordarier se demanda par quel sourd phénomène de congruence le patron, Jules, un triple ponté dont l'humeur était aussi morose que la cuisine généreuse, avait attiré presque dès l'ouverture la clientèle qui lui correspondait. Sa mine renfrognée faisait-elle fuir, à peine le seuil franchi, les compagnies de joyeux lurons ? Est-ce qu'à l'inverse les inadaptés et les asociaux détectaient dès la devanture peu racoleuse un de ces lieux où ils ne seraient ni embêtés ni jugés ? À demi caché derrière le bar, ses lunettes à chaîne dorée reflétant l'écran de son portable, Jules finit par remarquer la présence du nouveau venu et lui apporter la carte. Quelques minutes plus tard, bien qu'au fond un peu triste de voir ce rêveur mettre ses dernières énergies dans une affaire condamnée à court terme à une fermeture définitive, Bordarier écarta les bras avec un délicieux plaisir d'anticipation pour lui permettre de placer devant lui un cognac et une brandade de Nîmes. Il n'y avait pas à dire, ce manque de succès était tout à l'avantage des rares clients.

Il se préparait à positionner un *Midi Libre* du matin savamment plié à gauche de son assiette, lorsque son portable se mit à vibrer. C'était André Casse, il avait la voix rauque et hésitante, sans doute s'était-il resservi trois ou quatre pastis de trop.

— Ah, Émile, je t'appelle parce que cet après-midi j'ai été témoin d'une scène bizarre.

— Où ?

— Devant chez Marsot. Un homme est arrivé à vélo, il a regardé les ruines de la villa et puis il a eu l'air de péter les plombs.

— Il a eu l'air ?

— Il a pris une pierre et l'a balancée contre le mur et puis il a donné un grand coup de pied dans son vélo en gueulant des putains de merde.

— Et tu es sorti lui parler ?

— Je suis sorti, mais je n'ai pas pu lui parler, quand il m'a vu il s'est remis en selle et s'est barré à toute vitesse comme un voleur.

— Il ressemblait à quoi ?

— Un de ces vieux Motobécane, tu sais, un vert. J'en avais un comme ça, à l'époque, dans les années 1980.

— Pas le véhicule, le monsieur.

— Ah, euh, un homme, je sais pas, euh, de taille moyenne. Et puis, les cheveux, je dirais plutôt noirs, mais avec du gris, coupés pas trop court, normal. Que dire encore...

— Quel âge ?

— Entre 30 et 50, à vue de nez.

— Ses habits ?

— Un jean, je crois, et une doudoune, bleue, non, grise, non, bleue, mais très pâle, peut-être.

— D'accord.

— En tout cas, il avait l'air bouleversé, comme s'il avait perdu quelqu'un de très proche, genre un père ou une mère. Enfin, je sais, Marsot ne pouvait pas être sa mère, c'est bête, mais il y a pas mal de calus en circulation. Bon, voilà, c'est tout ce que je voulais te dire, au cas où. Attends, il y a *Demain nous appartient* qui commence, je dois te laisser.

Bordarier rangea son téléphone et énuméra pour lui-même les différentes manières d'expliquer le manège de l'inconnu. Créditeur, ami d'enfance, frère caché, fils naturel, comparse en affaires louches, la liste était infinie. Il goûta la brandade. Elle était tiède comme une peau, d'une texture parfaite. Sa haute teneur en lipides donna à la gorgée de cognac qui suivit une rondeur incomparable qu'il essaya de conserver le plus longtemps possible sur sa langue. Malheureusement, l'instant magique et rare fut interrompu par son téléphone qui s'était remis à vibrer.

— Allô ? C'est Claude Farfale.

— Bonsoir.

— Voilà, j'ai un gros, gros problème.

— Lequel ?

— J'ai reçu une lettre anonyme.

Bordarier fit la grimace. Sa petite plaisanterie venait le rattraper justement le soir où il avait décidé de cultiver le calme et la concentration. Quelle idée il avait eue, aussi. Il aurait suffi pour régler l'affaire de convoquer Claude Farfale au commissariat et de lui secouer les puces. Farfale n'était peut-être pas un champion de logique, mais il pouvait tout de même relier une cause et un effet lorsque le rapport était direct et évident.

— Ah bon ? Tiens, moi aussi.

— Chaque lettre a été découpée dans un journal.

— Dans la mienne aussi.

— Oui, je sais.

— Comment tu le sais ?

— Parce que c'est moi qui te l'ai envoyée, cette lettre, Émile.

— Et pourquoi tu aurais fait ça ?

— Une plaisanterie.

— Un appel à la violence raciste. Migrants assassins ?

— Je sais, je sais. Crois-moi, maintenant je me rends bien compte que j'ai eu tort de te l'envoyer cette lettre, c'est flippant de recevoir un truc pareil, putain, je regrette, désolé.

— Tu as aussi eu tort sur le contenu de ta lettre. Non seulement, les migrants ne sont pas des assassins en général, mais ils ne le sont pas non plus dans le cas présent, puisque Stéphane Marsot n'a pas été assassiné par des migrants.

— Bon, tu m'excuses, mais je ne me sens pas de faire de la politique ce soir, je suis trop secoué. Tu as trouvé les coupables ?

— J'y travaille.

— Eh bien j'aimerais que tu travailles aussi sur ma lettre, parce que là, je te jure, je me sens très mal.

Bordarier faillit laisser échapper un ricanement diabolique. Aussi incroyable que ça puisse paraître, Farfale n'avait pas compris que c'était lui qui en était l'auteur. Il porta son verre de cognac à ses lèvres et s'aperçut qu'il était déjà vide. Avec l'air d'avoir suivi la moitié de la conversation qui lui était accessible derrière le bar, Jules s'était déjà emparé de la bouteille.

— Et elle dit quoi, au fait, cette lettre ?

— Tiens-toi à carreau, tu es surveillé.

— Tu n'as aucune idée d'où elle pourrait venir ?

— D'abord j'ai pensé que c'était toi qui m'avais fait une plaisanterie à ton tour. Mais en réfléchissant, je me suis rendu compte qu'il était impossible que tu m'aies identifié. Quelqu'un a dû me voir écrire la lettre et veut me le faire savoir. J'ai déjà reçu des menaces, à cause des chantiers, tu sais. Depuis des années, on m'accuse de tout.

— De quoi par exemple ?

— Ils racontent des bobards, comme quoi je ferais travailler des sans-papiers sous alias, sans contrat ni bulletin de salaire, en les payant en monnaie de singe. C'est la concurrence.

— Mais comment ils auraient fait pour te voir écrire, tu étais chez toi ?

— Chez moi, volets fermés. C'est pour ça que je m'inquiète. Je me demande s'ils n'ont pas installé des caméras espion.

Pris de pitié devant un passage aux aveux si rapide accompagné de tant de naïveté, Bordarier fut un instant sur le point de révéler à Farfale qu'il n'avait eu qu'à frotter le papier de sa lettre avec un crayon pour faire apparaître son nom et son adresse. Il changea d'avis en réfléchissant qu'après tout, son sourd travail pédagogique ayant plus ou moins porté ses fruits, il était inutile de compliquer les choses.

— Bon, tu n'auras qu'à me l'envoyer au commissariat pour que je la fasse analyser au labo. En attendant, s'il te plaît, laisse les migrants tranquilles.

Lorsqu'il remonta dans la Primula, Bordarier se sentait bien, son repas au cognac l'avait requinqué. De retour au mazet, il fit un feu dans sa cheminée, puis, soudain nostalgique, fouilla dans sa collection de disques jusqu'à ce qu'il trouve ce qu'il cherchait. Il extirpa la belle pochette d'*Oxygène*, de Jean-Michel Jarre, en se remémorant la sensation d'intense curiosité qui l'avait saisi, enfant, lorsque sa mère l'avait mis pour la première fois sur la platine. Ses oreilles s'étaient dressées à ces sons qui lui avaient paru la modernité même, voire déjà le futur, que dans sa naïveté d'enfant il avait cru radieux, ou du moins promis à être nettement supérieur au présent. Sur ce point, ses dernières illusions s'étaient dissipées il y avait déjà longtemps, mais les accords de synthétiseur, aériens et vaporeux, continuaient après toutes ces années à avoir sur son esprit un effet lénifiant. C'était bête, mais il avait l'impression de mieux respirer. Par la fenêtre, il lui sembla que la silhouette d'un cyprès se doublait d'un halo bleuté, comme la fine atmosphère terrestre illuminée par le soleil sur une photo prise depuis l'espace, mais ce n'étaient que les phares d'une voiture qui disparurent l'instant d'après.

Il allait se coucher lorsque son portable vibra pour la troisième fois de la soirée. Il commençait à être tard, il considéra l'écran avec méfiance et vit que c'était Gérard Brun.

— Ah, Émile, alors, cette DGSE, ils t'ont reçu finalement ?

— Oui, merci, grâce à toi.
— J'ai fait ce que j'ai pu.

Un trémolo avait vibré au fond de la gorge de Brun. Bordarier leva les yeux vers le plafond, profondément irrité. Comment l'homme d'affaires pouvait-il à ce point s'attendrir à la pensée de sa propre générosité envers le premier mari de sa femme ? Il serra les dents en pensant que de son point de vue, celle-ci était sans doute d'autant plus louable qu'elle s'adressait à l'homme qu'il avait fait cocu. Et puis il y avait cette modestie, cette retenue dont Brun savait faire preuve mieux que personne. C'était ça, la véritable supériorité, ne pas accabler ni écraser, mais tendre la main, relever. Conscient qu'il aurait sans doute encore besoin de lui dans le futur, ne serait-ce que parce qu'il était devenu le beau-père de Marion, Bordarier se retint de lui raccrocher au nez.

— Tu nous as bien dépannés.

— Alors, Vera va bien, j'imagine, ce n'était rien ?

— Pas tout à fait rien, mais je ne peux pas te donner de détails, je suis contraint au secret, tu m'en vois désolé.

— Ah bon ? Pourtant, je me suis impliqué dans cette affaire, tu sais, on m'a fait une belle faveur, ça n'est jamais gratuit. C'est monté, euh, c'est monté très haut, jusqu'au ministère.

— Dès que je pourrai t'en dire plus, je le ferai, promis.

— Non, non, c'est bon, je comprends, secret défense. Tiens ! Au fait, je voulais te dire, pour ton, enfin, notre neveu, si tu pouvais l'amener au cinéma après-demain, ce serait bien.

— Lundi ?

— Eh oui, il a vraiment besoin d'être repris en main dès que possible, ce petit. Tu pourras peut-être lui parler du métier, le faire rêver un peu. Depuis la mort de son père, il flotte, il flotte, c'est préoccupant.

Bordarier soupira.

21

Bordarier fut réveillé en sursaut par un vacarme terrible. Quelqu'un martelait sa porte d'entrée. Sans prétendre rivaliser avec les capacités déductives d'un Sherlock Holmes, qui pouvait extrapoler toute une vie à partir du plus banal indice, il comprit qu'il ne pouvait s'agir que d'un collègue. Le staccato sec et rapide, chaque coup parfaitement détaché, puissant et égal, supposait une fermeté dans le poignet et une dureté des phalanges qui ne s'acquéraient qu'au terme d'une longue pratique avec les criminels au sommeil soi-disant lourd, ceux qui jouaient la montre en attendant que le réservoir des WC se remplisse à nouveau pour faire disparaître leurs derniers sachets.

Il ne s'était pas trompé, Namgyel était sur le perron. Impatient, préoccupé.

— J'ai essayé de t'appeler sur ton portable, mais ça ne répondait pas.

Bordarier se frotta les yeux. L'horloge à cartel accrochée à son mur indiquait 10 h 28. Ça faisait des années qu'il ne s'était pas réveillé si tard. Son dimanche avait été plutôt reposant, passé à écouter de la musique, mais la fatigue, liée à son séjour parisien et au rhume violent dont il se remettait peu à peu, l'avait fait sombrer dans un sommeil si profond que son réveille-matin, pourtant équipé d'une sonnerie aussi stridente qu'obstinée, n'était pas parvenu à l'interrompre.

— Qu'est-ce qui se passe ?

— Un migrant a été arrêté par tes voisins de l'impasse des Anémones, il faut qu'on y aille avant que ça ne dérape.

— Ah, merde.

Ayant enfilé en catastrophe une chemise propre et un costume, Bordarier se dirigea vers la Primula. Alors qu'il passait à côté de la voiture de police dans laquelle Namgyel était arrivé, Hennequen, au volant, fit vrombir le moteur en le regardant avec une grimace amusée.

— Alors, le jus de betterave, patron, vous avez essayé ?

— Pas encore.

— Il faudrait peut-être commencer par un jeûne intermittent. Déjà, ça soulage les organes.

Bordarier ne trouva rien à répondre. À la vérité, il était un peu gêné d'entendre sa jeune collègue parler de ses organes, surtout pour suggérer qu'il les maltraitait sciemment. Il aurait mille fois préféré être considéré comme une entité abstraite.

Comme il l'avait craint, l'impulsion première de cette arrestation citoyenne était venue de Frédéric Audibert, qui n'avait pas cessé de surveiller le campement.

— Il est où ?

— On l'a enfermé à la cave.

— Vous savez que vous pourriez vous retrouver en taule ?

— C'était ça ou le laisser filer, tu aurais préféré ?

— Oui.

— Et l'article 73 du code de procédure pénale, alors ? Tu veux que je te le rappelle, Émile ? Dans les cas de crimes flagrants ou de délits flagrants punis d'une peine d'emprisonnement, toute personne a qualité pour en appréhender l'auteur et le conduire devant l'officier de police judiciaire le plus proche.

— De quel crime ou délit flagrant on parle ? Camper dans la garrigue ?

Audibert le regarda comme s'il avait affaire à un fou, tandis que Bordarier recula devant la lueur fébrile qui jouait de manière inquiétante à la surface de sa pupille.

— Non, d'avoir assassiné notre voisin, M. Marsot, tu te souviens ?

— Je me souviens surtout qu'il n'y a aucun élément pour incriminer qui que ce soit pour l'instant. Et puis pour la flagrance, tu pourras repasser.

Bordarier se dirigea vers les escaliers. La femme d'Audibert, Sandrine, remontait en baissant la tête pour éviter les toiles d'araignées. Une fois arrivée sur la dernière marche, elle montra d'un air affolé une fougasse enveloppée d'une serviette en papier à motif fleuri.

— Il n'en a pas voulu, pourtant il est maigre comme tout.

La cave était en réalité une sorte d'entresol très bas de plafond. Un jeune était assis sur la terre battue, les mains attachées autour d'une colonne de parpaing avec du fil électrique. Namgyel échangea un coup d'œil atterré avec Bordarier. Le vigilantisme n'était pas une activité qui développait les meilleures qualités humaines, c'était entendu, mais cette fois il était clair qu'un nouveau nadir avait été atteint. Le plus urgent était de délivrer le prisonnier des nœuds serrés qui entravaient ses mouvements.

Le jeune les regardait s'activer, le visage inexpressif. Il avait des écorchures au front, comme s'il avait été traîné sur le sol. Bordarier se retourna vers Audibert.

— C'est vous qui avez fait ça ?

— Il a résisté.

— Vous savez que ça aurait pu très mal se terminer ?

— Ne t'inquiète pas, Émile, il n'était pas armé et il était seul contre six, on ne risquait pas grand-chose.

Bordarier se demanda si c'était une mauvaise blague, puis se rendit compte que non, la possibilité que le migrant battu et épuisé puisse être autre chose qu'une menace n'avait pas effleuré l'ancien inspecteur des impôts. Ils retrouvèrent la lumière du jour en clignant des yeux. Hennequen, presque aussi furieuse que Bordarier, le visage rose comme si elle sortait d'une série de cent *burpees*, mit la main sur la crosse de son pistolet en intimant à la bande de l'impasse des Anémones de s'écarter.

— Allez, allez, zou, on dégage ! Il y en a marre de vos conneries. La police, c'est nous !

Bordarier aperçut Casse qui discutait avec Farfale. Il y avait aussi l'avocat, Hugues Courtois, qui secoua la tête dans sa direction en signe d'impuissance. Il avait probablement fait ce qu'il avait pu pour empêcher cette arrestation, sans être écouté.

Installé sur la banquette arrière de la voiture d'Hennequen, le migrant refusa d'un air farouche la bouteille de Cristalline que Namgyel avait dénichée dans la boîte à gants. Bordarier, de son côté, lui tendit un paquet de mouchoirs presque neuf qu'il avait dans sa poche.

— Pour le front. On va vous soigner, vous allez voir, ça va aller. *Are you OK?*

Cette fois, le jeune tourna brièvement ses yeux en amande vers lui, il y eut un battement de cils, mais ses lèvres ne se descellèrent pas. Il était bien évidemment sous le choc. Et qui pouvait dire ce qu'il avait vécu avant de se faire séquestrer dans le sous-sol d'Audibert ?

La question était maintenant de savoir à qui ils avaient affaire. Suivant la voiture dans laquelle Hennequen et Namgyel amenaient le jeune homme, Bordarier composa le numéro de Ludovic Corti. Si le migrant était bien celui qu'il avait hébergé dans son appartement du quartier Pissevin, il serait le mieux placé pour le mettre en confiance.

Lorsque Corti les rejoignit, à peine dix minutes après leur arrivée au commissariat, le migrant n'était pas sorti du mutisme dans lequel il s'était retranché.

— Il est où ?

— Là, dans mon bureau.

— Et il fait quoi ?

— Il se tait.

— D'où il vient, la police est encore pire qu'ici.

— Merci pour nous.

— Vous savez de quoi je veux parler, commissaire, je les vois à l'œuvre tous les jours, vos collègues, à emmerder les migrants.

En d'autres circonstances et dans un autre lieu, Bordarier aurait pu concéder à Corti que les choses étaient loin d'être idéales. Le président n'opposait que très mollement les valeurs républicaines de fraternité, de liberté et d'égalité au triptyque islam, immigration, insécurité rageusement brandi par les électeurs RS. Quant aux fans de Marine et de Zemmour, majoritaires au commissariat, ils se décomplexaient à chaque fois un peu plus lorsqu'un ministre apparaissait sur CNews ou confiait aux journalistes de *Valeurs Actuelles* l'urgence de renvoyer dans leur pays ceux qui n'avaient rien à faire en France. Mieux valait se taire. Bordarier tint courtoisement la porte de son bureau pour laisser entrer Corti.

— Oui, c'est bien lui, c'est Demba. *Are you OK? What happened?* Commissaire, regardez son tee-shirt, il est dégoûtant, vous n'avez rien à lui passer ?

— Ah, attendez, je vais voir.

— Et de quoi manger ?

— Entendu.

Dans le couloir, il croisa Namgyel qui avait pris l'initiative et revenait avec un sandwich et un coca. Restait à trouver des vêtements.

Le salut vint du bureau des secrétaires. Mme Simard était remise de sa grippe et avait repris son poste. Elle écouta la requête de Bordarier avec une impassibilité de matrone, puis le contourna en soufflant comme s'il avait été un empoté qui se trouvait toujours dans ses pattes. Plusieurs sweats emballés avaient été rangés sur l'étagère du bas d'une des armoires en métal. Après avoir examiné les étiquettes à travers le plastique, elle déplia le plus grand, un XL, qu'elle posa sur une table. Bordarier regarda, incrédule, le slogan en noir sur fond blanc qui barrait la poitrine.

— Je kiffe la police ? Mais d'où ça vient ?

La secrétaire releva la tête, un sourire amusé sur les lèvres.

— Vous ne vous souvenez pas, commissaire ?

— Pas du tout.

— C'est M. Gotron, vous savez, de la Ligue occitane. Il les avait fait imprimer après l'agression du gendarme Étienne Lanchart.

Ça lui revenait, maintenant, mais ça datait d'au moins dix ans. Le maréchal des logis Lanchart était parti seul à pied à la poursuite de petits dealers, porté par son athlétisme et son zèle irréprochables. Il avait presque immédiatement perdu le contact avec sa patrouille et s'était retrouvé acculé dans une cage d'escalier où il avait reçu de nombreux coups de pied avant que ses collègues ne parviennent à l'exfiltrer en balançant à l'aveugle une grenade de désencerclement. S'il était resté sur le carreau, une plaque l'aurait peut-être déclaré victime de son courage, mais il s'était remis après un mois d'arrêt de travail et avait continué sa carrière avec moins de gloire et plus de circonspection. Quant à Gotron, c'était un excité identitaire, actif depuis une bonne vingtaine d'années, dont la spécialité était les opérations coup de poing. Il avait récemment vidé le rayon halal d'un supermarché pour le remplir de produits 100 % pur porc et saccagé les locaux d'une association d'aide aux mineurs isolés. Son mouvement, affirmait-il, se posait en alternative à l'enfer créé par le libéralisme global. Même en prenant en compte sa personnalité instable, cette histoire de sweats restait étonnante.

— Et pourquoi il nous les a donnés ?

— Il voulait que nos patrouilles les distribuent au Mas de Mingue et à Pissevin pour déclencher des bagarres, vous avez dit non.

— Ah, oui, je crois que ça me revient maintenant. Bon, eh bien on va voir ce qu'on peut faire. Vous avez un marqueur ?

— Je vais le faire.

— Non, non, ne vous dérangez pas, c'est moi.

Une fois l'outil obtenu, Bordarier se mit au travail en tirant la langue. L'encre coulait bien, ça allait vite. Lorsqu'il leva les yeux vers la secrétaire, il fut surpris de découvrir une moue réprobatrice.

— Qu'est-ce qui se passe ?

— Rien.

À voir sa tête, ce n'était pas rien, non, il y avait quelque chose qui n'allait pas.

— Faites-le, si vous voulez.

— Non, non.

Perplexe devant la manière boudeuse dont elle montrait son déplaisir sans pourtant en donner la raison, Bordarier continua à remplir le rectangle qu'il avait dessiné.

L'autre secrétaire administrative, Mme Zakine, qui s'était jusque-là contentée de regarder la scène de loin, interrompit le crépitement de son clavier.

— C'est pas un travail d'homme.

— Comment ?

— Comme je vous le dis.

Bordarier réprima un sourire en comprenant qu'il s'était rendu coupable d'une usurpation de fonction caractérisée et que Mme Simard aurait peut-être trouvé plus honteux de le voir rentrer dans une mercerie que dans une maison de passe.

— De toute façon, j'ai terminé.

Les deux secrétaires examinèrent le sweat qu'il tenait par les épaules en secouant la tête pour dire que ça n'allait pas du tout. Pourtant, le rectangle dont il avait recouvert le mot « kiffe » était presque parfait, on aurait pu croire qu'il avait été imprimé comme ça à l'origine.

— Vous voulez qu'il se fasse allumer par les collègues dès qu'il aura passé la porte du commissariat ?

Bordarier posa le sweat à plat et se gratta la tête. Effectivement, « Je [redacted] la police », dans le climat social actuel, ce n'était pas la décoration la mieux choisie.

— Allez, poussez-vous, commissaire.

S'emparant du sweat et du marqueur, Mme Simard se mit à travailler par petits coups rapides, méthodiques. Deux minutes plus tard, le slogan était devenu complètement abstrait, mystérieux, limite branché : « Je [redacted] la [redacted]. »

— Si jamais vous voulez qu'on modifie les autres, vous me le dites, je les ramènerai à la maison pour mettre des patchs de couleur, ce sera plus joli.

— Merci, madame Simard, on en reparlera.

De retour dans le bureau, Bordarier vit que Demba allait mieux. La moitié du sandwich avait été consommée et la canette de Coca était ouverte.

— Voilà de quoi vous changer.

Le jeune homme le remercia d'un regard, puis enleva son tee-shirt. Hennequen, qui se tenait derrière lui, ouvrit de grands yeux et porta une main horrifiée à sa bouche.

— Oh, putain.

Bordarier se pencha en avant pour essayer de comprendre la raison de cet effroi soudain. Le dos de Demba était strié de plusieurs lésions longilignes, entrecroisées, qui n'étaient pas les vestiges de tortures anciennes perpétrées dans un pays lointain, mais très récentes, ainsi qu'en témoignait la peau écarlate sur les deux omoplates, luisante comme une muqueuse et encore semée de croûtes. Effrayé par la réaction des policiers, Demba voulut se couvrir, mais Bordarier le retint doucement d'enfiler tout de suite le nouveau sweat.

— Vous lui demandez ce qu'il lui est arrivé, monsieur Corti ?

— Avant que vous ne reveniez, il nous a expliqué qu'il avait été enfermé dans une sorte de casse, un endroit où on récupère le métal, où on l'avait forcé à travailler. Il était prisonnier. Manifestement, ils l'ont battu. Ça a dû se passer après qu'il est parti de chez moi. Je peux vous assurer qu'il n'avait pas ça la dernière fois que je l'ai vu.

Bordarier s'accroupit en posant une main rassurante sur l'avant-bras de Demba et puisa dans son meilleur anglais.

— *Who do this to you ?*

Demba leva les yeux puis enfila brusquement le sweat, comme s'il avait été embarrassé par toute cette attention. Finalement, il répondit, du bout des lèvres, regardant ailleurs.

— *Bad boss. Scrap metal place.*

— *Where ?*

Demba fit un signe de sa main ouverte dans la direction du nord, comme s'il donnait des indications à un voyageur.

— *One hour.*

— Hennequen, vous pourriez aller chercher le Canon ? On va faire des photos et puis on l'emmène à l'hôpital. Avec quoi on t'a fait ça ? *With what ?*

— *Motorcycle chain.*

Demba avait sur le visage une expression neutre, impénétrable. Corti secoua la tête d'un air incrédule.

— Une chaîne de moto ?

En attendant le retour d'Hennequen, Bordarier tira une carte de la région d'un tiroir de son bureau, puis la déplia devant Demba et posa le doigt sur l'endroit où ils se trouvaient.

— *This is Nîmes.* Commissariat. La casse auto *is where ?*

Le doigt de Demba hésita, puis suivit le tracé de l'ancienne nationale D907, au nord-est de Nîmes, avant de dépasser Saint-Bauzély, de revenir un peu en arrière et de s'arrêter au milieu de nulle part.

Namgyel observa Bordarier marquer l'emplacement d'une petite croix.

— Tu crois qu'on est tombés sur une filière de traite d'êtres humains ?

— Ça m'en a tout l'air.

22

La séance photo terminée, Demba sirota de bonne grâce le jus violacé et fibreux qu'Hennequen lui avait concocté d'un coup d'extracteur, puis Namgyel et Corti lui expliquèrent qu'il était temps de se rendre avec eux à l'hôpital. Resté seul dans son bureau, Bordarier réveilla son ordinateur et brancha le Canon pour en télécharger le contenu dans le dossier d'enquête destiné au juge d'instruction. Pendant quelques minutes défilèrent sur l'écran des images dont les détails perturbants étaient amplifiés par la haute résolution. La peau martyrisée brillait sous la lumière crue du flash, parsemée d'archipels de croûtes et de renflements qui se croisaient pour sculpter des bas-reliefs barbares. Bordarier venait de déconnecter le câble de l'appareil photo lorsqu'un souvenir ancien surgit devant lui avec la force d'une hallucination.

Il était dans une salle d'interrogatoire vétuste en compagnie du vieux commissaire qui l'avait formé. Jean Murail avait l'air fatigué, ébranlé. Sa pipe éteinte était posée devant lui et il n'avait même pas pensé à la rallumer. En face d'eux se tenait un buraliste qui avait foudroyé d'une décharge de carabine un voleur de cigarettes à peine adolescent.

— Il n'était pas armé.

— Comment j'aurais pu le savoir ? Armé ou pas armé, de toute façon, il a défoncé ma porte pour venir se servir. J'ai fait ce qu'il fallait pour me défendre et défendre mon commerce.

— Vous ne regrettez pas que ça se soit passé comme ça ?

— Ce n'est pas ma faute.

— Vous savez, j'ai une fois entendu dire par quelqu'un que nous étions tous responsables de tout et de tous devant tous et lui plus que personne. Tenez, ça m'intéresserait de savoir ce que vous en pensez. J'imagine que vous n'êtes pas d'accord ?

— Avec tout mon respect, commissaire, chacun sa merde.

L'homme d'une quarantaine d'années n'avait pas cillé, juste sardoniquement relevé le coin de sa bouche pour cracher sa sentence. Le pire, c'était qu'à Bordarier aussi, cette responsabilité absolue avait sur le coup semblé absurde. Pourtant, cet échange s'était gravé dans sa mémoire. Avec l'âge et l'expérience, il avait l'impression de mieux comprendre ce que le commissaire avait voulu dire.

Une fois les photos classées, il ouvrit le navigateur. Une casse auto existait bien, située non loin de l'emplacement qu'il avait marqué d'une croix sur la carte. En revanche, il n'y avait pas de site web associé à l'entreprise, ni d'images prises par des clients ou par le propriétaire. Il ouvrit Google Maps et se promena virtuellement sur la départementale déserte qui avait été immortalisée quelques années auparavant. Il trouva presque immédiatement ce qu'il cherchait.

Un embranchement, un chemin de cailloux blancs et de poussière, perpendiculaire à la route, était indiqué par une pancarte en mauvais état sur laquelle il zooma : « *Casse Auto Occitanie. Vente Pièces Détachées. Démolisseur Véhicules Hors d'Usage.* » De la route, l'entrée de la casse était invisible, le chemin montait à travers une garrigue où le calcaire affleurait par plaques et disparaissait ensuite dans la végétation. Bordarier passa aux images satellites et se trouva bientôt à l'aplomb d'un quadrilatère d'une bonne centaine de mètres de longueur sur cinquante ou soixante de large, rempli de rangées irrégulières de voitures. Un bâtiment principal en forme de L était visible, dont le toit paraissait être recouvert de panneaux solaires. Il était entouré d'objets divers qu'on devinait être des morceaux d'épaves. Trois autres structures rectangulaires, beaucoup plus petites, étaient probablement des abris de parpaing avec des toitures de tôle ondulée. L'ombre d'un mur faisait le tour et au-delà commençait, sur trois côtés, une petite forêt de chênes verts. C'était isolé, l'endroit le plus proche indiqué par la carte, à deux ou trois kilomètres, était un gîte pour touristes.

Trop impatient pour attendre que Namgyel soit de retour de l'hôpital, Bordarier se mit en quête de renforts. La première personne qu'il croisa fut Genet. Hors de question de l'emmener sur le terrain. Tel un champignon ou une bouteille de vin, son coéquipier ne déployait toute sa force qu'à partir de l'ombre. Il voulut continuer vers le fond du couloir, mais en fut empêché par un froncement de sourcil irrité.

— Commissaire, on ne vous voit plus et à moi on ne dit rien. J'ai croisé Namgyel ce matin, quand il vous cherchait, il m'a fait des réponses de Normand.

— À propos de quoi ?

— De Cordelle.

— Écoutez, elle va bien, je pense.

— Vous pensez ?

— Je ne peux rien vous dire de plus, c'est secret défense.

— Est-ce qu'elle a été trahie et vendue aux services extérieurs russes par une taupe à la DGSE ?

— Mais d'où vous tenez ça ?

— Ce n'est pas la question. Aboulafia vous a dit que j'avais trouvé des micros chez lui ? Et pas des petits trucs d'amateur, du pointu, du lourd.

Genet avait passé sa main sur la cage d'os et de peau légèrement disproportionnée qui enserrait son cerveau surpuissant. Sans doute avait-il conscience que l'organe dont la nature l'avait gratifié était susceptible de se dérégler et d'entrer en surchauffe sous le coup d'émotions fortes.

— Oui, il m'a mis au courant. Des gens très compétents s'occupent de cette affaire. En temps et en heure, Cordelle sera ramenée saine et sauve en France, je vous le promets.

— Vous comptez sur la DSEC ?

Bordarier jeta involontairement un coup d'œil nerveux au-dessus de son épaule. Comment Genet avait-il obtenu cette information ? Une seule autre personne à part lui avait été mise au courant de sa rencontre avec l'agent Ethan Berest au musée des Moulages.

— Vous tenez ça de Namgyel ?

— Peuh, qu'est-ce que vous croyez ? J'ai d'autres moyens. Par exemple, à l'instant, j'ai lancé des hypothèses et suivant la réponse que vous m'avez faite, j'ai tout de suite vu si j'étais tombé juste ou non. C'est plus facile que vous ne le croyez. D'ailleurs, puisque c'est comme ça, vous vous renseignez de votre côté et je me renseigne du mien. Lorsque vous serez d'accord pour mettre nos ressources en commun, vous me le ferez savoir.

Pinçant les lèvres, Bordarier regarda son coéquipier décidément vexé effectuer un demi-tour de diva et s'éloigner à petits pas secs. Son costume bleu sombre était râpé aux coudes et piqueté aux épaules comme par les premiers flocons d'une chute de neige. Quant à l'objet oblong qui lestait la poche arrière gauche de son pantalon, il n'était pas difficile de l'identifier, c'était le stylo-pistolet.

Kévin Ratier apparut au bout du couloir. Il eut l'air d'hésiter et de vouloir faire demi-tour, mais finalement continua vers Bordarier en rasant le mur à la manière d'un petit rongeur effrayé.

— Ah, Ratier. Elle va mieux, votre mère ? Namgyel m'a raconté.

— Ma mère ?

— Ce n'est pas pour vous occuper d'elle que vous avez pris votre après-midi, l'autre jour, quand vous deviez interroger l'avocat qui avait travaillé pour le CADA L'Alesti ?

— Ah, oui, ma mère. Oui, oui, elle va mieux. La pauvre. J'ai réussi à la faire rentrer dans une clinique. Un problème d'alcool.

Bordarier le regarda d'un œil soupçonneux, se disant que s'il était en train d'être pris pour un con, ça ne durerait que le temps qu'il lui faudrait pour vérifier l'information auprès des cliniques de la ville susceptibles de prendre en charge les alcooliques et les toxicomanes.

— Bon, puisque vous n'avez pas l'air très occupé, vous allez faire un tour avec moi dans une casse auto.

— C'est pour la Primula ? Ça y est, vous vous en débarrassez et vous voulez que je vous ramène après ?

Un fort sifflement retentit dans l'oreille gauche de Bordarier, puis s'atténua et disparut. Il respira profondément, se disant qu'il devenait impératif pour son bien-être et même sa longévité de prendre les choses moins à cœur, avec le plus de recul possible.

— La Primula va très bien, figurez-vous. Elle en a encore pour vingt ans et plus au bas mot. Non, la casse, c'est à cause du migrant, il aurait été battu là-bas, forcé à travailler.

— Ah, Demba, d'accord, j'ai croisé Hennequen et Namgyel qui l'amenaient à l'hôpital, tout à l'heure.

Ratier avait dû confusément sentir qu'il avait fait une bourde, parce qu'il passa le reste du trajet à remarquer avec déférence les particularités du fonctionnement de la Primula, sans comprendre que ses minauderies de courtisan au bord de la disgrâce avaient exactement l'effet inverse de celui escompté. Au bout d'un moment, un Bordarier excédé alluma l'autoradio (« Ah, c'est super rétro votre système. Remarquez, le son est bon quand même. Moi, je me connecte à Deezer »). Cesària Évora repoussa l'habitacle en l'emplissant de son ciel doré, doux et mélancolique.

Lorsqu'ils bifurquèrent sur la piste caillouteuse qui montait vers la casse, Ratier s'était enfin tu et Bordarier avait retrouvé son calme. Il en profita pour expliquer la stratégie qu'ils allaient adopter.

— On ne se présente pas comme des policiers, Ratier, on vient juste voir s'il y a des pièces détachées pour la Primula.

— Vous cherchez quelque chose en particulier, patron ?

— Un phare avant. Mon garagiste l'a remplacé avec une pièce d'une autre voiture qui ne correspond pas au modèle d'origine.

— Ah, oui, l'accident dans la garrigue, l'affaire Balagne !

— Exactement.

— Mais vous pensez qu'ils vont avoir ça ?

— Non.

— Ah, alors c'est un prétexte ?

— Bravo, Ratier, en plein dans le mille.

Ils passèrent un portail ouvert et pénétrèrent dans un paysage apocalyptique de tôles martyrisées, de pare-brise défoncés et d'entassements hérissés de pointes et de tranchants. Çà et là, des faisceaux de pots d'échappement et des moteurs débranchés répandaient des deltas de rouille orange dans la poussière. Les rares plantes étaient grises et maladives, leurs racines corrompues d'avoir bu les poisons accumulés dans le sol. Un chien miteux à fourrure et crocs jaunes lançait vers les nuages ses aboiements lugubres, avec pour seule réponse le cliquetis de la chaîne qui l'entravait. Bordarier aurait à peine été surpris de voir Mel Gibson en personne surgir dans un fracas de métal et de ronflements de moteur, poursuivi par une bande hurlante de dégénérés cloutés et shootés au kérosène. Après une légère hésitation, il klaxonna deux fois puis sortit de la voiture.

— Vous pensez qu'il y a quelqu'un, patron ? On aurait peut-être mieux fait d'appeler avant de venir comme ça à l'improviste, non ?

— Ratier, la police ne s'annonce pas, elle survient.

— Je sais, mais...

Alerté par le grincement d'une porte, le pétochard fit volte-face sans terminer sa phrase. Un homme se dirigeait vers eux en leur souriant et en leur adressant un signe amical de la main, sans réussir à contredire une de ces physionomies où les chairs adipeuses, les vêtements sales, la sueur et les tatouages à l'épingle à nourrice se combinent pour enjoindre à la circonspection.

— Je peux vous aider ?

— Oui, je cherche un phare avant pour ma Primula, vous avez ?

— Ah, vous auriez dû m'appeler, vous vous êtes déplacés pour rien, je n'en aurai pas.

— Bon, dommage. Vous savez à qui je pourrais m'adresser ?

— Ce genre de truc ancien, mon pauvre, en plus italien, vous ne trouverez jamais dans une casse, faut aller chez des spécialistes.

Bordarier prit l'air déçu, même s'il savait déjà par son propre garagiste que la seule solution pour trouver un phare de ce genre serait de le commander sur Internet. Il lui avait même offert de lui en dégoter un, mais par peur de la marge assassine que le brigand en bleu de travail se serait octroyée au passage, Bordarier avait affirmé qu'il se contenterait pour l'instant d'une solution de remplacement temporaire. L'homme parut réfléchir. Il avait peut-être détecté le flic. Derrière lui, le chien se mit à grogner en se rongeant la patte, sans remarquer le lézard qui passait sous son nez et disparaissait sous le similicuir fendu d'une banquette arrière.

— Tiens, venez, suivez-moi, je sais ce qu'on va faire pour vous dépanner.

À l'intérieur du petit bâtiment en parpaing nu dans lequel il les avait invités à pénétrer, des pièces mécaniques, entassées dans des caisses en bois et sur des tables branlantes, imprégnaient l'air d'odeurs d'huile brûlée et d'essence. Ce n'était pas désagréable, se dit Bordarier en retrouvant des sensations oubliées liées à la maintenance du Solex dont il avait jadis été l'heureux propriétaire. L'homme se dirigea vers un bureau en s'essuyant les mains avec un torchon maculé, puis réveilla un ordinateur. Le mur était tapissé d'affiches publicitaires pour diverses marques automobiles, les résistances d'un chauffage d'appoint luisaient dans la pénombre. Comparé au reste, l'endroit était presque cosy.

— Vous travaillez seul ?

— Oh, non, j'ai ma femme qui fait la trésorerie et on a plusieurs employés pour le démontage. Alors, on a dit un phare avant de Primula, c'est ça ?

— Exact.

— Ah, ben vous avez de la chance, il y a un gars qui vend une optique pour quarante euros, sur eBay. C'est la marque Carello qui faisait ça pour Autobianchi. Je vous l'imprime, vous n'aurez qu'à l'acheter et la faire installer par votre garagiste.

Bordarier eut beau insister, l'homme ne voulait pas d'argent, il était juste content d'avoir pu rendre service.

— On peut visiter ? Je n'ai jamais vu de casse.

— Si vous voulez, mais je vous laisse faire, j'ai de la besogne.

Ils firent le tour, Bordarier essayant de se remémorer les détails de l'image satellite qu'il avait examinée avant de venir. Ce qu'elle ne montrait pas, c'était qu'une barrière faite de piquets et de fil de fer barbelé avait été dressée entre la maison principale et la partie où étaient entassées les voitures. La façade était décrépie et les volets fermés. Un silence et une immobilité absolus régnaient. Était-il possible que des migrants réduits en esclavage soient cachés à l'intérieur ? Si Demba s'était bien évadé de cet endroit, le propriétaire avait dû chercher à effacer toute trace de sa présence. Mais se débarrasser de plusieurs migrants aurait été délicat, ce n'était pas comme s'il pouvait les lâcher dans la nature sans risquer de se faire dénoncer. Ratier délaissa le petit cylindre de métal qu'il poussait du pied.

— Super serviable, le bonhomme.

— Vous pensez qu'il est naturellement comme ça ou qu'il a cherché à se débarrasser de nous à bon compte ?

Ratier se tourna pour considérer Bordarier. Il avait presque l'air attristé, comme s'il le plaignait.

— Il y a quand même des gens bien, non ?

Manifestement, Ratier n'avait pas tout capté quand on lui avait parlé d'un trafic d'êtres humains assorti d'actes de barbarie.

— Si vous le dites.

23

Bordarier venait à peine de s'asseoir à son bureau pour rédiger le mail demandant au procureur l'ouverture immédiate d'une enquête, ainsi qu'une surveillance et une perquisition de la casse automobile, quand l'écran de son portable afficha la photo de profil d'Hennequen. On la voyait en plein ultra-marathon, en tenue technique, en train de téter le tuyau d'une poche à eau d'un air concentré.

— Commissaire ? Ça y est, la légiste a bien constaté les blessures, on a tout pour ouvrir une enquête.

— La légiste ? Ce n'était pas Malabru ?

— Mlle Poortvliet, une nouvelle. Ça s'est très bien passé. Elle est très douce, je crois même qu'elle a un peu tapé dans l'œil de Demba.

— Bon, et sinon, ils vont le garder à l'hôpital pour faire un bilan, des tests sanguins, des radios ?

— Figurez-vous qu'ils le trouvent en pleine forme, ils disent qu'il finira de se soigner à la maison. Pour les cicatrices, en revanche, il faudra consulter un dermatologue.

— Alors tout va bien ?

— Pas tout à fait, patron, on a un petit problème. Il y a M. Corti qui voudrait vous parler.

— Ah ? Passez-le-moi, alors.

— Allô, commissaire ? Corti à l'appareil. Dites, j'ai eu beau faire, ils ne veulent pas le garder ce soir, à l'hôpital.

— Alors il va aller où ?

— C'est la question. J'ai appelé l'asso, ils sont pleins à bloc. Moi, j'en ai déjà quatre chez moi, c'est le maximum, après ça devient vraiment trop compliqué. Personne de chez vous ne pourrait le prendre ? Même vous, d'ailleurs, si vous avez la place.

— Moi ?

— Pour une nuit seulement, juste le temps que je trouve une autre solution.

Bordarier se sentit pris de court. Comment assurer à Demba un accueil décent dans son mazet minuscule où n'entrait quasiment personne ?

— C'est que ça va être compliqué.

— Mlle Hennequen me dit que vous vivez seul. Vous avez bien un canapé ou quelque chose, non ?

S'il était facile d'esquiver dans la rue les jeunes de la Croix-Rouge ou de Médecins sans frontières qui démarchaient le week-end en quête d'un peu d'humanité et d'argent, Bordarier sentit qu'il n'en irait pas de même avec Corti, homme de toute évidence rompu à l'art de mettre les gens face à leurs contradictions et d'accompagner fermement et sans complaisance leur passage de la théorie à la pratique.

— Bon, entendu, on se débrouillera.

— Formidable.

— Mais qu'est-ce qu'il mange ?

— Comment ça, qu'est-ce qu'il mange ? Il mange comme vous et moi. Vous plaisantez, j'espère !

La circulation sur les boulevards était fluide et Bordarier ralentit à peine pour prendre les ronds-points. Il rejoignit son groupe au moment exact où un médecin à la démarche de flâneur, la soixantaine dégingandée et le stéthoscope alangui sur un ventre en ballon de foot, revenait parler à Hennequen.

— Non, vraiment, désolé, madame, on n'a pas de lit pour lui, l'état de santé de l'hôpital ne le permet pas.

— C'est à ce point ?

— Il y a quinze ans, je ne dis pas, on pouvait encore éventuellement faire hôtel pour dépanner les patients, mais c'est fini tout ça, maintenant on travaille à flux tendu.

Demba tenait sous son bras une enveloppe de grand format, peut-être le résumé de son parcours dans l'établissement. On voyait qu'il commençait à aller mieux. Le sweat blanc lui allait plutôt bien. Corti s'approcha de Bordarier pour lui serrer la main.

— Merci encore, commissaire. Si ça vous va et que ça se passe bien, j'ajouterai votre nom à la liste, comme ça vous aurez à nouveau l'occasion d'aider. Vous verrez, c'est très enrichissant.

— Euh, d'accord, monsieur Corti, je vous ferai signe.

Arrivé au mazet vers 18 heures, Bordarier décida qu'ils allaient manger tôt, Demba avait eu une grosse journée et lui aussi. Il ouvrit la porte de son frigo et regretta aussitôt d'avoir renoncé, par lassitude ou optimisme, à s'arrêter en chemin pour acheter de quoi faire un repas correct. Trois œufs, du beurre, du lait et un sac d'oignons ramollis. Du placard, il sortit une grosse boîte de sauce tomate, mais pas de pâtes. Il se gratta le menton, embêté. En temps normal, il serait allé au moins une fois dans la semaine faire le plein dans un supermarché ou aux halles, mais le chaos des derniers jours avait complètement dérangé ses habitudes. Il se retourna pour examiner son hôte. Pas de doute à avoir, c'était un adolescent mineur, n'en déplaise au conseil départemental. En plus, il était maigre.

— *Hungry?*

— *Yes.*

— Bon.

Demba devait avoir perçu son inquiétude, parce qu'il s'approcha pour prendre à son tour la mesure de la situation. Il examina la boîte de purée de tomate, qui avait dépassé sa date de péremption officielle, puis passant à son tour le placard en revue, en retira un paquet de couscous rescapé de l'été précédent, période durant laquelle les mites avaient perforé le plastique et grignoté un peu de son contenu tout en y pondant leurs œufs. C'était récupérable.

— *Good?*

— Euh, oui, mais pour faire quoi ?

Laissant Demba prendre l'initiative, Bordarier le regarda couper les oignons avec dextérité malgré leur manque de fermeté qui risquait de faire déraper le couteau, puis les faire revenir dans de l'huile d'olive avec la moitié, elle aussi un peu limite, d'une tête d'ail qui avait jusque-là périclité solitairement dans un petit compotier à fleurs. Il huma ensuite avec circonspection un bocal de piment d'Espelette trouvé sur une étagère et en versa dans la poêle l'équivalent de trois ou quatre cuillerées à soupe, puis ajouta la boîte de purée de tomate. Bordarier fit un tour dans le salon pour y prendre sa bouteille de whisky. Après avoir proposé, pour la forme, un verre à Demba, qui refusa, il remplit le sien. Armé d'une cuillère, Demba fit trois creux dans la substance maintenant pâteuse et y versa les œufs. Ce plat n'était pas entièrement inconnu de Bordarier.

— *What is it?*

— *Chakchouka. I learned in Tripoli, Libya, with my friends, you know, before I crossed to Italy.*

Bordarier hocha la tête devant cette évocation pudique de ce qui avait dû être un long et dangereux périple à travers l'Afrique puis la Méditerranée. Il repensa à l'admiration que Corti éprouvait pour ces adolescents qui avaient vécu des choses très dures et risqué leur vie pour le rêve d'une vie meilleure. Monter dans un bateau croulant, rempli à bloc, avec la possibilité tout à fait réelle de se retrouver dans une eau froide et comme seule perspective, pour peu qu'on réussisse à maintenir la tête au-dessus de la crête des vagues, des dizaines de kilomètres de mer dans toutes les directions, ce n'était pas un acte anodin. Il fallait vraiment ne pas avoir d'autres possibilités.

— *How did you go from Gambia to here?*

— *First, I crossed into Senegal, through Farafenni, then I went to Kaolack. After, I paid to go to Bamako, Mali, from there to Niamey, Niger, then Agadez, Qatrun, and finally Tripoli. I was in prison for one month, the police took all my money. My mother sent me more money and I went on a boat. We were picked up by an ONG and I landed in Italy.*

Ils s'installèrent bientôt à la table de la cuisine. Le plat était délicieux et la sauce parfumée parvenait même à impartir une certaine rondeur au quignon de pain très sec qu'ils s'étaient partagé. Il ne restait déjà plus rien dans les assiettes et la casserole, lorsque le portable de Bordarier fit entendre sa vibration dans sa poche arrière.

— Allô, c'est Gérard, ton neveu t'attend, tu as oublié ?

— Ah, non, euh, je partais juste, j'en ai pour dix minutes.

Bordarier se leva de table, enfila son manteau tout en s'excusant auprès de son hôte qui le regardait faire, surpris.

— *I go. I return tonight. Books ? Music ?* Il y a aussi la télé.

— *No problem, thank you.*

Pour montrer que son offre n'était pas vaine, Bordarier appuya sur la télécommande. L'écran mit quelques secondes à s'allumer, comme s'il avait hésité à partager les images qui s'affichèrent finalement, celles d'une colonne de tanks passant devant une sapinière noire.

Il arriva avec une bonne heure de retard dans l'allée qui menait vers la maison de Gérard Brun et de Martine. La poolhouse était plongée dans l'obscurité, mais le perron de l'habitation principale était éclairé par une lumière puissante. Martine s'y tenait, bras croisés, fulminante et excédée comme si elle n'avait pas arrêté de faire les cent pas. Bordarier fit son demi-tour puis sortit de la Primula.

— Ah, quand même !

— Désolé, vraiment, j'ai été retenu au travail, en ce moment c'est très compliqué.

— Plus ça change, plus c'est la même chose. Bon, tu nous le ramènes tout de suite après le film, hein, c'est entendu ?

— Sans faute.

Fidèle à sa stratégie des dernières années, qui consistait à s'aplatir au maximum, tel la canne de Provence devant le mistral, pour ne pas laisser la moindre prise aux reproches et aux récriminations de son ex-femme, Bordarier avait incliné la tête en signe de soumission et d'accord sans réserve sur le fond et la forme de tous les arrêtés, diktats et oukases qui pourraient être promulgués maintenant ou à l'avenir. C'était un peu humiliant mais étonnamment efficace.

— Fais attention, Émile, il est très fragile, en ce moment.

— Oui, je sais.

— Qu'est-ce que vous allez voir ?

Bordarier, qui n'en avait aucune idée, fut heureusement dispensé de répondre par l'arrivée de Lucas. Il avait les yeux un peu flottants, sans doute à cause de la console de jeux qui pendait au bout de son bras.

— On y va tonton ?

— Allez.

Dans la voiture, Lucas reprit un peu de poil de la bête. Il rangea sa console dans la boîte à gants et se tourna vers lui.

— Tu sais, Martine m'a empêché de prendre mon portable. Elle veut qu'on discute, tonton, qu'on parle.

— Eh bien, discutons, parlons.

— Justement, je voulais te dire, je veux pas aller au cinéma, je veux aller à la Coupole, il y a Nikki Ariana qui va faire une signature.

— Qui ?

— Une influenceuse.

— Ah ?

— Elle a quatre millions d'abonnés sur TikTok.

— Et elle fait quoi ?

— Plein de trucs.

— Par exemple ?

— Je sais pas, elle pose pour des photos, c'est top.

— Bon, ben si tu préfères, alors, on y va.

— Trop bien, tonton, merci.

Une fois descendu dans l'Écusson, Bordarier manœuvra pour se garer sur une place qui venait miraculeusement de se libérer rue Guizot, à deux pas du centre commercial de la Coupole. Il faisait nuit et la rue avait pris la teinte jaune des lampadaires. D'entrée, il sentit que quelque chose n'allait pas du tout. C'était plein d'adolescents surexcités qui tenaient leurs portables à bout de bras. Au moment où il verrouillait la portière, une clameur monta entre les façades aux volets fermés. Il n'eut que le temps de lever la tête pour voir un groupe se ruer vers lui telle une volée d'animaux de basse-cour à qui la fermière va donner le grain, tandis que simultanément une voiture de luxe s'arrêtait à trois mètres de la Primula avec un petit crissement de pneu. La voix tendue de Lucas l'aida à sortir de sa paralysie pour prendre la mesure de l'urgence.

— Vite, tonton, sors ton portable, on va tout rater.

Trois noirs aussi élégants que baraqués émergeaient déjà de la voiture. Sous pression, Bordarier commença par cafouiller. La poche de sa veste refusait de libérer son contenu. Il tira comme une brute jusqu'à ce qu'elle se retourne, puis brandit son portable à deux mains tandis que Lucas l'entraînait par la manche dans un tourbillon de filles et de garçons trop absorbés pour remarquer l'incongruité de sa présence.

— En mode portrait, tonton. Vertical, vertical!

Plein de bonne volonté, Bordarier poussa le bouton rouge qui déclenchait l'enregistrement, puis chercha à ajuster sa prise pour faire pivoter le portable, mais la poussée intempestive d'un ado approchant le quintal fit qu'il lui échappa des mains. Il plongea aussitôt au niveau des Chuck Taylor, Vans et autres Adidas ou Nike pour le soustraire au talon destructeur d'une gamine qui trépignait de joie et poussait des cris inquiétants. Lorsqu'il fallut se relever, sa corpulence d'homme mûr et l'aide de Lucas ne furent pas de trop pour résister aux poussées qui menaçaient de le renvoyer à terre. Il redressa enfin la tête. L'influenceuse était seulement à deux mètres de lui, jambe en avant, mains sur les hanches, prenant la pose pour les photos. Elle devait avoir à peine vingt ans, portait une veste en fourrure et pour le reste était moulée dans une robe satinée fendue presque jusqu'à la taille. D'un mouvement circulaire du cou et du bout des doigts, elle dégagea la moitié de son visage qui menaçait d'être occultée par ses longues boucles noires puis fit signe de s'écarter au garde du corps qui gênait son examen de l'intrus.

— T'es OK ?

Bordarier jeta un coup d'œil derrière lui avant de comprendre que c'était bien à sa personne qu'était adressée la question.

— Euh, oui, merci, plus de peur que de mal.

Comme si elle avait déjà complètement oublié sa présence, elle détourna son regard pour s'adresser à l'une des baraques en costume noir.

— Paaaasse-moi mon Guuuucci.

L'homme se retourna pour obéir à sa requête émise sur le ton un peu indolent et boudeur d'une jeune Brigitte Bardot qui aurait par ailleurs assimilé les codes de la diction poétique en usage dans les banlieues. De la foule fusèrent aussitôt des cris d'allégresse et des appels désespérés à être vus. Parmi les dizaines de portables braqués sur la star quelques-uns se détournèrent brièvement vers Bordarier. Son sac sur l'épaule, en une vingtaine de pas que n'aurait pas reniés une déesse antique descendue des nuées pour visiter la cité terrestre, Nikki Ariana passa à travers les portes automatiques du centre commercial de la Coupole et fut avalée par une grappe grouillante.

Bordarier appuya sur le bouton pour arrêter sa vidéo. Seuls étaient restés en arrière quelques badauds qui ne connaissaient pas la star. Comment ceux dont la foi chrétienne n'était pas encore bien établie avaient-ils vécu les premières apparitions de la Vierge ? Sans doute comme eux, avec le sentiment que quelque chose de nouveau et d'étrange s'était passé, sans pourtant en comprendre pleinement la signification.

— Alors, là, celle-là, c'est le record, c'est le bouquet. Vous les avez vus ? Comme des mouches sur la merde. Ce qu'il leur faudrait, c'est une bonne distribution de baffes, vous croyez pas ?

Surpris, Bordarier pivota et découvrit à côté de lui une femme d'une cinquantaine d'années, cheveux poivre et sel coupés court, grosses lunettes de métal. Son visage, figé en un rictus de dégoût pour les travers de l'époque, lui parut très familier sans qu'il puisse pour autant le replacer. Il comprit soudain la raison de sa confusion. La postière Géraldine Pinot, dite Nanorobot, ne portait pas son uniforme, mais ses habits civils.

— On est foutus, commissaire, c'est garanti, maintenant ils sortent tous du moule avec des cerveaux de caille. Et vous croyez qu'elle bosse ? Je suis allée sur Internet me renseigner, l'autre jour, quand j'ai vu qu'elle venait. Non, cette petite, elle a un poil dans la main qui lui sert de canne. Je vous le donne en mille, vous ne trouverez jamais comment elle gagne sa vie. Vous voulez savoir ?

Bordarier s'était un peu ressaisi. Tout en hochant la tête pour montrer qu'il écoutait Nanorobot, il se mit sur la pointe des pieds pour essayer de voir si Lucas faisait partie des groupes en train de monter par les escaliers mécaniques à l'intérieur de la Coupole.

— Comment ?

— Elle vend l'eau de son bain, je déconne pas. 1 500 euros la bouteille, excusez du peu. Je sais pas ce qu'elle utilise, comme savon, mais ça doit être du bon. À ce prix-là, ils pourraient peut-être se dire qu'il vaudrait mieux passer chez le caviste, tant qu'à faire, mais non, ils boivent du Coca et s'achètent des eaux usées. Faudra m'expliquer. Mais, vous, qu'est-ce que vous faites ici ?

— Euh, je cherche mon neveu, il voulait voir cette fille, Nikki Ariana, mais dans la cohue, je l'ai perdu.

— Ah, ben, vous êtes mal barré, alors, s'il s'est amouraché de cette pintade qui fait chier le monde, je vous souhaite bien du courage. Tenez, c'est trop époustouflant, je m'assieds.

Sans autre cérémonie, Nanorobot posa son derrière sur l'un des plots en métal qui protégeaient le trottoir. Bordarier comprit qu'elle saisissait l'occasion de vider son sac, un peu comme quand elle distribuait le courrier et s'installait pendant une bonne demi-heure à la table de qui voulait bien la recevoir. Ce hasard ne lui déplut pas, malgré tout. Craignant de perdre son temps sur un témoignage qui promettait d'être rien moins que douteux, Bordarier avait repoussé de jour en jour l'entretien avec la postière qui paraissait pourtant essentiel pour l'avancement de l'enquête sur l'affaire Marsot. Après tout, depuis le début, c'était à elle qu'on imputait la découverte d'un camp de migrants dans la garrigue.

— Au fait, madame Pinot, vous tombez bien, j'allais vous faire venir au commissariat pour prendre votre déposition.

— Ah ! Les migrants ? Enfin, à la bonne heure, je commençais à me dire que vous n'en aviez rien à cirer. Pendant plusieurs semaines, ils tournaient dans le coin, que dis-je, ils rôdaient ! Tous très noirs. La vache, je me suis dit, si je fais pas gaffe, ils vont me trucider, ou pire, vous allez voir. J'ai averti tout le monde dans le quartier, comme ça, au cas où quelque chose arriverait, on saurait pourquoi. Et paf, ça n'a pas manqué !

— C'est vrai que M. Marsot s'est fait voler des affaires dans son appentis, il y a quelques semaines ?

— Il paraît que le jardinier qui vient de temps en temps a constaté la disparition d'un râteau. De toute façon, Marsot, lui, ne s'en serait pas aperçu, tout ce qu'il savait à peu près faire, c'était la cueillette des olives. Même si on lui avait soutiré tout son équipement de jardinage, je suis pas sûre qu'il l'aurait remarqué, le pauvre.

— Audibert est convaincu que ce vol, si c'en est bien un, est lié au meurtre. J'ai l'impression que vous n'êtes pas tout à fait d'accord ?

— Moi je dis qu'il faut pas croire tout ce qu'on raconte. La thèse du cambriolage qui a mal tourné, franchement, non, je suis sceptique, c'est trop facile. C'est comme avec Internet, vous voyez, il faut savoir exercer son esprit critique, se renseigner, vérifier, croiser les informations. Marsot, je discutais tout le temps le bout de gras avec lui. Si ça l'avait tellement remonté de s'être fait chaparder son râteau, il l'aurait mentionné. Non, ce qui n'allait pas, c'était ces noirs. Qu'est-ce qu'ils faisaient là ? Qui les a envoyés ? On avait l'impression qu'ils nous surveillaient. Vous avez vu leur campement, non ? À trois cents mètres de la villa de Marsot. Il y a des terroristes qui se dissimulent parmi les migrants, vous savez. Peut-être qu'ils étaient en train de monter une attaque ?

Récupérer Lucas ne se fit pas sans angoisse. Après l'avoir attendu pendant plus de quarante minutes à côté de la Primula, si longtemps que Nanorobot avait fini par se lasser et partir, Bordarier le vit finalement revenir, heureux bien que légèrement azimuté par l'expérience qu'il venait de vivre.

— Dis tonton, tu as la vidéo alors ?

— Bien sûr que je l'ai, qu'est-ce que tu crois.

Ils visionnèrent l'enregistrement dans la Primula. Le cadrage était catastrophique, mais ça n'empêcha pas un Lucas enthousiaste de le déclarer « collector ».

Ils allèrent ensuite manger une pizza et lire ensemble le résumé d'un film iranien à l'affiche au Sémaphore, qui promettait aux courageux spectateurs trois heures d'inaction et de dialogues mélancoliques pleins de sous-entendus adressés aux seuls censeurs de la République islamique. Autant dire qu'il n'y avait aucun risque que Martine demande des détails à Lucas sur sa séance. Et dans le cas peu probable où cela arriverait, il n'aurait qu'à avouer n'avoir rien compris à l'histoire.

24

Bordarier se retourna dans son lit pendant une éternité, puis finit par se lever cinq minutes avant que son réveil ne sonne. Demba était allongé sur le canapé, son visage invisible sous la capuche de son sweat. Les premières lueurs du matin pénétraient dans le salon, saupoudrant d'un mauve léger, à peine une couleur, l'écran éteint de la télévision et les pochettes de disques étalées autour de la table basse. Il y avait du Brel, du Brassens, même un Annie Cordy. Sur la platine était posé *Non, je n'ai rien oublié*. Bordarier se demanda ce que le jeune migrant avait pensé en découvrant cet Aznavour du début des années 1970.

Il traversa le séjour sur la pointe des pieds, puis mit la cafetière sur le brûleur et fit griller deux tranches du pain de mie qu'il avait acheté la veille dans une épicerie de nuit. Bientôt un petit gargouillis aromatique rompit le silence. Il tira une chaise pour s'asseoir. Au moment où il écrasait un copeau de beurre sur le pain, il remarqua un de ces petits scorpions languedociens qu'il voyait de temps en temps dans la garrigue. Celui-là avançait très lentement sur le sol de tomettes rouges. Sans doute s'était-il égaré dans la maison en essayant d'échapper au froid. Bordarier le fit glisser sur une feuille de journal et le jeta dehors. Il y avait de la buée sur le verre de la fenêtre et le thermomètre indiquait à peine 6° C.

Il déjeuna ensuite en jetant de temps en temps un coup d'œil vers le dormeur. La respiration qui soulevait la couverture était régulière et tranquille. C'était l'abandon paisible de celui qui est enfin à l'abri. Mais était-ce vrai ? Que se passerait-il une fois qu'il serait exonéré du meurtre de Marsot et que ceux qui l'avaient réduit en esclavage dans la casse auto seraient arrêtés ? En toute probabilité, il serait contraint de refaire en quelques heures d'avion le périple qui lui avait tant coûté. Bordarier n'osa pas imaginer ce qu'un être humain pouvait ressentir, ainsi ramené à la case départ, contemplant les frontières et sa propre vie passer à rebours derrière le hublot, tous ses efforts défaits.

Il en était à ce point de sa réflexion lorsqu'un étrange bruit de tondeuse se mit à résonner dehors. Non, ce n'était pas une tondeuse, le moteur était beaucoup plus aigu et semblait tourner autour de la maison selon un angle inhabituel, comme en hauteur. Il se redressa, tous ses sens en alerte, puis se précipita à l'extérieur juste à temps pour découvrir un petit objet sombre qui évoluait rapidement au-dessus de la cime des arbres et disparaissait derrière le mazet.

Une attaque ? Au moment où il allait retourner à l'intérieur pour prendre son Sig Sauer dans sa mallette sécurisée, Bordarier comprit que Julien, le fils des voisins, était aux commandes de l'engin. C'était presque pire qu'une tentative d'assassinat par les services secrets russes. Non content de traîner ses savates en s'enfonçant le doigt dans le nez comme s'il avait tenu à incarner simultanément la bêtise et le désœuvrement, cet adolescent mou était parfois capable de sursauts d'activité désastreux. Battus à plate couture, les jeunes d'antan, qui faisaient braire leurs meules dans des nuages d'huile brûlée pour dire merde à leurs parents et au reste du monde. L'été précédent, Julien avait délaissé les manettes de ses consoles de jeux pour celles d'un drone. L'engouement avait été brutal, l'engin tournant parfois pendant une heure d'affilée au-dessus des maisons, mû par quatre hélices déterminées à faire monter en neige les méninges de Bordarier. La maman du pilote s'était sans doute réjouie de le voir à nouveau s'intéresser au monde extérieur, mais nombreux avaient été les voisins à déplorer qu'il enfile plus rarement son casque VR. Ainsi que l'avait très justement remarqué Audibert – qui était son oncle, ce qui avait étonné Bordarier quand il l'avait appris –, s'il n'y avait pas de raison d'espérer que dans ses jeux en ligne les avatars de Julien ne cassent pas les couilles aux gens, au moins c'étaient des gens qu'on ne connaissait pas.

Peut-être découragé par une avarie, Julien avait délaissé son drone depuis au moins la fin de l'automne. Visiblement, il avait perdu la main, le vol était erratique. En regardant mieux, Bordarier vit qu'un petit colis se balançait sous les patins. Emporté par la force centrifuge, il faisait tanguer la machine. Puis le cap et l'altitude changèrent soudain, comme si le pilote envisageait un atterrissage devant la porte de Bordarier. C'était sans compter le chêne vert qui avait bien poussé près du portail. Une hélice fit un bruit sec. Bordarier n'eut que le temps de lever le bras en espérant que ses phalanges ne se transforment pas en saucisses cocktail.

Le drone rebondit sur la terre à la manière d'un jouet en plastique et le colis, sans doute tenu par un nœud approximatif, roula puis s'immobilisa. Revenu de sa première surprise, Bordarier se baissa pour le ramasser et le soupesa avec prudence. Il était léger.

— Putain, je suis vénère. Cassé !

Arrivé en courant, Julien avait effectivement l'air contrarié, progrès notable par rapport à son atonie habituelle. À la recherche d'indices pouvant expliquer la situation inédite dans laquelle ils se trouvaient, Bordarier regarda son sweat qui faisait la réclame pour le jeu *World of Warcraft*, son pantalon de jogging noir, ses sandales de piscine enfilées sur des chaussettes d'un blanc approximatif. Non, pas de signe particulier de radicalisation. Il s'arracha à son examen critique comme une semelle se détache d'un bout de chewing-gum qui fait des fils.

— Il vient d'où, ce paquet ? Il n'y a pas d'étiquette ni de timbre.

— UPS, un monsieur l'a livré hier en camionnette. Maman l'a ouvert et a vu que c'était pour vous.

— Pour moi ?

— Ben oui, regardez, il y a votre nom.

Bordarier retourna le paquet. Effectivement, son nom avait été inscrit au marqueur sur le carton.

— Et l'emballage d'origine, avec l'étiquette, il est où ?

— Ben, chez nous.

— S'il te plaît, Julien, ramasse ton drone et va me le chercher.

Bordarier emporta le colis à l'intérieur. Il renifla. Aucune odeur. En le secouant légèrement, il lui sembla qu'il contenait un autre paquet plus petit. C'était le moment de s'interroger sur l'opportunité de faire venir une équipe de déminage. Ou bien Genet, qui ferait tout aussi bien l'affaire, avec cet avantage qu'il serait beaucoup plus discret. Non, décida Bordarier, si ça devait péter, eh bien, ça pèterait, plutôt partir en confettis que devenir la risée du commissariat. Il arracha le papier adhésif, ouvrit le premier carton et découvrit une boîte jaune et blanche sur laquelle apparaissait l'image d'un téléphone à clapet de la marque Beafon.

C'était un de ces modèles bas de gamme populaires chez les seniors en bisbille avec la technologie, aussi bien que chez les trafiquants de drogue soucieux de protéger leurs activités professionnelles de toute immixtion policière. Dans le métier, on désignait ces GSM simples ou à clapet sous l'appellation de « Tintin ». Les puces vierges dont ils étaient équipés étaient des « balourdes ». Il suffisait d'acheter tout ça en liquide dans une petite boutique de téléphonie pas trop regardante pour être tranquille, l'opérateur se contentant d'envoyer de temps en temps un SMS pour demander à l'utilisateur de renseigner son identité. Bordarier appuya sur le bouton d'allumage tout en se souvenant un peu trop tard d'avoir lu un article sur l'élimination d'un membre du Hamas par les services secrets israéliens au moyen d'un portable piégé à l'explosif. L'écran à cristaux liquides lui souhaita paisiblement la bienvenue en allemand. Il consulta les numéros préenregistrés. Il n'y en avait pas. L'historique était également vide.

Juste à ce moment, le carillon de la porte d'entrée sonna. Il tira sur la porte restée entrouverte.

— Tu as retrouvé l'enveloppe ?

— Quelle enveloppe, monsieur Bordarier ?

Là où il s'était attendu à voir Julien se tenait Nanorobot, en gloire dans son uniforme bleu de la Poste, un paquet de lettres à la main. Sous la visière de sa casquette, derrière les verres cerclés de métal, le regard était soupçonneux. Leur rencontre de la veille, en marge de l'apparition de Nikki Ariana à la Coupole, avait dû la faire cogiter toute la nuit, ce qui expliquait que cette fois-ci elle ne se soit pas contentée de déposer le courrier directement dans la boîte comme à son habitude. Il eut l'impression qu'elle tendait le nez pour le humer. C'était assez inquiétant.

— Ah, pardon, madame Pinot, je vous avais pris pour quelqu'un d'autre. Vous allez bien depuis hier ?

— Quelqu'un d'autre qui vous apporterait du courrier ?

— Un paquet UPS qui était pour moi est arrivé chez les voisins par erreur.

— UPS ? Par erreur ?

Le plus déroutant, avec Géraldine Pinot, c'était qu'elle fermait les yeux quand on lui parlait, parfois pendant un temps qui paraissait interminable. Lorsqu'elle les ouvrait à nouveau, leur fixité de caméra de surveillance n'en avait un effet que plus déstabilisant. À se demander, à la vérité, si elle ne s'en était pas réellement fait injecter, des nanorobots.

Ils se toisèrent ainsi en silence, les lettres et publicités encore dans la main de la postière dont le bras n'était plus tendu, mais proche de son corps, comme si elle les avait prises en otages, puis les deux objectifs se décalèrent légèrement sur le côté pour faire la mise au point sur un espace situé derrière Bordarier.

Finalement vaincu par le bruit, Demba s'était levé du canapé. Il y eut des pas légers sur les tomettes, le bec verseur de la cafetière heurta le bord d'une tasse. Bordarier fit un effort considérable pour ne pas se retourner. Les objectifs de Nanorobot se fixèrent à nouveau sur lui, rétrécis, deux pointes noires. Il se passa la main dans les cheveux, toussota, pinça brièvement les ailes de son nez entre son pouce et son index, tout en se reprochant aussitôt ces signes de nervosité. Elle hocha la tête, puis parut soudain se détendre, se permettant même un sourire.

— Ah, je vois.

— Qu'est-ce que vous croyez voir ?

— Tenez, prenez votre courrier, commissaire.

Bordarier voulut encore l'interroger, mais elle avait déjà repassé le portail et remontait maintenant dans sa voiture jaune de la Poste en sifflotant de manière déplaisante. Est-ce qu'elle se préparait à raconter à tout le quartier qu'il logeait un jeune migrant avec des intentions malhonnêtes ?

Julien revenait, un sac plastique déchiré à la main. Bordarier lut l'étiquette qui était collée dessus et réalisa avec consternation que le colis adressé à ses voisins avait été posté de Budapest. Dans ces conditions, l'idée qu'il puisse venir des renseignements russes n'était plus du tout improbable. Et s'il avait été imprégné de ricine ou de polonium ? Est-ce que des Anglais n'avaient pas été contaminés, il y avait de cela trois ou quatre ans, par un agent neurotoxique qui les avait terrassés sur un banc, dans un parc, l'écume à la bouche et les yeux révulsés ? Il passa la main sur son ventre pendant que l'adolescent le regardait d'un air curieux. Non, ça allait, il n'avait pas l'impression de se sentir plus mal que d'habitude.

— Est-ce que ça vous gênerait de me rembourser mon hélice ? Elles sont à 15 euros chez Dronolec.

— Et pourquoi je te la rembourserais ?

— Ben, c'est en faisant votre livraison qu'elle s'est cassée. À cause de votre arbre, en plus.

— Écoute, je vais y réfléchir.

La porte refermée, Bordarier posa le portable sur la table puis proposa à Demba de lui griller des tartines, à la fois pour accomplir ses devoirs d'hôte et pour tenter de se remettre les idées en place. Demba mangea avec appétit, penché au-dessus de la nappe, appliquant plusieurs fois un supplément de beurre pour améliorer l'expérience gustative, exactement comme il l'aurait fait lui-même. Pendant ce temps, Bordarier roulait toutes sortes d'idées confuses dans ses méninges échauffées. L'une d'elles finit par émerger avec un peu plus de netteté que les autres. Si on lui avait envoyé un portable sans aucune indication d'un numéro, c'était sans doute pour qu'il attende qu'on l'appelle. Et si on l'avait d'abord adressé à ses voisins, c'était en toute probabilité pour déjouer une surveillance du courrier et une interception. Or, qui aurait eu intérêt à faire ça ? La DSEC lui avait déjà confié un portable du même type, ce ne pouvait pas être eux. Un service étranger ? Mais dans quel but ? Restait une troisième possibilité, que Cordelle soit en train d'essayer d'entrer en contact avec lui.

Une fois installé à son bureau, au commissariat, Bordarier posa le mystérieux portable devant lui. L'écran à cristaux liquides indiquait 11 h 54. Combien de temps faudrait-il attendre avant qu'il ne sonne ? Et ensuite, quoi ?

C'était l'heure du déjeuner, mais il ne bougea pas, contrairement à son habitude. Tout juste se fit-il monter une pizza aux olives noires et aux anchois qu'il avala presque sans s'en rendre compte.

Vers 13 h 30, la secrétaire entra sans frapper, déterminée à remettre de l'ordre dans les dossiers en souffrance. Bordarier se sentait flottant, déstabilisé, et sa fermeté bonhomme d'aide de camp aidant son général à surmonter un moment de faiblesse lui fit du bien.

— Remarquez, il n'y a pas mort d'homme, même si vous ne clôturez pas ces dossiers on ne va pas vous mettre en prison. Encore une signature ici. Et puis là. Allez, tant qu'à faire, cette page aussi.

— Merci, madame Simard.

Peu à peu, l'après-midi avançait. À 15 h 18, son portable sonna. C'était le procureur. François Sarriette n'avait aucune idée que son temps et son esprit étaient partagés entre deux affaires, dont l'une l'affectait incomparablement plus que l'autre. Bordarier se demanda jusqu'à quand le secret de la disparition de Cordelle allait tenir.

— Commissaire Bordarier, je découvre tout juste votre mail. Alors, expliquez-moi, c'est quoi cette histoire de traite d'êtres humains assortie d'actes de torture et de barbarie ?

— Un migrant gambien, monsieur le procureur. Il s'appelle Demba. Il a été séquestré pendant plusieurs jours dans une casse auto de la région et battu au moyen d'un chaîne de moto. Il pourrait n'avoir pas été la seule victime.

— Demba quoi ? C'est son nom de famille ?

— Ça doit être son prénom. Pour l'instant, c'est juste Demba.

— Et on a l'identité des autres personnes impliquées ?

— Nous avons procédé à un premier repérage à la casse auto. Il me semble possible que des personnes non déclarées vivent dans une maison attenante protégée par des fils de fer barbelés. Seule une surveillance permettra de déterminer ce qui s'y passe exactement.

— Mais dites-moi, maintenant que j'y pense, est-ce que des migrants ne seraient pas impliqués dans l'incendie de la villa de ce monsieur, euh, M. Marsot ? On m'a dit qu'il y avait un campement sauvage dans les environs. Ce Demba, comment vous l'avez trouvé, déjà ?

— Nous continuons d'établir la chronologie des événements, mais tout porte à croire que Demba, qui a effectivement vécu près de la villa de M. Marsot, était déjà séquestré au moment où le meurtre et l'incendie ont eu lieu. Il ne peut donc pas être l'auteur des faits.

— Étrange coïncidence, tout de même, non ?

— Les lois du hasard sont impénétrables, monsieur le Procureur.

— Ah, euh, oui, vous avez raison. D'ailleurs, puisque nous sommes sur l'affaire Marsot, vous avez des éléments nouveaux ?

— Rien de probant pour l'instant. Nous nous efforçons de retrouver la trace d'une collection de tableaux, des faux, dont Marsot était le propriétaire.

— Ah, une affaire de faussaires ?

Bordarier se pinça le pont du nez. Au sens large, cette définition aurait pu s'appliquer à l'ensemble de ce qu'il était en train de vivre depuis que Cordelle s'était volatilisée. Les agents qu'il avait rencontrés à Paris n'étaient-ils pas tous des faussaires de métier, qui excellaient dans l'art de faire passer une chose pour une autre et dont tous les mots étaient comme de la fausse monnaie ?

— Les tableaux sont assez anciens et M. Marsot, qui en a hérité, ne semblait pas être au courant qu'il s'agissait de faux. Je reviendrai vers vous quand la situation sera un peu plus claire.

— Oui, bien, tenez-moi au courant. En attendant, je vais saisir un juge d'instruction pour le nouveau dossier, le dossier, euh, Demba. J'imagine qu'étant donné la situation excentrée de la casse auto, vous vous coordonnerez avec les gendarmes, à la fois pour la surveillance et la perquisition ?

— Je mets un de mes hommes dessus, monsieur le procureur.

— Qui ? Je vais noter son nom.

— Namgyel.

— Ah, le Chinois ? Très bien, très bien.

Bordarier soupira. Il y avait déjà quelques années que le sobriquet dont Namgyel avait fait les frais dès le début de sa carrière était tombé en quasi désuétude. Quel intérêt y aurait-il maintenant à reprendre Sarriette et à préciser que son coéquipier était issu de la diaspora tibétaine qui avait fui en 1956 devant l'invasion chinoise ? Aucun, Sarriette n'aimait pas les complications, dès qu'il en rencontrait une, il se mettait à triturer les armatures en métal de ses lunettes, prenait sa lèvre inférieure entre ses dents, devenait mutique, inquiet, ou alors d'une politesse laconique et glaciale qui cachait mal son bouillonnement intérieur.

Leur conversation fut suivie d'une longue attente durant laquelle Bordarier ne fit rien, sauf peut-être jeter de temps en temps un coup d'œil en direction de l'écran à cristaux liquides du portable. Sa tête était vide, tout effort de concentration vain, mais il avait conscience d'une tension indistincte. Quelque chose approchait, comme un orage à l'horizon. Quelque part dans le crépitement universel des ondes, un message était en route, qui allait déclencher la sonnerie du portable.

Il avait beau s'y attendre, la sonnerie le fit sursauter et se demander s'il n'avait pas rêvé. Mais non, elle reprenait. Il ouvrit le clapet et porta l'écouteur à son oreille.

— Commissaire, c'est Vera.

La voix était lointaine, un peu grésillante, mais il n'y avait pas de doute à avoir, c'était bien elle.

— Tout va bien ? Où est-ce que vous êtes ?

— Dans une safe house à Marseille, grâce aux services secrets turcs qui m'ont récupérée à la frontière avec la Bulgarie. Je suis dans une de leurs résidences sécurisées en France, mais ils veulent me redonner à la DGSE, ils craignent un incident diplomatique.

— Et vous ne voulez pas ?

— Une taupe m'a vendue, il y a un risque que je sois reprise par les Russes et éliminée.

— Vous savez qui c'est ?

— Pas encore, venez me chercher demain matin, je vous expliquerai. Venez seul, n'en parlez à personne.

— Mais, les Turcs, ils sont d'accord pour vous laisser partir ?

— Oui, ne vous inquiétez pas, ils seront ravis de se débarrasser de moi.

— Vous avez averti Fayçal ?

— Fayçal ?

— Il est très inquiet.

— Non, pas la peine.

— Vous êtes sûre ?

— Sûre. Je dois bientôt raccrocher, commissaire. Vous avez de quoi noter l'adresse ?

25

— Non, c'est une folie, commissaire, vous n'allez pas y aller tout seul, ce serait les mener tout droit à elle. Vous n'êtes pas formé à ce type d'opération.

Devant les tressaillements nerveux des paupières de Genet et l'éclat fiévreux qui flottait sur sa pupille, Bordarier se reprocha d'avoir trahi le secret que lui avait confié Cordelle.

— Vous voyez une autre solution ? Elle a fait appel à moi et ne veut pas de la DGSE.

— Pensez aux micros que j'ai retrouvés chez Aboulafia. S'ils veulent vraiment mettre la main sur elle, dites-vous que vous êtes déjà surveillé. Par les Russes, les Français, d'autres peut-être...

— Alors qu'est-ce que vous me conseillez de faire ?

— Commencez par les repérer. Vous connaissez la chandelle ?

— Un peu.

— Je me mets à une terrasse, vous passez devant, je vérifie que personne ne vous suit. Si je les repère sans qu'ils me voient, parfait. S'ils s'aperçoivent qu'ils se sont fait détroncher, c'est encore mieux, ils seront obligés de décrocher.

— Ah.

— Certes, il y aura toujours la possibilité qu'un agent vous rebecte, mais il y a d'autres solutions. Vous voyez bien que vous ne pourrez pas faire ça tout seul, commissaire.

— Vous m'accompagneriez sur le terrain ?

Genet parut hésiter. Se pouvait-il qu'il soit sérieusement en train d'envisager de quitter son repaire ? Était-ce même prudent ?

En vingt ans, ça n'était quasiment jamais arrivé. Bordarier se sentit ému devant cette preuve indirecte de la gravité de la situation.

— Disons que si on prenait le sous-marin, je pourrais fournir un appui tactique et stratégique.

Pourquoi pas, se persuada intérieurement Bordarier, la camionnette dévolue aux planques serait l'enveloppe protectrice de son coéquipier. Devant ses écrans, dans la pénombre, il y serait aussi bien que dans son bureau. Un peu comme le bernard-l'hermite, dont l'abdomen mou le rend vulnérable aux prédateurs, se couvre d'une coquille vide.

Tout en se faisant ces réflexions, il remarqua la présence sur la table d'un nouvel objet semblable au stylo-pistolet de l'autre jour, mais d'un diamètre beaucoup plus fin.

— C'est quoi, ça ?

— Ah, ça ? Le TG 3.0 Corrosivus.

TG comme Tristan Genet ? 3.0 ne pouvait pas être un calibre, peut-être un prototype de troisième génération ? Quant à « Corrosivus », Bordarier avait peur de comprendre.

— Vous m'expliquez ?

— Un stylo à jet d'acide multi-usage. On peut s'en servir pour aveugler un agresseur, ou alors le tuer ou le blesser grièvement en mode seringue. Sinon, il dissout tout ce qu'on veut. Une chaîne de menotte, par exemple, ou un cadenas. Tenez, regardez.

Genet posa un minuscule trombone dans un cendrier, tira la langue, décapuchonna le stylo et en fit tourner la partie supérieure. Un peu de liquide s'écoula du bec de verre qui remplaçait la plume traditionnelle et se mit à bouillonner sur le métal en libérant des effluves âcres. Bordarier se pinça le nez tandis qu'un sourire s'épanouissait sur le visage du bricoleur.

— Elle en pense quoi, de vos inventions, Jeannine ?

— Que je devrais les présenter au concours Lépine. Surtout le suce-mouches. C'est ma plus grande admiratrice.

— Le ?

— Si vous êtes comme moi, vous avez sans doute déjà essayé d'attraper une mouche en plein vol avec un aspirateur. Et puis vous avez assez vite compris qu'avec un embout et un moteur standard, ce serait très difficile. À la rigueur, en lui tombant dessus quand elle se pose, on a encore une chance, mais en tenant l'aspirateur dans les airs comme un filet à papillons, soyez certain qu'elle va se jouer de vous.

Genet se trompait, Bordarier ne s'était jamais consacré au passe-temps de la chasse aux mouches armé d'un aspirateur. Ni d'une tapette, d'ailleurs. Développée au cours d'interminables après-midi d'été, quand la maisonnée, accablée de chaleur, résonnait du ronflement des chambres, sa manière avait été plus frontale, inspirée de celle des toreros, presque noble. Il positionnait sa main ouverte perpendiculairement à la surface où s'était posée la mouche. Lorsque celle-ci relâchait sa vigilance, se frottant les yeux et se lissant les ailes au lieu de se tenir fléchie sur ses pattes, prête à l'envol, le moment opportun était arrivé. Bordarier avançait d'un coup sa main et fermait le poing, le plus rapidement possible. Comme la mouche avait tendance à décoller à la verticale, le but était de la saisir à trois ou quatre centimètres d'altitude, soit à peu près au milieu de la paume. Un entraînement intensif avait permis au jeune Bordarier d'atteindre un taux de réussite d'environ 50 %. Ensuite, il les relâchait. Ou alors il les projetait à terre d'un mouvement sec. Sonnées, les mouches faisaient des huit sur le dos avant de retrouver les airs. C'était cruel, mais moins que le tir à l'élastique, méthode fatale presque à tous les coups.

Revenant à la conversation, Bordarier s'aperçut que Genet s'était interrompu. Lui aussi semblait penser à quelque chose, peut-être à toutes les fois où il s'était agité en vain avec son aspirateur tourné vers le plafond.

— Et donc, euh, le suce-mouches ?

— Une ouverture en entonnoir, 4 000 watts de puissance. Je les gobe en plein vol, elles n'ont aucune chance, un vrai trou noir.

— Et vous pensez qu'il y aurait un débouché commercial ?

Avant que Bordarier n'ait pu l'en dissuader, Genet se leva puis, tout en continuant à parler, vida par la fenêtre le cendrier qui contenait le trombone liquéfié.

— Dès que j'aurai résolu le problème du bruit et de la consommation énergétique. Imaginez un lieu particulièrement attractif pour les mouches, une boucherie, par exemple. On installe le suce-mouches dans le mur, avec un bel appât devant, une mouche s'approche, elle est détectée par le senseur, le moteur se met en marche et hop, elle se retrouve aspirée dehors. C'est traumatisant, sans doute, mais pas autant que les pièges à résistances électriques. Je vise un public sensible à la souffrance animale. Le suce-mouches, même les antispécistes n'y trouveront rien à redire. Entre nous, d'ailleurs, il y a pas mal d'hypocrites, chez ces gens-là, ils font beaucoup d'exceptions pour les insectes.

La porte s'ouvrit brusquement. Bordarier craignit que ce ne soit un collègue venu se plaindre d'un trou dans le cuir chevelu, mais non, si une telle personne existait, elle en était encore à chercher de quel oiseau infernal ce guano était tombé, c'était juste Namgyel. Lui aussi était au courant de l'appel de Cordelle. La vérité, c'était que Bordarier avait trouvé ce qu'elle lui avait demandé trop risqué. Venir seul en ne parlant de l'extraction à personne, c'était s'exposer à toutes sortes d'imprévus que pourrait beaucoup mieux surmonter une équipe. Tel qu'il l'avait formé, vers trois heures du matin, incapable de dormir, son plan avait été qu'ils n'iraient qu'à deux, lui et Namgyel, en toute discrétion. Et puis en passant ce matin devant le bureau de Genet, accablé par son secret encore trop lourd à porter, il n'avait pas pu résister et avait tout dit à son collègue.

— Alors, commissaire, on fait quoi, finalement ?

— On y va à trois, dans deux véhicules d'exfiltration, le sous-marin et la Primula.

Genet jeta un coup d'œil en direction de Namgyel, accompagné d'un haussement de sourcils significatif, comme s'il voulait faire comprendre quelque chose à Bordarier sans risquer de vexer leur collègue. Le problème était qu'il ne voyait pas.

— Parlez, Genet, nous sommes entre nous.

— Si vous prenez la Primula, commissaire, qui va piloter le sous-marin ?

Bordarier passa la main sur son front. Il n'avait pas réfléchi au fait que Genet se déplaçait dans une voiturette sans permis et que Namgyel était en principe interdit de conduite à cause des trois voitures de service qu'il avait détruites quelques années plus tôt, dans deux accidents de la circulation quasi consécutifs. L'affaire avait fait du bruit, le souvenir en était encore très vif dans la hiérarchie. Jusqu'au préfet, particulièrement marqué par l'article d'anthologie publié à l'époque par Pourtalet dans le *Midi Libre*, « Cascades policières et argent du contribuable ». Découragé, Bordarier regretta presque de ne pas être parti tout seul sans rien dire à personne. Non, il allait falloir trouver autre chose.

Juste à ce moment Hennequen glissa la tête dans l'entrebâillement de la porte. Elle avait à la main une liasse de papiers qui devait faire une bonne centaine de pages.

— Commissaire, messieurs, je vous dérange ? Pour la Fiat Panda, ça va prendre du temps. Je fais des recoupements, mais pour l'instant rien, tout ce qu'on sait, c'est qu'elle n'était pas du quartier. C'est la deuxième voiture la plus vendue dans le Gard après la Renault Clio, il y en a plus de 13 000. Vous pensez que ça vaut vraiment le coup ?

— On verra, Hennequen, merci. Tenez, puisque vous êtes là. Quelque chose de plus urgent s'est interposé, j'aurais besoin de savoir si vous seriez intéressée par une mission un peu délicate à Marseille.

— Délicate comment ?

— Cordelle a besoin d'une extraction. Sa mission à la DGSE ne s'est pas déroulée comme prévu. Elle est poursuivie par des agents étrangers et s'est réfugiée dans une safe house du MIT.

— Le quoi ?

— Les services secrets turcs.

— Qu'est-ce qu'elle fait avec eux ?

— Elle a échappé aux Russes en traversant la frontière bulgare et les Turcs l'ont récupérée.

Genet soupira. Tout ça devait lui apparaître comme la réalisation en pire de ce qu'il annonçait depuis le début sans qu'on l'écoute.

— Entre le Millî İstihbarat Teşkilatı et la DGSE, c'est tendu depuis la tentative de coup d'État de 2016, même s'ils coopèrent dans leur lutte contre l'État islamique. Et entre le MIT et le SVR, c'est pareil. Les Turcs doivent se délecter de pouvoir rendre service à un agent français qui a échappé aux Russes et qui ne fait pas confiance à la DGSE.

Hennequen regardait Genet avec une sorte de fascination mêlée d'un vague dégoût, comme s'il était quelque chose d'un peu sale et de merveilleux à la fois.

— Et ils en ont beaucoup, des safe house, en France, les Turcs ?

— En tout cas, ils ont des cellules pour surveiller les nationalistes kurdes expatriés, les dissidents, les journalistes. De temps en temps, ils en assassinent quelques-uns.

— OK, merci Genet. Et il faudra faire quoi exactement, patron ?

— Conduire le sous-marin. On va chercher Cordelle, on l'embarque, on la ramène ici.

— Et après ?

— On avisera.

— Bon, c'est d'accord.

Comme un braqueur de banque se réjouissant d'avoir trouvé la personne dont il a besoin derrière le volant pour assurer sa fuite, Bordarier laissa échapper un sourire dont l'ampleur le surprit lui-même. Hennequen avait beau être une prosélyte fanatisée des *burpees* et du jus de betterave, ça ne l'empêchait pas d'avoir de grandes qualités humaines et un vrai esprit d'équipe. En plus, elle conduisait vite.

Lorsque leur convoi atteignit l'endroit où l'A55, dressée sur ses piliers comme sur la pointe des pieds, offre aux automobilistes une vue sur la ville et la mer, un ferry rouge et blanc aux armes d'une compagnie tunisienne traversait le bleu profond de la rade. C'était une belle journée de février, la température, selon la radio, allait atteindre les 17 °C. Bordarier salua silencieusement les grues et les docks tournés vers la Méditerranée. Depuis l'enfance, ce lieu avait été pour lui une limite. Au-delà, un jour, serait l'aventure, se disait-il en descendant vers la digue du large en compagnie de son grand-père. Tout en lançant leurs appâts, ils inspectaient les navires prêts à appareiller pour la Corse ou l'Afrique. Les odeurs portées par la brise marine, les cris des oiseaux de mer, les étincellements du clapot qui forçaient à garder les paupières mi-closes, la courbe souple de la canne à pêche fouettant l'azur, les algues que caressaient les rayons de soleil liquides et verts, tout ça le transportait ailleurs, loin de lui-même et de ses chagrins. Depuis, il lui suffisait d'être de retour pour qu'il se remette à rêver de départs heureux pour le lointain.

Malgré de nombreux tours et détours orchestrés par un Genet sur la brèche devant ses écrans, aucune filature ne fut repérée. Il avait aussi exigé que les portables soient éteints et que le strict minimum soit communiqué par talkie-walkie cryptés. Jugeant qu'il avait donné à son collègue suffisamment de latitude pour démontrer sa connaissance profonde bien que jusque-là théorique des techniques du renseignement, Bordarier donna le signal de continuer l'opération.

Les services secrets turcs avaient choisi pour leur résidence surveillée un appartement au troisième étage d'un immeuble des années 1930 de la rue Lacépède, à deux pas du parc Longchamp. La façade était de crépi blanc, avec des barres d'appui courbes aux fenêtres qui évoquaient les bastingages des paquebots. Après être passé plusieurs fois pour détecter une présence suspecte dans la rue, Bordarier demanda à Hennequen de garer le sous-marin à quelques mètres de la porte d'entrée et laissa de son côté la Primula dans une rue voisine. L'idée était de faire les choses le plus simplement et le plus discrètement possible. Il descendrait accompagné de Cordelle, avec juste quelques mètres de trottoir à traverser jusqu'à la camionnette banalisée. Elle monterait à l'arrière, il fermerait la porte derrière elle et ils repartiraient directement pour Nîmes.

Au moment où il allait appuyer sur la sonnette de l'interphone en face du nom de M. et Mme Şimşek, un homme d'une trentaine d'années, dont Bordarier jugea qu'il était probablement d'origine turque, retint le battant de la porte d'entrée en le regardant avec attention. Sans doute un espion de la cellule du MIT. Marmonnant un remerciement, il lui tourna le dos pour gravir les escaliers. Les marches étaient revêtues d'une moquette bleue que maintenaient des baguettes en laiton. Lorsqu'il atteignit le premier palier, il se retourna pour voir si l'homme était toujours là et constata qu'il avait disparu. Il s'arrêta pour calmer sa respiration et maîtriser le léger tremblement de ses mains. Il effleura la crosse de son Sig Sauer glissé sous son manteau dans un étui d'aisselle, puis écrasa un petit bouton de sonnette en plastique marron.

Tout était parfaitement silencieux. Il sonna à nouveau. Après quelques secondes d'attente, il vérifia par-dessus son épaule que les autres portes du palier étaient fermées puis posa son oreille contre le bois. La rumeur de la ville résonnait dans l'appartement. Sans doute une fenêtre ouverte. Une canalisation lointaine mugit puis émit une série de claquements sourds. Très proche, peut-être à une vingtaine de centimètres, une latte de plancher grinça. Il chuchota en appuyant sa main contre la porte.

— Cordelle, vous êtes là ? C'est nous, on vient vous chercher.

L'œilleton changea de couleur, puis plusieurs verrous tournèrent rapidement les uns après les autres.

C'était bien elle, enfin devant lui, à contre-jour, un peu amaigrie, peut-être, mais dans l'ensemble en forme. Ses cheveux roux bouclés étaient ramassés en une spectaculaire queue-de-cheval. La seule chose qui n'allait pas du tout était son air complètement effaré.

— Qu'est-ce que vous faites ici, commissaire ?

— Comment ça ? C'est vous qui m'avez demandé de venir.

— Vous vous êtes fait piéger !

Ce fut au tour de Bordarier de la regarder avec stupéfaction. Elle avait de toute évidence subi une perte de mémoire spectaculaire. C'était sans doute dû au stress, peut-être à la torture, aux privations.

— Mais nous nous sommes parlé hier soir, au téléphone !

— C'était pas moi.

— Comment ça, pas vous ?

— Omer, appelle la police, dis qu'il y a un cambriolage en cours avec des hommes armés.

Bordarier sursauta en voyant surgir dans le couloir un homme mince, brun, cheveux coupés court. Comme s'il avait été pris d'un besoin urgent de refaire la déco de son appartement, il salua à peine son visiteur et se mit à genoux pour arracher une plinthe dans des projections de morceaux de plâtre. Une niche avait été ménagée dans l'épaisseur du mur. Il en retira un sac qu'il déplia fébrilement. Bordarier reconnut sans peine la silhouette futuriste d'un FN-P90, un pistolet-mitrailleur ultra-compact de fabrication belge qu'affectionnaient les forces spéciales du monde entier. Il en avait vu un à Nîmes, récemment, trophée d'une rafle chez des dealers marseillais sur lequel plusieurs amateurs d'armes du commissariat s'étaient extasiés. Omer tira sur la glissière pour charger une balle dans la chambre et interpela Cordelle.

— Si je fais ça, on sera grillés.

— Mais elle était déjà grillée de toute façon, ta planque. Tu crois qu'on allait te laisser là après avoir hébergé un agent de la DGSE ? Donne-moi ça, s'il te plaît. Ivanka !

Une blonde décolorée d'une trentaine d'années sortit d'une pièce qui donnait sur le couloir d'entrée. Elle portait un survêtement tie-dye mauve et blanc et serrait contre elle un sac à main en cuir matelassé et chaîne dorée. Ses yeux d'un bleu-gris d'eau sibérienne, rehaussés d'un épais maquillage émeraude, exprimaient l'effroi. Cordelle se tourna vers Bordarier en prenant le FN-P90 des mains d'Omer.

— Il faut dégager d'ici. Tout de suite.

Déjà elle fonçait dans l'escalier, genoux fléchis, la crosse de l'arme dans le creux de l'épaule et l'œil au viseur, la fille en remorque sur des talons hauts. Bordarier parvint à sortir de sa stupeur pour extraire son pistolet de son étui et ferma la marche en essayant d'essuyer de sa manche les grosses gouttes de transpiration qui s'étaient mises à tomber dans ses yeux. Omer était toujours dans le couloir d'entrée de l'appartement, en train de dézinguer une autre plinthe.

Il fallait prévenir les collègues dans le sous-marin. Bordarier sortit le petit talkie-walkie de sa poche et appuya sur le bouton.

— On a un problème, on va avoir besoin d'une couverture, je vais descendre avec Cordelle et une autre fille. Appelez des renforts à l'Évêché, demandez à parler au patron, Cédric Amella.

— Chut, commissaire !

Cordelle pointait son arme par-dessus la rambarde, pendant que la fille en tie-dye se collait au mur. Bordarier entendit comme le chuintement sous pression d'un extincteur qu'on vide.

— On remonte !

— Qu'est-ce que c'est ?

— Un aérosol, couvrez votre bouche.

De dernier de cordée qu'il était, Bordarier se retrouva le premier. Il trébucha, se releva. Une vapeur grise les enveloppa. Pris à la gorge par une odeur âcre, étrange, il partit d'une grande quinte de toux. Un bruit sourd le força à se retourner, ou plutôt à pivoter car son cou était tout à coup devenu raide. Cordelle s'était effondrée sur le palier du deuxième étage. La fille, elle, était à genoux, la tête appuyée contre une porte, immobile, les yeux ouverts. Sans force, la tête confuse, Bordarier s'assit sur une marche. Son arme pendait le long de son bras sans qu'il puisse la relever. Ses muscles se relâchèrent. Il essaya de prévenir sa chute en s'accrochant à une baguette qui se tordit sous son poids, l'attache sortie du béton. En gros plan, son visage sur la moquette, il vit la cheville de plastique jaune et la vis dont le filetage était rempli de poussière grise. Il continua à glisser, la baguette à la main, comprenant confusément qu'il était maintenant sur le dos, la tête en bas. Une forme se dessina au-dessus de lui, à travers la brume, mais il n'en ressentit pas la moindre angoisse. À vrai dire, il se fichait royalement de ce qui pourrait arriver. L'homme était enveloppé dans une combinaison à capuche, le visage invisible derrière un masque à gaz qui le faisait ressembler à une mouche. Un autre tout pareil apparut derrière son épaule. Il sentit leurs gants qui agrippaient ses vêtements pour le tourner sur le côté. Avant de sombrer, le nez dans le tapis parsemé de toutes sortes de grains de poussière, Bordarier pensa au piège de Genet. Oui, il était une mouche et il s'était fait aspirer dans le trou noir.

26

Sur le mur peint jusqu'à la moitié en bleu pâle et ensuite en blanc jusqu'au plafond, une bande de soleil glissa, changea de forme, s'étira, passa de l'or au carmin, puis à un cramoisi de plus en plus terne. Quand elle finit par s'éteindre, le bleu était devenu gris sombre. Bordarier comprit que c'était déjà le soir. Mais quel soir ? Combien de temps était-il resté inconscient ? Une bribe de rêve le montra à lui-même roulant, enfoui dans des profondeurs limoneuses, écrasé par une pression formidable qui le rendait incapable du moindre mouvement et de la moindre pensée.

Il rouvrit les yeux, remonta une nouvelle fois à la surface. Près de son oreille, une machine se mit en marche avec un petit ronronnement de moteur électrique et un système pneumatique lui serra fortement le bras avant de lâcher prise. Il voyait tout à fait à quoi elle ressemblait, cette machine, mais bizarrement n'arrivait plus à retrouver son nom. Du bout des doigts, il explora le brassard en plastique, trouva le bord, tira. Il prit plaisir à entendre le bruit du velcro. Et puis, autre soulagement, les mots revenaient peu à peu. Un tensiomètre, oui, c'était ça. Chambre d'hôpital. Il fit coulisser le brassard et libéra son bras. Quelques minutes plus tard, il trouva la force de s'asseoir sur le bord du lit. À côté de lui, suspendue en haut d'un pied chromé, une poche de liquide transparent reflétait la lueur d'un néon qui entrait par la porte entrouverte. Découvrant avec dégoût le tuyau transparent qui entrait dans le dos de sa main, il décolla la bande adhésive qui maintenait la perfusion en place, l'enleva doucement et appuya sur l'endroit de la piqûre avec un coin du drap, pour arrêter le sang.

Il n'avait pas mal, il avait juste l'impression de flotter. Il se leva, fit quelques pas incertains, s'affala dans un fauteuil mauve. Le contact froid de la moleskine avec ses fesses lui fit comprendre qu'on l'avait vêtu d'une de ces chemises d'hôpital indignes qui s'attachaient à l'arrière par quelques nœuds espacés.

Le store de la fenêtre n'était pas descendu jusqu'en bas. Il avait vue sur les fenêtres allumées de barres d'immeubles, quelques boules de lampadaires dans une rue, les feux de position de voitures qui filaient au loin sur les courbes en béton des autoroutes. Marseille la nuit, se dit-il, tendant involontairement le nez pour respirer l'odeur familière de la ville. Mais dans cette chambre d'hôpital, ça ne sentait que les produits désinfectants et la transpiration.

Combien de temps s'était écoulé depuis l'attaque ? Est-ce que ses collègues s'en étaient sortis ? Où étaient Cordelle et cette fille, Ivanka ? Et Omer ?

Il était encore dans le fauteuil, presque assoupi, quand une infirmière poussa la porte.

— Ah dites, vous avez défait tout mon travail, pas cool !

— Je suis où ?

— À l'hôpital de la Timone, monsieur Bordarier. Vous avez été admis en milieu de matinée. Vous avez passé quelques heures en soins intensifs, mais comme vos signes vitaux étaient stables, on vous a transféré dans votre chambre vers 14 heures, quand vous avez commencé à émerger. Je vois que vous avez repris du poil de la bête.

— J'ai l'impression de ne me réveiller que maintenant.

— Oh, vous étiez réveillé, vous racontiez n'importe quoi, mais vous étiez réveillé. On a bien rigolé, d'ailleurs, avec les filles.

— Mes collègues ?

— Le grand Chinois et le petit monsieur sont déjà remis. La femme aussi. Hennequen, c'est ça ? C'est elle qui a le mieux supporté. Jeune et en forme, il n'y a pas de secret.

— Et les autres ?

— Quels autres ? Il n'y avait que vous quatre. En revanche, il y a un monsieur qui attend dehors pour vous parler. Vous devez être important, il est venu exprès de Paris.

— Ah bon ? Comment il s'appelle ?

— Je ne sais pas. Je fais venir le docteur pour qu'elle vous voie et je dis au monsieur d'entrer après ?

— Euh, oui, d'accord, si vous voulez.

— Mais avant, laissez-moi désinfecter votre main. La perche a des roulettes vous savez, vous auriez pu vous balader. C'était pas la peine de tout arracher comme une brute, hein, monsieur Bordarier ?

La femme en blouse qui entra quelques minutes plus tard avait une soixantaine d'années, cheveux blonds, courts, nez aigu, un regard bleu intense, une peau semée de son et une façon un peu brusque d'occuper l'espace qui devait ôter à la plupart des patients l'envie de s'apitoyer sur leur sort.

— Alors, monsieur Bordarier, comment vous sentez-vous ?

— Mieux.

— Vous avez bien réagi au traitement, on peut espérer qu'il n'y aura pas trop de séquelles.

Son bref sourire avait sans doute voulu signifier qu'il s'agissait d'une petite plaisanterie, mais il n'en était pas tout à fait sûr.

— Quel traitement ?

— Oui, bien sûr, vous ne savez pas. Je dois vous dire que ce n'est pas tous les jours qu'on reçoit des patients comme vous. Le seul exemple récent qu'on ait d'une attaque au gaz soporifique, c'est une famille qui s'est arrêtée l'année dernière pour dormir en camping-car sur une aire d'autoroute près du parc national des Calanques. Ils se sont réveillés groggy sous les pins. Plus de camping-car, plus de vacances. Eux, c'était principalement de l'hydroxyzine, autant dire pas grand-chose. Vous et vos collègues, en revanche, c'est carrément du dur, vous battez tous les records. Vous connaissez le carfentanil ? On l'utilise pour endormir les grosses bêtes. Des éléphants, par exemple, ou des rhinocéros, des hippopotames. Donc du carfentanil, mélangé à du rémifentanil, le tout dans de l'halothane, un agent anesthésique volatil qu'on n'utilise plus trop en Europe à cause de sa toxicité. Bref, vous étiez ce qu'on appelle chargé de chez chargé. Le traitement standard, dans ces cas-là, c'est à peu près le même que pour les drogués qui overdosent aux produits opiacés.

— Comment vous avez su ce qu'il y avait exactement dans le gaz, vous avez eu le temps de faire des analyses ?

— On a un laboratoire de toxicologie médicolégale, bien sûr, mais on reste à l'assistance publique, on n'est pas encore chez *Dr House*. En voyant vos symptômes on a tout de suite compris que c'était un opiacé fort. Et quand je dis fort, c'est fort, parce que le carfentanil, c'est très exactement dix mille fois plus puissant que la morphine. Mais on ne savait pas quoi exactement. On vous a traité comme si vous aviez absorbé une très grosse dose de fentanyl et puis on a fait en même temps une immuno-analyse, une chromatographie liquide haute performance et une chromatographie en phase gazeuse. Les résultats sont revenus en moins d'une heure et ont confirmé le diagnostic et le traitement. Mais pour la composition exacte, c'est M. Destoine qui nous l'a donnée. Il est arrivé tout à l'heure en hélicoptère, directement sur le toit de l'hôpital, rien que pour vous.

— Destoine est là ?

— Il attend derrière la porte, avec le policier en faction.

— Quand est-ce que je vais sortir ?

— On vous garde en observation encore cette nuit et puis si tout continue d'aller bien on vous rend la liberté demain matin. On se verra une dernière fois très tôt pour que vous receviez votre bon de sortie. Alors, je le fais entrer, ce M. Destoine, vous êtes prêt ?

Bordarier aurait de loin préféré rester seul, mais elle avait déjà entrouvert la porte. Destoine se tenait juste derrière, comme s'il avait tendu l'oreille pour écouter leur conversation. Il fit deux pas dans la chambre, salua le docteur qui sortait, secoua la tête, s'avança encore, s'assit au bord du lit, lâcha un soupir, regarda le plafond, puis la fenêtre et revint pour finir à Bordarier à qui il adressa un regard plein de lassitude et d'indulgence. Il ne semblait pas certain du bénéfice pédagogique qu'il y aurait à gronder cet adulte auteur d'une bêtise monumentale.

— Pourquoi, mais pourquoi vous ne nous avez pas appelés ? Quand je vous ai rencontré pour la première fois, j'avoue que je ne me suis pas méfié, je n'avais aucune idée que vous alliez vous amuser à jouer les Dupondt. J'ai beaucoup réfléchi ces dernières heures. Beaucoup. À votre décharge, je me rends compte que je suis en partie responsable de tout ce qui s'est passé. Les signes qui auraient dû m'alerter étaient déjà là, sous mes yeux, à commencer par le fait que vous avez réussi à convaincre le ministre des Armées qu'il fallait qu'on vous reçoive. Et puis ce côté tête de mule, suspicieux. J'ai bien vu que vous me rendiez responsable de la disparition de Cordelle. Là où quand même vous êtes en faute, c'est que vous ne vous êtes pas rendu compte que vous étiez complètement dépassé. Il faut avoir conscience de ses propres limites, dans nos métiers, le mien comme le vôtre, non ? Savoir ce dont on est capable et le point exact où il faut s'arrêter.

Il se mit debout, écarta deux lattes du store du pouce et de l'index, les relâcha avec un petit bruit de métal, se retourna pour regarder Bordarier.

— Vous savez avec quoi on vous a drogué ?

— Le docteur m'a un peu expliqué.

— Ce qu'elle n'a pas pu vous dire, car elle ne le sait pas, c'est que c'était du kolokol-1. Un gaz développé par un centre de recherche secret à Léningrad, dans les années 1970. La première fois qu'il a été utilisé à grande échelle, c'est lors de la prise d'otage d'un théâtre moscovite par une bande de terroristes tchétchènes en 2002. Les chiffres officiels donnent plus de 120 morts. Pas les kalachnikovs et les ceintures d'explosifs des Tchétchènes, non, du tout, du tout, commissaire, c'est presque uniquement le résultat du gaz utilisé par les commandos russes. Vous comprenez ce que ça veut dire ? Ce sont de très sérieux clients qui vous ont interceptés. Vous et vos collègues auriez pu y laisser votre peau. Alors, je réitère ma question. Monsieur le commissaire Bordarier de la PJ de Nîmes, pourquoi vous ne nous avez pas appelés lorsque vous avez reçu ce soi-disant appel de Vera Cordelle ?

— Elle m'a dit de ne pas vous avertir, elle croyait à une trahison. Enfin, la personne à qui j'ai parlé m'a dit ça.

— La personne à qui vous avez parlé. Tout à fait. Je vois qu'au moins vous avez compris que ce n'était pas Cordelle au bout du fil, mais un acteur équipé d'un synthétiseur de voix, peut-être même une intelligence artificielle.

Bordarier hésita à se défendre. Pourtant, il y avait quelque chose qu'il avait du mal à comprendre.

— Cordelle a été récupérée par les Turcs et ramenée par eux dans une résidence surveillée du MIT à Marseille. Qu'est-ce qui l'empêchait d'aller directement chez vous ?

— Mais c'est exactement ce qui était prévu, nous devions la récupérer aujourd'hui même. Tout était entendu avec le MIT. Nous ignorions exactement où elle se trouvait, mais elle devait être amenée à un point d'échange. C'est assez incroyable de malchance, mais vous nous avez pris de vitesse, avec votre opération bidon.

Bordarier soupira, repensant tout à coup à la variante du jeu d'échecs dont Namgyel lui avait parlé, le kriegspiel, censé imiter le brouillard de la guerre. Chaque joueur ignorait les positions de l'autre et avançait ses pièces à l'aveugle. Il lui sembla tout à coup que si cette métaphore pouvait s'appliquer à la situation dans laquelle ils se trouvaient, ce n'était que de son côté. Il était le seul, yeux bandés, à frapper dans le vide.

Destoine fouilla dans la poche de sa veste et en sortit le GSM à clapet que l'agent Berest avait remis à Bordarier. Il avait pourtant le souvenir net de l'avoir laissé dans un tiroir de sa cuisine, justement pour éviter d'être localisé électroniquement. Ça signifiait qu'en à peine quelques heures, des agents avaient été envoyés chez lui, au mazet, avaient fouillé dans ses affaires et avaient trouvé le tintin pour le ramener à Destoine. Il se demanda comment

Demba avait réagi à cette intrusion. D'une main, Destoine jouait à ouvrir et refermer le clapet.

— Bon, vous m'expliquez, pour le portable ?

— Il m'a été remis par quelqu'un qui s'est présenté à moi comme un agent de la DSEC.

— Et au lieu de venir tout de suite nous voir, vous avez préféré croire ce qu'ils vous racontaient. Vous vous trompez d'ennemi, commissaire. Je suis comme vous, pourtant, cœur et âme au service de la République française. Ma priorité la plus urgente est la même que la vôtre, récupérer Cordelle. Alors, dites-moi, ce quelqu'un ressemblait-il à cet homme ?

Bordarier regarda avec surprise la photo que Destoine lui montrait sur l'écran de son smartphone. C'était bien lui, l'agent Ethan Berest qui s'était présenté comme dirigeant une opération qui visait à protéger Cordelle d'une taupe à la DGSE.

— Oui.

— Et qu'est-ce qu'il vous a raconté comme bobards ?

— Que Cordelle avait réussi à s'enfuir après avoir été enlevée par le SVR. Qu'elle avait été trahie par la DGSE. Qu'il travaillait pour la DSEC et avait pour mission de la récupérer avant vous et avant les Russes.

— Et maintenant, vous devez bien avoir une petite idée de qui il est en réalité et de pour qui il travaille ?

— J'ai l'impression que vous avez envie de me le dire.

Destoine sourit devant cette marque d'irritation, preuve que Bordarier ressentait pleinement l'humiliation de l'entretien qu'il lui faisait subir.

— Lioubov Aliokhine, homme de main d'Anatoli Tiefersumpf, un industriel ami de Poutine. Tiefersumpf et Poutine se sont rencontrés au judo. J'ai l'impression que Tiefersumpf a eu l'intelligence de se laisser immobiliser à chaque fois qu'ils combattaient.

Bordarier se souvint de la photo qu'il avait examinée avec Namgyel à son retour de Paris. Elle apparaissait sur le site d'une entreprise de câbles de ponts. On voyait Anton Serov, PDG de l'entreprise et cible de Cordelle, posant à côté de ce Tiefersumpf.

Il fut pris d'un vertige à l'idée que l'homme qu'il avait cru envoyé par la DSEC était en réalité en lien direct avec cet ami de Poutine.

— Et il fait quoi exactement pour lui ?

— Pour comprendre qui est Aliokhine, il faut d'abord comprendre qui est Tiefersumpf. Anatoli Tiefersumpf est propriétaire de Mostorabot, qui fait des ponts, et jusqu'en 2019 était également à la tête de SFT Group, un consortium spécialisé dans la construction de pipelines pétroliers et gaziers. Et puis il s'est mis en retrait de SFT Group. Vous savez pourquoi ? Parce qu'il a trouvé une occupation qui flatte mieux ses ambitions politiques. Il dirige une entreprise de renseignement privée, Voynaskanivorat, à laquelle le SVR délègue certaines de ses opérations. Une activité apparemment très lucrative.

— Et cet Aliokhine est un de leurs agents ?

— Aliokhine a commencé sur les planches de plusieurs théâtres d'avant-garde à Saint-Pétersbourg, puis a vécu à Paris, en Belgique et en Suisse de performances et de trafics en tous genres, jusqu'à ce que des gens du renseignement le découvrent lors d'une soirée à l'ambassade de Russie, à Berne, où il assurait une animation très appréciée. Un grand acteur, cet Aliokhine, très intelligent, très sensible, intuitif. Vous avez pu le constater vous-même, il débarque à Paris, se fait passer pour un agent de la DSEC et vous tombez droit dans le panneau. La seule chose qui soit vraie, dans ce qu'il vous a dit, c'est que Cordelle s'est bien échappée des griffes du SVR. Nous avons déterminé que la mission de Lioubov Aliokhine était de la récupérer pour effacer cet échec cuisant du renseignement russe. Je suis presque étonné que vous ne l'ayez pas appelé pour lui dire où elle se trouvait. J'imagine que vous vous êtes méfié, mais vous auriez dû vous méfier encore plus, commissaire. En fin de compte, tout porte à croire que c'est lui qui vous a appelé en se faisant passer pour Cordelle. Ils avaient réussi à la localiser et avaient besoin d'un cheval de Troie pour monter une opération propre, en l'occurrence vous et vos hommes. Tenez, je vous le rends, on n'en tirera rien. Ça vous fera un joli souvenir.

Bordarier se frotta le front en regardant avec irritation le portable que Destoine avait posé devant lui avec un sourire ironique. Certes, il s'était jeté tête la première dans le piège qu'on lui avait tendu, mais à sa décharge, celui-ci était extrêmement sophistiqué, surtout la partie où il avait vraiment cru parler à Cordelle. Est-ce que c'était la peine d'en remettre trois couches ? La bouche sèche, il se pencha vers la table à roulettes pour prendre le gobelet en plastique. Voyant qu'il était vide, Destoine se leva avec souplesse et s'empara d'un pichet d'eau pour le remplir.

— Je ne sais pas ce que vous vous êtes imaginé, commissaire, mais sachez que je ne suis pas une taupe qui aurait envoyé Cordelle au casse-pipe pour faire plaisir à mes amis russes. D'ailleurs on n'est même pas sûrs qu'il y en ait jamais eu une, de taupe. Non, Cordelle s'est malheureusement fait griller et le SVR cherche à faire un exemple, c'est tout. La vérité est souvent plus simple qu'on ne le pense.

Bordarier avait trouvé l'eau si étonnamment délicieuse qu'il en avait oublié que Cordelle était en danger. Il s'assombrit.

— Qu'est-ce qu'elle va devenir ?

— Maintenant qu'ils l'ont récupérée en faisant tous ces efforts ? Pour être honnête, je ne sais pas, j'essaie de ne pas penser au pire. Il va falloir qu'on négocie, qu'on leur donne quelque chose de significatif en échange, qu'on les menace. Mais il n'est pas sûr qu'ils nous écoutent.

— Vous savez où ils l'ont amenée ?

— Ils se sont volatilisés.

— Il y avait une fille avec elle. Elle l'a appelée Ivanka.

— C'est son informatrice, nom de code Shumenska. Lorsqu'elle a réussi à échapper aux Russes, elle l'a amenée avec elle. Elle aussi était grillée. Ils l'ont reprise.

— Et le Turc ?

— Également introuvable. Sans vouloir vous accabler, votre petite initiative va avoir des remontées politiques. Le MIT est furieux et menace de conséquences sur la coopération dans la lutte contre le terrorisme islamique. Notre gouvernement va être obligé d'apaiser Erdogan, peut-être de faire des concessions.

Cette fois-ci, Bordarier protesta. Certes, il avait merdé, mais on n'allait quand même pas lui mettre tous les problèmes du monde sur le dos.

— Si le MIT avait une cellule à Marseille, les Turcs ne sont pas exactement dans la position de la victime innocente.

— Merci de votre perspicacité, commissaire.

— Mais je vous en prie.

Destoine sourit, puis resta un instant silencieux à regarder Bordarier de ses yeux froids.

— Vous savez à quoi vous me faites penser ? Au proverbial grain de sable dans l'engrenage, à la petite chose qui parvient on ne sait trop comment à foutre un bordel monstre dans la machine. Oui, c'est un peu vous, ça, non ?

Bordarier avait écrasé son gobelet vide. Il le reposa sur la table. Malgré son état de faiblesse physique et mentale, il avait envie d'une bouteille de vin de qualité. Quelque chose qui lui permettrait d'oublier où il se trouvait et ce qui s'était passé. Il faillit demander à Destoine s'il y avait un supermarché ouvert dans le coin avec une bonne sélection, puis il pensa au conjoint de Cordelle.

— Vous avez parlé à Fayçal Aboulafia ?

— Bien sûr, que je lui ai parlé, commissaire. Je pense qu'il est atterré que vous ne l'ayez pas contacté avant de vous lancer dans votre opération donquichottesque. Mais j'imagine qu'au téléphone, celui qui se faisait passer pour Cordelle vous a dit de ne surtout pas avertir qui que ce soit. C'est pourtant quelque chose qui aurait pu vous mettre la puce à l'oreille, ça, le fait que Cordelle ne veuille pas au moins rassurer son conjoint, un ancien agent qui aurait pu planifier une extraction avec beaucoup plus de professionnalisme que vous.

— Sans doute.

— Bon, je vais vous laisser vous reposer. Mon avion repart ce soir pour Paris. Je vous souhaite une bonne convalescence.

— Vous me tiendrez au courant, pour Cordelle ?

— J'attendrai qu'elle soit saine et sauve et débriefée, si vous n'y voyez pas d'inconvénient, commissaire Bordarier.

La première partie de la nuit fut paisible, comme si Bordarier avait entièrement accepté sa défaite. Après le départ de Destoine, on lui avait apporté un plateau. Soulevant une cloche en plastique, il avait découvert un filet de poisson trop cuit et presque froid posé sur du riz dont le degré de sécheresse suggérait qu'il avait été sorti de l'eau au moins deux heures auparavant. À côté de l'assiette, il y avait un bout de camembert, une compote et un yaourt. Malgré l'absence de vin, il avait pris un immense plaisir à la dégustation de ce modeste repas.

Il se réveilla à nouveau vers 2 heures du matin, presque en forme, avec l'envie de s'aventurer hors de l'hôpital. Le problème était que ses habits avaient disparu, il n'avait que sa chemise d'hôpital. Il risqua un œil dans le couloir. Le policier en faction devant sa chambre n'était plus là. Un ascenseur l'amena dans le hall d'entrée. Des distributeurs proposaient des boissons et des confiseries. Comme il n'avait pas d'argent, il se contenta de se promener en tenant d'une main sa chemise fermée derrière ses fesses. Dehors, une femme fumait une cigarette, ses bras croisés contre la fraîcheur de la nuit. Il se demanda pourquoi elle était là et à quoi elle pensait, puis se dit qu'il faudrait appeler Benedetta avant qu'elle ne commence à s'inquiéter de ne pas avoir de nouvelles.

Il ne retrouva pas tout de suite son étage et sa chambre. Mis à part leurs codes couleur différents, les couloirs étaient tous quasi identiques, baignés d'une lumière pâle. Des alignements de portes la plupart fermées. Lorsqu'il y en avait une d'ouverte, il entrevoyait une infirmière penchée sur un lit, ou une dame dont le visage jaune, crispé, semblait attendre une bénédiction du plafonnier, ou encore le reflet dans une vitre noire d'une télévision que personne ne regardait. Comme une série de tableaux issus d'un rêve de solitude.

— Hep, commissaire !

Bordarier se retourna et rencontra le regard de Genet au-dessus du comptoir des infirmières. L'écran relevé du ThinkPad derrière lequel il était à demi dissimulé baignait ses traits d'une teinte bleuâtre fantomatique. Il était flanqué d'une jeune femme en blouse rose qui aurait pu être la personnification de l'innocence, de la jeunesse et de la santé.

— Genet, vous allez bien ?

— Autant que possible, commissaire. Excusez-moi, je finis avec la petite demoiselle. Leur matos a besoin d'un grand nettoyage, je sais pas comment ils font, franchement.

L'infirmière leva vers Genet des yeux clairs pleins de reconnaissance et d'admiration.

— Merci, monsieur, vous sauvez ma nuit, là, vous n'avez pas idée, sans vous ç'aurait été la galère jusqu'à demain matin.

— Mais c'est normal, ma petite, c'est pas parce qu'on est hospitalisé et très malade qu'on ne doit pas se rendre utile. Après tout, on joue tous pour la même équipe.

— Ça, c'est très vrai, monsieur Genet, très vrai. Mais ne vous inquiétez pas, vous vous remettez très bien.

— Je ne sais pas, je ne sais pas, le coup a été dur.

— Non, vous allez voir, dans quelques jours il n'y paraîtra plus.

— Si vous le dites.

Bordarier s'accouda au comptoir, s'émerveillant de la résilience de son collègue qui était clairement en train de chercher à se faire bichonner par l'infirmière. C'était presque comme s'il ne s'était rien passé. Dans un deuxième temps, il se dit que c'était peut-être justement ça qui n'allait pas, le fait qu'il ne soit pas plus abattu et traumatisé par l'enlèvement de Cordelle et par l'attaque qu'ils avaient subie. Lui aussi, d'ailleurs, se sentait maintenant étrangement déconnecté.

— Genet, vous savez où sont Namgyel et Hennequen ?

— Je crois que Namgyel dort, mais Hennequen regardait la télé tout à l'heure. Vous voulez la voir ? Donnez-moi deux petites minutes.

Bordarier remarqua la présence d'un fauteuil vert d'apparence confortable à côté du poste des infirmières. Il s'assit en ramassant bien sa chemise sous lui pour cette fois éviter le contact désagréable de la moleskine. Lorsque Genet vint le chercher une bonne demi-heure plus tard, il lui sembla qu'il se réveillait d'un demi-sommeil.

— Je vous montre où ils sont ?

Genet aussi avait été affublé d'une chemise d'hôpital assez peu couvrante, ce dont il ne semblait pas se soucier outre mesure, n'ayant pris la peine de nouer que deux des cinq liens en sergé. Marchant derrière lui, Bordarier prit fugitivement la mesure de la situation cauchemardesque dans laquelle l'affaire Cordelle les avait plongés.

Hennequen ne dormait pas, elle était assise en tailleur sur son lit et regardait *Friends* à la télévision.

— Comment vous vous sentez ?

— Assez bien, en fait. J'avais une petite douleur à la cheville depuis trois jours, mais elle a complètement disparu.

Elle non plus ne semblait pas tout à fait comprendre ce qui était arrivé. Quant à Namgyel, ils ne le dérangèrent pas, se contentant d'écouter les ronflements puissants qui résonnaient derrière sa porte. On aurait dit l'esquisse murmurée d'une mélopée ancienne.

De retour dans sa chambre, Bordarier se mit à nouveau à chercher ses affaires, qu'il finit par découvrir dans un placard, au fond d'une étagère, soigneusement pliées dans un sac étiqueté « linge patient ». Il trouva aussi son téléphone dans le tiroir de la table de nuit. Quant à son Sig Sauer, il n'avait aucune idée d'où il avait pu être rangé. Il n'avait plus la force de partir à la recherche d'une épicerie de nuit, même si ce n'était pas l'envie qui lui manquait.

27

Au réveil, il eut une longue conversation avec Benedetta. D'une voix inquiète, elle lui demandait des détails, revenait sur les contradictions qui s'étaient inévitablement introduites dans son récit lorsqu'il avait voulu minimiser le danger auquel il avait été exposé.

— Mais qu'est-ce qui t'a pris, Émile ? Tu es devenu fou. Tu ne te rends pas compte, tu aurais pu y rester !

Bordarier regretta de s'être confié. Signe qu'elle était en proie à une grande émotion, elle passait à tout moment du français à l'italien.

— *Perché non me lo hai detto ieri ?*

— Mais si, j'y ai pensé à te le dire, hier, sauf qu'il était tard, je pensais que tu serais couchée, je ne voulais pas te réveiller et t'inquiéter. Et puis j'étais fatigué, je n'avais pas la force.

— Et si quelqu'un d'autre m'avait appelée pour me dire que tu avais été gazé par des Russes, qu'est-ce qui se serait passé ? *Vuoi farmi morire ?* Oui, c'est moi, moi qui serais morte !

— Mais, non, non, ma chérie.

— Bon, je descends aujourd'hui, je prends le prochain TGV.

Bordarier hésita, soupira d'un air embarrassé. En vérité, il préférerait qu'ils se voient plus tard, d'ici quelques jours. Pourquoi ? Il ne le savait pas lui-même et aurait encore moins su le dire à Benedetta. Peut-être parce qu'il se sentait humilié, diminué d'avoir commis des erreurs aussi grossières ? Oui, sans aucun doute, la honte y était pour quelque chose.

— Écoute, je ne suis pas sûr que ce soit bien prudent.

— Comment ça ?

— Ces Russes, tu sais, ils pourraient peut-être revenir. Mieux vaut ne pas prendre de risques inutiles, la situation reste encore trop fluide. Dès que j'en saurai plus, je te le promets, je monterai, ou tu descendras, mais pour l'instant…

— Je suis morte d'inquiétude et tu me fais ça ? *Cazzo !* Alors, reste tout seul avec ton gaz, puisque c'est ça que tu aimes.

Il regarda son téléphone, surpris. Elle avait raccroché. Il essaya deux fois de la rappeler, sans succès, puis finit par laisser un message dans lequel il s'excusait. Bien sûr qu'il avait envie et même besoin de la voir, elle pourrait descendre quand elle le voudrait.

La Primula était restée sagement à l'endroit où il l'avait laissée, sans récolter le moindre papillon sous l'essuie-glace. Après avoir récupéré ses collègues à la sortie de l'hôpital, Bordarier prit la direction de l'Évêché, le commissariat central de la police de Marseille. Un silence maussade régnait dans l'habitacle. De temps en temps, Genet se tortillait sur son siège pour vérifier ses poches, comme s'il n'arrivait pas à se résoudre au fait qu'il avait perdu quelque chose. Sur le siège passager, Namgyel clignait des yeux devant la mer qui scintillait. Hennequen envoyait des messages sur son portable.

Arrivé place de la Major, Bordarier arrêta la voiture devant le portail noir, surmonté de longues pointes, où on leur avait donné rendez-vous. Au bout d'une courte attente, celui-ci coulissa, révélant la petite cour pavée située entre les deux ailes du vieux palais épiscopal que la police avait investi au début du siècle dernier. Il y avait une place juste à côté du sous-marin. Descendu le premier de la Primula, Genet ouvrit la porte arrière pour regarder à l'intérieur, méfiant, mais fut aussitôt rassuré, les outils de surveillance n'avaient pas bougé, tout était intact.

Même si ça faisait longtemps qu'il n'était pas venu là, Bordarier se souvenait bien des escaliers, des grands paliers, des couloirs larges occasionnellement agrémentés de quelques plantes vertes plus ou moins en forme, des bureaux, des affiches, des papiers punaisés sur des plaques de liège. Arrivés au troisième étage, ils passèrent devant un document encadré commémorant la médaille d'or à titre collectif que le préfet des Alpes-Maritimes avait remise à la direction interrégionale de la police judiciaire de Marseille. C'était en récompense du travail mené par les policiers dans les nuits et les jours qui avaient suivi les attentats de Nice.

Cédric Amella les rejoignit dans une salle de réunion qui avait vue sur la cathédrale de la Major et le phare Sainte-Marie. C'était lui le grand patron, en charge de toute la zone Sud couvrant l'arc méditerranéen et la Corse. Malgré les circonstances, Bordarier eut plaisir à retrouver cette tête allongée, un peu ascétique, au milieu de laquelle des lunettes à montures noires encadraient un regard humain et doux. Il se souvenait que devant les choses terribles qui arrivaient à Marseille, il pouvait devenir vague et flottant, comme aspiré en dedans par une brusque mélancolie.

— Quand j'ai vu passer le dossier de Vera Cordelle, il y a un an, je me suis posé les mêmes questions que vous, commissaire Bordarier. La consigne, c'était qu'il fallait l'accepter sans poser de questions. Bien sûr, comme on ne la connaissait pas du tout à la PJ, j'avais pensé à toutes sortes de scénarios pour expliquer son dossier, mais j'avoue que la DGSE ne m'était pas venue à l'esprit. Maintenant on comprend mieux pourquoi il était si caviardé. Incroyable, cette affaire. Si vous voulez on va regarder ensemble ce qu'on a sur la scène de crime.

— Merci patron. Juste une question, c'est votre équipe qui a récupéré nos armes de service ? Nous nous sommes réveillés sans à l'hôpital et j'avoue que je m'inquiète un peu.

— On a tout pris. Vos armes, les deux FN-P90 qui appartenaient à la cellule turque, mais ceux-là, ils ont déjà été emportés par la DGSE.

Genet se racla la gorge, il se tenait à côté d'un panneau où étaient affichées des photos de voitures de sport, d'armes, de munitions et de gilets pare-balles saisis dans des opérations contre le grand banditisme.

— Excusez-moi, j'avais un gros stylo-plume dans la poche de ma veste et là je ne le trouve plus. Vous ne l'auriez pas embarqué avec le reste, par hasard ?

— Euh, je ne crois pas. Mais nous pourrons voir ensemble tout à l'heure, si vous voulez.

Genet fronça les sourcils, visiblement très embarrassé. Bordarier se demanda si c'était le stylo-pistolet ou le stylo à acide qui manquait à l'appel. Dans les deux cas, c'était effectivement un problème. Le regard de Genet croisa le sien et Bordarier anticipa que son coéquipier allait débiter un de ces mensonges grossiers dont il était capable quand il était acculé.

— C'était un cadeau de ma mère.

Amella soupira tristement, comme s'il pensait à la sienne, de mère, puis invita ses visiteurs à se rapprocher de lui en ouvrant un dossier déjà assez épais. Son doigt se posa sur l'image d'un utilitaire carbonisé.

— On pense que c'est le véhicule qu'ils ont utilisé pour emmener Vera Cordelle. Il a été abandonné du côté des Pennes-Mirabeau, en allant vers l'aéroport Marseille Provence. Les numéros de série ont été limés et les plaques d'immatriculation ont disparu, bien sûr. On a commencé à passer au crible les départs, les listes des passagers et la vidéosurveillance, mais nous avons été obligés de nous arrêter. J'ai reçu un appel du préfet m'annonçant que la DGSE prenait le relais. Tous les éléments de l'enquête vont devenir secret défense. Ce n'est peut-être pas une mauvaise chose pour vous et vos hommes, commissaire, même l'IGPN va être tenue à l'écart.

Bordarier se sentit rougir sous le regard curieux d'Amella. C'était effectivement une bonne nouvelle. Après le gros cafouillage de la veille, échapper à une enquête de la police des polices tenait du miracle.

— Et les Turcs, au fait ? Il y avait un homme dans la résidence surveillée, Cordelle l'a appelé Omer.

— On va descendre à l'Identification judiciaire, ils ont quelque chose pour vous.

Les locaux de l'Identification étaient situés dans le bâtiment plus moderne qui avait été accolé à l'ancien évêché dans les années 1950. Un grand espace rempli de meubles dont les centaines de tiroirs ne suffisaient plus à entreposer les dossiers des affaires traitées. Ils débordaient dans les allées en entassements de boîtes en carton. Si le papier de certaines piles n'avait été d'un blanc parfait témoignant de sa sortie récente de la reprographie, on aurait pu se croire dans une administration vétuste et labyrinthique depuis longtemps désertée par ses ronds-de-cuir.

— Omer Yilmaz, doctorant en philosophie politique à l'université d'Aix-Marseille. Quelqu'un a noté qu'il se présentait comme venant d'une région à dominante kurde. On pense que sa mission première, c'était de détecter les activités d'éventuels activistes ou terroristes dans la région et surtout sur le campus. Il est possible qu'il ait infiltré plusieurs groupes de militants du PKK.

— Qu'est-ce qu'il faisait avec des fusils-mitrailleurs ?

— L'autre partie de sa mission aurait peut-être été d'en éliminer quelques-uns en faisant passer ça pour un crime crapuleux. On ne le saura jamais, mais ça n'aurait pas été la première fois. Des Kurdes qui sont morts en France dans des circonstances suspectes, il y en a eu. Et en général, l'enquête a été classée secret-défense. Comme la vôtre.

Bordarier regarda avec un peu plus d'attention l'homme de l'Identification qui venait de les renseigner, dont la chemise à fleurs bleue et les bretelles fantaisie dissimulaient un sérieux et une rigueur exemplaires. Il se souvint qu'il avait très bonne réputation, sans lui plus d'un cadavre serait resté pour toujours anonyme.

— J'ai croisé un autre Turc dans l'entrée de l'immeuble.

— Étudiant lui aussi, il n'était pas sur le bail de l'appartement mais les voisins ont mentionné sa présence. Il n'a pas refait surface. À part les armes planquées dans les murs et quelques chargeurs supplémentaires, il n'y avait rien de notable dans l'appartement.

Bordarier leva les yeux vers la fenêtre. La cathédrale de la Major se détachait contre le ciel toujours parfaitement bleu. Que sa capacité d'empathie ait été jusque-là endormie par les molécules chimiques qui continuaient sans doute à circuler dans son corps, ou que le traumatisme l'ait momentanément plongé dans le déni, il commençait seulement maintenant à percevoir l'horreur de la situation. Cordelle était en danger de mort. Sa culpabilité lui apparut également. C'était lui qui avait permis aux Russes d'enlever à nouveau Cordelle dans une opération qui aurait été quasi impossible s'ils avaient essayé de pénétrer directement dans la résidence surveillée. C'était exactement comme Destoine l'avait dit, il avait servi de cheval de Troie. Non, pas de cheval, de pigeon de Troie.

Ils quittèrent l'Évêché vers midi. Hennequen demanda à aller voir la mer et ils se retrouvèrent plage des Catalans. L'atmosphère était douce. Des gens étaient assis sur le sable, habillés de vêtements légers, vestes, manteaux et pulls posés à côté d'eux, ou sur leurs genoux. Hennequen se tenait près de Bordarier, le visage tourné vers la brise marine qui faisait bouger ses cheveux blonds.

— Il est arrivé d'un coup à l'arrière du sous-marin et nous a gazés en faisant rentrer un petit tuyau entre les portes arrière. C'est Namgyel qui est resté conscient le plus longtemps, il a juste réussi à sortir son arme mais n'a pas pu tirer.

Bordarier se baissa pour prendre une poignée de sable qu'il laissa s'écouler entre ses doigts. À droite, des immeubles s'avançaient dans la mer comme des navires de béton. De l'autre côté de la plage, une passerelle reliait la promenade à une plateforme posée sur des rochers. Des gens se penchaient au-dessus du garde-fou pour regarder un homme qui s'était risqué jusqu'aux genoux dans les vaguelettes et observait au loin, la main en visière, un navire d'Algérie Ferries quittant le port. Bordarier sentit sa gorge se nouer. Hennequen lui serra brièvement l'épaule. Il lui fut reconnaissant de ne pas lui proposer un de ses remèdes diététiques. Aucun smoothie 100 % vitaminé n'aurait pu adoucir la tristesse qui s'était abattue sur lui.

28

Quand Bordarier ouvrit la porte du mazet, il eut la surprise de voir que son hôte n'était plus tout seul. Deux jeunes à peu près du même âge s'empressèrent de se lever pour le saluer d'un air un peu gêné. Sur la table avait été disposé un véritable festin de poulet en sauce, de riz, de légumes sautés et de fruits. Demba le guida vers la seule chaise qui n'était pas bancale et remplit pour lui une assiette creuse. Tout en se laissant faire, Bordarier se demanda si ce supplément de contribution citoyenne à l'accueil des migrants était une initiative de Corti. Dans ce cas, il exagérait un peu. Est-ce qu'ils allaient dormir à trois sur le canapé du salon ? Si l'objectif était de leur offrir des conditions de logement décentes, on pouvait difficilement dire qu'il était atteint.

— *Mister Corti tried to call you to ask you if it was okay to have two more guests, but you were gone all day yesterday and at night as well, so he dropped them off this morning with a lot of food. This is Ningbé and this is Fofana, they are from the Ivory Coast, they speak French.*

Cheveux rasés sur les côtés et hauts d'une dizaine de centimètres sur le dessus de la tête, Ningbé avait un visage souriant et sympathique. Bordarier calcula qu'il ne devait pas avoir plus de dix-sept ou dix-huit ans.

— C'est très gentil de votre part de nous accueillir, monsieur Bordarier. C'est vrai que vous êtes commissaire de police ?

— C'est vrai.

— Vous savez que des gens sont venus ici, hier ? Ils ont fouillé dans toutes vos affaires, on a eu peur.

— Je sais, c'est rien.

— On a mis des heures à ranger.

— Merci.

— Nous, on aime la France, on espère vraiment pouvoir s'installer définitivement. On a essayé de vivre en Tunisie, mais il y a un vrai problème de racisme là-bas, c'était dangereux, on ne pouvait pas rester dans notre appartement, on avait des amendes tous les mois et on n'avait plus de travail. On a presque tout perdu.

— Vous avez fait la traversée récemment ?

— Avec Fofana, on est partis de Sfax en décembre. La première fois, ça n'a pas marché, mais la deuxième on a réussi. C'était très dangereux. Dieu merci, on a survécu.

Fofana semblait lui aussi soulagé d'être là. Il avait sans doute fait le périlleux voyage avec le strict minimum, mais il avait tout de même réussi à emporter avec lui une magnifique guitare, une Gibson flammée qui était appuyée contre le mur, à côté de la cheminée.

— J'ai eu de la chance, elle n'a même pas pris l'eau. Je vais essayer de faire de la musique dans un groupe ivoirien. Il y en a beaucoup en région parisienne.

Bordarier se souvint tout à coup de l'affaire Marsot. Elle lui parut lointaine, comme un cold case abandonné aux rongeurs et aux cafards dans des cartons moisis. Difficile de le croire, mais seulement trois jours s'étaient écoulés depuis qu'il avait récupéré Demba dans la cave d'Audibert. Pour ne pas le brusquer et lui laisser le temps de se remettre, il ne l'avait pas tout de suite interrogé sur son séjour dans la garrigue, ni obtenu de détails sur le travail forcé et les sévices qu'il avait subis dans la casse auto où il avait été exploité. Il était grand temps de le faire.

De leur échange hésitant, heurté, il ressortit que Demba était resté une semaine et demie dans la garrigue, où il s'était réfugié avant que Corti ne l'accueille. Au début, il y avait eu deux autres gamins avec lui, mais ils étaient partis assez vite. Avant le lever du jour, ils descendaient en ville pour récupérer des choses à manger et recevoir de l'aide. À la nuit tombée, ils remontaient dans la garrigue, en empruntant des chemins plutôt que les routes. Quand Bordarier lui avait demandé s'il n'avait pas eu peur, seul au milieu des arbres, dans l'obscurité, avec les sangliers qui fouissaient tout près, il avait répondu que non, il craignait davantage les clochards, en ville, ou les jeunes qui parfois l'embêtaient. Il essaya de le sonder sur la villa de Marsot. Avait-il vu quelque chose d'inhabituel, dans les jours qu'il avait passé dans le quartier ?

— *Not really. The only thing was the mail lady, I saw her open an enveloppe, one day. She read what looked like a letter and then she threw it in a dumpster.*

Bordarier crut d'abord n'avoir pas bien compris ce que Demba lui disait et lui demanda de répéter. Est-ce que Nanorobot avait vraiment été aperçue en train d'ouvrir le courrier et puis s'en débarrasser dans une benne à ordures ? Cette nouvelle le forçait à réinterpréter l'histoire qui lui avait valu son surnom. Depuis deux ou trois ans elle accusait la Poste de l'avoir obligée à se faire vacciner, ce qui avait permis au gouvernement de lui injecter des nanorobots qui s'étaient fixés sur sa rétine et enregistraient maintenant la correspondance des gens aux rayons X. Manifestement, ce qu'il avait cru être un délire était en réalité un fantasme. C'était elle, pas le gouvernement, qui violait la vie privée des habitants assez malheureux pour se trouver sur sa tournée.

Lorsque Bordarier interrogea ensuite Demba sur la casse auto, il répondit qu'un homme était venu les voir, lui et des amis, alors qu'ils se reposaient sur un banc, près de la gare. Il leur avait offert du travail en leur promettant un très bon salaire. Mais quand ils étaient arrivés, il avait commencé à les frapper et à leur dire qu'ils avaient intérêt à travailler, sinon il appellerait la police pour les renvoyer d'où ils venaient. Ils étaient trois à être tombés dans le piège. Demba avait été mis au démontage des voitures. La nuit il était enfermé à clé, enchaîné à un radiateur. Les deux autres n'étaient pas logés dans le même endroit, il ne les avait ensuite aperçus que de loin.

Bordarier se demanda à quoi ces infortunés avaient bien pu être employés, si ce n'était au démantèlement des épaves. Pourquoi avaient-ils été gardés séparément ? Il était grand temps d'intervenir, d'autant que l'évasion de Demba les avait peut-être mis en danger.

Une fois le repas terminé, il constata avec surprise et satisfaction que sa salle de bains avait été nettoyée comme jamais et que le salon était parfaitement rangé. Même les dalles sous la tonnelle avaient été balayées.

Son portable se mit à vibrer au moment où il s'allongeait sur son lit. C'était le procureur.

— Allô, Sarriette à l'appareil, vous pourriez m'expliquer pour la surveillance et la perquisition de la casse auto ? Un de vos hommes n'arrête pas depuis hier de solliciter les gendarmes pour un déploiement de moyens qui me semble pour le moins disproportionné.

— Ah bon, monsieur le procureur ? De qui s'agit-il ?

— Attendez, je consulte la note que le coordonnateur de la gendarmerie m'a envoyée.

Bordarier entendit un cliquetis de clavier, une respiration lourde dans le téléphone qui devait être calé sur l'épaule. Sarriette avait l'air stressé. De son côté, il avait beau se creuser la tête, il ne voyait pas du tout qui avait pris l'initiative de la coordination avec les gendarmes.

— Ah, voilà, un certain Kévin Ratier.

Bordarier se releva pour essayer de digérer cette nouvelle étonnante. La seule explication qu'il voyait, c'était que Ratier avait profité de la disparition temporaire de son commissaire pour prendre sa revanche et montrer sa valeur. Bordarier fut curieux de savoir jusqu'où c'était allé.

— Et qu'est-ce qu'il a demandé ?

— D'abord un drone et puis quand on le lui a refusé, un hélicoptère. J'ai l'impression qu'il voudrait que le GIGN descende en rappel sur cette fameuse casse automobile. La gendarmerie demande de son côté s'il n'aurait pas besoin d'un ou deux chars d'assaut, tant qu'on y est, ils veulent savoir qui est ce rigolo. D'autant que leur surveillance des deux derniers jours n'a rien relevé d'anormal. C'est uniquement sur la base du témoignage de votre monsieur, euh, Demba et sur ce que vous avez dit de votre visite là-bas qu'il a été décidé d'intervenir en accord avec votre demande et celle de ce, euh, Kévin Ratier. Voilà, je pensais que vous aimeriez être tenu au courant parce que tout ça, c'est un peu exagéré, quand même, vous ne trouvez pas ?

— Je suis tout à fait d'accord avec vous monsieur le procureur. Ne vous inquiétez pas, je vais immédiatement reprendre l'affaire en main.

— Pensez à l'argent du contribuable, commissaire, il faut allouer les ressources judicieusement et avec parcimonie.

— Bien entendu, monsieur le procureur.

Une fois qu'il eut raccroché, Bordarier appela Ratier. Celui-ci décrocha presque immédiatement. Sa voix était fébrile.

— Ah commissaire ! C'est bien que vous me rappeliez, je voulais justement vous dire que tout était en place pour la perquisition de demain. On emploie les grands moyens. Les gendarmes sont à fond avec nous et vont envoyer une dizaine d'hommes. Avec les collègues, ça fera environ vingt personnes. J'attends aussi des nouvelles de l'hélico, ça nous permettrait d'avoir une meilleure vue sur le théâtre des opérations.

Ainsi, Napoléon le minuscule partait en campagne. Bordarier maîtrisa son envie d'enchaîner les sarcasmes et lui demanda des précisions. La descente commencerait aux aurores, l'approche se ferait avec la discrétion la plus absolue. Ils avaient prévu un tranquillisant pour le chien.

— On dirait que vous avez mis le paquet, Ratier. En revanche, je ne me souviens pas de vous avoir mis en charge de l'opération.

— D'un côté, vous ne répondiez pas au téléphone, de l'autre, les gendarmes pensaient que c'était urgent, rapport aux migrants encore enfermés, avec le risque qu'il essaie de se débarrasser d'eux maintenant que Demba est parti. Mais rassurez-vous, commissaire, ce sera bien sûr vous qui serez en charge de l'enquête après l'assaut.

Le petit insolent. Bordarier se demanda si finalement ce n'était pas ça qui le lui avait rendu antipathique depuis le début, cette ambition de devenir calife à la place du calife qui se révélait désormais au grand jour.

Un quart d'heure après avoir raccroché, il décida de se rhabiller et d'aller se promener pour se changer les idées. Au bout d'un morne kilomètre dans la garrigue, hanté par l'absence de Cordelle, il s'aperçut que son nez s'était mis à couler. En tirant son mouchoir dans sa poche, il découvrit qu'il avait toujours le portable que lui avait rendu Destoine.

Passant de la lumière d'un lampadaire à l'obscurité de la route, puis à nouveau à la lumière, Bordarier caressa le plastique lisse, le sentant se réchauffer au contact de sa main. Il revoyait les différentes étapes du piège qui s'était refermé sur lui. Aliokhine avait d'abord soigneusement nourri sa méfiance déjà existante vis-à-vis de la DGSE en lui annonçant que Cordelle était doublement en danger, menacée par le SVR qui essayait de la rattraper et par une taupe du côté du renseignement français. La manipulation avait été habile. Aliokhine espérait qu'au cas où Cordelle referait surface à Nîmes, Bordarier le contacterait immédiatement. Lorsque Aliokhine avait réussi à localiser Cordelle par lui-même, il avait eu l'idée de tendre un autre piège à Bordarier, l'envoyant la débusquer. Bordarier pressa le pas, furieux d'avoir été joué et de se découvrir si irrémédiablement en retard sur son temps. Intelligence artificielle, deep fakes, les mirages technologiques s'accumulaient en strates infinies. Impossible, dès lors, de se fier à ses yeux ou à ses oreilles. Encore maintenant, il avait l'impression d'avoir vraiment eu Cordelle au téléphone. Outrage abominable, rapt d'une âme. Le ton de sa voix, comme un masque parfait endossé par un autre.

Il s'arrêta pour réveiller le portable et examiner la liste des numéros préenregistrés. Celui de l'agent Berest était encore là. Il n'était même pas sûr que les techniciens de la DGSE aient pris la peine d'essayer de le localiser. Que risquait-il à appuyer sur la touche ? Rien, d'autant que le numéro n'existait sans doute déjà plus. Ou allait renvoyer à une boîte vocale qui ne serait jamais consultée. Il porta l'écouteur à son oreille. Au bout de cinq sonneries, alors qu'il allait abandonner, il eut la surprise d'entendre décrocher. Une voix lointaine résonna, avec pour fond un chuintement qui ressemblait à des vagues déferlant sur des rochers.

— Ah, commissaire Bordarier, extraordinaire, vraiment, que vous m'appeliez, je n'osais l'espérer, je suis charmé.

— Qu'est-ce que vous avez fait de Cordelle ?

— Il faut plutôt vous demander ce que Cordelle a fait à mes clients. Elle jouait à un jeu dangereux dont elle connaissait très bien les règles. Quand on cherche à tromper des gens puissants, il y aurait mauvaise grâce à se montrer surpris que ça tourne mal.

— Quels gens puissants ? Vous travaillez pour qui ?

— Vous les connaissez déjà, nul besoin de s'appesantir. Quant à l'entreprise qui emploie mes services, elle s'occupe de toutes sortes d'affaires délicates qui requièrent une organisation et des moyens que les services d'État ne sont pas toujours en capacité de mettre en œuvre à des tarifs compétitifs. Mais trêve d'explications ennuyeuses, j'ai surtout décroché pour prendre des nouvelles de votre santé, je sais que le gaz que nous avons utilisé peut éprouver même les constitutions les plus solides. Vous avez l'air d'aller, je m'en réjouis. Je tiens à ce que vous sachiez qu'il n'y a rien de personnel dans tout ça, entre nous. Au contraire, j'ai gardé un souvenir ravi de notre rencontre au musée des Moulages. Je raffole de ces joutes où il n'y a pas droit à l'erreur, vous savez, c'est comme dans vos corridas, le torero trompe la bête d'une passe de la muleta, mais si elle évente le piège, c'est le coup de corne. Et puis, si je puis me permettre de révéler un secret un peu honteux, je résiste difficilement à certains plaisirs de vanité, comme celui de commenter mes jolis coups lorsque j'en ai l'occasion. Le renseignement est plein d'agents à qui le secret pèse, vous savez.

Ulcéré par cette voix au timbre chaleureux et caressant, comme si Aliokhine jouait au marquis échangeant des civilités avec le duelliste qu'il avait blessé à mort, Bordarier explosa.

— Où est Cordelle, espèce de salopard ! Je vais vous retrouver et vous faire la peau !

— Oh, ah, oh ! Vous vous croyez dans un film produit par Netflix, vous vous prenez pour le héros blessé qui enrage, impuissant, devant son ennemi qui jubile et triomphe ? Si nous étions des personnages inventés par un scénariste de quinze ans d'âge mental, ça passerait encore, mais vous et moi, tout de même, vous ne croyez pas que nous valons mieux que ça ? Admettez que votre réaction manque singulièrement d'élégance, commissaire. Mes respects.

29

Sur une route bordée de talus caillouteux, de broussailles brunies par l'hiver qu'illuminaient les phares, filaient à toute vitesse plusieurs véhicules de gendarmerie, accompagnés de deux voitures de la PJ, dont la Primula de Bordarier qui fermait la marche. La nuit avait été courte et rude, il fulminait encore, s'imaginait tenir Aliokhine au bout du canon de son Sig Sauer. Lorsque l'illusion était presque parfaite, la seule question qui se posait était de savoir quelle partie de son anatomie il allait faire sauter en premier.

— Ça va, Émile ?

Son corps trop grand plié sur le siège passager, ses genoux presque à la hauteur du pare-brise, Namgyel ressemblait à une de ces sauterelles que Bordarier, adolescent, partant à la pêche, forçait à entrer dans une boîte d'allumettes. Malgré cela, il paraissait absolument calme. Bordarier l'envia. S'il s'en était senti capable, lui aussi aurait pratiqué la méditation transcendantale, car les avantages de cette tradition multimillénaire étaient évidents, il le vérifiait chaque jour en observant son coéquipier. Mais c'était trop tard, le pli était pris, ses habitudes ne changeraient plus. Plutôt que d'essayer de faire d'Aliokhine le support de pensées altruistes et bienveillantes, il essaya de concentrer son attention sur l'opération en cours. Il songea à Ratier, par exemple, qui était quelque part devant, avec Hennequen, dans la nouvelle Peugeot 5008 du commissariat. Ah, Ratier ! Avec le groin de cochon qui lui servait de nez, qu'est-ce qu'il s'imaginait, qu'il était doté d'un flair infaillible et qu'il allait diriger le service d'ici quelques années ? Il aimerait bien voir ça.

Heureusement pour les nerfs de Bordarier, l'embranchement attendu arriva bientôt. Phares éteints, les véhicules continuèrent d'avancer à la lueur de la lune avant de s'immobiliser à l'abri des regards et à une distance suffisante pour ne pas risquer d'alerter le chien. Bordarier coupa le contact et respira l'air de la nuit, puis leva les yeux vers le tremblement glacé des étoiles et s'émerveilla du calme qui régnait. C'était peut-être de ça qu'il avait besoin, après tout, d'une longue marche dans la nature, loin de la folie des hommes. Il défit l'attache de son arme de service.

Le peloton de surveillance et d'intervention de la gendarmerie était commandé par le major Gaspard. La quarantaine, large d'épaules, zone abdominale saillante à peine contenue par le gilet pare-balles, il touchait à tout moment la partie de sa physionomie sur laquelle devaient se concentrer la plupart de ses efforts cosmétiques, une barbe rase et noire dont les bords nets de jardin à la française auraient presque donné l'illusion qu'elle avait été dessinée au marqueur.

— Six heures, l'heure des braves. La loi nous oblige à respecter la nuit des malfrats mais rien ne nous empêche d'exploser leur grasse matinée. Comme d'habitude, on reste vigilant jusqu'au bout, on met à terre, on menotte et on verrouille. Ah, attendez, une seconde.

Il avait mis l'index sur son oreille, comme pour mieux entendre un message reçu dans son oreillette.

— Ah, OK, Roméo, bien reçu. Les gars, le drone Reaper est en place, les Ricains sont en appui tactique.

Le seul problème, c'était qu'il n'en avait pas, d'oreillette. Il y eut quelques rires et des regards narquois se tournèrent vers Ratier qui resta de marbre. Bordarier eut un doute. Se pouvait-il qu'il n'ait pas compris la plaisanterie faite à ses dépens et qu'il s'interroge en secret sur cette soudaine immixtion des forces américaines dans l'affaire ? Voire qu'il soit flatté et se dise que l'opération qu'il avait contribué à monter était encore plus importante qu'il ne l'avait pensé ?

Après une ultime vérification du matériel, le major Gaspard partit en silence avec ses hommes. Première étape, endormir le chien et sectionner le cadenas de la grille qui fermait l'accès à la casse auto. Deuxième étape, mener l'assaut sur la maison où logeait le propriétaire, sa femme et peut-être quelques migrants. Les enquêteurs de la PJ n'interviendraient qu'en dernier, pour lire leurs droits aux personnes mises en garde à vue et pour consigner avec exactitude tous les éléments qui permettraient d'entamer les poursuites judiciaires. Au bout de dix minutes, alors qu'il patientait aux côtés de Namgyel et d'Hennequen, Bordarier crut entendre, affaibli par la distance, un aboiement surpris, ou plutôt une sorte de « kaï » très bref. Puis plus rien. À ce moment seulement, il s'aperçut qu'un de ses collègues manquait à l'appel.

— Et il est où Ratier ?

Hennequen lui répondit d'un ton faussement factuel.

— Il a suivi les gendarmes pour participer à l'assaut.

— Gaspard le laisse faire ? Il est au courant qu'il ne sait pas distinguer sa droite de sa gauche ?

— Vous exagérez, patron. Il a fait un travail remarquable pour coordonner l'opération.

Namgyel ajusta son manteau en lançant un coup d'œil appuyé à Hennequen qui ne passa pas inaperçu de Bordarier. Est-ce qu'on en était arrivé à s'avertir en douce de ne pas énerver le patron ? Si c'était le cas, ça voulait dire qu'il allait moins bien que ce qu'il croyait. Il prit une longue inspiration, sentit le froid de l'aube qui lui mordait les jambes à travers son pantalon, pensa à Demba, Ningbé et Fofana, qui dormaient encore dans son salon et qu'il avait réussi à ne pas trop réveiller en se préparant. Et eux, qu'est-ce qu'ils pensaient de lui ? Une lumière pâle commençait à poindre dans le ciel dégagé. Soudain, l'attente lui parut insupportable, il en avait assez d'être avec lui-même. Si Ratier était parti devant, pourquoi ne pas le rejoindre.

— Bon, ça vous dit d'y aller ? Chögyam ? Hennequen ?

— Comme vous voulez, patron.

La chaîne de la grille avait été proprement sectionnée au coupe-boulon et le chien jaune et miteux de l'autre jour gisait profondément endormi, un dard à empennage planté dans le flanc.

Dans l'aube naissante, la casse était encore plus sinistre que de jour. Les silhouettes des carrosseries rouillées, les tôles découpées ou défoncées, les pare-brise et les phares sans reflets, plus sales et ternes que s'ils avaient servi de tombeau à dix mille insectes, faisaient penser à ce que l'humanité technologique laisserait derrière elle. Un monde de ruines laides et dangereuses, hérissées, inhospitalières.

Le bruit d'un bélier contre une porte leur signala que l'assaut contre la maison principale avait commencé. Les injonctions des gendarmes leur parvenaient indistinctement.

Alors qu'ils passaient devant une petite structure en parpaing coiffée de tôle ondulée, une brève lueur attira l'attention de Bordarier. Ç'avait été si subtil, à la limite de sa vision périphérique, qu'il n'était pas sûr que sa rétine ne lui avait pas joué un tour. Mais Hennequen et Namgyel s'étaient arrêtés en même temps que lui. En silence, ils se consultèrent du regard, armes tirées, puis s'approchèrent de l'ouverture dépourvue de porte. Hennequen utilisa une petite lampe de poche pour éclairer l'intérieur.

Plusieurs moteurs, dont les silhouettes bizarres et mouvantes se projetaient sur les murs nus. Bordarier était sur le point d'appeler l'équipe d'assaut du PSIG, qui n'était qu'à une soixantaine de mètres, quand une odeur riche et écœurante atteignit ses narines. Elle évoquait la charogne, la putréfaction. Tous ses sens aux aguets, il fit signe à Hennequen et à Namgyel de le couvrir pendant qu'il faisait le tour de chaque moteur, scrutant les ombres. C'était un espace assez réduit, il n'y avait personne. Mais à l'arrière une ouverture était béante, une petite fenêtre sans vitre. Quelqu'un aurait pu facilement sortir par là. D'où était venue cette lumière ? Le rejoignant, Namgyel s'immobilisa tout à coup, puis fléchit les genoux plusieurs fois, comme s'il éprouvait la solidité du sol.

— On dirait qu'il y a quelque chose là-dessous.

Sous un vieux bout de moquette taché apparut le carré de métal d'une trappe. Elle était neuve et équipée d'un anneau encastré. L'odeur, à cet endroit, semblait plus forte.

— Qu'est-ce qu'on fait ?

Bordarier regarda Hennequen. Ce que l'ambitieux Ratier aurait fait dans les mêmes circonstances s'il n'avait pas également été un si grand pétochard.

— On ouvre.

— Du coup, j'appelle le major Gaspard ?

— Oui, allez-y.

Namgyel souleva la trappe, une lumière blafarde éclaira son visage par en dessous, tandis qu'une bouffée d'air chaud et humide leur assaillait les narines. Ça sentait encore la charogne, mais mêlée cette fois à une profondeur végétale et aqueuse que Bordarier reconnut. Une petite échelle de métal descendait dans une forêt sombre et touffue. Non pas le royaume caché d'un conte de fées, mais la matière première d'un commerce aussi lucratif qu'illicite. Des plants de cannabis.

Pendant qu'Hennequen expliquait à Gaspard qu'il y avait un souterrain sous la casse, Bordarier calcula que celui-ci était probablement connecté à la maison principale. Quelqu'un était sorti, ou avait essayé de sortir par la trappe. Soit il s'était échappé par l'ouverture de derrière, soit, en voyant les policiers qui s'avançaient, il était aussitôt redescendu, mais pas assez vite pour ne pas être trahi par la lumière. La meilleure chose à faire, décida Bordarier, c'était de s'annoncer et de descendre. Comment le restaurateur du musée des Beaux-Arts avait-il appelé la descente des héros grecs dans les mondes infernaux ? Ah, oui, une catabase. Une catabase dans le cannabis.

Bordarier s'accroupit et mit ses mains en porte-voix.

— Police, sortez !

Pas de réponse, seul le frémissement des têtes résineuses sous l'effet du courant d'air. Hautes et droites, elles paraissaient presque douées de conscience, comme une armée d'extraterrestres. Il se tourna vers Hennequen.

— Dites au major de chercher un accès au souterrain dans la maison. Une porte cachée ou une trappe. Je vais prendre l'échelle.

— Vous êtes sérieux, commissaire ?

— Dites-lui aussi de nous envoyer des hommes.

Namgyel s'allongea et risqua à son tour un regard rapide.

— Je ne vois rien, c'est trop dense.

Bordarier lui fit signe de s'écarter, puis descendit le plus vite possible, immédiatement enveloppé dans une atmosphère de jungle. Le plafond était bas, des réflecteurs métallisés distribuaient la lumière des lampes. La pièce, étroite, se prolongeait sur une bonne vingtaine de mètres jusqu'à un mur de parpaing dans lequel une porte en fer avait été aménagée. Les bottes gardianes de Namgyel, équipées de renforts en métal, firent tinter les échelons.

Tout à coup claustrophobe, Bordarier se dit qu'il aurait peut-être dû attendre les gars du PSIG. Une idée déplaisante l'effleura. Est-ce que sa décision de descendre tout de suite n'avait pas été au moins en partie influencée par la présence et les actions de Ratier ? Un bruissement à une dizaine de mètres lui fit baisser la tête. Namgyel s'allongea, écrasant un plant dont le parfum écœurant les enveloppa. Bordarier se souvenait avec netteté de la brute adipeuse de l'autre jour, qui pour écarter les soupçons s'était efforcée de lui rendre service en faisant violence à sa nature d'ursidé. Il ne fallait pas beaucoup réfléchir pour comprendre qu'elle était du genre très dangereux.

— Police, sortez immédiatement les mains en l'air !

Seul leur répondit le léger bruit électrique des lampes, au-dessus de leurs têtes, dont la chaleur faisait déjà perler des gouttes de transpiration sur le front de Bordarier. Ainsi s'expliquaient les panneaux solaires qu'il avait repérés sur les images satellite de Google.

Un coup métallique fit éclater le silence. Les gendarmes avaient trouvé l'accès à la porte et l'attaquaient au bélier. Plusieurs autres coups suivirent à un rythme rapide. Alors qu'un des gonds commençait à sortir du parpaing dans lequel il avait été maçonné, des bras longs, noirs et maigres se levèrent au milieu des plants, puis deux têtes apeurées émergèrent. Malgré la tension terrible du moment, avec cette porte qui commençait maintenant à se desceller, Bordarier ressentit un grand soulagement. Les compagnons d'infortune de Demba n'avaient pas été chassés, ou pire, éliminés pour les empêcher de raconter ce qu'ils avaient vu.

— Nous sommes là pour vous aider. *Don't worry.*

Il avait remis son arme dans son étui et s'approchait avec des gestes rassurants quand le bélier eut raison de la porte, révélant un gendarme casqué, visière transparente abaissée derrière son bouclier en kevlar, que suivaient trois collègues dont les armes étaient pointées en direction des deux migrants qu'ils étaient censés délivrer. Bordarier eut beau faire son possible pour les arrêter, leur mouvement inexorable s'acheva en plaquage dans un grand flou vert et odorant de cannabis martyrisé.

Les deux hommes, très éprouvés par leur captivité, clignaient des yeux à la lumière du matin. Sans doute avaient-ils passé le plus clair de leur temps sous terre. Comme Demba, ils avaient été battus et leur corps étaient marqués d'affreuses cicatrices. La décision fut prise de les emmener directement à l'hôpital dans un véhicule des gendarmes. Le plus navrant était qu'ils regardaient autour d'eux avec appréhension, se disant sans doute que tout ce qu'ils avaient souffert jusque-là n'avait finalement servi à rien, ils seraient renvoyés dans leur pays.

Une heure plus tard, le major Gaspard alluma une cigarette dont il tira une longue et voluptueuse bouffée au bout de laquelle il retint sa respiration. Il passa une main lente sur sa barbe, comme pour en détecter la moindre imperfection puis relâcha avec un soupir son nuage de fumée qui s'évanouit dans la lumière du matin.

— Mission accomplie. Une de plus.

Le ton était satisfait mais un peu nostalgique, comme si le major regrettait déjà l'adrénaline qui avait couru dans ses veines.

Bordarier hocha la tête.

— Pas tout à fait accomplie, il reste à arrêter le patron de la casse auto.

— On a des barrages partout, il ne va pas aller loin. S'il n'est pas localisé d'ici ce soir, un hélicoptère sera envoyé avec des caméras infrarouges pour le débusquer dans la garrigue.

Avec amertume, Bordarier se dit qu'il avait sans doute laissé passer une chance de procéder lui-même à l'arrestation. La lueur qu'ils avaient aperçue dans l'abri, c'était sans doute l'homme qui sortait par la trappe. Le temps qu'ils s'approchent, il avait pu s'échapper par l'ouverture à l'arrière. Ces amas d'épaves, il devait les connaître par cœur. Il lui aurait été facile de se frayer un chemin sans attirer l'attention.

Ils se tenaient ainsi devant le perron du bâtiment principal, reflet assez fidèle de la misère psychologique de ses habitants. Bordarier l'avait visité en quelques minutes, sans s'attarder. Tout était sale, chaque centimètre occupé par des objets hors d'usage, les pièces transformées en décharge. Des os rongés par le chien souillaient le canapé élimé et troué de brûlures de cigarettes, l'odeur de poubelles et de moisissure était omniprésente.

Le contraste entre le sordide du lieu et l'attitude de Ratier était extraordinaire. En temps normal, Ratier avait tendance à plastronner, nez en l'air, ou du moins à arborer un air fat et satisfait. Mais, ce matin, on pouvait dire qu'il se pavanait toutes plumes dehors. Comme le disent bizarrement nos amis les Anglais pour signifier que toutes les possibilités sont ouvertes à des gens jeunes et entreprenants, le monde était son huître.

— Il y a au moins cinq cents plants de cannabis, ça ferait presque 300 000 euros à la revente.

Peut-être impressionné par ce calcul effectué de tête, le gendarme ne songeait plus à se moquer de Ratier.

— À tous les coups, il va y avoir un point presse avec le préfet, ils vont être contents là-haut, on va peut-être avoir droit aux petits fours.

Hennequen posa une main amicale sur l'épaule de Ratier pour le féliciter. En proie à un prodigieux agacement, Bordarier se retint de dire que lorsqu'il avait fait l'erreur d'amener le petit tire-au-flanc avec lui pour faire le premier repérage de la casse, celui-ci n'avait pas paru plus intéressé que ça. S'il avait organisé cette perquisition, c'était uniquement par instinct opportuniste. Pour ne rien arranger, Namgyel était en train d'en remettre une couche.

— Bonne coordination, bravo, bien joué Ratier.

Puisque c'était de toute évidence devenu son opération, se dit Bordarier, ils se débrouilleraient pour la boucler sans lui. Sous un prétexte vague, il prit brusquement congé.

Tandis qu'il redescendait d'un pas rapide le chemin caillouteux, il entretint des pensées peu chrétiennes sur la façon dont il allait recadrer Ratier. Les véhicules des gendarmes étaient garés en file indienne, vides et sans surveillance. Seule manquait la camionnette déjà partie pour emmener les migrants à l'hôpital. Tout en jetant autour de lui un regard circonspect, Bordarier s'assit derrière le volant de la Primula et fit son demi-tour. Le châssis penchait un peu vers l'arrière, côté gauche. Un déséquilibre à peine perceptible, mais il s'était si bien fait à cette vieille guimbarde et elle à lui, un peu comme le cuir d'une vieille paire de chaussures finit par épouser les pieds qui lui sont échus, qu'il détectait la moindre variation dans la façon dont elle se comportait sur la route. Moteur encore en marche, il descendit pour tenter de déterminer la nature du problème. Pas de pneu dégonflé. Il avait peut-être rêvé. Il allait remonter quand il constata qu'elle paraissait un peu basse à l'arrière.

Sans réfléchir, il actionna le loquet du coffre. La possibilité du danger ne se formula dans son cerveau qu'une fois le capot soulevé. Trop tard pour dégainer son arme. Avec une vitesse de détente ressemblant à celle d'un crotale, deux pieds le cueillirent d'une ruade à l'entrejambe et le projetèrent au sol, souffle coupé.

La brute de la casse auto se tortilla avec une étonnante agilité pour extraire son physique de forçat du coffre minuscule, puis tomba sur lui avant qu'il n'ait pu se relever. Coincé sous cette masse adipeuse, transpirante, visqueuse et froide, Bordarier chercha à se soustraire aux deux grosses mains velues qui se nouaient autour de son cou, mais lorsqu'il voulut enfoncer ses pouces dans les orbites de son agresseur, celui-ci réussit facilement à se cabrer en arrière et à le repousser de ses coudes. Déjà presque à court d'air, Bordarier tenta alors de le travailler au foie, sans faire autre chose qu'imprimer un mouvement flasque de ballon rempli d'eau à d'épais rouleaux de graisse. Il lui sembla que sa vision rétrécissait, qu'il allait bientôt sombrer dans un sommeil dont il ne reviendrait pas.

Un gargouillis lui fit rouvrir les yeux. Combien de temps était-il resté dans le noir ? C'était au tour de son agresseur d'avoir les yeux exorbités, le teint violet, les veines saillantes. En dépit de son gabarit nettement inférieur, Ratier le tenait prisonnier d'une clé au cou et l'entraînait au sol en nouant ses jambes autour de lui. Bordarier se mit à genoux, luttant contre la nausée, la vue semée de tourbillons d'étoiles blanches.

— Commissaire, les menottes, dans la ceinture !

Après plusieurs essais, un des bracelets se ferma autour du poignet énorme de l'agresseur, heureusement de plus en plus affaibli par la strangulation. Pour fermer le deuxième bracelet, Bordarier pesa de tout son poids sur l'autre bras. Lorsque Ratier lâcha prise, l'homme dont les yeux avaient fini par se révulser eut un long râle et resta immobile.

Bordarier regarda Ratier. Couvert de poussière, pantelant, il massait ses deux avant-bras, tête baissée. Bordarier se releva puis se retourna pudiquement pour passer une main dans son slip et vérifier l'état de ses testicules. La douleur continuait, sourde, mais l'examen ne révéla pas d'anomalie qui nécessiterait une visite aux urgences. Pareil pour son cou et sa trachée, qui avaient souffert de la compression mais continuaient de remplir leur office. Ratier finit par se relever péniblement à son tour.

— Vous allez bien, commissaire ?

— Ça va. Et vous ?

— J'ai cru que je n'arriverais pas à le tenir.

Bordarier se passa la main dans les cheveux. Ratier lui parut soudain moins répugnant que d'habitude. Peut-être avait-il été trop dur dans ses jugements, après tout. La moindre des choses, dans ces circonstances exceptionnelles, c'était de le remercier. Ça n'engageait à rien.

— Pourquoi vous m'avez suivi, Ratier ?

— Je voulais m'excuser, vu que vous n'avez pas trop apprécié que je prenne l'initiative, sur cette perquisition. Mais vous savez, pour être franc avec vous, si j'ai signé pour être flic, ce n'est pas pour rester des mois sur la touche. À chaque fois que vous m'observez, j'ai l'impression de devenir idiot et de perdre mes moyens.

Bordarier prit une profonde inspiration. Bon, c'était peut-être lui, l'idiot, après tout, il ne savait plus.

— On verra ça plus tard, Ratier. En tout cas, merci, vous m'avez tiré d'un sale pétrin.

— C'est rien, commissaire. Un plaisir.

L'homme de la casse releva la tête avec un grognement, puis se tourna sur le côté pour les regarder.

— Oh, putain ! Arrêtez, les gars, vous allez me faire chialer.

30

— Patron, il y a quelqu'un qui veut vous voir, il dit que c'est urgent.

— Vous avez pris son nom ?

— Un certain Audibert. Il est accompagné.

— Audibert ? Bon, merci Hennequen, faites-le monter.

Pour cette visite non annoncée au commissariat, le voisin du défunt Marsot s'était affublé de son éternel manteau noir et d'une écharpe, noire elle aussi, ainsi qu'un surprenant bonnet en polaire bleu électrique. Comme s'il pénétrait dans une chapelle mortuaire pour rendre ses derniers hommages à la dépouille d'un ennemi de toujours, il découvrit son crâne osseux et considéra Bordarier avec une moue complexe dans laquelle ce dernier identifia, entre autres fortes émotions, beaucoup de ressentiment et encore plus de supériorité.

— Émile, je t'amène quelqu'un qui a quelque chose de très important à te dire.

Bordarier examina les yeux rouges d'Audibert, les ailes de son nez irritées au point de former des squames et se réjouit à l'idée que c'était peut-être lui qui lui avait refilé son rhume. Se penchant ensuite au-dessus de son bureau, il distingua une présence en retrait dans le couloir.

— Eh bien, fais-le entrer, ne le laisse pas dehors.

D'un geste impatient, Audibert invita un homme à le rejoindre. Il devait avoir la quarantaine, teint brun, pas très grand, petite barbe en collier, sourire avenant. Peut-être un vendeur ?

— Allez, dites-lui, Jeannot.

Après avoir brièvement tendu sa main droite pour serrer celle de Bordarier, Jeannot la replaça avec l'autre en soutien d'une bedaine qu'on devinait amoureusement entretenue par de bons petits plats mijotés.

— Eh bien, euh, voilà, M. Audibert est venu il y a quelques jours me demander s'il y avait moyen de savoir à qui on avait vendu des bouteilles d'alcool à brûler Mieuxa ces dernières semaines. Je lui ai dit que ce n'était pas facile, bien sûr, on ne garde pas non plus des fichiers sur nos clients.

Bordarier hocha la tête puis frémit en comprenant qu'Audibert était encore scotché sur son alcool à brûler. Combien d'heures le monomane avait-il ressassé chaque jour l'épisode de la visite du campement dans la garrigue, la découverte du bidon vide, son échec à le faire accepter par la police comme pièce à conviction, le fait que Demba, après sa courageuse arrestation citoyenne, n'avait même pas été placé en garde à vue ? Il le regarda pianoter sur le coin de bureau auquel il s'était accoudé, puis placer ses mains en une petite cage devant sa bouche, fermant les yeux comme pour mieux goûter les paroles qui allaient suivre.

— Allez, allez, directement à la conclusion, Jeannot, dites au commissaire ce que vous m'avez raconté tout à l'heure, surtout ne changez pas le moindre détail.

— Oui, euh, je crois bien qu'il y a un Noir qui ne parlait pas français qui est venu plusieurs fois chez nous, à l'U Express, à pied, acheter des provisions.

— Vous faites beaucoup plus que de le croire, il est venu, on a la preuve vidéo. Quant aux provisions, dites au commissaire en quoi elles consistaient exactement.

— Euh, ça dépendait des fois. Du pain, du jambon, des saucisses.

— Et surtout ?

— De l'alcool à brûler.

— Dites la marque, aussi.

— Ben oui, je l'ai déjà dit, c'est du Mieuxa qu'on vend. Des bidons de deux litres dans le rayon entretien de la maison.

Audibert avait l'air d'avoir du mal à contenir son enthousiasme, il souriait, presque ému.

— Émile, tu sais la distance exacte qui sépare l'impasse des Anémones de l'U Express ?

— Dis-moi.

— À peine cinq kilomètres, moins d'une heure de marche.

Bordarier se tourna vers l'employé. Par où commencer ? Est-ce qu'il était même certain que c'était Demba, sur l'enregistrement de vidéosurveillance ?

— Vous avez pas mal de clients, à l'U Express de la Cigale, non ? Comment ça se fait que vous ayez remarqué celui-ci en particulier ?

— On a souvent des vols alors on essaie de repérer les clients problématiques. Comme ce monsieur noir arrivait et repartait à pied on s'est dit qu'on allait le garder à l'œil. Sur la route d'Alès, franchement, tous nos clients sont motorisés.

— Et c'est Audibert, j'imagine, qui est venu vers vous ?

Jeannot se tourna vers Audibert avec un sourire amusé. Il avait sans doute essuyé un siège en règle, peut-être assorti de menaces, avant d'aller chercher la vidéo qu'il réclamait.

— Ah, pour ça, oui, c'est lui.

— Vous avez les images avec vous ?

— J'ai apporté une clé USB. On voit bien ce monsieur qui fait ses courses. Il m'a fallu beaucoup de temps pour le retrouver, j'espère que ce sera utile pour résoudre votre affaire.

De la pulpe de son index, Bordarier ramassa une miette tombée plus tôt de son pan-bagnat et la porta à sa bouche, maigre relief du repas exceptionnellement tardif qu'il s'était accordé après la mise en garde à vue par les gendarmes du forcené de la casse.

— C'est tout ce que vous avez ?

Audibert renifla sa morve et approcha encore sa chaise du bureau comme pour inviter Bordarier à un aparté. Il avait pris l'air de celui qui s'apprête à faire tomber les masques, pour qu'on se dise une fois pour toutes les choses en face, sans tourner autour du pot.

— Qu'est-ce qu'il te faut de plus, Émile ? Maintenant, on a la preuve que c'est bien ce migrant qui a acheté le bidon. Ce même migrant qui a élu domicile chez toi et qui a invité deux de ses complices à le rejoindre. J'avoue que quand j'ai appris cette nouvelle, je n'ai pas voulu y croire. Tu te rends compte que tu risques ta vie, qu'ils pourraient t'étrangler dans ton sommeil ?

Bordarier effleura son cou endolori. Avec son copieux pan-bagnat, il s'était accordé trois canettes de bière qui dans une certaine mesure avaient aidé à relaxer ses muscles écrasés par les mains du gorille, mais il n'y avait pas de solution miracle, il faudrait attendre que ses chairs se réparent.

— Bon, si je comprends bien, vous avez la preuve qu'un migrant a acheté de l'alcool à brûler pour faire cuire ses saucisses dans son campement. Si vous voulez aller jusqu'au fond de cette affaire, il va falloir faire beaucoup mieux que ça. Ou Mieuxa, en l'occurrence.

Audibert se leva et enfonça sur sa tête le bonnet en polaire qui lui donnait l'air d'un joueur de waterpolo dans une équipe amateur catégorie sénior.

— Tu vas voir, Émile, tout ça risque de très, très mal finir. Dis-le franchement, tu fais partie de ces mabouls qui veulent naturaliser toute l'Afrique, c'est ça ? On leur a apporté la civilisation et en plus ils ne sont pas contents. Moi je dis tant pis pour eux s'ils ne comprennent pas que sans nous ils seraient encore en train de jouer du tam-tam dans la savane.

Bordarier se leva à son tour et contourna son bureau pour raccompagner le duo pathétique jusqu'à la porte.

— Bon, merci pour la clé USB. Je vous tiendrai au courant.

— Tu ne feras rien du tout, oui, je ne suis pas con. Mais moi, tu sais ce que je vais faire Émile, si tu ne bouges pas sur cette affaire ? Je vais porter plainte. Au cas où tu ne le saurais pas, il est interdit de loger chez soi des migrants en situation illégale.

— Eh bien vas-y, dépose une main courante si ça t'amuse. Moi, de mon côté, je vais demander une enquête sur ton ami Claude Farfale, il paraît qu'il fait travailler des sans-papiers sous alias. Pas de contrat, pas de bulletin de salaire, tu trouves ça normal, toi ?

Farfale et Audibert, c'était une belle amitié. Ils s'appréciaient comme seuls peuvent le faire deux hommes d'âge mûr qui ont en commun une vision très fausse du monde et sont convaincus de défendre le dernier bastion face à la perversité moderne. Le coup avait porté, Audibert fit une grimace douloureuse.

— Franchement, tu devrais laisser Farfale tranquille, il ne va pas bien.

— Ah, qu'est-ce qu'il lui arrive ?

— Il a reçu une lettre de menace. C'est sans doute des extrémistes de gauche, des black blocs. Ou alors des compétiteurs jaloux. En tout cas, il ne vit plus, il est aux aguets dans sa baraque, il regarde les voitures qui passent dans la rue à travers ses rideaux. Ce n'est vraiment pas le moment d'en rajouter, tu pourrais le faire basculer.

Bordarier toussota d'un air dégagé en pensant à sa lettre anonyme que personne n'avait encore réussi à identifier.

— Dans ce cas, j'attendrai un peu pour tirer les choses au clair.

— Écoute, Émile, moi aussi, je veux bien attendre, pour les migrants, mais il va falloir que tu règles cette situation au plus vite. Il y a des limites à ce qu'on peut supporter dans le quartier. Et puis il faut que tu regardes ces vidéos de toute urgence.

En réponse à ce rétropédalage, Bordarier afficha un sourire ambigu qui pouvait signifier qu'il ne renonçait pas à mener l'enquête sur Farfale à moyen terme et à le coincer si le jeu en valait la chandelle.

Les deux visiteurs dépités venaient à peine de disparaître au bout du couloir lorsque Nanorobot apparut de l'autre côté. Sans elle, se dit Bordarier, cette belle journée n'aurait pu être complète.

— Bonjour, commissaire. Et comment ça va au mazet ? À chaque fois que je fais ma tournée, c'est la bamboula là-haut.

Musique à fond et bonnes bouffes. Ils les font comment leurs courses ? C'est vous qui casquez ou c'est grâce aux collectes caritatives ? Remarquez, ils ne sont pas radins, ces trois-là, ils m'invitent, au moins. Au début, j'étais méfiante, mais j'ai été très bien reçue, ce midi.

Peu enthousiaste à l'idée que Nanorobot vienne mettre son nez dans ses affaires, Bordarier se promit de dire à Demba, Ningbé et Fofana de ne plus la faire entrer. En vérité, il était à peu près sûr que c'était elle qui avait mis le pied dans la porte pour pénétrer de force.

— La dernière fois qu'on s'est vus, vous paraissiez convaincue qu'il s'agissait d'un assassinat terroriste.

— Eux, non, c'est pas le genre.

— Alors qui ?

— Ça devait en être d'autres, ils se ressemblent tous, vous savez. Il paraît que pour eux aussi, on se ressemble tous, mais j'ai du mal à le croire.

— Qu'est-ce que vous voulez, exactement ?

— Vous apporter la lettre anonyme que Claude Farfale a reçue il y a quelques jours. Il a dit que vous aviez promis de l'analyser.

Bordarier se fit la réflexion que décidément, cette lettre, il allait falloir qu'il s'en débarrasse. Dans quelques jours, il la déclarerait égarée, perdue, peut-être irait-il même jusqu'à affirmer n'en avoir pas le moindre souvenir et regarder d'un air soupçonneux la première personne, Farfale, Audibert ou Nanorobot, qui en mentionnerait l'existence, la mettant en doute sans vergogne. La postière fouilla dans son sac à main qui ressemblait en plus petit à celui qu'elle utilisait pour la distribution du courrier.

— Ah, merci.

— Et puis je voulais aussi vous gronder, commissaire. Vous auriez pu me le dire, que vous cherchiez les tableaux de Marsot. Ce matin, après être passé chez Farfale, je m'arrête un peu chez André Casse. Entre nous, il n'a pas inventé la poudre, lui non plus, mais bon, il m'invite dans son salon qu'on dirait un troquet, avec la télévision allumée comme d'habitude. Il me dit, je te fais un cocktail. Je lui réponds, si ça te fait plaisir. Je sais que ça lui fait plaisir, au bar-tabac il n'a jamais l'occasion d'en faire, il a l'impression d'être passé à côté de quelque chose.

— Et ensuite ?

— Il me sert un negroni. Pas terrible, ça manque de nerfs, c'est un truc de lopettes italiennes ou de bobos parisiens. Comme on dit, chacun ses goûts, la merde est bonne.

— Et ensuite ?

— Ne soyez pas si impatient. Ensuite, on discute de choses et d'autres. Le pauvre, il me montre un portrait qu'un client a fait pour lui en prévision de la reprise du bar-tabac et de sa retraite. Une croûte que je vous dis pas, il a l'air d'un vrai con, André, là-dessus. Faut voir que la photo qui a servi de modèle n'était pas piquée des vers non plus. Il est à son comptoir, raide comme un banquier, on dirait qu'il veut vous mordre le portefeuille, avec son sourire, ça fait peur, je ne déconne pas. Je lui dis, il est temps que tu raccroches, avec ce truc sur le mur tu vas perdre tes derniers clients. Et c'est là qu'il me dit, au fait, tu es au courant que le commissaire cherche à savoir ce que sont devenus les tableaux de Marsot ? Le problème c'est que personne ne sait où ils sont passés. Et, là, commissaire, je tombe des nues, parce que moi, je sais parfaitement qui les a rachetés.

— Ah, bon ? Et c'est qui ?

Elle le regardait de son air rusé, ses rides plissées autour des yeux, ravie de détenir une information qui avait échappé à la police.

— Un mafieux.

Bordarier ne put s'empêcher d'être déçu. Nanorobot l'avait presque convaincu qu'elle avait une information valable.

— Quel mafieux ?

— Enfin, un mafieux, je ne sais pas, mais il roule en Maserati GranTurismo. Un Italien qui a une grande maison du côté d'Alès.

De mieux en mieux. Étrange Mme Pinot, occasionnellement capable de saisir certains des travers de ses contemporains et à côté de délirer complètement.

— Et comment vous savez ça ?

— Je ne peux pas vous le dire, c'est délicat.

— Comprenez bien, euh, madame Pinot, que sans plus d'informations, je vais avoir du mal à prendre votre déclaration au sérieux.

— Bon, écoutez, il arrive parfois dans le tri qu'une enveloppe se déchire. Du coup, dans certains cas, la Poste se permet de lire le courrier pour tenter de trouver une indication du destinataire.

— Ah, donc vous avez lu le courrier de Marsot.

— Bien obligée.

— Puisque vous le dites. Alors, qu'est-ce qu'elle racontait, cette lettre ?

— Ce n'était pas une lettre, mais une carte de remerciement à propos de la vente de la collection de tableaux. On y voyait *La Cène* de Léonard de Vinci.

— Vous vous souvenez des détails ?

— Oh, c'était quelque chose comme « *Cher monsieur Marsot, Permettez-moi de vous remercier à nouveau de m'avoir permis d'acheter votre très belle collection, qui va faire le bonheur de mes clients. Si jamais vous passez par Èze n'hésitez pas à me le dire, je vous réserverai une chambre et vous pourrez admirer à nouveau le tableau de votre choix. Avec mes respects, Alessandro Savino.* »

Bon, au temps pour moi, se dit Bordarier, il y avait peut-être là quelque chose à creuser.

— Et l'adresse ?

— L'adresse exacte, je ne m'en souviens plus, mais il ne devrait pas être difficile de la retrouver. Combien de Savino il peut y avoir dans l'agglomération d'Alès ?

— Mais comment vous savez qu'il roule en Maserati ?

— Je passais dans le coin pour aller voir ma vieille tante, elle a quatre-vingt-onze ans, et je me suis dit, tiens, je vais faire un détour pour voir sa maison, juste comme ça, par curiosité.

— Si vous pouviez retrouver l'adresse, ça m'économiserait du temps.

— Attendez, je vais regarder dans mon carnet, il se peut que je l'aie encore.

Lorsque Nanorobot fut partie, Bordarier appela immédiatement Genet pour lui demander de chercher tout ce qu'il pourrait trouver sur cet Italien qui venait de débouler sans prévenir au beau milieu de son enquête.

— Il roule en Maserati ? Quel modèle ?

— GranTurismo.

— Vous piquez ma curiosité, commissaire. En tout cas, si c'est lui l'acheteur, il a payé en liquide, alors, parce que rien n'apparaît sur les comptes.

— Raison de plus pour vérifier.

— Ah, au fait ! Ça vous dirait de passer chez moi ce soir, avec Namgyel ? Il y a une chose importante dont Aboulafia et moi voudrions vous parler.

Bordarier pinça les lèvres. Il n'avait pas osé appeler le compagnon de Cordelle depuis le fiasco de Marseille. La honte et le sentiment de culpabilité étaient trop forts, il avait l'impression qu'il ne saurait pas quoi lui dire. Après tout, c'était lui, Bordarier, qui presque à lui seul avait tout fait rater et rendu Cordelle aux Russes.

— Euh, bon, entendu.

— Jeannine aura fait le dîner.

S'il s'était vaguement réservé la possibilité de se désister au dernier moment sous un prétexte quelconque, cette précision l'en empêcherait à coup sûr. Depuis tout le temps qu'ils travaillaient ensemble au commissariat, Bordarier n'avait jamais été admis à la table de Genet. Non que le sujet de la nourriture ait été évité, au contraire. Son coéquipier avait beau dédaigner certains conforts matériels ou d'hygiène qui auraient ralenti ses recherches et expérimentations, il tenait un relevé exact des bonnes adresses nîmoises et à l'occasion partageait ses trouvailles. Mais à part quelques rares et elliptiques allusions aux talents de cordon-bleu de Jeannine, la cuisine de son petit pavillon était une zone privée de l'existence de Genet, à peu de chose près invisible pour Bordarier.

31

Avec sa haie de troène assez bien taillée, sa façade de crépi jaune, ses ferronneries blanches en zigzags aux fenêtres et ses volets déroulants en plastique, le pavillon de banlieue devant lequel il gara la Primula, juste derrière une Citroën Ami, présentait au monde une image de parfaite banalité, sans le moindre nain de jardin radiocommandé ni la plus discrète fontaine à éclairage multicolore pour dénoter la présence de l'inventeur de génie. Contournant un des oliviers plantés au bord du trottoir par l'ambitieuse municipalité du village de Caissargues, Bordarier repensa à la première fois qu'il était venu rendre visite à Genet et à sa déception lorsqu'il avait découvert qu'il ne vivait pas dans une fantaisie digne du Palais idéal du facteur Cheval. Déception de courte durée, en vérité, car un peu comme certaines huîtres dont le feuilletage de pierre érodée recèle une perle, ou plutôt comme une huître de conte de fées qui aurait été remplie d'une profusion d'objets colorés invitant l'examen et la manipulation, l'extérieur sans relief du pavillon avait été violemment démenti dès l'instant où il avait pénétré dans le vestibule. Immense et effarante collection de tout et de n'importe quoi ! Accumulations scintillantes, hérissées, enchevêtrées, concrétions de diverses matières qui couvraient plafond, mur et sol ! Encore maintenant, en appuyant sur la sonnette et en échangeant un regard avec Namgyel, Bordarier crut bon de se préparer mentalement au choc sensoriel qui l'attendait.

Genet ouvrit presque tout de suite la porte, tête mobile et inquiète, yeux scrutant les alentours, puis les invita à entrer.

— Aboulafia est déjà là, en bas, descendez, c'est la petite porte, ici, attention à la marche.

Leur hôte désignait une porte minuscule ménagée dans le mur à un endroit où il n'aurait logiquement pas dû y en avoir une, ce qui lui donnait une allure d'entrée de terrier menant au pays des merveilles.

Bordarier baissa la tête pour éviter de s'accrocher les cheveux dans les maquettes suspendues au plafond, des avions en métal et en plastique parmi lesquels s'étaient glissés d'autres véhicules, tels que des chars d'assaut, des fusées et autres sous-marins. Des obstacles au sol rendaient également la progression périlleuse : piles de romans policiers noirs et jaunes menaçant ruine au moindre frôlement, jeux de société aux boîtes débordantes, fragiles bouteilles et flasques de toutes tailles et formes. Il y avait même une grue Mécano, rouillée comme si elle avait été abandonnée pendant des années sur un chantier. Suivi de Namgyel, il descendit les marches qui disparaissaient dans l'obscurité, puis arriva dans une pièce étroite que les écrans allumés de plusieurs ordinateurs baignaient d'une lueur verdâtre. Sur une table basse avait été installée une carte en relief de facture artisanale, une sorte de papier mâché peint à la gouache. Il reconnut la région nîmoise. Ailleurs, épinglées à un panneau de liège, d'innombrables fiches en bristol jaune remplies d'une écriture serrée se chevauchaient. On aurait dit le centre de commande d'une armée oubliée menant une guerre sans nom.

Une toux anima un coin plongé dans la pénombre. Sa gorge se nouant, Bordarier reconnut Aboulafia qui les observait, assis dans un fauteuil de massage dont on se demandait comment il avait franchi l'étroit escalier.

— Bonsoir, Fayçal. Je voulais vous dire, pour Cordelle, je suis désolé, j'ai été piégé, j'ai vraiment été stupide, idiot.

Aboulafia se pencha en avant, son visage entrant dans la lumière. Son sourire était triste. Il avait encore maigri depuis la dernière fois qu'ils s'étaient vus à Paris.

— Vous ne pouviez pas savoir, l'opération de Lioubov Aliokhine était très bien montée.

Bordarier sentit le rouge lui venir aux joues en entendant prononcer le nom honni du dangereux manipulateur qui l'avait piégé deux fois.

— J'ai vraiment cru que c'était elle qui m'appelait.

— Plus que jamais, il faut douter de tout.

— Vous savez pourquoi on est ici ?

— Genet a découvert quelque chose de très intéressant. Et moi, de mon côté, j'ai quelque chose à vous proposer.

Un échange domestique leur parvint de l'escalier. De sa voix un peu grave, Jeannine interpellait son mari de la cuisine.

— Tristan, mon chéri, tu en as pour combien de temps ?

— Une heure maximum.

— Ne vous pressez pas, plus ça mijote mieux ce sera.

Bordarier se demanda combien de personnes avaient été admises dans cette étrange crypte. L'invitation devait être une source d'excitation pour le foyer.

Genet apportait un plateau sur lequel il y avait quatre canettes de Coca-Cola et un saladier de chips. Bordarier sourit, se disant que par certains aspects de sa personnalité, son coéquipier semblait être resté en rade quelque part au milieu de sa première adolescence, autour de treize ou quatorze ans. Il l'imagina, jeune et déjà très bizarre, accueillant ses amis dans sa chambre autour d'un semblable goûter. Mais avait-il même eu des amis ? Tenaillé par la faim, Bordarier s'empara d'une poignée de chips et découvrit qu'elles étaient aromatisées au bacon. Namgyel ouvrit une canette dans un bref chuintement. Genet fit quelques impressionnants bruits de mastication, puis s'essuya les doigts sur son pantalon avant de pianoter sur le clavier le plus proche.

— J'ai commencé par examiner tous les départs d'avions privés de l'aéroport Marseille Provence dans les jours qui ont suivi l'enlèvement. Je me suis particulièrement intéressé à ceux qui allaient vers l'est. Celui-ci a très vite retenu mon attention.

Sur l'écran, une fenêtre s'était ouverte, qui montrait l'itinéraire d'un avion sur une carte de l'Europe.

— C'est un Falcon 2000 qui appartient à une entreprise Bulgare de location de jets privés. Il atterrit à Marseille trois jours avant l'enlèvement, puis repart le soir même, destination l'aéroport de Iaşi, en Roumanie. Quelques heures plus tard, il effectue un deuxième vol, vers le sud cette fois, jusqu'à l'aéroport de Varna, en Bulgarie. Vous allez peut-être me dire : quel lien avec Vera ? Des hommes d'affaires bulgares, après tout, il y en a des milliers qui sillonnent toute l'Europe. Pour m'assurer que je ne faisais pas fausse route, j'ai obtenu la liste des six passagers déclarés. Plutôt édifiante. Trois noms sont manifestement de fausses identités. Les trois autres ont été faciles à retrouver en consultant les réseaux sociaux.

Genet cliqua et fit apparaître la photo d'un homme d'aspect patibulaire, sorte de gorille déguisé d'un jean et d'une chemise à rayures et affublé de lunettes sans doute extrêmement coûteuses. Il tenait fortement par la taille une femme dont la robe moulante lui arrivait à peine en haut des cuisses. L'influenceuse Nikki Ariana n'aurait pas désavoué sa pose flatteuse, jambe en avant, le buste légèrement tourné sur le côté, main sur la hanche. Derrière, Bordarier reconnut en toile de fond la façade noir et blanc de la basilique Santa Maria Novella à Florence.

— Boris Nikolov, l'un des gardes du corps du mafieux bulgare Georgi Blagoev. On le voit sur plusieurs photos, avec son patron.

Tout en parlant, Genet fit défiler rapidement l'album qu'il avait composé. Bordarier découvrit pour la première fois le visage assez rond de Blagoev, son cou un peu plissé, sa lèvre boudeuse. Il serrait des mains sans vraiment sourire, coupait un ruban pour inaugurer un pont. Ailleurs, il regardait, pensif, mains dans les poches d'un bermuda vert, l'océan qui fuyait derrière le garde-corps de ce qui devait être un yacht de luxe. Avec surprise, Bordarier considéra une fille blonde qui se tenait derrière Blagoev au comptoir d'un restaurant de bord de mer. Sa minijupe en cuir noir contrastait avec des sandales blanches dont les sangles montaient autour de ses mollets. Il fit signe à Genet d'arrêter le défilement des photos.

— Je reconnais cette fille. C'est Ivanka, l'informatrice de Cordelle. Elle était avec nous dans l'escalier quand on s'est fait attaquer à Marseille.

Genet agrandit aussitôt son visage et envoya le portrait sur son imprimante qui se mit aussitôt en route.

— Bien vu, patron. Comme ça, je la rajoute au dossier. Sinon, sur la liste des passagers, il y avait deux autres hommes de main de Blagoev. Celui-là, c'est Aleko Iliev. Et celui-ci, c'est Dagomir Stoyanov.

Ces deux spécimens avaient le crâne rasé et un peu pointu, éléments d'une morphologie primitive que confirmaient des mains épaisses et des bras longs. Surtout, le regard était vide. Le genre de personne qui vous arracherait la tête sans éprouver la moindre émotion. Pris d'un doute, Bordarier se tourna vers Genet.

— Vous allez envoyer à Destoine ce que vous avez trouvé, Genet, au cas où la DGSE n'aurait pas déjà ces informations, pour qu'ils prennent le relais et interviennent au plus vite ?

Toujours dans son fauteuil de massage, retourné dans l'ombre, Aboulafia s'éclaircit la gorge. Pour la première fois depuis qu'il le fréquentait, Bordarier sentit en l'écoutant qu'une autre personnalité existait sous celle qu'il lui avait jusqu'ici présentée. Le changement de ton était surprenant, avec quelque chose de déterminé, de froid et de presque dur dans la façon dont il laissait tomber chaque parole.

— Destoine a menti. Il n'y avait pas d'extraction prévue par la DGSE le jour où vous êtes allés dans la planque des Turcs du MIT. Quelque chose ne colle pas. Si on veut récupérer Vera, il va falloir qu'on se débrouille tout seuls.

Bordarier regarda Namgyel qui grimaçait, lui aussi. Est-ce que le fiasco de Marseille n'avait pas suffi à leur faire comprendre que cette affaire dépassait largement leurs capacités ?

Genet passa son pouce et son index sous ses lunettes, puis réveilla l'écran d'un deuxième ordinateur, sur lequel apparut la page d'un site apparemment consacré à la géolocalisation de navires, représentés par des formes géométriques de diverses couleurs sur une carte de la mer Noire. Passé l'encombrement monstrueux du détroit du Bosphore, le trafic se diluait de manière significative à mesure qu'on s'éloignait vers la Bulgarie, la Roumanie, l'Ukraine et la Russie.

— Vous voyez ce petit triangle fuchsia, dans le port de plaisance de Baltchik, à quelques kilomètres de l'aéroport où le jet privé s'est posé ?

Bordarier plissa le front et les yeux, puis enfila ses lunettes de lecture qui étaient dans la poche de sa chemise. Oui, admit-il à regret, oui, il le voyait, le petit triangle fuchsia.

— Qu'est-ce que c'est ?

— Le *Galina*, le yacht de Georgi Blagoev. Si je clique dessus, on a même la photo et quelques caractéristiques techniques, en plus du pavillon et de la provenance.

Bordarier découvrit un navire impressionnant, très profilé malgré sa taille. L'ombre de ses trois ponts protégés faisait comme des barres noires sur le blanc éclatant de sa coque. Il battait pavillon russe. Genet prit un stylo et tapota l'écran, comme s'il avait l'intention de convaincre Bordarier d'en faire l'acquisition.

— Cinquante-cinq mètres de long, six cabines de luxe, vitesse de croisière onze nœuds, décoration intérieure par le cabinet hollandais Vripack, il y a même un jacuzzi sur le pont et une salle de fitness. Son faible tirant d'eau de 2,17 mètres lui permet de s'approcher des côtes et de naviguer dans des zones peu profondes. Pour un mafieux lié à des oligarques, c'est pas mal, même si d'autres font beaucoup mieux, bien évidemment.

Namgyel se pencha en avant, les mains jointes en une sorte de prière devant sa bouche, l'air perplexe.

— Et tu penses que Cordelle est à bord ? Même en admettant qu'elle ait été dans le jet privé qui est parti de Marseille, qu'est-ce qui nous dit qu'ils ne l'ont pas débarquée pendant leur escale en Roumanie pour l'envoyer en Russie et la donner directement en pâture à Anton Serov ? Après tout, c'était pour espionner ses conversations avec Blagoev que Vera a convaincu sa source de travailler avec la DGSE.

Aboulafia hocha la tête en tambourinant du bout des doigts sur le bras de son fauteuil. La moleskine rendit un son mat, encore étouffé par l'étroitesse de la pièce. Genet regarda ses invités avec un petit sourire en coin, faisant durer le plaisir, comme un magicien s'apprêtant à lever le voile sur un tour épatant.

Avec le sentiment de se trouver malgré lui mêlé à un groupe de conspirateurs voués à mourir dans des circonstances effroyables, Bordarier tendit la main vers les chips, puis se ravisa. Si ce qui se profilait à l'horizon devait véritablement se réaliser, il allait être crucial d'être dans la meilleure forme physique possible. Il eut une pensée fugitive pour Hennequen, interrompue par la voix de Genet.

— Mes amis, la question que vous vous posez, je l'ai tournée et retournée dans ma tête ces deux dernières nuits. Je suis à peu près sûr que Serov va venir sur le yacht et qu'il sera accompagné de Tiefersumpf.

Bordarier plongea la main dans le saladier. Le dirigeant de l'agence de renseignement Voynaskanivorat, qui avait démontré ses capacités opérationnelles et logistiques en réussissant un enlèvement en plein cœur de Marseille, ne viendrait pas seul. Il serait accompagné d'une garde prétorienne.

— Et qu'est-ce qui vous fait penser ça ?

— Je ne le pense pas, commissaire, je me base sur les données qui sont à ma disposition. J'ai envoyé hier un mail au capitaine du *Galina* en me faisant passer pour un représentant du cabinet hollandais de mobilier de marine qui a réalisé l'aménagement intérieur. Je lui ai fait croire qu'il y avait des problèmes avec la plomberie sur un autre yacht du même type. Je voulais savoir s'il avait constaté des fuites et lui recommander de vérifier les salles de bains des chambres avant d'embarquer des passagers. Il m'a répondu ce matin que tout avait l'air de bien fonctionner, mais que si jamais ce problème d'évacuation se déclarait pendant la navigation, ce serait très ennuyeux parce que deux invités de marque allaient justement arriver après-demain de Russie. J'ai écrit à nouveau pour m'excuser, en fait, je m'étais trompé, les numéros de série des pièces défectueuses ne correspondaient pas à celles qui avaient été installées sur le *Galina.* Je lui ai demandé à la fin de mon mail si c'étaient des amis de M. Blagoev, pour qui le cabinet hollandais avait adoré travailler. Il m'a écrit pour me dire que l'un d'eux est le patron d'une grande entreprise de fabrication de ponts et qu'il fallait que tout se passe bien sinon il pouvait dire adieu à son poste de capitaine. Comme vous vous en souvenez peut-être, Anatoli Tiefersumpf est aussi le patron de Mostorabot, qui justement fait des ponts.

Genet croisa les bras, laissant ses invités envisager la raison de la présence de Serov et de Tiefersumpf sur le yacht où Cordelle était peut-être prisonnière. Bordarier essuya sur son front les quelques traces d'humidité qui commençaient à affleurer. Dans cette affaire, les deux amis puissants de Blagoev étaient apparus comme des maillons faibles dans l'entourage de Poutine. Blagoev aussi devait être furieux. C'était l'une de ses employées qui avait été utilisée par la DGSE. Est-ce que pour les apaiser le mafieux bulgare était en train de préparer la double exécution de Cordelle et de Shumenska ?

— Il faut tout de suite lancer une opération à travers Europol pour envoyer la police bulgare perquisitionner le yacht.

Genet se tapota le nez avec la gomme de son crayon.

— Vous raisonnez en policier, commissaire, mais là, on est dans un paradigme différent, pour ne pas dire incompatible. Des coups à jouer, à mon avis, dans cette affaire d'espionnage, il n'y en a plus beaucoup, c'est un peu une fin de partie.

— Qu'est-ce que vous voulez dire, Genet ?

— On ne peut pas appeler Europol, ça risquerait de fuiter.

— Comment ça, fuiter ?

— Blagoev a des contacts partout dans la police, dès l'instant où une demande d'intervention sur le yacht arrivera en Bulgarie, il en sera informé et lèvera l'ancre, direction la Crimée. On ne peut pas non plus aller à la DGSE, Fayçal pense que le service qui s'occupe de la Russie est infiltré par le SVR et je suis très tenté de le suivre sur ce point. En revanche, il y a un vol Ryanair qui part demain matin de Marseille à 8 h 55. Changement à Berlin pour un vol EasyJet jusqu'à Varna, arrivée à 17 h 30. De là, il vous reste moins de cinquante kilomètres pour arriver jusqu'à Baltchik, où mouille le yacht de Blagoev.

Bordarier chercha Namgyel du regard et fut inquiet de lui trouver un air presque résigné. À côté de lui, Aboulafia ne disait rien, yeux baissés, attendant que la proposition de Genet fasse son chemin dans les esprits. Qu'est-ce qu'ils s'imaginaient pouvoir faire là-bas ? Ils avaient perdu tout sens de la réalité. Après ce qui s'était passé à Marseille, aller jusqu'aux bords de la mer Noire pour prendre d'assaut un yacht de cinquante mètres de long gardé par les hommes de main d'un mafieux et ceux d'un mercenaire du renseignement ? Non, mille fois non. C'était sa responsabilité, en tant que patron, de s'opposer de toutes ses forces à cette folie. Il allait parler lorsque Aboulafia leva la main.

— J'ai contacté quelqu'un qui a bien connu Vera, quand elle vivait en Russie. On pourrait même dire qu'il l'a formée. Il y aura une petite équipe pour nous appuyer. Des gens de confiance.

— Un Russe ?

— Un Russe, oui, commissaire. Mais j'aurais plutôt envie de dire un résistant.

32

En clignant des paupières devant le spectacle d'une mer de nuages embrasée par les derniers rayons du soleil, le front appuyé contre le hublot taché et rayé de son siège low-cost, Bordarier se souvint que l'une de ses lectures de chevet, lorsqu'il était enfant, était un chef-d'œuvre de Daudet intitulé *Tartarin sur les Alpes.* Le héros visitant la Suisse traversait les plus grands dangers et enchaînait des prouesses dignes d'un alpiniste aguerri sans frémir un instant, convaincu par un compatriote que les glaciers qu'il escaladait et les à-pics au bord desquels il se promenait sans la moindre appréhension n'étaient qu'un décor de carton-pâte bâti pour amuser les touristes. Qu'on tombe dans une crevasse, lui avait-on assuré, et on découvrait au fond un matelas de neige, un portier ou un chasseur qui vous aidait à vous relever et vous brossait les épaules. Il ne pouvait s'empêcher de l'envier, ce Tartarin.

Avisant l'hôtesse qui passait pour inviter les passagers à redresser les dossiers de leurs sièges, il lui demanda une nouvelle mignonnette de whisky, la quatrième depuis le départ, mais essuya cette fois un refus accompagné d'un sourire ferme sous le prétexte que l'atterrissage à Varna était imminent. Elle en profita pour appuyer sur le bouton de l'accoudoir et tirer sur l'appui-tête. Il se laissa faire, incapable de lutter contre la torpeur dans laquelle il s'était peu à peu englué. Après avoir traversé avec quelques secousses la grisaille d'un nuage, l'avion pencha pour tourner. Une étendue d'eau d'un bleu profond parsemé d'éclats d'or apparut au-dessus de l'aile. La mer Noire, immense. Ils s'approchaient d'une bande couleur crème, une longue plage déserte.

Assis quelques sièges devant, Namgyel pivota pour lui adresser un coup d'œil interrogatif auquel il répondit par un sourire ambigu. S'il voulait savoir si ça allait, la réponse était plus ou moins. Aboulafia était un peu plus loin, dans une rangée du milieu, côté couloir. Il ne s'était pas retourné une seule fois depuis le décollage. À cet instant, son profil fut éclairé par un des ovales de lumière orange venant des hublots, qui s'étirèrent et montèrent vers les compartiments des bagages cabine avant de redescendre à un angle différent lorsque l'avion retrouva son assise.

Bordarier se rappela confusément le dîner de la veille, le sentiment d'inéluctabilité qui l'avait saisi au milieu du vin et de la dégustation d'une merveilleuse rouille sétoise. Il n'était repassé chez lui qu'au petit matin pour prendre un sac de voyage, enjambant dans le salon du mazet les corps endormis de Demba, Ningbé et Fofana. Et puis il y avait eu la route vers l'aéroport de Marseille, le premier vol Ryanair, l'escale à Berlin, le changement d'aéroport, l'attente, le deuxième vol, cette fois sur EasyJet, pour Varna. Tout ça s'était fait presque sans paroles, hormis quelques échanges brefs sur des détails purement immédiats et pratiques, comme s'ils avaient endossé sans hésitation leur rôle d'hommes d'action tout entier concentrés sur la mission à venir. À un seul moment, alors qu'Aboulafia s'était absenté, Bordarier avait pu échanger seul avec Namgyel. Ils s'étaient entendus pour attendre de voir comment la situation se présenterait et pour appeler la police bulgare dès l'instant où ils parviendraient à localiser Cordelle avec certitude.

Bordarier fut arraché à sa rêverie par le bruit des trains d'atterrissage qui se déployaient. Se demander comment il s'était fait embarquer dans cette histoire était un exercice vain. Les héros antiques s'interrogeaient-ils sur la raison pour laquelle ils descendaient aux enfers terrasser les monstres ? Il ne put s'empêcher de sourire à cette pensée ridicule. Le commissaire Bordarier, de la PJ de Nîmes, un héros antique en pleine catabase pour arracher

Cordelle des griffes d'un mafieux bulgare et de deux oligarques russes sans scrupule ?

Déjà effrayée par sa consommation d'alcool et les soupirs qu'il laissait échapper à intervalles réguliers depuis le décollage de l'aéroport de Berlin, la femme élégante qui avait eu la malchance de s'asseoir à côté de lui, probablement une universitaire ou une architecte, éloigna encore son bras de l'accoudoir. Il lui tourna le dos pour regarder la ville. Des lumières scintillaient dans le crépuscule. Puis il y eut une forêt interrompue par des champs nus, quelques immeubles gris, des collines au loin, dont le relief s'accentuait à mesure que l'avion perdait de l'altitude. Et enfin l'herbe rase de l'aéroport, le revêtement rainuré de la piste.

Se faisant la réflexion qu'il n'était encore jamais allé aussi loin à l'Est, Bordarier découvrit un terminal moderne comme il y en avait des milliers dans le monde. McDonald's, Costa Café, baignés dans la lumière blanche des néons. Des sièges ergonomiques, une signalisation irréprochable, avec des indications en cyrillique doublées de leur traduction anglaise, le drapeau bulgare suspendu en bannière sur toute la longueur d'un mur, blanc vert rouge, à côté de celui de l'Europe. Ce n'était pas ce qu'il s'était imaginé et c'était rassurant.

Au comptoir unique où différentes entreprises de location de voiture proposaient leurs services, ils remplirent les formalités et une jeune femme en pantalon noir serré, chemise bleue et foulard bleu et jaune aux armes de Top Rent-A-Car, les mena jusqu'à la berline que Genet avait réservée pour eux, une BMW 118i dont la carrosserie vert métallisé manquait singulièrement de discrétion.

Appréciant d'être à l'air libre après plus de huit heures de voyage, Bordarier prit une grande inspiration. Sous les odeurs de pots d'échappement et d'essence pointait dans le vent quelque chose de salé et d'humide, une odeur marine un peu grisante charriée à travers les terres et par-delà la ville. Le petit port de plaisance où avait mouillé le yacht de Blagoev était à une cinquantaine de kilomètres, à Baltchik, modeste station balnéaire au nord de Varna. Aboulafia mit le contact, le moteur démarra avec un bruit étouffé, à peine perceptible dans l'habitacle.

— C'est bien qu'on arrive à l'hôtel un peu tard, on attirera moins l'attention.

— Et l'équipe qui doit nous rejoindre ? Vous avez des nouvelles ?

— Pas d'inquiétude, commissaire, ils seront au rendez-vous.

— Ils viennent de loin ?

— Makhatchkala, au Daghestan, en Russie. Ils ont pris un vol pour Istanbul, ils en prennent un autre ce soir pour Varna.

— Vous pouvez me rappeler quel est leur lien avec Vera ?

— Comme je vous l'ai déjà dit, commissaire, celui que j'ai contacté a été son premier formateur.

— En Sibérie, quand elle était jeune ?

— Exactement.

— Et formateur de quoi ?

— Toutes sortes de choses qui lui ont été utiles quand elle a rejoint la DGSE.

— Par exemple ?

— Vous comprendrez quand vous le verrez.

Devant la réticence évidente d'Aboulafia à donner des détails, Bordarier préféra ne pas insister. Namgyel consulta son téléphone et entra dans le GPS l'adresse envoyée par Genet, pendant que Bordarier s'abandonnait à l'ergonomie du siège arrière en cuir beige ainsi qu'à son destin.

Du paysage ils n'apercevaient désormais que des fragments sous le faisceau des phares. Des pavillons blancs aux toits de tuiles rouges, surgissant de l'obscurité comme des fantômes. Une station-service illuminée comme un navire. La terre nue d'un champ après les troncs hérissés d'une pinède. Un peu plus loin, la route devint plus étroite, le macadam était fissuré. Le ciel se dégagea, rempli d'étoiles, avec au bout la pâle clarté d'une ville.

Ils pénétrèrent dans les faubourgs de Baltchik. Quelques tours lépreuses, surmontées d'antennes hautes tenues par des câbles, des terrains vagues, des ronds-points réduits à leur plus simple expression d'étendue d'herbe malade parsemée de détritus, puis, avec les rues qui descendaient vers la mer, un quartier moins sinistre, où se dressaient quelques belles villas à flanc de colline. Les rues les plus proches du port étaient bordées d'immeubles sans charme de quatre ou cinq étages. Sans doute nommé par un propriétaire ambitionnant de rivaliser avec les hauts lieux touristiques de la Méditerranée, l'hôtel Mistral était situé tout au bord du port de plaisance et prolongé par des terrasses en bois installées au-dessus de l'eau, de l'autre côté de l'étroite promenade. Avec un coup au cœur, Bordarier reconnut le *Galina*, impressionnant vaisseau amarré à l'écart de deux voiliers qui paraissaient minuscules en comparaison, à cent cinquante mètres à peine, tout au bout de la jetée, là où l'eau était sans doute la plus profonde.

Dans le hall d'entrée de l'hôtel un groupe de cinq touristes, hommes et femmes, discutait bruyamment en anglais dans des fauteuils massifs. Bordarier se demanda ce que ces Américains faisaient ici, si loin de Dallas ou de Houston.

À la réception, trois horloges donnaient les heures de Moscou, Sofia et Londres. L'homme qui les accueillit portait un costume noir. Son front immense était auréolé de tortillons de fer et ses yeux bleus étaient fatigués.

— Ah, des Français ! On n'en voit pas beaucoup et encore moins l'hiver. Qu'est-ce qui vous amène à Baltchik ?

Son sac encore sur l'épaule, Aboulafia tapota le comptoir en marbre avec la tranche de sa carte bancaire.

— Affaires et tourisme. On travaille pour une entreprise française spécialisée dans l'inspection optique de matériaux manufacturés. Comme il nous restait une journée, on s'est dit qu'on allait aller un peu plus loin, histoire d'explorer le bord de mer.

— Si jamais vous en avez l'occasion, revenez l'été, vous verrez, c'est très animé, beaucoup de gens sur la plage.

— D'accord, on y pensera, merci.

Bordarier sourit, surpris que le bobard passe si facilement. À la réflexion, le pas n'était peut-être pas si difficile à franchir entre les demi-vérités sur lesquelles les gens fondaient leur connaissance des autres et la pure fiction dans laquelle certains n'hésitaient pas à se lancer, trompant parfois leur famille et leurs amis pendant des décennies et se faisant passer pour ce qu'ils n'étaient pas, jusqu'au jour, certes, où tout finissait par s'écrouler comme un château de cartes. Puis son sourire s'effaça. Comment allaient-ils faire pour passer inaperçus plus d'une journée si près de Blagoev ? Qu'est-ce qui leur disait que le mafieux n'avait pas glissé quelques billets au personnel de l'hôtel pour lui signaler toute présence inhabituelle ?

La chambre que Bordarier allait partager avec Namgyel avait le mérite d'être spacieuse. Deux lits doubles, une moquette d'un rose éteint, épaisse mais usée par endroits, une tapisserie en tissu marron. De chaque côté d'un petit bureau taché par des verres humides, des appliques couleur ivoire, froncées et frangées d'or, projetaient une lumière pâle. Une porte-fenêtre donnait sur un large balcon, presque une terrasse, qui avait vue sur le port de plaisance.

Le *Galina* était parfaitement immobile. Les lumières des ponts scintillaient sur les eaux noires délimitées par la digue. Des amoncellements de blocs de béton armé, endommagés et rouillés, étayaient une promenade étroite et sans charme. Malgré le froid de la nuit, des parasols repliés sortaient de tables extérieures devant l'entrée de l'hôtel. Bordarier se dit une nouvelle fois qu'il appellerait demain Europol ou Interpol, peu importaient les risques de fuite. Tout plutôt que cette opération clandestine.

33

Agacé par une vibration obstinée, Bordarier pesta, se mit en colère, s'imagina écrasant la cigale vagabonde qui s'était aventurée dans sa chambre pour l'importuner de ses grincements d'ailes, ou cueillant d'un tir de pantoufle bien ajusté une mouche rebondissant sur le verre, ou encore faisant voler en éclats le drone du petit Julien avec son arme de service. Qu'il aille chez Dronolec s'en racheter un, s'il y tenait ! Peine perdue, le bruit infernal ne faisait que croître et embellir, se faufilant à l'intérieur de sa tête, en explorant les recoins avec ses petites pattes toutes collantes. Il ouvrit enfin un œil, identifia avec un soupir la source de la nuisance, tendit la main vers son portable. C'était Genet. Mauvais signe, il avait l'air très excité.

— Patron, regardez par la fenêtre et dites-moi s'il y a de l'activité près du yacht.

Bordarier s'arracha aux draps et écarta un rideau. Le ciel était nuageux, la mer grise, des falaises s'élevaient au loin derrière la silhouette de deux grues. Le *Galina* était toujours amarré au même endroit, mais personne n'était visible sur les ponts, ni sur la jetée.

— Euh, non, rien à signaler, pourquoi ?

— Ah, vous êtes sûr ?

— Expliquez-moi, Genet, que je meure moins idiot.

— Ne parlez pas de malheur, patron.

Alerté par un bruit de portière, Bordarier colla son front à la vitre. Deux berlines noires s'étaient arrêtées devant l'hôtel. Affublé de grosses lunettes de soleil incongrues dans la lumière terne du petit matin, un chauffeur à larges épaules tira la poignée pour un homme mince, en manteau noir, qui releva un instant son visage étroit vers la façade. Bordarier lâcha le rideau et fit un pas en arrière. Il avait reconnu Anton Serov, le patron de l'entreprise qui tendait des câbles. Lorsqu'il regarda à nouveau, un homme plus âgé était en train de lui parler. Visage rond, cheveux courts grisonnants, sourire de viveur, facile, légèrement de guingois. Lui aussi, Bordarier l'avait déjà vu en photo.

— Serov et Tiefersumpf? Comment vous avez su, Genet?

Presque persuadé qu'il était parvenu à pirater un satellite, ou plutôt, vu le plafond nuageux, un drone de surveillance, Bordarier faillit agiter la main pour saluer son coéquipier.

— En suivant les vols du jet privé de Tiefersumpf. Il a décollé ce matin de Sébastopol, en Crimée. Atterrissage il y a une heure à Varna et confirmation que tous les chemins mènent au superyacht de Blagoev. Le temps qu'ils fassent la route jusqu'à Baltchik, je me suis dit que j'allais vous appeler maintenant.

Les oligarques avaient pris la direction du *Galina*, pendant que les trois hommes de main ou gardes du corps de la deuxième voiture tiraient les bagages des coffres. Portant son regard au-delà des silhouettes qui se détachaient sur la jetée, Bordarier fut frappé par la laideur du yacht, dont les lignes agressives, les vitres teintées et les matériaux composites dénotaient un manque absolu d'imagination et de poésie. En vérité, le *Galina* était parfaitement assorti aux somptueuses propriétés modernes où les milliardaires aimaient s'ennuyer dans un luxe hautain et sinistre, derrière des façades impénétrables. À croire que le summum du chic était désormais de se claquemurer dans un bunker.

Lorsque Namgyel émergea de la salle de bains, crâne lustré, prêt à l'attaque, Bordarier l'invita à jeter un coup d'œil dehors. Le groupe était en train de monter à bord du *Galina*.

— Serov et Tiefersumpf sont arrivés.

— Exactement comme Genet l'avait prédit.

— Il a probablement raison sur Cordelle aussi. Elle doit être enfermée à fond de cale. On appelle nos collègues bulgares pour perquisitionner le yacht?

Alors que Bordarier, joignant le geste à la parole, se saisissait de son portable, quelqu'un frappa à la porte. Même à travers l'œilleton, Aboulafia avait les yeux cernés.

— Aucun signe de Vera, mais nos amis sont arrivés cette nuit.

— On va les rencontrer ?

— Maintenant, si vous voulez, je leur ai dit qu'on montait.

Bordarier fut étonné par l'air d'absolue étrangeté des trois hommes en survêtement qui les accueillirent dans leur chambre à l'étage. Leurs corps trapus et musclés étaient surmontés de têtes épaisses. D'identiques colliers de barbe sans moustache et des cheveux presque rasés encadraient des pommettes saillantes et des joues creuses. D'où venaient-ils, déjà ? De Makhatchkala, au Daghestan ? Le plus âgé offrit une embrassade virile à Aboulafia avec de bruyantes claques dans le dos. Bordarier fut troublé par l'impression qu'il l'avait déjà vu quelque part.

— *Sorry, Fayçal, but don't worry, we will get her back.*

— *Yes, we will.*

Il serra ensuite la main de Namgyel puis celle de Bordarier, qui s'estima heureux de ne pas s'être fait broyer les phalanges.

— *I'm Islam. This is my son, Ali, and my nephew, Khabib.*

— *I'm* commissaire Bordarier. Enchanté.

Islam leur fit signe de s'approcher d'un gros sac en toile kaki posé sur le lit, dont le poids faisait un creux dans le matelas.

— *Here, look what I have. Weapons for you too.*

C'était un arsenal d'armes de poing, avec trois uzis et deux kalachnikovs démontées. Un équipement usé, qui avait beaucoup servi et dont le métal brillait par endroits sous la peinture, mais qui sentait l'huile et paraissait en parfait état de marche. Islam regarda à nouveau Bordarier.

— *You boss Vera ?*

— Euh, *yes.*

— *My name is Islam. Vera, best student. In the beginning, not so best student. But I tell her, when you fight, go all the way, fist make contact not on face, not on nose, but brain. Not ribs, go inside, liver, gallbladder. Destroy. She very good after that. Never give up. They kill you, you get up and kill them more. It's all in the head, you think strong.*

Tout en parlant cet étrange anglais accentué et rauque, l'homme avait esquissé quelques mouvements qui suggéraient effectivement une volonté meurtrière. Ses deux compagnons, certes plus jeunes, mais tout aussi impressionnants, souriaient en serrant les poings, prêts au combat. Bordarier s'efforça de sourire en retour.

— *What*, euh, *what is your plan?*

— *We go in tonight. I go first. Swim. Climb. Destroy guards. Then my family and me, we go down and destroy everyone. Then we get Vera back and take car. Drive fast.*

— Ah, OK.

Bordarier échangea un regard significatif avec Namgyel. Qu'est-ce qui avait pris à Aboulafia d'inviter ce trio ? S'ils n'appelaient pas le 112 maintenant, ils allaient tous finir en prison. Il était grand temps de réagir. En deux ou trois heures maximum et sans doute beaucoup moins, une version bulgare du RAID serait à bord du yacht.

— Dites, j'ai oublié quelque chose dans ma chambre, je reviens dans cinq minutes.

Évitant le regard d'Aboulafia, Bordarier referma la porte derrière lui et fila jusqu'au bout du couloir, où il appela l'ascenseur tout en tirant son portable de sa poche. Si le bar était ouvert, il appellerait la police devant un verre, au calme, pour signaler un enlèvement à bord du superyacht *Galina* qui était mouillé dans la baie de Baltchik. Une prise d'otage sur fond de sombre affaire de trafic de drogue. N'importe quoi pour les faire arriver en force.

Les portes coulissèrent avec un petit son de clochette et Bordarier s'engouffra dans l'ascenseur, notant à peine la présence de l'homme pourtant massif dont l'épaule était appuyée contre la paroi. Une voix familière lui fit relever la tête de son téléphone.

— Je crois que vous aimez les revenez-y encore plus que moi, commissaire. La dernière fois ne vous a pas suffi ? Qu'est-ce qu'elle a de si spécial, cette Vera Cordelle, pour que vous veniez chercher la mort si loin de chez vous ?

Bordarier lança son poing, une sorte de crochet peu orthodoxe qui ne rencontra que le vide, puis tenta un coup de tête qui se perdit en partie dans la porte de l'ascenseur. Avec une espèce de lenteur désinvolte, comme au ralenti, l'agent russe s'était dérobé, ce qui ne l'avait pas empêché de déployer simultanément une matraque télescopique. Ses longs cheveux blonds de surfeur australien des années 1990 formèrent brièvement un éventail sous la lumière du plafonnier, comme l'aile d'un vautour passant devant le soleil, tandis que le métal noir cueillait Bordarier à la jointure de l'arcade sourcilière et de la tempe. Tombant à la renverse, un ruissellement de sang lui obscurcissant la vue, Bordarier regarda, étonné, l'ascenseur s'approfondir, se transformer en puits au bout duquel son assaillant rangeait maintenant sa matraque et sortait calmement de sa poche un petit boîtier noir d'où dépassaient deux électrodes pointues.

34

Dans son rêve sans images, Bordarier s'était cru à Marseille, enfant, l'été, la tête enfouie sous une serviette, dans les odeurs d'huile solaire et de beignets transpirant le gras et le sucre. Il avait appelé sa maman, sans recevoir de réponse. Puis une conversation chuchotée dans une langue étrangère lui était parvenue par bribes, mêlée aux cris des oiseaux de mer, au tambourinement de roulettes sur un béton crevassé, au clapotis d'une eau toute proche, à des pas sur une passerelle métallique qui tremblait avec un bruit de grillage.

À travers sa paupière mi-close, il considérait maintenant cinq hublots obscurs surmontés de cadrans illisibles. Se pouvait-il que la nuit soit déjà tombée ? Un frisson glacé le parcourut devant leur opacité caverneuse, puis il finit par comprendre.

Des lave-linge vides. Une buanderie. Les trépidations d'un puissant moteur, mêlées au roulis et au fracas étouffé des vagues contre la coque, l'informèrent qu'il était à bord du superyacht et que celui-ci avait atteint la haute mer. Ses tempes battaient un rythme de pistons qui se transmettait à son arcade sourcilière, gonflée et douloureuse. Quant à sa nuque, il l'aurait volontiers crue embrochée par une barre à mine chauffée à blanc. Il voulut s'asseoir, mais s'aperçut que ses bras étaient immobilisés dans son dos, ses poignets endormis par des liens serrés.

En redressant la tête autant que le lui permettait son cou roide, il vit que Namgyel, Aboulafia et les trois membres du commando daghestanais étaient allongés à côté de lui, inconscients mais vivants.

Sur le visage d'Islam, tout proche, un tressaillement anima une ancienne cicatrice qui passait comme un fil blanc à travers ses lèvres. Il y avait sur son cou l'empreinte bleue d'un hématome, avec au centre un point qui ressemblait au site d'une injection. Une menotte et une chaîne le reliaient à une poutre métallique ajourée, partie de la structure du navire. On aurait dit un grand fauve endormi.

Bordarier se souvint tout à coup de la photo accrochée dans l'entrée de la maison de Cordelle et d'Aboulafia et comprit pourquoi ses traits lui avaient paru familiers. Le temps avait passé, Islam n'était plus le jeune homme, torse nu, qui avait été immortalisé pieds dans la neige au milieu d'une forêt de bouleaux. Sa puissante musculature s'était encore développée, il s'était élargi des épaules, des cuisses. Mais il n'y avait pas de doute à avoir, c'était bien lui. Cordelle avait dû croiser son chemin pendant ses années sibériennes, avant qu'elle n'émigre en France, vers dix-sept ans. Si Bordarier avait cru jusqu'ici que la carrière de sa coéquipière dans le renseignement avait commencé à la DGSE, cette nouvelle chronologie laissait entrevoir un autre scénario.

Il s'efforça de se concentrer sur la situation présente. S'ils ne voulaient pas mourir noyés ou exécutés d'une balle dans la tête, la première chose à faire était de réveiller ses compagnons. Il donna quelques coups de pied dans la jambe de Namgyel jusqu'à ce qu'il ouvre les yeux. Lui aussi avait été battu, du sang avait coulé de son oreille meurtrie.

— Namgyel, ça va ?

La réponse fut longue à venir, comme si elle avait dû traverser d'épaisses couches de temps et d'espace.

— J'allais te chercher dans la chambre…

— Et les autres ?

— Je ne sais pas. Pris par surprise, comme moi. Une seringue, je crois que c'était une seringue.

Le bruit des machines, la force des vagues qui freinaient le navire, puis semblaient le soulever et le faire accélérer.

— Émile ?

— Quoi ?

— Tu as contacté Interpol ?

— Pas eu le temps.

Ce n'était pas le moment de revenir sur la façon dont les choses s'étaient déroulées dans l'ascenseur. Est-ce que Lioubov Aliokhine s'y trouvait par hasard ? Est-ce qu'il avait été informé de leur présence dans l'hôtel ? En vérité, Bordarier s'en voulait. Il avait fait preuve d'une extraordinaire désinvolture en s'y promenant sans prendre la moindre précaution. Comme Namgyel avait fermé les yeux, il eut peur d'être à nouveau seul au milieu des corps endormis.

— Tu vois comment on pourrait sortir d'ici ?

Question idiote, assurément. Qu'est-ce qu'il voulait que Namgyel lui réponde ? Sortir d'ici ? Pour aller où ?

— Je crois qu'on n'a pas le choix, Émile, il faut prendre le contrôle du *Galina*.

Pendant que Bordarier, atterré, calculait combien de personnes pouvaient être à bord, Namgyel se releva puis entreprit de faire coulisser ses poignets entravés sous ses cuisses. Lorsqu'il y fut parvenu, il fit passer une jambe après l'autre à l'intérieur du cercle formé par ses bras. Inspiré par ces contorsions houdinesques, Bordarier essaya de l'imiter, mais renonça presque immédiatement devant l'obstacle d'une morphologie naturelle que n'était venu corriger aucun programme de développement personnel fondé sur l'idéal d'un corps sain, désirable et entraîné. Ses bras, trop courts de plusieurs centimètres, ne pouvaient franchir son derrière, trop épais. Quant à ses épaules, elles n'avaient pas la souplesse requise qui lui aurait permis de grappiller ne seraient-ce que quelques millimètres. Il avait l'impression d'avoir été métamorphosé en tortue ou en scarabée incapable de retrouver son assise.

Le salut vint de Namgyel, qui se pencha pour le tirer par le creux du coude et l'aider à se mettre debout. Si ses poignets restaient immobilisés dans son dos, au moins il pourrait faire face au danger dignement, sur ses deux jambes, tel le torero face à la bête.

Un grognement guttural leur fit tourner la tête. Khabib, le neveu d'Islam, avait ouvert la bouche sur des dents larges et carrées. Bordarier crut d'abord qu'il allait mordre sa chaîne, puis comprit que ce qu'il avait pris pour le mouvement instinctif d'un animal prisonnier d'un piège n'était en réalité qu'un énorme bâillement.

L'instant d'après, Aboulafia se redressa aussi, le visage exsangue, terreux. Il roula sur une épaule puis s'assit, jetant autour de lui un coup d'œil jaune et vague.

— Cordelle ?

Bordarier s'appuya contre l'un des lave-linge, puis considéra bêtement des placards en bois verni, comme si elle avait pu être dissimulée à l'intérieur.

— Elle n'est pas là. Mais ça ne veut pas dire qu'elle n'est pas à bord.

— Avec quoi on est attachés ?

Namgyel leva ses poignets pour les montrer à Aboulafia.

— Des chaînes en métal pour les Daghestanais, des menottes en plastique pour nous.

Bordarier connaissait bien ces simples lanières noires à deux boucles utilisées par les polices du monde entier. Sans avoir la solidité du métal, elles pouvaient résister à des forces de traction importantes et ne s'enlevaient qu'à l'aide d'un objet coupant. Aboulafia se mit debout, péniblement. Le roulis les faisait tituber tous les trois comme des hommes ivres.

— Bon, vous avez quoi dans vos poches ?

Bordarier haussa les épaules devant l'optimisme d'Aboulafia. À vrai dire, les agents du renseignement, en activité ou à la retraite, il en avait un peu soupé. Qu'est-ce qu'il s'imaginait qu'il allait trouver dans sa veste, à part quelques tickets de caisse et un ou deux mouchoirs sales ? Il s'estimerait heureux qu'on ne lui ait pas enlevé son portefeuille, unique chance de l'identifier si jamais son corps putréfié et grignoté par les poissons échouait sur une plage.

La seule chose, peut-être, était le stylo plume que lui avait offert Benedetta. À défaut de couper les menottes, on pouvait insérer un objet fin dans le mécanisme de serrage. L'idée était de repousser les dents anti-retour. Il y avait à peine quelques semaines, un jeune dealer nîmois, en échec scolaire mais doté d'une intelligence pratique incontestable, avait réussi à utiliser une épingle de cette façon pour fausser compagnie aux collègues qui l'avaient interpellé. La question était de savoir ce que le petit Djamel aurait fait dans leur situation.

— Chögyam, la poche intérieure, j'ai un stylo. Peut-être qu'avec la pointe de la plume ?

Namgyel glissa la main dans la veste de Bordarier. Lorsqu'il la retira, sa moue dubitative avait fait place à une expression perplexe.

— Qu'est-ce que c'est que cet engin ?

Bordarier écarquilla les yeux pour faire la mise au point sur l'épais stylo que son coéquipier tenait entre ses doigts. Ce n'était pas son cadeau de Noël. Combien de coups Genet avait-il anticipés, sur quel improbable échiquier, avant de prendre la décision de substituer ce vadémécum à son instrument d'écriture habituel, le soir où il les avait accueillis dans sa tanière ? Avait-il même envisagé la possibilité qu'il soit arrêté à l'aéroport ou qu'il se brûle gravement en voulant remplir les formalités ?

— Cet engin, Chögyam, c'est le TG 3.0 Corrosivus. Son créateur est un génie universel.

Tiré de son sommeil par la déclaration émue et un brin grandiloquente de Bordarier, Islam se releva, promena son regard à la ronde avec l'air hagard d'un ours émergeant de son hibernation, puis se mit à tirer sur ses chaînes qui firent un affreux vacarme. Bordarier salua la bonne nouvelle que constituait le réveil de cette bête de combat. Comment ne pas éprouver de la sympathie pour ces Daghestanais si toniques ? Guidé par l'instinct sûr du guerrier,

Islam louchait déjà sur l'arme à acide et paraissait vouloir l'arracher des mains de Namgyel.

— *What is that?*

Suivant les instructions de Bordarier, qui avait calculé que le plus urgent était de libérer les Daghestanais, Namgyel invita Islam à poser son poignet enchaîné sur le sol, puis immobilisa la chaîne du pied. Il arrivait que les inventions de Genet soient grevées par des aberrations ergonomiques, mais après quelques tâtonnements, l'utilisation du gadget s'avéra intuitive, il suffisait de tourner pour libérer des gouttes d'acide qui tombaient de la pointe de verre. Un sourire émerveillé passa sur le visage d'Islam et de ses deux compagnons quand le métal se mit à bouillonner et à fondre en libérant une fumée âcre.

En une minute à peine, le maillon ne tenait plus qu'à un fil. Les deux autres chaînes subirent la même corrosion, pendant que les compagnons d'Islam faisaient rouler leurs muscles pour se préparer à l'action qui allait suivre.

Ses mains toujours immobilisées dans son dos, Bordarier s'apprêtait à quémander une ou deux gouttes du Corrosivus en espérant que l'action de l'acide serait également efficace sur son lien de plastique, quand il entendit des pas derrière la porte. Plus vif que lui, Aboulafia fit le mort, pendant que Namgyel se jetait sur le sol et que les Daghestanais se tournaient pour dissimuler leurs chaînes.

Seul devant les canons de deux kalachnikovs, Bordarier se fendit d'un sourire qui tira sur la peau de son visage, là où le sang avait séché. Il ne se souvenait plus des noms des sbires de Blagoev que Genet avait mentionnés lors de son briefing, mais peu importait, en réalité, que ce soient eux ou d'autres, ils ne différaient que sur des points de détail de ceux que Bordarier avait vus dans d'innombrables films de série B. Si elle avait jamais existé, leur individualité avait été entièrement gommée par leur faciès prognathe, leur air mauvais et l'impression de virilité brutale et ignare qui émanait de leurs yeux morts.

Derrière eux se tenait Lioubov Aliokhine, plus fin, plus original et d'autant plus inquiétant. Le psychopathe était radieux dans son uniforme à épaulettes et barrettes, avec ses cheveux blonds noués en catogan qui dépassaient d'une casquette de capitaine. Il toisa Bordarier, son regard s'attardant sur l'hématome qui faisait une excroissance sur son arcade sourcilière, tandis que ce dernier se demandait si ce caméléon était désormais aux commandes du *Galina*.

— Monsieur Aboulafia, l'heure n'est pas à faire semblant de dormir, M. Blagoev souhaiterait vous convier à un petit spectacle. Ne croyez pas que nous soyons des monstres, nous vous avons préparé des adieux charmants. Tenez, commissaire Bordarier, puisque vous êtes venu de si loin pour voir l'agent Cordelle, vous aussi, vous êtes invité. Les autres, vous restez ici, on viendra vous chercher plus tard.

Un violent coup de crosse dans le dos força Bordarier à emprunter l'escalier, suivi d'Aboulafia qui s'était relevé, livide. Les marches en métal laissèrent place à des marches de bois lustré qui débouchèrent sur un couloir revêtu d'une moquette épaisse, avec sur les murs des panneaux beiges éclairés par des appliques dorées. À l'endroit où celui-ci faisait un coude, un tableau abstrait affichait des couches de couleur qui paraissaient avoir été tartinées au hasard.

— Allez, avancez, ne soyez pas timides. M. Blagoev vous attend.

La voix était aimable, caressante, joueuse. Aliokhine devait avoir été un enfant cruel et pervers, du genre à tordre le cou du chat qu'il s'amusait à flatter l'instant d'avant.

Le salon dans lequel ils pénétrèrent était spacieux et luxueusement meublé, mais impersonnel, évocateur d'un de ces hôtels cinq étoiles qu'on peut trouver n'importe où dans le monde. Un homme chauve se tenait devant l'une des grandes baies de verre teinté qui en faisait presque entièrement le tour, perdu dans la contemplation de la mer qui s'étendait sans côte visible. Refroidie, la lumière tombait comme une poussière de mine de plomb sur trois grands sofas gris à gros coussins, une table basse noire décorée d'une pierre ovoïde polie à la perfection, noire elle aussi, un tapis anthracite, des étagères en verre sur lesquelles avaient été disposés quelques objets purement décoratifs, sauf peut-être un kriss javanais dont la lame ondulante suggérait une affinité avec la personnalité de son propriétaire.

Adhérant à ce qui devait être un protocole strict, Aliokhine attendit sans rien dire que leur présence daigne être remarquée. Georgi Blagoev finit par pivoter et poser sur eux des yeux froids englués dans des paupières paresseuses semées de kystes graisseux. Plus encore que sur les photos, il avait l'air d'un homme contrarié et frustré.

D'un geste faussement courtois, il leur fit signe de prendre place sur l'un des canapés, pendant qu'Aliokhine s'éclipsait avec une courbette de valet de théâtre. Pensant au canon de la kalachnikov pointé derrière sa nuque, Bordarier se consola en se disant qu'une exécution sommaire était peu probable pour l'instant. Le nettoyage aurait été trop pénible.

Deux minutes s'écoulèrent. Toujours debout, ses jambes assez courtes accompagnant les mouvements du superyacht, Blagoev continuait de leur faire face sans changer d'expression. Redoutant ce que cachait ce calme de surface, Bordarier se concentra sur l'examen du tapis. Il était d'une propreté irréprochable. Pas une miette logée dans les nœuds de la laine. La respiration oppressée d'Aboulafia lui parvenait à sa droite. Que se passait-il en bas ? Est-ce que les Daghestanais et Namgyel avaient réussi à forcer la porte ?

Un groupe apparut à l'extérieur. Deux hommes engoncés dans de grandes parkas grises montaient des escaliers. Anton Serov, accompagné d'Anatoli Tiefersumpf. Aboulafia respira plus fort. Bordarier l'avait vue aussi. Vera Cordelle, ses cheveux détachés agités par le vent. En découvrant les contusions qu'elle portait sur le visage, il fut pris d'une rage sourde. Derrière elle marchait Ivanka, bizarrement attifée d'une minijupe en cuir, ses cuisses rougies par le froid. Elle avait pleuré.

Comme des chasseurs revenant avec leur gibier, l'appétit ouvert par l'exercice et le grand air, Serov et Tiefersumpf firent coulisser la porte en verre et essuyèrent leurs pieds.

Cordelle jeta un bref coup d'œil en direction d'Aboulafia et de Bordarier, puis sur Blagoev et ses gardes. Elle frissonnait, mais son regard mobile n'était pas vaincu, elle analysait la situation. Bordarier essaya de faire de même. Deux gorilles armés de kalachnikov, deux autres avec des armes de poing dans la ceinture. Plus Aliokhine, qui revenait. Il y en avait peut-être d'autres.

Comme si en se frottant intérieurement les mains, il se préparait à prendre un agréable apéritif accompagné de savoureux amuse-bouches, Anatoli Tiefersumpf avait enlevé sa parka pour la jeter sur un fauteuil et s'était laissé tomber avec un soupir de bien-être au milieu de l'immense canapé qui faisait un angle droit avec celui où Bordarier et Aboulafia étaient assis. Il se tourna vers Serov, debout derrière lui, les mains appuyées sur le dossier du canapé.

— *Georgi going to speak Russian. Who translate for them? You translate?*

— *Niet, Shumenska.*

— *Ah, Shumenska, not real name. DGSE code name. Ivanka, you translate? Yes?*

La fille réprima un sanglot et s'essuya le nez en reniflant. Ses genoux étaient parcourus de tressaillements nerveux. Blagoev s'assit à son tour dans un troisième canapé, où il laissa pendre encore plus bas sa lèvre inférieure tout en fronçant les tempes en un rictus appréciatif.

— *Ivanka, yes, Ivanka. Ah, Ivanka, Shumenska, I don't know anymore! And you Vera Cordelle, sit down please. Here, yes, here.*

Cordelle prit place à l'autre bout du canapé où se trouvait Tiefersumpf. Serov, toujours debout, se décala un peu pour s'approcher d'elle. Blagoev regarda calmement autour de lui, comme pour une réunion de famille.

— *Everyone okay? Shall we begin?*

Puis il commença à parler en russe, en faisant des pauses entre les phrases, pendant lesquelles il regardait traduire celle qui s'était enfuie avec Cordelle avant d'être reprise à Marseille. Elle faisait de son mieux, d'une voix heurtée. Son timbre à peine perceptible était l'antithèse de la voix rauque, sauvage et bourrue de Blagoev. Bordarier ne connaissait pas un mot de russe, mais il comprit que la langue qu'il parlait était celle du soudard, de l'homme violent habitué à donner des ordres et à faire mourir.

— Il dit vous croyez que j'ai peur des services secrets français, non il n'a pas peur, il n'a peur de personne. Il n'a pas peur et il n'est même pas en colère. Il est frustré. Frustré. Il demande pourquoi.

« *Patchimou ?* » répéta Blagoev en les regardant tour à tour de son expression détachée et froide, puis en s'attardant sur les larmes d'Ivanka qui coulaient maintenant plus vite, une goutte scintillante après l'autre, le long de ses joues. Sous l'effet de la terreur qui augmentait à chaque instant, son visage s'était marbré de taches de cendre. Le cœur de Bordarier se serra tandis que le mafieux reprenait et qu'elle écoutait, yeux baissés, mains nouées devant elle. Après un court silence, elle poursuivit. Son français était légèrement accentué, timide.

— Il a été trahi par moi. Il me demande de dire ce que j'ai fait. Il veut que je fasse ma confession, comme à l'église.

Serov et Tiefersumpf observaient la scène avec un intérêt extrême. La gazelle dépecée par le tigre. Spectacle morbide et délicieux. Le visage de Cordelle s'était durci. Bordarier surprit un coup d'œil interrogatif qu'elle avait lancé en direction d'Aboulafia. Les joues de Blagoev bougeaient bizarrement, comme une matière morte, quand il parlait. Ses yeux paraissaient éteints.

Ivanka ravala un hoquet.

— Il demande ce qu'il faut faire, quand une fille qu'il a ramassée dans la rue par pitié et bonté, elle n'avait rien de spécial, qu'il a nourrie, habillée, se retourne contre lui et se met à travailler, même pas pour la police, mais pour la DGSE, pour une puissance étrangère. Il dit que l'amitié est basée sur la confiance. Et c'est quoi la confiance ? C'est être certain que l'ami va tout faire pour protéger son ami.

Tiefersumpf hocha la tête sans se départir de son sourire, bouche ouverte. Serov, visage sérieux et tendu, approuva aussi.

— Quand un ennemi nous trompe, ce n'est rien. Mais quand on est trompé par un ami, alors là on n'est pas satisfait, on ressent quelque chose de désagréable, là, au milieu.

Pour appuyer la traduction d'Ivanka, Blagoev s'était à nouveau touché le cœur, de sa paume ouverte, en grimaçant, comme s'il souffrait d'un problème de reflux gastrique.

— Il dit qu'il a trompé ses amis en ne se méfiant pas assez de moi. Tout crime a sa punition. C'était compliqué de faire revenir Vera Cordelle, très compliqué, mais c'était nécessaire pour l'amitié. Et pour les autres, le commissaire français, tant pis. Que tous disparaissent, comme on jette quelque chose à la poubelle. Personne ne vous retrouvera.

Blagoev s'était tu. Visiblement, pour lui, l'affaire était réglée. Il s'inclina brièvement devant Serov et Tiefersumpf, qui tout de suite, avec des gestes d'apaisement, se mirent à parler en russe, leurs voix s'entrecoupant et couvrant les sanglots d'Ivanka. Ils assuraient sans doute à leur ami qu'il n'y avait pas de problème, maintenant, que la faute était réparée.

Sans répondre, le mafieux fit signe à ses hommes. Contraint de se lever, Bordarier découvrit qu'il y avait derrière eux une salle à manger équipée d'une table capable d'accueillir au moins douze personnes, mais mise pour seulement quatre couverts, avec des serviettes blanches pliées, plusieurs verres et couteaux : après l'enterrement, le repas de funérailles. Aliokhine ouvrit la baie vitrée pour inviter le groupe à passer sur le pont extérieur.

Le souffle coupé par le vent froid qui tournoyait autour de lui, Bordarier vacilla devant l'horizon. La mer était mate sous la lumière un peu lugubre de cette fin d'après-midi d'hiver. Sans pouvoir se tenir à la rampe, il descendit périlleusement l'un des deux escaliers qui conduisaient jusqu'au pont inférieur, à l'arrière du *Galina*.

Serov et Tiefersumpf avaient à nouveau enfilé leurs parkas et les suivaient, les mains dans les poches, pendant que leurs hommes, faisant équipe avec ceux de Blagoev, surveillaient le groupe. Toujours dans son habit de capitaine, sur lequel il avait jeté un caban de marin, Aliokhine ouvrait la marche. Il souleva le cache en plastique d'un tableau de commande pour appuyer sur un bouton. Avec un serrement de cœur, rempli d'amertume mais gardant tout de même un petit espoir, toute sa foi placée en Namgyel et en la férocité héroïque d'Islam, Khabib et Ali, Bordarier vit se baisser lentement une plateforme arrière qui donnait accès à l'eau. C'était là que les invités de Blagoev devaient se baigner, l'été, puis remonter à bord, rafraîchis et délassés, pour parfaire leur bronzage sur les transats. Les architectes de marine auraient sans doute été surpris d'apprendre que l'équipement luxueux qu'ils avaient conçu pouvait également devenir une version stylée et moderne du supplice de la planche jadis à la mode chez les pirates. Oui, se dit Bordarier, si Blagoev n'ordonnait pas qu'ils soient abattus d'une rafale de kalachnikov, il les forcerait à se jeter à l'eau. Quelques minutes suffiraient pour que l'hypothermie s'installe, mort qu'on disait douce mais en vérité aussi affreuse que toutes les autres.

Ivanka fut poussée jusqu'au bord de l'eau par l'un des hommes de Blagoev. Sans cérémonie, il leva une arme de poing et lui tira une balle dans la tête. Bordarier poussa un cri en voyant un petit nuage écarlate éclore puis disparaître dans le vent tandis que le corps sans vie tombait à la renverse dans l'écume.

Namgyel et les Daghestanais n'avaient pas trouvé le moyen de sortir de la buanderie, se dit-il avec désespoir, écartant malgré tout comme odieuse l'idée qu'ils étaient en train de vivre leurs dernières minutes.

Avec un petit rictus de plaisir au coin des lèvres, l'exécuteur s'approcha de Cordelle et l'emmena, pâle et droite comme une souveraine menée à l'échafaud. Bordarier regarda autour de lui, se préparant à charger. Il pensa à un poème de Vigny que déclamait son grand-père, le seul qu'il connaissait, à la fin de repas arrosés. Un loup y mourait en combattant jusqu'au dernier instant, broyant la gorge d'un chien dans sa gueule alors qu'il était transpercé par les coups de feu et de couteau des chasseurs. Au moment de descendre sur la plateforme, Cordelle se retourna. Soulevés par le vent comme la flamme d'une torche, ses cheveux roux permirent à Bordarier d'entrevoir un instant son visage. Elle avait levé les yeux vers le ciel et souriait.

35

Non, il faisait erreur, comprit-il en se retournant, son regard visait moins haut qu'il ne l'avait cru, Cordelle ne s'était pas transformée en martyre accueillant le supplice avec sérénité, anticipant déjà le divin giron de béatitude. Elle avait vu quelqu'un et ce quelqu'un avait pour prénom Islam. Sans ses chaînes, penché sur le bastingage du pont supérieur, arborant un rictus meurtrier, il brandissait deux kalachnikovs qui ressemblaient aux ailes d'acier d'un ange de la mort.

Subjugué par cette apparition, Bordarier regarda sans comprendre de gros copeaux de teck faire des pirouettes juste devant ses pieds, les Russes et les Bulgares foncer avec des cris brefs à l'intérieur du yacht, Cordelle et Aboulafia s'engouffrer dans l'un des deux escaliers latéraux et finalement Namgyel, derrière Islam, lui faire des signes pour l'inciter à se mettre à couvert. Lorsque la partie primitive de son cerveau dévolue à l'instinct de survie reprit enfin les commandes du système nerveux, le résultat ne fut pas beaucoup plus brillant. Il fit quelques pas rendus maladroits par l'émotion et le tangage, chuta, enchaîna sur une roulade qui lui meurtrit le dos et les épaules, avant de se glisser derrière un bar d'extérieur, tel un cafard éperdu fuyant la semelle.

À travers les gouttes de transpiration qui lui brouillaient la vue, il avisa la poignée d'un tiroir, se souvint qu'il était doublement manchot, mordit, tira, découvrit des sachets de couverts en plastique, des coupes de champagne jetables, des serviettes en papier. Le goût électrique et salé du métal sur les lèvres, il tenta à nouveau sa chance avec un autre tiroir. Cette fois, une planche à découper apparut sous son nez, accompagnée du petit couteau que le barman devait utiliser pour trancher les citrons et prélever les zestes. Les tempes et les mâchoires tendues par une pression artérielle qui à coup sûr avait franchi un seuil dangereux, l'arcade sourcilière rouverte, il se retourna, se releva à demi, tâtonna, parvint à saisir le manche et à positionner la lame de façon à la mettre en contact avec les menottes en plastique, puis commença à scier tout en écoutant les coups de feu qui semblaient maintenant venir de l'intérieur du yacht. La surprise de l'assaut initial passée, l'affrontement allait devenir plus tactique et se transformer en jeu létal du chat et de la souris à travers les couloirs et les coursives du *Galina*. Il tira pour écarter ses poignets, se découvrit soudain libre.

Un coup d'œil risqué de l'autre côté du bar lui fit voir un homme affalé derrière un canapé d'extérieur maculé de sang, à trois mètres à peine. C'était le bourreau. Il se souvint tout à coup de son nom. Boris Nikolov, l'homme qui apparaissait devant la cathédrale, à Florence, sur la photo que Genet lui avait montrée. Une balle à fragmentation était entrée par le mollet, avait fait exploser le genou, puis était ressortie en ouvrant la cuisse sur presque toute la longueur. Des morceaux de fémur faisaient des taches blanches au milieu d'un bouillonnement de sang et de caillots. L'œil terne, le visage livide, la respiration saccadée, Boris repéra Bordarier et fit un geste en direction d'un pistolet automatique tombé à terre. Au moment où ses doigts allaient toucher le canon, Bordarier se précipita à quatre pattes puis fit aussitôt marche arrière, le Glock dans la main. Les yeux du Russe exprimèrent une déception totale tandis que sa gorge émettait une sorte de gargouillis visqueux suivi d'un râle. Peut-être une insulte. Une sorte de joie sauvage monta dans la poitrine de Bordarier, celle que devaient ressentir les guerriers d'antan quand ils avaient triomphé de leurs ennemis et insultaient les blessés et les morts.

— Pas de chance, hein, Boris ?

L'autre ne répondit pas. En fait, il ne l'avait pas entendu. Il était mort.

À travers les baies vitrées qui avaient explosé, un salon était visible, à peu près de la même taille que celui de l'étage. Plusieurs fauteuils et canapés avaient été retournés, dont chacun pouvait dissimuler quelqu'un. Que faire ? Rester là où il était, ou pénétrer à l'intérieur au risque de se retrouver nez à nez avec un homme armé ? Bordarier choisit de passer par le pont et remonta avec prudence l'escalier emprunté par Cordelle et Aboulafia. Sur le côté, l'eau grise heurtait la coque en soulevant des gerbes d'écume qui s'enroulaient sur elles-mêmes et formaient des voiles verts et bleus sous la surface. Il éjecta le chargeur de l'arme, un Glock de gros calibre, et vérifia combien de balles lui restaient. Seulement quatre, cinq avec celle qui était dans la chambre.

Le pont supérieur était lui aussi désert, mais les reflets de la mer et le verre teinté ne lui permettaient pas de distinguer ce qui se passait dans le salon où Blagoev leur avait fait tout à l'heure sa grotesque leçon d'éthique mafieuse. Arme au poing, hésitant entre la possibilité de redescendre ou de se lancer en avant, Bordarier resta un moment allongé sur les dernières marches. Il redoutait de voir apparaître quelqu'un derrière lui. Un bref coup d'œil en bas, puis à nouveau en haut. Avec un bond au cœur, il s'aperçut que la baie vitrée était entrouverte.

— Pst, commissaire, par ici !

C'était Cordelle qui lui faisait signe d'entrer. Les yeux levés vers le troisième pont situé derrière le poste de pilotage, d'où un tireur aurait pu le prendre pour cible, il courut vers le salon.

Namgyel et Aboulafia s'étaient également réfugiés là, mais ils n'étaient pas armés. À moins que ? Il reconnut dans la main du géant tibétain la silhouette oblongue du TG 3.00 Corrosivus.

— Tiens, Émile.

Bordarier remit le stylo dans la poche intérieure de sa veste, tandis que Cordelle, d'un geste de sa main ouverte, lui demandait le Glock. Il la regarda d'un air interrogatif. Est-ce qu'elle était en train de suggérer qu'il n'était pas capable de s'en servir de manière adéquate ? Devant son insistance muette, il céda. Elle montra l'escalier derrière elle.

— On l'a barricadé, mais j'ai besoin de faire le tour du pont à l'avant pour voir s'il n'y a personne.

— Vous êtes sûre, Cordelle ?

Elle dégagea une mèche qui couvrait une partie de son visage. Malgré les traces de coups qui lui marquaient les pommettes et une arcade, ou peut-être à cause d'elles, celui-ci exprimait tout sauf la vulnérabilité. À vrai dire, Bordarier commençait à mieux comprendre ce qui avait pu la rapprocher de son ancien maître d'armes et instructeur de close combat.

— Sûre, commissaire. J'espère que vous ne commencez pas à regretter de m'avoir accueillie dans votre service.

Pris de court, Bordarier haussa les épaules d'un air bourru, puis s'efforça de répondre à son sourire.

— Euh, non, du tout, du tout, ravi, je suis ravi.

— De même, commissaire.

Quelle étonnante personne ! se dit-il en la regardant sortir sur le pont puis faire le tour de la baie vitrée, Glock tenu à deux mains, genoux fléchis, ses cheveux agités par un vent qui commençait à forcir.

Aboulafia montra le plafond du doigt, au-dessus duquel se trouvait le poste de pilotage. La question était de savoir si quelqu'un était aux commandes, l'affreux Aliokhine, par exemple, ou si le *Galina* avançait à l'aveugle vers la Crimée.

— Qu'est-ce que vous dites d'aller voir ?

Bordarier regarda Aboulafia en fronçant les sourcils. Repoussé par les Daghestanais, le groupe russo-bulgare s'était sans doute retranché quelque part, mais il suffisait d'un homme armé d'une kalachnikov pour se débarrasser d'eux sans difficulté.

— Sans armes ?

Namgyel, qui s'était éclipsé, revenait armé d'un hachoir de taille respectable et de trois longs couteaux.

— Il y a une petite cuisine, en bas. Des plats mijotaient, j'ai éteint. Pas d'équipage, je crois que c'étaient les hommes de Blagoev qui faisaient sa popote et le service.

Bordarier se dit que c'était tant mieux, il n'y aurait pas de victimes civiles dans la lutte à mort qui se préparait pour le contrôle du yacht.

Un bruit dans le couloir. Armé du TG 3.00, Bordarier se mit en embuscade derrière le mur. Islam apparut dans un nuage de fumée, la démarche souple, une cigarette tordue lui pendant aux lèvres et ses kalachnikovs négligemment portées en bandoulière. Il feignit une terreur absolue en découvrant le commissaire, jeta les bras en l'air, puis se fendit d'un large sourire. Du sang avait giclé sur son bras et trempé sa manche, mais en quantité telle qu'il n'y avait aucun souci à se faire pour sa santé, il était impossible qu'il s'agisse du sien.

— *They are all in the engine room, but we are going to get them. My family, they are guarding the exit, no one can get out. Where is Cordelle ?*

— Elle garde le pont. *Outside.*

Islam traversa la salle, se pencha dehors par la baie entrouverte, appela. Cordelle revenait justement avec le Glock.

— Il y a de la fumée, à l'arrière, vous avez vu ? *There is smoke in the back.*

Islam la tapota sur l'épaule, comme s'il était heureux, puis la prit dans ses bras et la serra très fort.

— *I'm so happy to see you again. So many years. Don't worry about the smoke. It's nothing, I start little fire to make them come out of engine room. Soon they run, like rabbits. Listen, I go down now and help family.*

Enfumés dans la salle des machines, Blagoev, Serov, Tiefersumpf et leurs hommes allaient être forcés de tenter une sortie, moment où ils seraient fauchés par les trois Daghestanais. Bordarier essaya de s'imaginer la panique des oligarques et du mafieux. La part de lui-même qui obéissait encore au paradigme policier, pour reprendre l'expression de Genet, se disait qu'il devrait peut-être faire son possible pour empêcher un massacre. Mais des arguments surgissaient en faveur d'une attitude d'expectative, résolument non-interventionniste. Le petit nuage rouge qui s'était échappé de la tête d'Ivanka, par exemple. Ou le drapeau qui flottait à l'arrière. Même avec la meilleure volonté du monde, un policier français n'avait pas de pouvoir ici, sur un navire qui battait pavillon russe. D'autant qu'ils naviguaient sans doute maintenant dans les eaux internationales. Les lois, crut-il se souvenir, avaient émergé des labours des champs, des sillons tracés sur le sol, pour protéger le travail et la propriété. Mais dans un univers mouvant, liquide, où toute trace disparaissait immédiatement, la seule loi était la survie et il avait bien l'intention de s'y soumettre.

36

Au-dessus d'écrans, de manettes et de boutons moins nombreux que ceux d'un cockpit d'avion mais tout aussi énigmatiques, les vitres ne montraient que les reflets des feux de navigation sur la crête blanche des vagues, avec au-delà de la proue une nuit opaque, dense, impénétrable. Par moments, c'était comme d'avancer dans un trou noir, avec la sensation d'être aspiré à jamais, sans espoir de retour. Qu'est-ce qui les attendait de l'autre côté ?

Bordarier se rendit compte qu'il n'avait pas mangé depuis la veille. Ses pensées se tournèrent naturellement vers le repas que Blagoev avait prévu pour leurs funérailles, en bas. Aboulafia s'était emparé de plusieurs manuels de navigation et de modes d'emploi alignés sur une étagère, dont il tournait les pages avec des gestes brusques. Namgyel était descendu pour prêter main-forte aux Daghestanais.

À la vérité, se dit Bordarier en jetant un regard vers l'escalier qui menait au salon où Cordelle montait la garde, il était presque de trop dans ce poste de pilotage où son ignorance risquait d'être contreproductive. Aboulafia semblait d'ailleurs avoir oublié sa présence. Il marmonnait, son index glissant le long de paragraphes minuscules, sur une notice dénichée dans un classeur, puis hésitant au-dessus d'un boîtier dont l'écran montrait un morceau de Crimée, avec les courbes de niveau des fonds marins.

— On dirait qu'ils avaient coupé le transpondeur AIS.

— Le transpondeur ?

— C'est ce qui permet de localiser un navire en mer, par satellite, c'est obligatoire.

— Et il faut le remettre ?

— Probablement pas une bonne idée. La meilleure solution, à mon avis, c'est de mettre le cap vers la Turquie.

— On a une autonomie de combien ? Est-ce qu'on ne risque pas de s'échouer sur des récifs ?

— Désolé, commissaire, je ne suis pas marin, je ne peux rien garantir, mais je crois que tout vaut mieux que de se retrouver dans les eaux territoriales russes, non ?

— Alors faisons demi-tour. Je reviens dans un moment, je vais descendre voir en bas si tout va bien.

Déjà replongé dans son étude, Aboulafia ne répondit pas. Bordarier emprunta l'escalier et se retrouva dans le salon. Aussi incroyable que ça pouvait paraître, Cordelle avait abandonné son quart et s'était assoupie sur l'un des profonds canapés, précisément à l'endroit où Blagoev s'était assis plus tôt pour les regarder avec ses yeux de poisson carnassier.

Il la contourna et partit à la recherche de la cuisine, qu'il trouva en bas d'un étroit escalier de service. Elle était plus grande que ce que Namgyel avait eu l'air de suggérer lorsqu'il était remonté avec le hachoir et les couteaux.

Plusieurs casseroles avaient été abandonnées, un torchon blanc était tombé par terre. Bordarier souleva un couvercle et découvrit une réduction d'un brun très riche et velouté, encore chaude. Son estomac émit un borborygme. Il huma une buée dont le parfum suggérait le crustacé, peut-être le crabe. Son index trempé dans le liquide épais et gras fit exploser dans son palais une symphonie de goûts marins et lui permit de corriger la première impression véhiculée par son odorat. Il y avait du homard, là-dedans. La large poêle adjacente révéla des matelotes d'un poisson légèrement nacré qu'il ne réussit pas à identifier. C'était dommage, il était trop cuit et avait refroidi. Une petite casserole à sauce contenait un coulis sombre qui sentait le fruit et le sucre. De la mûre. Enfin, il avisa un gros plat de fonte, dans lequel attendait un ragoût fait de morceaux d'une viande inconnue.

Une salive abondante, jaillissante, remplit la bouche de Bordarier. Comme tout à l'heure, quand il avait insulté Boris, quelque chose de primitif était en train de le traverser, qui n'avait rien à voir avec sa faim canine. La nourriture et la mort ? Il se demanda si depuis les temps les plus reculés de l'histoire de l'humanité, cette scène n'avait pas déjà été jouée mille fois. L'ennemi croyait pouvoir célébrer sa victoire par un festin, mais c'étaient d'autres qui s'asseyaient à sa table et dévoraient sa nourriture. Les morts ne mangeaient pas. Manger la nourriture d'un mort, c'était affirmer sa victoire par la vie même.

Il frémit devant cette pensée profonde, se retourna, chercha une fourchette, mais trouva d'abord la porte d'un frigo à vin. Il en tira au hasard une bouteille à étiquette noire. *Usadba divnomorskoe. From the Russian wine-growing region on the coast of the Black Sea.* Un tirebouchon de luxe lui permit de libérer un riche bouquet. Il porta le goulot à sa bouche. C'était un vin fort, corsé, qui évoquait le Sud. Cassis, prune, chêne, chocolat, tabac, paille. Il but plusieurs gorgées sans reprendre sa respiration, reposa la bouteille entamée au tiers puis ouvrit l'une des portes de métal brossé d'un imposant frigo américain. Sur l'une des étagères étaient empilées de petites boîtes qui ressemblaient à celles qui contiennent des pastilles dans les pharmacies. Sur le couvercle, un esturgeon se mordait la queue sous un soleil doré, avec des rayons qui irradiaient comme une roue de vélo. Il en ouvrit une, renifla les minuscules billes noires pressées ensemble, trouva un tiroir qui contenait des ustensiles, dont il tira une grosse cuillère. C'était bon, mais sans plus. Salé, marin. La boîte vide, il fit passer un peu du ragoût de viande dans la poêle où était le poisson, l'arrosa du coulis. Le mélange prêt, il se mit à mastiquer avec fureur. Les larmes lui montèrent aux yeux en pensant à Ivanka.

Dix minutes plus tard, il se jugea prêt à rejoindre les autres. L'autre issue de la cuisine donnait sur un couloir de service et des portes qui lui révélèrent à chaque fois de petites chambres à lits superposés, sans doute réservées à l'équipage. Toutes avaient été occupées comme en témoignaient des sacs, des habits et même des portables. Il reconnut tout à coup le sien, impossible à rater avec la coque rouge que lui avait donné sa fille. Presque plus de jus et pas la moindre connexion. Peut-être à l'extérieur ?

Son exploration lui fit gravir un escalier qui déboucha dans une chambre luxueuse. Un lit immense faisait face à une grande baie vitrée. La proue du *Galina* était maintenant éclairée, accentuant l'épaisseur de l'obscurité au-delà. Inspiré par le reflet de sa propre silhouette dans ce cadre somptueux, peut-être également mû par une émotion puérile, car il s'était souvenu de Gérard Brun parlant de son voilier avec une insupportable fatuité, Bordarier décida d'utiliser le peu de batterie qui lui restait pour prendre une vidéo en selfie. Il dut s'y reprendre à deux fois, à cause d'un peu de sauce sur son nez qu'il essuya dans une taie d'oreiller en soie. Il venait de s'allonger sur le lit de Blagoev et s'y serait peut-être endormi si une rafale de kalachnikov n'avait pas soudain résonné en bas, sèche et sourde, comme de brefs coups de marteau donnés sur une tôle. Des cris étouffés lui parvinrent. Il se remit debout, resta un moment immobile, tendant l'oreille. Du bulgare ou du russe. Puis des détonations espacées de deux ou trois secondes. Il retint son souffle. Plus rien.

Tout à coup, il prit conscience d'une odeur de fumée qu'il avait déjà remarquée, mais sans y prêter attention. Il redescendit. Le couloir qu'il avait emprunté tout à l'heure était maintenant rempli d'une brume âcre. Pris d'une quinte de toux, il tâtonna à la recherche d'une issue vers le pont supérieur. Au bout d'une autre coursive, il se trouva sur le pont arrière.

Boris était toujours là, courbé sur sa jambe éclatée, immobile, le regard fixe. Mais maintenant des volutes noires jouaient dans la lumière des projecteurs, occultant par instants le pavillon russe. Des flammes commençaient à passer entre les lattes de bois. L'enfumage de la salle des machines avait dû dégénérer en incendie. Il se dépêcha de remonter par l'escalier extérieur.

Sur le canapé, Cordelle dormait toujours. Il posa une main sur le Glock et lui secoua l'épaule.

— Cordelle, réveillez-vous, je crois qu'on a un incendie à bord.

Aboulafia descendait en trombe du poste de pilotage. Lui aussi avait vu la fumée et les flammes.

— Changement de programme, il va falloir se préparer à évacuer. Commissaire, allez voir de ce côté s'il y a un radeau de survie.

— Évacuer ?

Tout autour d'eux n'était que la mer hostile, glacée, où ils ne survivraient pas plus de quelques minutes. Cordelle se leva et glissa le Glock dans sa ceinture, à l'arrière de son pantalon.

— Et Namgyel ?

— Euh, je crois qu'il est en bas avec les autres, Cordelle.

— Alors je vais le chercher, patron. Fayçal, va voir ce que tu peux charger dans le radeau de survie.

Le cauchemar continuait. Bordarier sortit en titubant, moins à cause du vin que du coup qu'il venait de prendre au moral. Il fit quelques pas sur le pont dans la direction qui lui avait été indiquée. Avec la nuit, le froid était devenu mordant. La main sur le bastingage, il découvrit presque aussitôt un dispositif qui pouvait correspondre à un radeau. C'était une capsule en plastique d'à peu près un mètre de diamètre et trois mètres de longueur, calée dans un logement à l'aplomb des flots. L'inscription « RELEASE RAFT » lui confirma que c'était bien ce qu'il cherchait, mais une nouvelle difficulté surgit aussitôt. Comment le faire fonctionner ?

Quatre pictogrammes montraient un homme habillé d'une combinaison bleue avec des gants orange, qui accomplissait une série d'opérations au premier abord incompréhensibles. Dans la première image, le gant tenait une sorte de mousqueton équipé d'une poignée tandis qu'une flèche suggérait qu'il suffisait de libérer la poignée en faisant coulisser un anneau avec le pouce pour amorcer la manœuvre. Il examina la capsule, sanglée en plusieurs endroits. Des attaches volaient dans le vent, mais il ne voyait pas de système correspondant à ce qui était décrit. Des flammes de plus en plus hautes embrasaient maintenant le pont en teck à l'arrière du *Galina*. Luttant contre la panique, Bordarier se pencha sur le garde-fou, avisa une sorte de poignée en plastique, tira, poussa, secoua.

Pétoule en trois actes. Rien, pas le moindre mouvement de la capsule. Il revint aussitôt aux pictogrammes, qui montraient le même petit homme bleu tirant sur un câble pour déclencher le gonflement du radeau maintenant à la surface de l'eau, puis descendre par une petite échelle de corde et d'un bond agile prendre place à bord. Une œuvre de fiction destinée à faire croire aux voyageurs qu'une catastrophe ne serait qu'une petite péripétie à surmonter, comme les bandes dessinées glissées dans le dossier des sièges, sur les avions de ligne. Il fit volteface pour retourner dans le salon demander l'aide d'Aboulafia, mais s'immobilisa en découvrant une forme devant lui.

Lioubov Aliokhine. Musclé, massif. Son visage normalement carré était tordu par un sourire meurtrier et fou. Peut-être était-ce à cause de la bouteille de vin, qui lui était montée à la tête, ou d'Ivanka, endormie à jamais sous les flots, mais Bordarier n'avait plus peur. Non, il avait envie d'en découdre. En plus, Aliokhine n'avait pas l'air armé.

— Alors, espèce d'enfoiré de mes deux, qu'est-ce que vous allez faire maintenant ?

Il avait hurlé pour surmonter le sifflement du vent et le vrombissement des flammes, à l'arrière. Aliokhine leva les bras, mains ouvertes, pour opposer à son avance une sorte de garde de lutteur. Ou alors est-ce que c'était du judo ? Du jiu-jitsu ?

— Commissaire, vous me fatiguez, vous êtes un rustre. Cette fois-ci, je vais me débarrasser de vous et puis je vais monter dans ce radeau.

Joignant l'acte à la parole, Aliokhine se jeta sur lui et l'emprisonna d'une clé au cou. Sa nuque écrasée par un biceps de culturiste, sa trachée implacablement comprimée par un avant-bras d'acier, des cheveux blonds dans la bouche, Bordarier prit la mesure de sa présomption et de son impuissance. Sa vision se resserrait déjà en un tunnel noir piqueté de neige rouge tournoyante. Furieux à l'idée de mourir ainsi humilié, il tenta un coup de coude à l'entrejambe de l'étrangleur, qui n'eut d'autre effet que de resserrer l'étau. Cette fois, c'était fini. À moins que ? Namgyel ne lui avait-il pas redonné le TG 3.00 Corrosivus. Il glissa une main droite pleine d'espérance dans sa poche, trouva l'objet providentiel, en retira le capuchon du pouce et de l'index, puis de toutes ses forces l'enfonça dans la cuisse de son bourreau.

Bordarier tomba sur le sol tandis qu'Aliokhine titubait sur le pont, les yeux révulsés par une douleur intense, et que ses mains essayaient d'arracher le stylo qui dépassait au milieu d'un bouillonnement de chairs, là où son pantalon de capitaine avait fondu. Est-ce que l'artère fémorale avait été perforée ? Pétrifié d'horreur, Bordarier regarda le Russe reculer encore comme un homme ivre, perdre l'équilibre, basculer sur le bastingage et passer par-dessus bord, tel l'acteur dont le personnage touché à mort est englouti par l'ombre des coulisses, dérobant sa fin aux spectateurs.

Les mains sur les genoux, la respiration courte, Bordarier se retourna. Ses compagnons le rejoignaient. Est-ce qu'ils avaient vu ce qu'il s'était passé ? Leurs visages ne montraient que de l'affairement, ils étaient concentrés sur les gestes à accomplir pour échapper au désastre.

Les minutes suivantes ne furent plus qu'un flou confus. Bordarier s'efforçait d'entendre ce qu'on lui disait et d'obéir comme il le pouvait. À un moment, accroché à une échelle de corde, il regarda entre ses pieds le radeau hexagonal orange qui montait et descendait de plusieurs mètres sur les vagues comme une attraction de fête foraine. Au-dessus de lui, Cordelle le poussait un peu sur le sommet de la tête avec la semelle de sa chaussure.

— Allez-y commissaire !

Il sauta au moment où le radeau revenait vers lui et tomba à demi dans l'ouverture étroite. Les bras fermes d'Aboulafia et de Namgyel le hissèrent à bord, trempé et étonné.

Cordelle coupa la corde qui les reliait encore au bastingage et ils pagayèrent vigoureusement pour s'éloigner du *Galina* qui donnait déjà du gîte et commençait à s'enfoncer par l'arrière. Les flammes qui montaient dans le ciel noir devaient se voir à des kilomètres à la ronde.

Lorsqu'ils se furent éloignés d'une centaine de mètres, le yacht émit des détonations sourdes. De l'air sous pression s'échappait, comme le souffle d'un animal des profondeurs. Puis la proue devint la seule partie visible, sorte de pyramide blafarde entourée de remous. Elle sombra à son tour et il ne subsista plus que quelques nappes d'hydrocarbure enflammées à la surface de l'eau, qui bientôt s'éteignirent.

Un silence lugubre s'installa à bord du radeau à la dérive. Bordarier revivait l'agonie d'Aliokhine. Des détails de plus en plus précis surgissaient devant ses yeux, comme si ses méninges avaient tout enregistré, et il pouvait maintenant s'arrêter à volonté sur chaque image. Pour se changer les idées, il pensa aux Daghestanais.

— Vous croyez qu'ils s'en sont sortis ?

Cordelle se détourna de l'ouverture pour lui indiquer du doigt ce qu'elle regardait depuis un moment. Un point lumineux clignotait dans l'obscurité, déjà lointain, une balise rouge semblable à celle dont était équipée la tente de leur radeau. Qui était à bord ? Le fragile battement disparut derrière la crête des vagues. Lorsque Bordarier le retrouva, la distance qui les séparait semblait s'être encore agrandie. Plusieurs tirs les firent sursauter, dont les pâles et brefs éclairs, lointaines étincelles, étaient dirigés vers le haut. Un message que leur envoyaient les Daghestanais ? Les vagues, les rafales de vent qui filaient à la surface des flots continuaient de les emporter dans des directions différentes. Le ciel se dégagea soudain, révélant l'immensité sidérale, vertigineuse, au-dessus de leurs têtes, le scintillement fragile et ténu des étoiles.

37

L'aube grise s'était levée. Frissonnant, nauséeux, Bordarier sortit la tête pour respirer un peu d'air frais. Une houle lente soulevait le radeau, faisant onduler le sol revêtu d'un isolant argenté, le rendant mou, fuyant, exaspérant et très semblable à l'affreux lit à matelas rempli d'eau sur lequel il avait essayé de dormir une nuit, en Espagne, à la fin des années 1990, expérience associée à certaines humiliations intimes qu'il avait cru remisées pour toujours dans un coin peu fréquenté de sa mémoire.

Pour lutter contre son envie de vomir, il essaya de concentrer son attention sur les écailles que le vent glacé du matin dessinait à la surface de l'eau et qui entraient dans la composition de nervures et de rides plus grandes sur les pentes de vagues elles-mêmes incorporées à la houle. Mais le spectacle de ce mouvement universel ne fit que le renvoyer à sa condition d'être ballotté, sans prise sur sa destinée. À vrai dire, se dit-il en mordant dans un biscuit de survie sec, ce n'était pas seulement l'agitation marine qui le rendait malade, ou le fait d'avoir descendu un peu vite cette malheureuse bouteille de vin des coteaux de la mer Noire et englouti les nourritures lourdes, riches et salées de Blagoev. C'était aussi la très forte odeur de vinyle neuf qu'exhalait l'embarcation. Au début, elle lui avait rappelé celle du petit canot gonflable jaune canari dont il avait tiré un plaisir sans borne, enfant, dans les calanques, à la dérive au milieu de mondes inconnus. À l'époque, son parfum chimique l'avait porté sur les rives lointaines de l'aventure et du rêve, l'invitant même à coller son nez à la surface élastique pour s'en imprégner à pleins poumons. Après quelques heures, le charme de la réminiscence avait disparu. L'odeur écœurante le rivait maintenant à sa place, l'écrasait, lui donnait l'impression qu'il n'irait jamais plus nulle part grâce à sa volonté seule, que cet affreux sac d'air le transporterait où il voudrait, ou plutôt là où le déciderait le vent.

Ses compagnons d'infortune non plus n'étaient pas vaillants, il n'y avait qu'à les voir, silencieux, muets, prostrés, avachis de part et d'autre de la corde qui était tendue sur toute la longueur de l'embarcation et dont la fonction, comme le comprit Bordarier avec effroi, était d'aider les naufragés à se maintenir à leur place par gros temps. Seul point positif, ils avaient de la place, le radeau ayant été conçu pour 25 personnes. Et il y avait assez de provisions pour plusieurs jours, ils n'auraient pas besoin de tirer à la courte paille pour savoir qui servirait de nourriture aux autres naufragés. Bordarier repensa au nuage de sang qui avait flotté dans l'air, au fantôme pâle qui était tombé à la renverse dans les vagues.

— Dites, Cordelle, pourquoi Ivanka s'est échappée avec vous, la première fois, quand vous l'avez ramenée à Marseille ?

Question à contre-temps, indiscrète, de mauvais goût. La situation n'était pas propice à convoquer les morts. Il regretta de l'avoir posée et aurait voulu la reprendre. Mais sa coéquipière releva la tête qu'elle avait jusque-là appuyée sur l'épaule d'Aboulafia et le regarda tristement avec ses yeux appesantis de fatigue.

— Elle ne pouvait pas rester, c'est elle qui m'a libérée quand Blagoev m'a faite prisonnière.

— Vous étiez retournée en Bulgarie à cause d'elle, non ? J'ai cru comprendre qu'elle avait insisté pour que vous soyez son agent traitant, qu'elle n'avait plus confiance après l'interruption des opérations et qu'elle ne voulait parler à personne d'autre à la DGSE.

— Blagoev l'avait forcée à me tendre ce piège pour me faire revenir et me capturer. Quand elle s'est rendu compte qu'elle n'allait pas s'en sortir, qu'il allait aussi se débarrasser d'elle, elle a décidé de tenter sa chance avec moi et m'a aidé à leur fausser compagnie.

— Vous n'auriez pas pu refuser la mission de Destoine ? Vous étiez partie depuis un an, il aurait pu se débrouiller sans vous. Tant pis si Ivanka ne voulait plus parler à la DGSE, après tout.

Bordarier craignit un instant que Cordelle ne prenne ses questions pour un interrogatoire en règle, mais il ne détecta pas de réticence de sa part. Au contaire, elle lui paraissait vouloir parler. Peut-être avait-elle perçu une sorte de trouble chez son patron, un besoin d'éclaircir les faits ? Bordarier n'avait pourtant pas encore posé la question qui lui brûlait les lèvres.

— Vous connaissez les pionniers soviétiques, commissaire ? Quand j'étais petite, ils avaient une maison, là où j'habitais, on y passait nos journées à faire de la musique, du sport, à jouer aux échecs. Pour être admis, chaque enfant devait prêter serment de se conduire en accord avec les valeurs de Lénine et de l'Union soviétique. Ces expériences de la première jeunesse, elles vous forment. J'ai sans doute appris là-bas une certaine idée de la fidélité à la patrie. Quand je suis arrivée en France, j'ai à nouveau prêté serment. Pas à Lénine, cette fois, mais à la République.

— Vous aviez déjà une expérience du renseignement, avant de venir vivre en France ?

Cordelle ramena une de ses mèches rousses en arrière, regarda dehors, la mer qui commençait à scintiller sous un beau soleil d'hiver. Une vague plus forte que les autres souleva le radeau. Bordarier ravala péniblement un renvoi acide puis se mit à téter une des poches d'eau trouvées dans le matériel de survie.

— J'étais très jeune, mineure encore, quand j'ai été intégrée à un groupe qui faisait effectivement partie des renseignements russes et qui avait survécu au démantèlement du KGB en 1991. Il s'agissait de former des agents supérieurs à ceux de l'Occident en les prenant au berceau. Comme je parlais déjà français avec ma mère, ils ont pensé que j'avais là un talent qu'ils pourraient utiliser.

— Et Islam ?

— C'était mon instructeur de close combat. Il organisait des stages de survie dans la forêt, en Sibérie. On lui confiait les meilleurs éléments.

Namgyel sortit de ce qui devait être une séance de méditation particulièrement intense, ou un sommeil profond, pour émettre un avis appréciatif sur l'homme avec qui il avait pris le contrôle du *Galina*.

— Il est très bien, cet Islam, je ne détesterais pas de le revoir pour échanger un peu plus.

Soudain Aboulafia émergea de sa léthargie pour lever un doigt en l'air et glisser la tête en dehors du radeau de survie.

— Vous entendez ?

Bordarier tendit l'oreille. Un déchirement dans le ciel, d'abord lointain, puis de plus en plus puissant. Des avions de chasse, comme ceux qui décollaient de Marseille et faisaient parfois trembler les vitres des petits villages des Cévennes et du Larzac pendant leurs entraînements.

— Quel pays ?

Les mains en visière, Aboulafia scruta le ciel.

— Ils sont trop loin. Des Mig, probablement des Mig-27.

— Des Russes ?

— Ou des Bulgares, des Roumains, des Ukrainiens.

— Vous pensez qu'ils peuvent nous voir ?

— Ça m'étonnerait. Il faudrait déjà qu'ils nous cherchent.

Bordarier sortit la tête à son tour, inquiet. Après les feux de Bengale de la veille, il ne manquerait plus qu'un missile les réduise en confettis pour que la fête soit complète. Heureusement, Aboulafia avait raison, les Mig continuèrent de s'éloigner en altitude en gardant le même cap.

Le silence retomba et Bordarier se replongea dans sa contemplation de la peau transparente de la houle, irritée par le vent, portant par moments à sa surface des ébullitions d'écume, une sorte de lait. Son estomac était devenu un sac mou et capricieux, son écœurement prenait le pas sur toutes les autres sensations internes de son corps, jusqu'à presque lui faire oublier sa blessure à l'arcade sourcilière.

À quel moment s'était-il endormi ? Un tac-tac-tac lourd et puissant l'arracha à un rêve désagréable dans lequel il expliquait à Benedetta qu'il avait dérivé dix ans sur la mer Noire, pendant que l'homme avec qui elle s'était entre-temps mariée lui signifiait avec une mine aimable mais sérieuse qu'il préférerait, si cela ne le dérangeait pas trop, qu'il sorte tout de suite. Bordarier s'agrippa à la cordelette, se releva à demi, regarda par-dessus l'épaule de Namgyel. La source du vacarme de plus en plus envahissant était un hélicoptère gris qui filait droit sur eux, rasant les flots, sorte de libellule qui se métamorphosa bientôt en oiseau, puis en un minibus devant lequel la tente du radeau se mit à battre des ailes au milieu d'embruns fuyant tous azimuts. D'un mouvement circulaire, l'engin de mort passa derrière eux avant de reparaître de l'autre côté. Namgyel fut le premier à pousser un cri d'étonnement et de soulagement en découvrant une cocarde tricolore.

— Marine nationale !

Deux têtes casquées, munies de gros écouteurs, avec derrière les visières et la vitre du cockpit des visages pâles qui les observaient, trop loin pour qu'il soit possible d'y lire la moindre expression. Ému de trouver des compatriotes au milieu de cette étendue d'eau désolée, si loin à l'est, Bordarier se redressa, leva les bras, voulut signaler qu'il était français, lui aussi. Mais comment faire, à cette distance ? Existait-il un signe de francité ? Il ne trouva pas avant d'être contraint de battre en retraite, aveuglé par le vent et le sel soulevés par les pales du rotor. Déçu et hébété, il vit que l'hélicoptère reprenait de l'altitude, virait, repartait de la direction de laquelle il était venu. Sans écouter les commentaires excités de ses compagnons, il s'allongea sur le dos, vaincu et persuadé qu'ils allaient tous mourir sur cet horrible matelas.

En milieu d'après-midi, Bordarier se réveilla à nouveau. La batterie de son portable avait atteint le seuil fatidique des 2 %. Comme lors de ses précédentes tentatives, la carte ne se chargea pas, faute de réception. Ils se trouvaient au milieu d'un quadrillage gris qui aurait tout aussi bien pu représenter la surface d'une autre planète. Il ne lui resta bientôt que sa montre pour constater à quel point le temps s'était ralenti, la trotteuse passant son doigt paresseux sur les graduations des secondes comme si elle cherchait à se retenir à chacune d'entre elles, l'aiguille des minutes ne se mouvant de son côté qu'à regret, si bien qu'il en vint à se demander si l'heure n'allait pas finir par déborder au-delà des soixante minutes, par s'étendre arbitrairement entre les mouvements de poignets qu'il ne cessait de faire pour consulter le cadran. Est-ce que cette journée allait durer toujours ?

Une nouvelle exploration du kit de survie ayant révélé la présence de cachets anti-nausée, Bordarier commença d'aller mieux vers le soir. Et puis il y avait du fil et des hameçons, pour la pêche, qui lui firent passer un bon moment, même s'il n'eut pas la moindre touche. Il s'était presque résigné à une longue errance, une accumulation de levers et de couchers de soleil qui deviendrait des mois, puis des années, lorsque la silhouette d'un navire apparut à l'horizon, du même gris clair que l'hélicoptère. Incapable de percevoir autre chose qu'une vague écharde au-dessus des flots, Bordarier s'en remit encore une fois à Aboulafia, à qui paraissait avoir échu le rôle de vigie. Plissant les paupières dans la lumière diminuante, rosissante, une fusée de détresse à la main, il finit par se prononcer.

— Incroyable ! C'est une frégate de la Marine nationale. Attendez, je lis presque son nom. *Côte d'Azur*. La frégate *Côte d'Azur*, oui, je crois que c'est un vaisseau pour la lutte anti-sous-marine. Ils nous ont vus, ils font cap droit sur nous. On a une chance de fous.

Quarante-cinq minutes plus tard, ils furent accostés entre chien et loup par un puissant zodiac et un équipage de marins brestois en combinaison de survie rouge, tout aussi étonnés qu'eux de rencontrer des compatriotes au milieu de ces eaux lointaines. Sur une réflexion pourtant assez anodine de Bordarier, qui trouvait dommage d'abandonner les biscuits, un barbu casqué déclina avec une complicité de gourmand le menu qui les attendait à la cantine. Bordarier hocha la tête, reconnaissant de cette attention délicate, puis pensa à Demba, aux migrants de la Méditerranée, à l'angoisse et à la souffrance qu'ils devaient ressentir, à la dérive à bord d'embarcations de fortune, attendant l'intervention hypothétique d'un navire de secours. Oui, se dit-il, comparé à eux, ils avaient eu de la chance.

38

Après une longue nuit de repos dans un lit superposé dont il émergea peut-être pas entièrement rafraîchi, mais dans un état physique et mental considérablement supérieur à celui qui avait été le sien lorsqu'il s'y était affalé tout habillé et à demi inconscient, Bordarier se risqua hors de sa cabine à six couchettes dépourvue de hublot, emprunta plusieurs coursives également aveugles, puis atteignit la première marche d'un escalier escarpé, presque une échelle, qui s'arrêtait net devant une porte étanche équipée d'un volant comme une écoutille. Tout cela était troublant, se dit-il en grimpant, il lui semblait rêver encore.

Le vent hargneux qui balayait le pont lui déroba son souffle. Il écarta une mèche de cheveux, se retourna pour contempler la superstructure anguleuse de la frégate. Au-dessus de baies alignées, la pyramide tronquée d'un radar tournait en révolutions rapides, alors que tout au fond du ciel s'effilochaient des nuages blancs, comme des coups de pinceau à peine appuyés. Il esquissa une flexion des genoux, raides après la journée de la veille passée dans le radeau de survie, puis s'avança pour examiner des trappes sur le pont.

— Attention, ne marchez pas dessus, ce sont les lanceurs verticaux, pour les missiles de croisière navals. Qu'est-ce que vous faites ici ?

Le marin qui l'avait interpellé était vêtu d'une combinaison bleue barrée au niveau de la poitrine d'une bande blanche et de l'inscription « Marine nationale ». Il devait avoir la trentaine, sa barbe était fournie mais courte et nette, urbaine, limite branchée.

— Euh, je ne sais pas, je prends l'air.

— Vous ne pouvez pas rester là, venez, suivez-moi, le pacha veut vous voir. Si vous voulez prendre l'air, ce sera plutôt à l'arrière, là où il y a le Caïman.

— Le pacha ? Le Caïman ?

— Le pacha, ici, c'est le commandant. Le Caïman, c'est l'hélicoptère qui vous a repéré hier.

— Ah.

Bordarier le suivit à l'intérieur, remarquant au passage les deux mots boulonnés près de la porte : « Discipline » et « Valeur ». Tout un programme, se dit-il avec un peu d'inquiétude.

La passerelle ressemblait à celle d'un vaisseau spatial. Trois sièges surélevés placés au centre dominaient des postes où des marins scrutaient des moniteurs. Son guide lui fit signe de patienter sur le côté en attendant que le commandant puisse se libérer.

Pour l'heure, cet homme d'une cinquantaine d'années, glabre, en bonne forme physique, fronçait les sourcils avec intensité devant un écran où se déplaçaient deux petits points blancs sur un fond noir mouvant. Sa tête à haut front carré était revêtue d'un poil gris partagé en une raie sur le côté. Deux fossettes juvéniles lui donnaient un air de garçon de bonne famille catholique, de ceux qu'on voit gravir les marches des églises, le dimanche, en groupes de quatre ou cinq rangés par ordre de naissance, les pantalons bien repassés avec le pli au milieu.

Un marin équipé d'un casque audio releva la tête de son écran pour lancer un regard grave à son supérieur.

— On a bien des Soukhoï sur zone. Bâbord 330, 28 nautiques.

— OK, officier de quart opérations, prenez contact. Ils ont le droit d'être là, mais il ne faut pas qu'ils jouent aux cons, on ne veut pas une collision avec le Caïman.

L'homme appuya sur un bouton et ajusta le micro de son casque. Bordarier se sentit tout à coup stressé. Est-ce qu'il était témoin d'un exercice ou d'une situation réelle ?

— *Advising Russian aircrafts to maintain a safe distance with my helicopter.*

— *OK we will maintain a safe distance and won't go below 3 500 feet. Heading north, have a nice day.*

Réelle, apparemment. En tout cas, l'accent russe était authentique. Pendant un moment, les matelots restèrent silencieux, les yeux rivés sur les écrans qui accompagnaient la trajectoire des deux Soukhoï, puis tout le monde parut se détendre.

— Capitaine de frégate Marc de Cambremer, commandant du *Côte d'Azur*. Comment allez-vous monsieur ?

— Euh, bien commandant. Merci de nous avoir secourus, nous étions dans une situation difficile.

— Vous avez dérivé en plein milieu de nos exercices avec l'OTAN. Ils viennent tout juste de se terminer, d'ailleurs. Je ne vais pas vous poser de questions sur ce qui s'est passé, nous avons reçu des instructions de Paris à ce sujet, mais je tiens néanmoins à vous remercier. La France a besoin de gens comme vous, des guerriers de l'ombre.

— Ah, euh, certainement. Comme elle a besoin de marins sur les mers, pour protéger ses intérêts avec, euh, avec discipline et valeur.

Les fossettes du commandant se creusèrent. Peut-être était-il surpris et touché que cet homme mystérieux qui venait à peine de mettre le pied sur son navire ait si bien saisi l'essence de leur mission.

— Vous serez heureux de savoir que nous avons mis le cap sur le détroit du Bosphore. Nous vous débarquerons à Istanbul, où des dispositions ont été prises par le gouvernement français afin que vous soyez rapatriés en avion. C'est le ministre des Armées lui-même qui s'en est occupé, en concertation avec le ministre de l'Intérieur.

— Ah, bon ?

Bordarier hocha le menton, se demandant à quoi allait ressembler la suite. Est-ce qu'ils allaient être mis à pied ? Disgraciés ? En vérité, ils avaient obtenu le résultat escompté, ramener Cordelle saine et sauve, mais en se comportant comme des aventuriers, des mercenaires, des fripouilles. La perspective d'une longue retraite désœuvrée dans son mazet l'assombrit, il avait tellement donné à son métier qu'il n'était pas sûr de savoir comment continuer à vivre une fois mis au rebut.

— Nous nous reverrons tout à l'heure au carré commandant. Ne vous inquiétez pas, nous ne chercherons pas à en savoir plus. Comme vous avez pu vous en rendre compte hier soir, nous mangeons très bien à bord.

Bordarier acquiesça. Il n'avait en fait qu'un vague souvenir de son repas de la veille, qu'il avait pris machinalement, presque en dormant. Des coquillettes, lui semblait-il, avec du blanc de dinde trempé d'une sauce brune qui avait peut-être contenu des champignons.

Une carte prépayée lui fut confiée, avec laquelle il put appeler Benedetta. De ce qui s'était passé, il ne garda qu'un récit édulcoré dans lequel il s'efforça d'introduire des notes d'humour, réduisant autant que possible le tout à une aventure amusante, une péripétie qui arracherait des rires à des amis, au restaurant. Au bout d'un silence, elle l'interrompit, presque solennelle, comme si elle s'imposait de rester calme.

— Écoute, *caro*, j'aimerais que tu gardes tes distances avec Vera Cordelle. C'est une mauvaise fréquentation. Je ne sais pas si tu l'as remarqué, mais depuis qu'elle est arrivée à Nîmes tu n'arrêtes pas de te faire tirer dessus, kidnapper, rouer de coups. Si ça continue comme ça, ça va mal finir.

Bordarier sourit. Benedetta lui parlait comme à un fils idiot qui se serait amouraché d'une mauvaise fille. En même temps, elle n'avait pas complètement tort.

— Je vais faire attention.

— Promis ?

— Promis.

— Tu vas rentrer comment ?

— Un avion va venir nous chercher à Istanbul dans deux jours.

— Et après ?

— Après, on pourrait se voir ?

Il y eut un petit silence. La ligne grésilla. Bordarier craignit de perdre la communication, regarda par-dessus son épaule.

Des marins passaient en permanence dans la pièce. Il lui semblait qu'ils tendaient l'oreille et lui jetaient des regards curieux. Benedetta reprit, lointaine.

— Ça va être un peu compliqué la semaine prochaine, je vais voir. Je t'envoie un message. Tu as toujours ton téléphone ?

— Par miracle, oui.

— Alors je te tiens au courant.

Bordarier se dirigea pensivement vers sa cabine, un peu déçu. Il venait d'échapper à la mort pour la deuxième fois en quelques jours, mais déjà Benedetta n'avait plus envie de se précipiter à Nîmes pour le réconforter. Pourquoi n'avait-il pas été plus aimable la dernière fois, quand il l'avait appelée de Marseille, à sa sortie d'hôpital ? Il maudit ses états d'âme. La tentative d'extraction de Cordelle, échec cuisant qui avait blessé son amour-propre, lui avait fait chercher la solitude sans voir la détresse de Benedetta, son besoin d'être rassurée. Un vrai imbécile. Tout à coup, il se souvint qu'il avait tué quelqu'un la veille. Il s'arrêta au milieu de la coursive. Non, Aliokhine méritait ce qui lui était arrivé. Un fou dangereux, capable de tout.

Des vêtements de matelot avaient été posés sur son lit. Il prit une douche dans des sanitaires spartiates, puis partit à la recherche de Cordelle, poussé par un besoin de se confier. Il la retrouva dans une salle de sport située sur la mezzanine du hangar où le Caïman était rangé entre deux missions.

Cordelle continua sa série de tractions sur la chaise romaine. À quelques mètres, un homme et une femme chargés de fonte s'encourageaient mutuellement avec des ahanements de brutes.

— Cordelle, vous savez, Aliokhine, je l'ai…

Elle baissa les yeux vers lui, lâcha la barre, s'essuya le visage dans une serviette élimée.

— Ne vous mettez pas martel en tête. Si vous lui aviez laissé la moindre chance, il vous aurait éliminé sans hésiter.

Bordarier fit la moue, pas convaincu de ce qu'elle affirmait. À Marseille, dans l'escalier de l'immeuble qui abritait la planque des

Turcs du MIT, Aliokhine ne s'était-il pas arrêté pour le mettre en position de sécurité ? Et puis dans l'ascenseur de l'hôtel, à Baltchik, ne s'était-il pas contenté de le frapper et de l'électrocuter, alors qu'il aurait facilement pu l'assassiner à ce moment-là ?

— Vous croyez ?

— S'il n'y avait pas eu le stylo à l'acide de Genet pour libérer Islam, on serait tous morts, patron. Vous voulez que je vous dise quelque chose ? Vous êtes un homme de cœur, patron, mais vous vous attendrissez trop facilement, votre délicatesse de sentiment vous joue des tours. Quand je m'entraînais avec lui, Islam m'a toujours dit la même chose, que dans une situation où c'est vous ou l'autre, il n'y a pas de demi-mesure, il faut frapper pour tuer.

Quelque peu soulagé par les mots de Cordelle, car après tout il ne demandait qu'à la croire, Bordarier se dirigea vers le carré commandant avec un poids moins lourd sur les épaules.

— École navale, bac scientifique, classes préparatoires math sup, math spé, passé le concours, envie de défendre mon pays, de voir le monde. De toute façon, je n'avais pas vraiment le choix, on a toujours servi la Royale, dans ma famille, de père en fils, il aurait été inimaginable que je fasse autre chose.

Tout à ses réminiscences, Marc de Cambremer paraissait s'être désintéressé de son fishburger, un agrégat de poisson non identifié caparaçonné d'une panure coriace. En revanche, il n'hésitait pas à solliciter le quartier-maître 2e classe Priscilla Bigot pour lui demander un nouveau verre de vin, carburant que Bordarier devina habituel et nécessaire au monologue de plus en plus teinté de mélancolie qu'il débitait sur sa carrière et son métier.

— Vous savez que j'ai les deux seuls hublots à bord, si on ne compte pas les baies de la passerelle ? Un pour mon bureau et un pour ma chambre. Ici, ça fait de moi un privilégié.

Et puis, après une longue pause durant laquelle la sympathique Priscilla avait apporté des mousses au chocolat :

— Si j'avais osé, j'aurais peut-être postulé pour la DGSE. Vous, par exemple, monsieur, euh, Bordarier, à première vue vous ne payez pas de mine, on ne se méfie pas, mais en réalité, au fond, vous êtes capable de tout pour défendre l'honneur de la France. Je me trompe ? La fin justifie les moyens, n'est-ce pas ? Vous ne vous embarrassez pas de règles, vous agissez. Alors que nous, même face à des pirates, on nous tient la bride.

Si la croisière s'était éternisée, Bordarier aurait sans doute fini par demander à prendre son repas au carré des marins ordinaires, mais le troisième jour, une ligne de terre apparut à l'horizon, qui se rapprocha. Elle était couverte d'arbres, avec des immeubles à balcon, des maisons, des façades blanches, jaunes, pistache ou brique qui descendaient par étages jusqu'à la rive. La frégate glissa sous des ponts suspendus, croisa d'énormes navires marchands, d'interminables pétroliers. La silhouette élancée d'un minaret se dressait parfois au-dessus des tuiles.

Ils arrivèrent au débouché du détroit du Bosphore pendant la nuit. Bordarier découvrit les lumières scintillantes d'Istanbul. Un immense drapeau turc battait dans le vent, à l'arrière d'un vaisseau, éclairé par un projecteur.

Vers minuit, l'hélicoptère de la frégate fut autorisé à décoller. Ils survolèrent des rues, tranchées orange entre les toits, des monuments grandioses sous les faisceaux de projecteurs, puis des quartiers résidentiels, des collines noires, l'aéroport.

La délégation de l'ambassade qu'on leur avait annoncée s'avéra un trop grand mot pour le seul et unique diplomate qui les attendait sur le tarmac, un jeune frissonnant à côté de sa navette.

— Et vous êtes rentrés comment, dans l'espionnage ?

Ils étaient en route vers une autre partie de l'aéroport où les attendait l'avion privé. Bordarier considéra à nouveau l'émissaire. Il avait l'air d'un Parisien de bonne famille, propre sur lui bien que serré dans un costume trop étroit d'une bonne taille et demie. Sans doute avait-il été parachuté par piston, un peu contre son gré, dans cette ambassade exotique à la croisée de l'Occident et de l'Orient. Mal à l'aise face à ce groupe de baroudeurs qui lui tombait sur les bras et dont il avait hâte de se débarrasser, il s'était rabattu sur des réflexes d'urbanité acquis au fil d'ennuyeuses réceptions à l'ambassade. Malgré sa lassitude et son agacement, Bordarier s'efforça de répondre.

— De force.

— Ah bon ? Ce n'était pas un choix de carrière ?

— Ni un choix ni une carrière.

Cordelle se retourna pour sourire au diplomate qui se demandait comment l'anodine formule dont il avait l'habitude de se servir pour briser la glace avait pu déclencher un tel dérapage.

— Mon patron est un héros malgré lui.

— Ah, racontez-moi.

Sa requête ne rencontra que le silence. De toute façon, l'avion était apparu, un jet d'affaires tout en longueur.

Ils gravirent une volée de marches, pour pénétrer dans un habitacle étroit, seulement équipé de deux rangées de siège, où ils eurent la surprise de découvrir un occupant. Fabrice Destoine était en train de boire un café, un journal plié devant lui qu'il repoussa pour se lever.

— J'ai tenu à venir vous chercher moi-même et à vous féliciter, tous, pour cette extraordinaire opération.

Bordarier observa Cordelle et se rendit compte que son visage avait pris l'expression indéchiffrable de la joueuse de poker. Il fut saisi par une double certitude. La première était qu'elle ne faisait plus confiance à Destoine. Quant à la seconde, elle le concernait directement. À moins qu'Aliokhine ne soit repêché, personne d'autre que lui-même et Cordelle n'apprendrait ce qui lui était arrivé. Et c'était bien ainsi.

39

Le mazet était vide, les maigres bagages de ses hôtes avaient disparu. Comme il n'avait pas réussi à opposer à Corti un refus explicite, Bordarier s'était attendu à ce qu'il lui envoie d'autres migrants pour alléger la pression des arrivées quotidiennes dans les centres d'accueil de la région nîmoise. Si ça s'était produit, il en aurait été profondément ennuyé, bien sûr. Mais maintenant il était surpris de se découvrir presque déçu, comme s'il s'était trompé de jour et avait ouvert la porte sur un lieu déserté, sans chauffage, au lieu de trouver une fête battant son plein. Où Demba et ses deux amis étaient-ils allés ? Il se consola de l'absence d'adieux en découvrant que son réfrigérateur était rempli de restes soigneusement conservés dans des boîtes en plastique. Il en ouvrit une, renifla un plat en sauce qui lui parut frais. Il sentait le curry et le gingembre, deux condiments que ne recélaient habituellement pas ses placards.

Quelques minutes plus tard, l'appétit stimulé par les parfums qui embaumaient la pièce, il posa la casserole sur le gant de cuisine qu'il avait jeté sur sa toile cirée à motifs provençaux et attaqua directement son repas avec la cuillère qui lui avait servi à le mélanger, s'évitant ainsi le train supplémentaire de sortir une assiette et la corvée de la vaisselle qui s'ensuivrait. D'autant plus fort et émouvant qu'il faisait contraste avec l'affreuse tambouille de la Marine, son plaisir de dégustation fut malheureusement de courte durée. Tel un arrière-goût amer apparu entre deux bouchées, un bruit désagréable lui parvenait de l'extérieur, dont il n'eut pas à chercher longtemps l'origine.

Sans nouvelles de la requête qu'il avait placée auprès de son voisin, Julien avait dû se résoudre à utiliser son argent de poche ou à ponctionner sa mère pour aller s'acheter une nouvelle hélice chez Dronolec. Bordarier s'essuya la bouche, écarta le rideau, regarda le drone passer acrobatiquement entre deux arbres, puis sa montre, qui indiquait 10 heures.

Après trois heures de vol, l'avion avait fait escale à Nîmes, où ils avaient débarqué. Le débriefing de Destoine ne leur avait pas donné le loisir de s'assoupir plus d'une heure et son corps lui renvoyait les mêmes signaux de fatigue que si une journée entière s'était déjà écoulée. Il aurait fallu se recoucher, s'allonger, faire la sieste, mais la perspective d'écouter le drone tourner autour de sa maison telle une mouche autour de sa tête l'en dissuada. Mieux valait passer au commissariat et essayer de se familiariser à nouveau avec les affaires en cours.

Avec d'énormes bâillements, Bordarier descendit en voiture du mont Duplan par les petites rues, salua d'une main le propriétaire d'un restaurant sicilien qu'il fréquentait parfois et qui était occupé à relever son rideau de fer pour faire entrer dans sa cuisine des cageots de légumes frais. Atteignant ensuite le boulevard Gambetta, il bifurqua devant le square Antonin. De sa main de pierre, l'empereur semblait bénir un peuple de pigeons occupé à picorer des miettes que leur lançait en pluie une dame âgée mais au bras leste.

Arrivé au commissariat, Bordarier eut beau faire comme si de rien n'était, saluant ses collègues et les secrétaires avec un parfait naturel, il eut l'impression que se propageait à travers le bâtiment le murmure que fait la ruche devant un événement nouveau. Après leurs péripéties marseillaises, cette deuxième disparition puis réapparition avait dû nourrir une multitude d'inventions pittoresques et baroques que chaque version supplémentaire avait ensuite amplifiées. Il en était à se demander s'il n'allait pas falloir faire une mise au point officielle quand Genet frappa à sa porte.

— Bonjour patron, vous avez mon stylo ?

— Bonjour à vous aussi, Genet. Non, il a été perdu au cours de l'opération sur le *Galina*.

En homme naturellement nerveux et mobile, Genet ne passait jamais dans le bureau de Bordarier qu'en coup de vent, sans s'asseoir. Mais cette fois, il s'était installé sur une chaise, le menton dans la main, le coude sur un genou. Au moins, il n'avait pas l'air trop déçu de la perte de son invention. Un sourire hésitait même sur ses lèvres, qui suggérait une sorte d'intelligence avec Bordarier, de complicité, comme s'il voulait lui signifier qu'il en savait plus sur ce qui s'était passé que tous deux allaient en dire.

— Chögyam m'a raconté qu'il avait servi. Il paraît qu'il a liquéfié le maillon d'une chaîne ?

— Je confirme que votre invention a été d'une efficacité spectaculaire.

— J'ai été bien inspiré de le glisser dans votre poche.

— Mais vous avez tout de même fait un pari assez hasardeux. J'aurais pu me faire arrêter à l'aéroport, par exemple.

— Le Corrosivus passe sans problème aux rayons X.

— Il aurait pu couler, avoir une fuite.

— Ce n'est pas un stylo-plume de supermarché que je vous ai donné, il ne fuit pas.

— D'ailleurs, maintenant que j'y pense, mon Montblanc ?

Genet se leva à demi pour fouiller dans la poche arrière de son pantalon et en tira le cadeau de Benedetta. Bordarier l'examina avec attention pour voir si ce séjour irrespectueux entre la chaise et les fesses de Genet ne l'avait pas abîmé. N'ayant pas constaté de rayure, il l'ouvrit, leva la cartouche à la lumière. Rien d'anormal à l'intérieur non plus. Il le rangea dans sa veste. Son coéquipier le considérait avec une expression indéfinissable.

— Mon Corrosivus, vous l'avez utilisé en mode seringue.

Bordarier sursauta presque. Pour se donner contenance, il réveilla l'écran de son ordinateur.

— Pourquoi vous dites ça ?

— C'était juste une question que je me posais à haute voix.

Inutile de mentir, Genet avait lu en lui comme dans un livre ouvert.

— Je me suis défendu contre quelqu'un qui voulait me tuer et j'ai planté votre stylo dans sa jambe. Je n'avais pas l'intention de libérer de l'acide, je ne suis pas complètement sûr qu'il ait fonctionné d'ailleurs.

Genet hocha la tête, apparemment amusé par ce distinguo.

— Si vous l'avez planté, l'acide a été injecté, c'est automatique, c'est comme ça que je l'ai conçu. Vous l'avez utilisé en mode seringue.

Bordarier réprima un frisson en revoyant soudain le visage d'Aliokhine déformé par une douleur insoutenable.

— À part ça ? Vous passiez juste pour votre stylo ou vous vouliez me dire quelque chose d'autre ?

— Ah, oui, c'est au sujet du propriétaire de la Maserati GranTurismo, Alessandro Savino. Vous m'aviez demandé de me renseigner.

Bordarier se redressa du fauteuil où il s'était un peu affaissé. Il avait presque oublié le tuyau donné par Nanorobot sur l'indentité du nouveau propriétaire des tableaux de Marsot.

— Ah ? Qu'est-ce que vous avez appris ?

— Qu'il est propriétaire de plusieurs hôtels de luxe et que l'un d'eux, qui va bientôt ouvrir, a douze chambres décorées avec les tableaux de Marsot.

— Vous en êtes sûr ?

— C'est à Èze, près du cap Estel, entre Nice et Monaco. Sur les photos que j'ai obtenues, les peintures apparaissent presque toutes, accrochées aux murs. C'est luxueux. J'ai pris la liberté de contacter M. Savino tout à l'heure. Il est disponible si vous voulez aller le voir dans sa propriété des Cévennes.

Pourquoi pas ? S'il était maintenant évident que les tableaux n'avaient pas été volés, il restait des choses à vérifier. Il en profiterait pour faire une promenade en forêt. Le mouvement du navire s'était si bien enregistré dans ses muscles qu'il avait par moments l'impression qu'une houle se levait sous ses pas.

— Merci, Genet.

— Ravi de vous revoir parmi nous, patron.

Il arrêta la Primula au bout d'un chemin de terre, devant un portail sobre surveillé par plusieurs caméras. De chaque côté s'étendait un haut mur crêté de tessons et surmonté des têtes bruissantes de bambous verts et jaunes. Il en existait d'autres, dans ces collines boisées entourant la ville d'Alès, des domaines de ce genre, abritant des propriétaires la plupart du temps absents et dont l'extrême discrétion servait à occulter un train de vie largement supérieur à celui des habitants des environs. On ne risquait pas de les croiser à la supérette du coin, ils se déplaçaient en hélicoptère, comme des passants enjambant le caniveau pour ne pas salir leurs chaussures.

Passé le visiophone devant lequel Bordarier s'était d'abord empêtré avant de montrer sa carte de police, Savino montra un liant tout à fait italien. Sa silhouette affûtée était soulignée par l'élégance sobre d'un pantalon noir et d'un col roulé brun, tous deux ajustés. Il devait avoir à peu près le même âge que Bordarier, mais si on les avait mis l'un à côté de l'autre, Savino aurait été désigné comme le plus jeune des deux. Engoncé dans sa veste épaisse, étouffant un peu malgré son col ouvert, serré à la taille par un pantalon qui commençait à être juste et à donner des signes de fatigue au niveau des genoux, le commissaire avait l'impression de troubler par sa seule présence la sérénité de ce salon aéré et lumineux, hauteur sous plafond, cinq mètres au bas mot, dont les larges portes-fenêtres ouvraient sur un parc parfaitement entretenu. Il se retint de passer sa main sur le sofa qui avait accueilli son derrière avec une douceur extraordinaire et dont les arrondis rappelaient une forme humaine familière et bienveillante. Le giron d'une maman, peut-être.

Savino attendit pour parler que deux expressos servis dans des tasses asymétriques d'un rouge éteint aient été posés sur la table basse en marbre noir. Le domestique à cheveux blancs avait sur le dos de sa main trois points d'encre bleue, suggestion d'une ancienne appartenance au monde des voyous, voire d'un passage en prison. Si Bordarier ne se méprenait pas, le tatouage signifiait « mort aux vaches ». Il n'en avait pas vu un de ce genre depuis une bonne dizaine d'années. Savino prit sa tasse dans la main.

— Vous avez de la chance, vous me trouvez juste entre deux déplacements. Je reviens de Madrid, je dois partir demain pour Milan. Ensuite, je passe deux semaines à Côme. En quoi puis-je vous être utile, *dottore* ?

— Je viens à propos de Stéphane Marsot. Vous le connaissez ?

Savino reposa sa tasse, sourit comme s'il lui rappelait un souvenir agréable, hocha la tête, ce qui eut pour effet d'imprimer un mouvement souple à sa vigoureuse chevelure poivre et sel.

— Ah, oui, M. Marsot. Je ne l'ai jamais rencontré, seulement son représentant et intermédiaire, mais j'ai fait affaire avec lui, je lui ai acheté l'année dernière une collection de très beaux tableaux pour la décoration de mon nouvel hôtel.

— Quels genres de tableaux ?

— Des œuvres de peintres français, pour la plupart du Midi. Certains sujets sont très bien rendus, avec beaucoup de brio.

Bordarier soupira. Il n'était jamais agréable d'apprendre à quelqu'un qu'il s'était fait rouler dans la farine.

— Je vais peut-être vous décevoir, mais ces tableaux sont en réalité tous des faux. M. Marsot a été forcé de les reprendre après les avoir cédés une première fois à des acheteurs dans une salle des ventes.

Savino sourit finement. Bordarier comprit qu'il était amusé de la naïveté qu'il lui avait supposée.

— Je vous rassure tout de suite, *dottore*, je le savais, c'était clair et entendu dès l'instant où l'intermédiaire de M. Marsot me les a proposés. Ils sont très bien faits et le prix était raisonnable. Je n'ai d'ailleurs jamais eu l'intention de mettre des tableaux de maître dans des chambres d'hôtel. Non seulement ç'aurait été s'exposer à toutes sortes de problèmes de sécurité, mais en plus une large portion de ma clientèle aurait trouvé ça très vulgaire. Qu'on fasse l'acquisition d'un Rembrandt, par exemple, je veux bien, mais comme investissement. On ne l'accroche pas aux cimaises, on le fait garder dans le port franc de Genève. Au bout de quelques années on le vendra à quelqu'un d'autre qui le conservera exactement au même endroit. De nos jours, la tendance n'est plus à s'afficher. C'est au point que si on dépense beaucoup pour une chose, il faut qu'elle n'en ait pas l'air. Tenez, regardez vos chaussures, elles me font penser à ces baskets vendues à une époque par Balenciaga Paris. Elles ressemblaient à des Converse mais elles étaient en loques, avec des fils qui sortaient de partout, des taches, des inscriptions au marqueur, comme si elles avaient été portées pendant des mois par un punk sans abri, imprégnées de bière et d'urine. Eh bien, pour s'acheter les « fully destroyed », les plus courues, il fallait débourser plus de 1 500 euros. Et puis ils ont aussi sorti des cabas bleus qui ressemblent comme deux gouttes d'eau aux sacs qu'Ikea propose à ses clients. *Infatti*, les riches, les vrais, maintenant, ils veulent ressembler aux pauvres. Vous savez que Rolex produit une montre qui imite les Casio bas de gamme ? C'est réservé aux *happy few*, à leurs clients les plus prestigieux. J'en ai déjà vu plusieurs dans mes hôtels.

Quelque peu abasourdi par ces étonnantes révélations, Bordarier baissa les yeux vers ses chaussures. Effectivement, elles avaient vécu, il aurait donc pu passer pour riche. Quant à sa montre, c'était une modeste Lip, produite non pas à Genève, mais à Besançon. Mais peut-être ressemblait-elle à une Patek Philippe imitant une Lip ? Il se promit d'interroger Benedetta sur ces évolutions récentes, car il n'était pas loin de penser que Savino était en train de se payer sa tête.

— Intéressant, intéressant. Bon, mais pour revenir à ces tableaux, le représentant, c'était qui exactement ?

— Un monsieur très cultivé dont le nom m'échappe, ça fait déjà un an, vous savez. Attendez que je regarde dans mon portable.

D'un geste souple, Savino avait enfilé des lunettes en écaille et faisait défiler de manière désinvolte son écran. L'attente se prolongeant, Bordarier craignit que son attention n'ait été détournée.

— Alors, vous trouvez ?

— Ah, oui, voilà. Il s'appelle Dominique Frioul, il travaille au musée des Beaux-Arts.

Bordarier fronça les sourcils, profondément surpris. Le tueur de beau-père était derrière cette vente ? Pourquoi lui avait-il menti en lui disant qu'il ne savait pas où étaient passés les tableaux ?

— Et vous avez payé comment ?

— Eh bien, ils ont voulu du liquide, ça s'est fait un peu de la main à la main, vu qu'ils étaient faux de toute façon.

Bordarier sourit de cet éclair de candeur, surtout venant d'un homme d'affaires aux pensées si subtiles. Effectivement, pourquoi payer une vraie TVA sur de faux tableaux, c'était plus simple de les échanger contre quelques liasses de billets. Ça expliquait que Genet n'ait pas trouvé la moindre trace d'une transaction autour des peintures dans les finances de Marsot.

40

Malgré son envie d'aller tout de suite demander des comptes à Dominique Frioul, Bordarier maintint son projet de promenade. Il se gara au bord d'une petite route à un départ de chemin, commença d'entrée à gravir une forte pente, enleva sa veste, s'épongea le front, souffla, râla, dépassa sa zone de confort pour se retrouver directement dans le rouge. Au bout d'une demi-heure, exsangue, il arriva à un banc à demi mangé par les vers, sur lequel il s'affala sans en vérifier la solidité, n'ayant plus d'énergie pour le faire. Le bois grinça, plia, mais tint bon. Sous ses yeux était une petite vallée tranquille, remplie de bois de châtaigniers. Le soleil d'hiver arrachait à la terre d'agréables odeurs d'humus. Il resta ainsi longtemps, sans penser à grand-chose, savourant cette parenthèse dans la nature.

Quand Bordarier redescendit, il avait un peu froid. Sa transpiration avait séché. Il retrouva la Primula et repartit, se perdit sur les petites routes où la réception n'était pas bonne. Quand il finit par retrouver la direction de Nîmes, il était déjà presque 17 heures.

Le musée des Beaux-Arts allait fermer, déjà la lourde porte grinçait sur ses gonds. Devant le refus muet que lui opposait le gardien en tapotant sa montre, Bordarier lui montra sa carte de police. Avec réticence, l'homme courba son cou raide de sexagénaire boulonné à une chaise pour la considérer avec une expression dédaigneuse.

— Vous êtes de la police, grand bien vous fasse. Mais monsieur, ça ne change rien à l'affaire. Est-ce que vous iriez montrer votre carte de police au supermarché pour en retarder la fermeture ? Non, ce serait un abus de pouvoir. Si vous tenez à voir M. Frioul, attendez-le dehors ou allez directement chez lui.

— J'ai des questions à lui poser sur des tableaux, c'est une urgence, poussez-vous.

Pour celui qui n'avait jamais vu la moindre œuvre bouger d'un millimètre de ses cimaises, les mots « urgence » et « tableau » devaient paraître absolument antithétiques. Regardant Bordarier comme s'il avait affaire à un fou, l'homme tenta d'opposer le poids de son corps à la poussée qu'il exerçait maintenant de l'épaule contre la porte.

— Monsieur, je vous dis que c'est fermé !

Sans l'écouter, Bordarier se fraya un chemin dans le hall d'accueil. L'employée de la billetterie, qui venait de boucler la caisse, le regarda avec surprise puis s'éloigna à pas rapides en faisant claquer ses talons. Il se retourna vers le garde qui verrouillait l'entrée.

— Il est où, Frioul ?

— Débrouillez-vous. Et puis pour sortir, vous n'aurez qu'à trouver la porte de derrière, si vous le pouvez. Et si vous ne trouvez pas, tant pis pour vous.

Bordarier haussa les épaules. Il se souvenait du chemin qui menait au sous-sol. De la musique venait de l'atelier où Frioul passait ses journées à rendre les toiles endommagées à leur gloire originelle. Un air de guitare espagnole issu du fond des âges semblait raconter de grandes étendues d'herbe jaune, brûlées par le soleil, des oliviers bruissants de cigales, des villages juchés sur des collines.

— Ah, commissaire, vous êtes de retour ? Qu'est-ce que je peux faire pour vous ?

D'un geste calme, Frioul baissa le volume sur l'enceinte Bluetooth qui était posée sur un tabouret. Bordarier s'approcha de lui, en colère.

— Vous m'avez menti sur les tableaux de Marsot et vous m'avez fait perdre un temps fou. À quoi vous jouez, Frioul ? Qu'est-ce que vous aviez à gagner en ne me disant pas directement ce que vous en aviez fait ? C'est parce que vous n'avez rien déclaré aux impôts ?

Scrutant l'expression de lassitude qui était passée sur le visage de Frioul, il comprit qu'il avait tapé juste. Oui, c'était aussi idiot que ça. Pour s'économiser quelques milliers d'euros, le restaurateur avait préféré entraver la marche d'une enquête sur un meurtre.

— Je savais que les tableaux n'avaient rien à voir avec le meurtre de M. Marsot et que vous faisiez fausse piste, ce n'est pas comme si j'avais protégé un criminel. Et puis je n'étais pas le seul impliqué, c'était une transaction qui demandait de la discrétion.

— Vous avez pris une bonne commission, au moins ?

— Très modeste, en vérité.

— Comment vous avez rencontré Savino ? Et je croyais que vous n'aviez eu aucun contact avec Marsot, seulement avec son avocat, en tant qu'expert dans son litige avec la salle de vente et les acheteurs des tableaux ?

— Savino, je le connais à travers son domestique, ou son majordome si vous préférez. Nous avons fait de la prison ensemble. Quant à Marsot, c'est exact, je n'ai eu de contacts avec lui qu'à travers son avocat, c'est maître Courtois qui m'a proposé l'affaire et m'a chargé de trouver l'acheteur. C'est aussi lui qui a remis les tableaux en main propre à Savino.

Bordarier se frotta les coins de la bouche. Ainsi, Hugues Courtois aussi avait menti ? Depuis le début, il savait ce qu'étaient devenus les tableaux ? Le plus étonnant, c'était que Bordarier aurait complètement ignoré leur existence si l'avocat n'en avait pas parlé.

De retour dans la rue, il entra dans un bar et commanda un demi. L'atmosphère était calme. Un monsieur lisait son journal, un autre faisait des mots croisés, une femme sirotait mélancoliquement un cognac. En regardant dehors la lumière du soir qui baissait rapidement, Bordarier se sentit soudain découragé. Sur l'affaire Marsot, il ne tenait plus rien du tout.

Ces tableaux ne menaient nulle part. Il appela Hennequen pour lui demander où elle en était de sa recherche sur la Fiat Panda qui apparaissait sur les enregistrements de caméras de sécurité, le soir du meurtre de Marsot et de l'incendie de la villa des garrigues nord.

— Désolé, commissaire, je ne suis qu'à la moitié de la liste, il y en a trop. J'essaie de faire des recoupements géographiques, mais c'est un travail titanesque. Il faudrait trouver un critère pour resserrer.

— Bon, continuez, Hennequen, cette voiture, c'est tout ce qu'on a pour l'instant, la piste des tableaux est tombée à l'eau.

— Au fait, je voulais vous dire, vous êtes au courant pour la fête de retour de Vera ? On va faire un petit pot au commissariat demain, chacun apportera quelque chose.

— Ah, d'accord, avec plaisir.

— 15 heures.

— Entendu.

— J'amène une salade de radis, betterave et chou frisé. Et vous ?

— Je ne sais pas, des petites choses à grignoter, des accras de morue, des petits pâtés nîmois, de la charcuterie ?

— Rien que ça ?

— Dites, Hennequen, j'espère que vous n'ambitionnez pas de devenir mon coach de remise en forme, parce que je ne suis pas intéressé.

— Si je vous reprenais en main, vous feriez un marathon dans six mois, patron. Mais je vous avertis, ce serait radical, il faudrait s'accrocher. Marche, natation, escalade, *burpees*, beaucoup de *burpees*.

Bordarier sourit. S'il avait choisi un entraîneur, ç'aurait plutôt été Islam. Où se trouvait-il maintenant ? Est-ce que lui et ses deux compagnons continuaient de dériver sur les flots ? Il était difficile d'imaginer qu'un être aussi résilient pourrait bêtement succomber à un naufrage. Donnerait-il des nouvelles à Cordelle ?

— Vous me feriez péter une durite. J'ai passé la cinquantaine vous savez, la machine n'est plus aussi fringante qu'avant, il faut l'accepter, c'est comme ça.

— Peuh, l'âge n'est qu'une vue de l'esprit, volonté et discipline font tout. Il y a des septuagénaires qui montent en haut de l'Everest, vous savez. Plein, même.

41

Au lieu de rentrer directement au mazet, Bordarier s'arrêta dans l'impasse des Anémones.

Il y avait de la lumière chez Hugues Courtois. Il sonna à la porte. La lune faisait tomber l'ombre des deux cyprès sur l'herbe rase du terrain. L'avocat fronça les sourcils, il avait dû détecter une vague menace dans la physionomie de Bordarier.

— Ah, commissaire, comment allez-vous ? L'enquête avance ?

— Elle aurait peut-être avancé un peu plus vite si vous ne m'aviez pas orienté dans la mauvaise direction, avec cette histoire de tableaux.

Courtois fit claquer le coin de sa lèvre, prit l'air profondément affligé, regarda ses chaussons, s'écarta pour laisser entrer Bordarier qui lui décocha un regard noir.

— Je suis désolé, c'est vraiment bête, je ne pensais pas que vous alliez vous focaliser là-dessus.

— Il y a d'autres choses, que vous me cachez, tant que nous y sommes ?

— Non, vraiment, non. C'est tout. Je ne sais pas comment m'excuser, c'est vraiment idiot, jamais je n'aurais imaginé…

— Ça vous arrive souvent de gruger le fisc ? C'est pas très intelligent, de la part d'un avocat, non ?

— Écoutez, commissaire, je vais réparer mon erreur, dès demain je prends rendez-vous et je paierai ce que je dois, tant pis pour Savino et tant pis pour Frioul s'ils ont des ennuis. Je demanderai même à Audibert quelle est la meilleure chose à faire. Je vous offre quelque chose à boire ?

Bordarier regarda autour de lui. Toutes ces décorations moyenâgeuses avaient dû coûter beaucoup d'argent, même si la plupart étaient de très mauvais goût et faisaient plutôt toc. C'était à se demander si Courtois se faisait payer en liquide par ses clients et prenait des pots-de-vin.

— Pourquoi pas.

— J'ai du Campari, si vous voulez, je peux vous faire un negroni, avec un peu de gin et de vermouth rouge.

Lui aussi ? Nanorobot lui avait parlé d'André Casse qui lui avait fait un negroni l'autre jour. C'était curieux, cette mode italienne qui peu à peu pénétrait toutes les couches de la société. L'Aperol spritz était maintenant omniprésent, l'été, sur les terrasses. Bordarier ne pouvait s'empêcher de regarder avec suspicion ces grands verres orange.

— Va pour le negroni. D'ailleurs, je voulais vous demander. D'où vous vient votre goût pour le Moyen Âge ?

Courtois avait pris deux verres dans une armoire rustique en chêne clouté, dont les grosses ferrures noires auraient été plus à leur place sur la porte d'un cachot de roman gothique.

— Oh, ça doit venir de loin, je ne le sais pas moi-même. Je me suis toujours passionné pour les objets anciens, les armures, les armes, les châteaux, la vie des aristocrates à l'époque. C'est peut-être à cause de mon nom. L'amour courtois, vous savez. On appelle ça un aptonyme. Il y a des Lebœuf qui deviennent boucher, des Four qui sont boulangers, des Fleury qui sont fleuristes. J'ai même entendu parler d'une commissaire divisionnaire qui s'appelait Dupif. Je ne plaisante pas, elle existe vraiment, vous pouvez vérifier.

Laissant Bordarier méditer cette théorie déterministe qui cadrait finalement assez bien avec sa conception du monde, il s'affaira un moment dans la cuisine dont il revint bientôt avec les deux apéritifs. Bordarier goûta le negroni et le trouva assez plaisant, bien que finalement peu alcoolisé. Manquant de nerf, comme disait Nanorobot.

— Bon, écoutez, monsieur Courtois, c'est le moment de me dire si vous avez la moindre idée de qui aurait pu être l'auteur du meurtre de M. Marsot.

Courtois secoua la tête, sourit tristement, posa les mains sur ses genoux, regarda le sol entre ses pieds, releva à nouveau les yeux pour les planter dans ceux de Bordarier. Il avait l'air si franchement perplexe et désolé que ça en devenait suspect.

— Non, j'ai beau y réfléchir presque tous les jours, non, aucune idée. C'est tout simplement incompréhensible.

Lorsque Bordarier reprit le volant, il était un peu ivre. En réalité, ces boissons étaient trompeuses, plus fortes qu'on ne le pensait. Il sortit prudemment de l'impasse puis roula doucement vers le mazet, ses phares éclairant comme un tunnel les arbres et les murets de chaque côté de la route très étroite et dépourvue de trottoir. Tout à coup, deux jambes d'un pantalon noir apparurent dans leur faisceau, puis une forme longue, un peu sinistre, enveloppée d'un grand manteau qui faisait comme une cape de brigand. L'homme se retourna, il reconnut Audibert. Au moment où il le dépassait, presque au pas, celui-ci se pencha vers sa portière et lui fit signe de baisser sa vitre.

— Bonsoir, Émile. Alors, tu avances, qu'est-ce que ça donne ? J'ai vu que tu étais passé chez Courtois.

— Tu le connais bien ?

— Bien ? Non, tu sais, il est un peu bizarre. Tu as vu sa déco ? Il se prend pour le châtelain de l'impasse. J'ai essayé de lui faire enlever son espèce de fontaine de jardin. Impossible, il y tient comme à la prunelle de ses yeux. Il me dit : quand je l'aurai branchée, ce sera magnifique. On aurait cru qu'il m'annonçait les grandes eaux de Versailles. Ça fait au moins trois ans qu'il fait semblant d'y travailler, à son raccord au robinet.

— Tu n'as jamais rien remarqué de suspect chez lui ? Entendu des choses circuler ?

— Non, pourquoi ?

— Oh, pour rien.

— Ceci dit, je ne suis peut-être pas la meilleure personne pour te renseigner, je ne passe pas mon temps à épier mes voisins, moi. Si tu veux vraiment savoir ce qu'il y a à savoir sur Courtois, tu n'as qu'à aller chez Nanorobot, elle n'habite pas loin, tu sais, et elle se couche tard. Si tu lui amènes le bon cadeau propitiatoire, tu seras bien reçu.

— Du genre ?

— Du genre qui se boit.

Bordarier souhaita une bonne soirée et une bonne promenade à Audibert. Il pénétra dans son mazet avec la ferme intention de se faire réchauffer un bon dîner, puis de passer la soirée à écouter de la musique. Mais lorsqu'il eut terminé un petit reste de poulet très épicé avec du riz qui était resté relativement moelleux, il sentit qu'il n'arriverait pas à se relaxer. Courtois lui cachait quelque chose, il en était certain. Mais quoi ?

Il prit une bouteille, remonta dans la Primula, regarda l'heure, pas trop tardive, 21 h 30, et mit le contact, se disant qu'il était temps d'aller voir Nanorobot pour lui tirer les vers du nez. Audibert avait raison. Si elle lisait le courrier de tout le monde, elle aurait des choses intéressantes à raconter.

La maison était petite, cachée au bout d'une allée mal goudronnée. Il dut utiliser son portable pour éclairer une boîte à lettres sur laquelle son nom apparaissait sous un morceau de plastique, en lettres délavées par les intempéries. Les rideaux des fenêtres du rez-de-chaussée étaient ouverts et une ampoule nue descendait du plafond.

— Des rognons avec une petite sauce madère, vous en voulez commissaire ?

— Euh, j'ai mangé, merci.

— Eh bien, remangez, vous n'allez pas me laisser en plan, maintenant que vous êtes là !

— Bon allez, juste un peu, alors.

Assis à la table ronde, les avant-bras posés sur une toile cirée à grandes palmes tropicales, Bordarier dut reconnaître que Nanorobot se débrouillait plutôt bien en cuisine.

— C'est meilleur que le tofu, non ? Pourtant, le boucher me dit qu'il n'en vend plus, c'est plus à la mode.

— Dommage, les vôtres sont délicieux.

— Vous voulez dire que c'est le petit jésus en culotte courte. Et plein de fer, ça vous refait le sang. Vous voyez, vous ne vouliez même pas goûter et vous avez déjà presque terminé votre assiette. Bon, alors, ne tournons pas autour du pot, c'est bien beau, tout ça, mais pourquoi vous êtes venu avec votre bouteille ? Vous voulez quelque chose, c'est sûr. Je vous avertis, je n'aime pas les hommes.

Bordarier se sentit rougir. Il ne s'y était pas attendu, à celle-là. Il essaya de reprendre contenance en buvant d'un coup la moitié de son verre. Géraldine Pinot le regarda par en dessous, avec un petit sourire en coin, puis s'empara de la bouteille et le resservit à ras bord, à la mode des anciennes tables de ferme.

— Je me doute que c'est pour l'affaire qui vous turlupine, l'affaire Marsot. Allez-y, ne faites pas votre timide.

— Eh bien, puisque vous insistez, je me demandais ce que vous saviez sur Courtois.

— Et pourquoi je saurais quelque chose sur lui ? Je suis sa postière, pas sa confidente. Je dépose le courrier dans sa boîte, c'est tout. Il ne m'a pas encore invité chez lui pour me raconter sa vie.

— Il n'est jamais arrivé d'incident, au tri postal ? Une de ses lettres qui se serait ouverte et que vous auriez été obligée de lire pour retrouver le destinataire ?

Elle se leva pour débarrasser les assiettes, qu'elle posa dans un évier de cuisine déjà bien rempli, puis s'essuya les mains sur un torchon à carreaux et ouvrit son frigo.

— Fromage ou dessert, ou les deux ? J'ai des chocolats liégeois. C'est terrible, ces saloperies, des fois je m'en fais quatre à la suite.

— Fromage.

Nanorobot posa devant lui un assortiment qui présentait une certaine cohérence gustative. Ce n'étaient que des fromages au goût fort, pour amateurs avertis.

— Tout ce que je peux vous dire, c'est que si j'avais des problèmes avec la justice, je ne lui confierais pas mes affaires.

— Ah, pourquoi ?

— Parce qu'il a des plaintes.

— À quel sujet ?

— Des gens qui trouvent qu'ils n'en ont pas eu pour leur argent.

— Vous avez été témoin de quelque chose ?

— Il a reçu des lettres anonymes, pleines de menaces. Avec des mots découpés dans le journal. Comme Farfale, d'ailleurs.

Bordarier grimaça. Non, pas comme Farfale, pas exactement, puisque celle qu'avait reçu Farfale, c'était lui qui l'avait envoyée.

— Et qu'est-ce qu'elles disaient, ces lettres ?

— C'étaient des menaces de mort.

— Et vous avez une idée d'où elles auraient pu venir ?

— D'après vous ? Comme je vous le dis, de clients mécontents, pardi. Ça ne m'étonnerait pas qu'il ait fait un travail de cochon.

— Et ces lettres, vous n'en auriez pas une par hasard ?

— Non, j'en ai distribué plusieurs, mais après un moment j'ai commencé à les jeter avant de commencer ma tournée.

— Ah bon ? Pourquoi ?

— Parce que contrairement à votre mail, la poste n'a pas de filtre pour le courrier indésirable. Il faut bien que quelqu'un intervienne. Si je ne prenais pas sur moi pour servir d'algorithme, vous savez combien de merdes vous recevriez ? Heureusement pour vous, je les balance direct. En plus, c'est moins encombrant à la distribution.

Bordarier hocha la tête, se souvenant de ce que lui avait dit Demba au sujet de Nanorobot. Qu'il l'avait surprise en train de jeter du courrier. Il espéra qu'elle ne se débarrassait pas de papiers importants. Ou de lettres de menaces. Si quelqu'un voulait lui faire la peau, il serait plutôt utile d'être au courant.

— Dommage, j'aurais bien voulu en voir une.

— S'il en reçoit d'autres, je vous les enverrai, mais j'ai l'impression que ça s'est arrêté.

— Quand ?

— Récemment, je sais pas. Peut-être il y a deux semaines ? J'ouvre une autre bouteille pour faire descendre le dessert ?

Plus tard, dans son lit qui tanguait un peu, Bordarier se réveilla après avoir fait un rêve étrange, sans doute alimenté par les nourritures riches et les alcools.

Gérard Brun se préparait à mettre le feu à sa villa avec pool-house. Il procédait avec méthode, entassant sur la terrasse les meubles qu'il avait au préalable fracassés, puis déchirant des morceaux de ses rideaux hors de prix pour les enrouler au bout de barreaux de chaise et les imprégner ensuite d'alcool à brûler afin d'en faire des torches incendiaires. De temps en temps, il se tournait vers Bordarier et lui décochait un sourire supérieur, comme pour lui faire comprendre qu'il était en train de prendre sur lui un net avantage. Lorsque les premières flammes s'élevèrent, il parut exulter. Il levait les bras en poussant des cris et s'interrompait pour lui faire la nique. Le plus curieux était que Bordarier commençait à ressentir sa propre infériorité. Il s'énervait, voulait montrer à Brun de quel bois il se chauffait. Le problème était qu'il ne trouvait pas de riposte. Au bout d'un moment, il finit par comprendre que la supériorité se mesurait ici au saccage de ses propres biens. Un immense soulagement l'envahit. Maintenant qu'il connaissait les règles du jeu, il allait pouvoir en découdre avec Brun. Il s'empara d'un brandon et commença à brûler sa propre veste jetée à terre. Forcément, ce n'était pas assez. Il courut à travers la garrigue. Arrivé dans son mazet, il se mit à l'ouvrage, commençant par le plus précieux, sa collection de disques. Les vinyles s'embrasèrent d'un coup, lançant des flammes vertes et bleues. Il jeta un regard par-dessus son épaule. Oui, ça fonctionnait, Brun, qui l'avait suivi, faisait une tête pas possible, il était malade de jalousie.

42

Bordarier resta longtemps sous la douche, ouvrant ses pores à l'eau brûlante et à la vapeur avec l'impression que se déversaient à travers le drain toutes les toxines accumulées au cours des dernières semaines. Était-il possible qu'il évacue encore du Kolokol-1 ? Si dans le miroir le résultat de son récurage n'avait pas été aussi spectaculaire qu'il l'avait espéré, son épiderme s'en trouva au moins agréablement stimulé par le contact pur d'une chemise blanche infroissable.

Il verrouilla la portière de la Primula, puis traversa le boulevard Victor-Hugo en direction de la place des Arènes. De son vol élégant et fragile, un chardonneret passa au-dessus de sa tête, rebondit contre le ciel bleu et les branches des platanes. Comme surgi d'un souvenir d'enfance, un homme faisait griller des marrons, éventant d'un bout de carton la fumée d'un brasero de fortune. Un peu plus loin, deux jeunes femmes étaient attablées devant des cafés, à la terrasse de la Bourse. Comme il passait devant elles, l'une chuchota à l'oreille de l'autre, qui releva son portable en riant. Il sembla à Bordarier qu'elle l'avait pris en photo. Il se retourna. Elles le regardaient encore. Leur air juvénile et leurs sweats, jeans et doudounes suggéraient qu'elles devaient avoir à peine dix-sept ans. Troublé, il pressa le pas en se dirigeant vers l'entrée du Palais de justice. Est-ce que l'affaire Cordelle était réellement terminée ? Risquait-il de se faire piquer en pleine rue par un parapluie empoisonné ? Non, c'était absurde, ces filles n'avaient pas été envoyées par le SVR, elles venaient du lycée

Alphonse Daudet, juste à côté. Des premières ou des terminales qui s'étaient simplement amusées à se payer sa tête.

Le Palais de justice avait beau être fermé, le procureur François Sarriette était dans son bureau en train de tourner les pages d'un dossier épais comme deux briques. Sur les murs étaient épinglées des cartes, des photocopies, des listes. Les branches de ses lunettes ultralégères à monture en acier faisaient deux sillons sur ses tempes. Bordarier se demanda une fois de plus pourquoi il ne prenait pas une taille au-dessus, plutôt que de passer des journées la tête serrée entre ces tenailles. Comme Sarriette se levait, il remarqua qu'aujourd'hui ce n'étaient pas seulement les lunettes qui étaient trop petites. Son pantalon kaki le moulait, il lui aurait été impossible de fermer sa veste, sa cravate lui arrivait à peine au nombril.

— Ah, commissaire, je voulais vous féliciter, pour l'affaire de la casse auto, c'est un véritable triomphe. Vous vous rendez compte de la quantité de produits stupéfiants que vous avez enlevée du marché ? Et votre collègue, euh, Ratier, Kévin Ratier, quel nez il a eu d'insister pour que les gendarmes mettent le paquet. On me dit qu'il vous a tiré d'une situation délicate, qu'il a agi en héros ?

— Il est effectivement intervenu alors que j'étais agressé par le propriétaire de la casse auto. Nous avons procédé ensemble à l'arrestation. Écoutez, monsieur le procureur, ce n'est pas pour ça que je suis venu. Je suis pressé, j'ai besoin de renseignements sur un avocat, Hugues Courtois. Je me demandais si vous aviez eu vent de plaintes le concernant.

Le sourire de Sarriette s'effaça en même temps que son teint s'assombrissait.

— Oh, lui, il va être radié de l'ordre, c'est sûr, même s'il ne le sait pas. Le bâtonnier a été saisi. Affaire grave, très grave.

— Comment ça ?

— Figurez-vous qu'il y a un mois, un couple se présente au tribunal judiciaire. Ils voulaient savoir où en était leur procédure contre une structure d'accueil spécialisée qui aurait maltraité leur enfant lourdement handicapé. Problème, le greffier cherche partout, impossible de retrouver la moindre trace du dossier. Ils regardent ensemble le soi-disant jugement de première instance qu'ils ont apporté. Le greffier reconnaît son propre nom, feuillette, s'aperçoit que les signatures apposées ne correspondent pas aux autres noms des magistrats, des greffiers, des avocats, commence à lire et découvre qu'il s'agit d'un faux grossier ne pouvant tromper que des gens qui n'étaient pas du métier.

— On parle bien d'Hugues Courtois ?

— Soit c'est eux qui sont complètement cinglés, soit il est bien l'auteur de ce bidonnage. J'en passe des nuits blanches, vous savez. On finit d'étudier tous ses autres dossiers et on va commencer les perquisitions. Je crains un gros scandale.

— Et vous avez l'adresse de ce couple ?

— Pourquoi ?

— J'aimerais leur parler.

Sarriette regarda Bordarier d'un air vaguement ennuyé, puis jeta un œil sur le dossier qui l'attendait. Son soupir de découragement signifia clairement que non seulement il renonçait à en savoir plus, mais que si le commissaire avait voulu le briefer, il l'aurait même envoyé balader.

— Bon, venez avec moi, je vais vous la donner, leur adresse. Mais surtout, motus. Il ne faut surtout pas que l'enquête qu'on mène en interne remonte à ses oreilles.

— Ne vous inquiétez pas, ça ne risque rien.

La famille Capoulade habitait un pavillon dans le quartier des Amoureux, à deux pas du bar-tabac L'Indiana, dont la devanture rouge faisait la publicité du *Midi Libre* et invitait à jouer au loto ou à parier (« *Pour booster ton Classico, rendez-vous sur l'App.* »). Bordarier résista à la tentation d'entrer pour tester l'atmosphère à n'en pas douter authentique de l'institution et continua jusqu'au portail d'une maison à deux étages et fenêtres à barreaux.

— C'est à quel sujet ?

L'homme qui lui avait ouvert avait l'air vieilli avant l'âge. Le visage entaillé de rides fines, comme au cutter, les tempes dégarnies, une peau parcheminée qui lui donnait un peu l'air d'une momie.

— Commissaire Bordarier, PJ de Nîmes, je voulais vous poser des questions au sujet de maître Courtois.

— Ah, enfin ! Entrez.

Le salon était tristounet, mal éclairé. Des meubles dépareillés, une petite télé, dans un coin. Des livres poussiéreux sur des étagères. Des dossiers empilés sous une petite écritoire.

— Il nous a menés en bateau pendant trois ans. On lui a payé des honoraires exorbitants, j'ai même fait un emprunt à la banque pour pouvoir lui envoyer son argent. En liquide, en plus. Et lui ? Il invente un procès fictif. Vous allez voir, qu'il nous disait, vous allez bientôt obtenir des dédommagements. À la fin, on est allés directement au tribunal pour s'informer. C'est là qu'on a découvert le pot aux roses, il n'avait rien fait, tous les documents qu'il nous avait donnés étaient faux.

— Vous avez dû tomber des nues.

— Nous étions furieux. Je l'ai appelé pour lui dire que je savais qu'il nous avait menti. Il m'a répondu que ces faux documents, c'était moi qui les avais fabriqués, qu'il allait me faire un procès en diffamation si je portais plainte de mon côté.

— Vous êtes allé le voir ?

— J'ai préféré m'abstenir, je ne sais pas ce que je lui aurais fait.

— Votre épouse est ici ?

— Elle est partie en vacances depuis quelques jours. Je crois qu'elle avait besoin de décompresser, après ce qui est arrivé, ces dernières semaines ont été très douloureuses pour nous.

— Ce serait possible de lui parler ?

— Elle est aux Saintes-Maries-de-la-Mer, chez une cousine. Elle rentre demain. D'habitude, elle n'y va jamais en hiver.

Bordarier le regarda sans rien dire. En hiver, M. Capoulade donnait l'impression d'y être entré depuis des années et de n'en être jamais sorti.

— Et votre enfant ?

— Notre fille ? Elle est dans une autre structure d'accueil, maintenant, c'est beaucoup mieux là-bas. Je vais la voir tous les jours.

— C'est loin ?

— C'est sur le chemin du travail.

— Vous travaillez dans quoi ?

— Je suis employé au golf de Nîmes Vacquerolles. Pour vous dire la vérité, je ne sais pas à quoi ça sert.

— Le golf?

— Non, mes visites à ma fille. Je ne suis pas sûr qu'elle me reconnaisse. Tenez, j'allais justement y aller.

— Ah, eh bien, je ne vais pas vous retenir plus longtemps.

Bordarier se leva en même temps que Capoulade puis fit un signe vers les fenêtres et la route, comme s'il cherchait à changer de sujet pour alléger un peu l'atmosphère.

— J'ai été obligé de me garer un peu loin, il n'y avait pas de parking dans la rue. Et vous, vous vous garez où ?

— On a un garage qui donne sur l'allée de derrière, il faut faire le tour. C'est étroit, mais notre voiture est petite. Avant, pour Mona, on avait une Espace, pour le fauteuil roulant, mais maintenant, ce n'est plus possible.

Plus possible parce que c'était trop cher, ou parce que l'état de leur fille s'était dégradé ? Bordarier baissa les yeux, par pudeur, devant cette douleur qui transparaissait à nouveau comme un éclat noir. Mais il voulait obtenir la réponse à la question qu'il se posait depuis qu'il était entré.

— Moi je roule en Primula. Elle aussi elle passe dans les petits espaces. Elle est jaune moutarde.

— Primula ? Je ne connais pas. Nous, c'est une Fiat Panda, une rouge.

— Un bon choix, il s'en vend beaucoup.

— On en est contents, elle tient bien sur la durée.

— Bon, eh bien, merci encore, monsieur. Et courage.

Bordarier descendit les marches du perron, se retourna pour refermer le portail vert rouillé sans laisser paraître d'émotion particulière, puis s'éloigna sur le trottoir en saluant une dernière fois Patrick Capoulade, qui l'avait observé tout ce temps et levait maintenant lui aussi la main. Lorsqu'il fut hors de vue, il s'arrêta pour réfléchir.

Quelles étaient les probabilités qu'une autre Fiat Panda ait été enregistrée sur les caméras de surveillance, le soir du meurtre ? Fortes, sans doute, des voitures de ce modèle, il y en avait partout. Et quelles étaient les probabilités qu'un homme se fasse assassiner quelque temps après que son voisin avait reçu des menaces de mort anonymes et que ces deux choses soient sans rapport ? Difficile à dire. Et puis rien pour l'instant ne prouvait que les menaces soient venues de Capoulade.

Lorsqu'il arriva devant le bar-tabac, Bordarier ne résista pas à la tentation de boire un petit verre au comptoir. S'arrachant à l'examen d'une page de cotes de turf, le patron posa une cigarette électronique dont l'épais nuage lui cacha un instant le visage.

— Un whisky, s'il vous plaît.

— Tout de suite.

Bordarier ne fit même pas tourner le liquide ambré dans son verre, il le vida d'un coup, jouissant de sa morsure à l'intérieur de sa bouche.

— Un autre ?

— Oui. Vous y croyez, vous, au hasard ?

— Vous me demandez ça à moi ? Oui, j'y crois, c'est même lui qui paie mes factures. Je crois plus au hasard qu'à tout le reste. Regardez.

Il désignait la machine qui servait à enregistrer les tickets de Loto, ainsi qu'un présentoir rempli de jeux de grattage dont les couleurs vives évoquaient un dérisoire Las Vegas de papier. Les noms étaient profondément idiots. PACTOLE, PIXEL AVENTURE, MAXI GOAL, POILS À GRATTER, DÉFIKOSMIK. Trois clients s'étaient assis avec des cafés et s'affairaient à révéler les chiffres ou les symboles cachés sur leurs tickets au moyen d'une pièce de monnaie, d'un air concentré et grave, comme si la moindre dérogation à leur mission solennelle aurait à jamais révoqué leur destin de propriétaires de résidences aux quatre coins du monde, de voitures et de yachts de luxe, de voyageurs de première classe.

Lorsque Bordarier fit son entrée au commissariat, la petite fête organisée en l'honneur de Cordelle avait déjà commencé.

Il posa les petits pâtés nîmois qu'il venait d'acheter à côté des plats typiques apportés par les collègues. Crêpes, quiches, gougères, anchois marinés, trois brandades nîmoises différentes produites par des artisans des Halles qui se tiraient la bourre lors de concours tendus, des pélardons, même des salades, dont une de pommes de terre et fruits de mer. Et pour le sucré, croquants Villaret, caladons, nougats, une énorme tarte aux pommes. Un cubi de costières-de-nîmes.

— C'est moi qui l'ai faite, la tarte, monsieur le commissaire, vous devriez l'essayer.

Bordarier sourit à la femme à lunettes noires épaisses, dont la peau au teint cireux sous un maquillage inégalement appliqué, ainsi que l'haleine forte de whisky, suggéraient un sérieux problème d'alcool.

— Ah, entendu, je vais en prendre.

— Je suis la maman de Kévin.

— Madame Ratier ? Enchanté, commissaire Bordarier.

— Non, j'ai repris mon nom de jeune fille, c'est Mme Vinagre.

— Ah bon. Enchanté, madame Vinagre.

— Vous devriez lui donner une médaille, à mon petit. Pour ce qu'il a fait. Moi aussi, je devrais lui en donner une. Depuis toujours, il prend soin de sa mère, il la bichonne, même si elle lui cause du souci.

Ratier s'était approché et rougissait, gêné. Mais on voyait que malgré tout, c'était vrai, il l'aimait, sa mère. Pour l'inviter à cette réception au commissariat, il le fallait.

— Oui, euh, il a été très bien dernièrement.

— Je sais pourquoi vous l'avez pris en grippe.

— En grippe ? Mais pas du tout, du tout.

— Si, c'est la lettre de dénonciation.

Bordarier grimaça. Comment était-elle au courant de cette lettre ? Il ne l'avait jamais montrée à personne, elle était encore dans le tiroir de son bureau, sous une pile de vieux papiers. Il se déplaça de façon à tourner le dos à Kévin Ratier, puis abaissa sa voix jusqu'au chuchotement.

— Vous savez qui l'a envoyée ?

— C'est son frère. Il me l'a dit l'autre jour. Il était jaloux, il ne supporte pas qu'il ait réussi. Lui, il vit encore chez moi, c'est très difficile, il ne sort pas de sa chambre.

— Il a quel âge ?

— Trente-quatre ans.

— Effectivement.

— Vous n'auriez pas un petit travail à lui donner, par hasard ?

— Ça dépend de ses diplômes, ça risque d'être compliqué.

Elle passa la langue sur ses lèvres, les entrouvrit, un petit fragment de rouge à lèvres s'était déposé sur une de ses dents.

— Il trouvera.

— Sans doute.

Ainsi, Ratier était bien une victime innocente. Après avoir subi l'injuste mise en quarantaine dans une oubliette administrative décidée par Bordarier, il avait héroïquement tenté de prendre sa revanche en dirigeant avec succès l'opération sur la casse auto. Bordarier mordit violemment dans une gougère. Un morceau trop gros se coinça quelque part entre sa bouche et son estomac, le forçant à boire d'un coup un demi verre de vin pour l'aider à descendre.

Il pensa soudain à son premier patron, qui l'avait enveloppé d'une incroyable bienveillance. Les quelques bourdes dont il avait été l'auteur n'avaient pas été vécues comme des échecs tant elles avaient été reprises avec douceur. Oui, c'était un cliché de le dire, mais son patron avait été une sorte de père pour lui, toujours amical et patient, le laissant absorber les choses à son rythme. Comment se faisait-il qu'il n'ait pas été capable d'en faire autant pour Ratier ? Est-ce qu'il avait oublié que pour faire un bon policier, il fallait accompagner en permanence, guider, écouter, comprendre ? Certes, Ratier avait l'air peu éveillé, mais dernièrement il était arrivé à quelques beaux résultats de sa propre initiative. Non, il n'était pas mal, en fin de compte.

Malgré quelques dérapages mémorables, les protocoles des pots de bienvenue et de départs en retraite étaient assez bien maîtrisés au commissariat. Cette fois, cependant, parce que l'occasion était différente, il y eut un peu de flou au moment des discours, qui furent chaleureux mais laconiques. Faute de savoir jusqu'où aller dans la mention des péripéties de l'affaire Cordelle, chacun se limitait à exprimer une satisfaction sincère à retrouver leur collègue. Seule une plaisanterie, assez vaseuse au demeurant, sur leur prise en charge à bord d'une frégate de la Marine nationale rencontra quelques rires entendus.

— Putain, Vera, si tu vas espionner les Martiens, dis-nous, on prévient tout de suite la NASA pour le voyage retour !

Sans trop se faire d'illusions, Bordarier espéra que rien ne parviendrait aux oreilles agiles de Michel Pourtalet, le journaliste du *Midi Libre* qui couvrait les faits divers et les actions de police.

Lorsqu'il rentra au mazet, épuisé par sa journée, il découvrit qu'il avait du courrier. Une lettre adressée à Demba. L'enveloppe était abîmée par un long voyage, le timbre et le tampon de la poste étaient gambiens. Il sortit son portable et appela Corti. Pour une fois, celui-ci répondit à la première sonnerie.

— Ah, commissaire, ravi. Je voulais vous remercier d'avoir accueilli ces trois mineurs, c'était très généreux de votre part. Tout va bien ?

— Oui, oui, euh, je me demandais où était Demba, j'ai reçu une lettre pour lui, de Gambie.

— Ça doit être sa mère qui lui a envoyé son certificat de naissance, ça va beaucoup l'aider pour faire valoir ses droits. Sinon, voyez, ils ont fini par partir à cause des gens bizarres qui sont venus fouiller chez vous. Je l'ai repris chez moi pour l'instant.

— Ah ? Je leur avait pourtant dit que ce n'était rien.

— D'après eux, ces gens avaient l'air de travailler pour une police spéciale. Ils avaient peur qu'ils reviennent. Vous avez des ennuis, commissaire ?

— Pas du tout. Dites-leur de ne pas s'inquiéter, ça n'a rien à voir avec eux. Bon, qu'est-ce que je fais avec la lettre ?

— Ça vous gênerait de me l'apporter à Pissevin ? Ma voiture est en panne, le moteur est mort.

Avant de se coucher, Bordarier se versa un grand verre de vin. Il allait sauter le repas du soir, rassasié par la quantité impressionnante de gougères et de toasts à la brandade de morue qu'il avait avalés. Un disque d'Astor Piazzolla tournait sur sa platine. Peu à peu, yeux fermés, il se laissa emporter par la douce mélancolie du bandonéon, suivant du bout des doigts les notes aiguës qui virevoltaient autour des accords, papillons tournoyant autour d'une flamme, cernés par une nuit chaude et humide. Des gens dansaient, il ne voyait pas leurs visages.

43

André Casse leva vers la lumière la photo d'identité de Patrick Capoulade que Bordarier avait imprimée au commissariat, regarda par-dessus ses lunettes de lecture en découvrant ses dents entartrées et jaunies, la secoua vigoureusement comme si c'était un Polaroïd qui avait du mal à se révéler, puis hocha la tête d'un mouvement incertain, une oscillation simultanée sur l'axe vertical et l'axe horizontal qui n'était pas sans rappeler le chien de plage arrière des voitures d'antan.

— Franchement, ça pourrait, comme ça pourrait pas. Il est parti vite, le monsieur, j'ai à peine vu son visage. Il faudrait que tu vérifies s'il a un vélo vert, un Motobécane.

— Bon, merci, André.

— Tu crois que c'est lui ?

— Qui, lui ?

— Qui a tué Marsot.

— Je ne sais pas.

— Ah, tu fais comme moi avec la vente du bar-tabac, tu attends de voir. Elle viendra, cette offre, je ne suis pas pressé. Et pour toi aussi, je sens que ça va se bientôt se décoincer. Si c'est bien lui que j'ai vu sur son vélo, à s'arracher les cheveux et à donner des coups de pied dans le muret et le portail de Marsot, ça veut dire qu'il a quelque chose à se reprocher. Tu crois qu'il s'est trompé de maison ?

Bordarier sourit, il y avait pensé aussi. Il arrivait effectivement qu'on se trompe de maison. Par exemple, une équipe du RAID débarquait à 6 heures du matin et faisait tomber la mauvaise porte au bélier, tirant du lit une famille irréprochable au lieu des bandits qu'elle avait été chargée d'interpeller. Ou alors, c'était l'amoureux étourdi qui montait à la mauvaise fenêtre et créait le scandale. Ou le cambrioleur, croyant percer son trou dans la salle des coffres d'une banque, qui sortait la tête, perplexe, au milieu des rayons du supermarché d'à côté. Mais s'introduire par effraction dans une maison, monter à l'étage, poignarder un homme dans son lit et repartir en mettant le feu, tout ça sans se rendre compte qu'on s'était trompé d'adresse, ça paraissait tout bonnement incroyable. La moindre des choses, pour un assassin, même enragé, c'était de vérifier l'identité de sa cible avant de passer à l'acte.

De retour dans la rue, Bordarier regarda en direction de la maison de Courtois, un instant tenté de sonner pour poser de nouvelles questions. Il renonça aussitôt, craignant de lui mettre la puce à l'oreille sur l'enquête menée par le Palais de justice.

Un peu plus loin étaient les ruines de la villa. D'ici quelques mois, une fois que l'administration aurait déterminé qui étaient les héritiers du patrimoine de Marsot et qu'une vente aurait eu lieu, une ou deux tractopelles apparaîtraient, puis les murs tomberaient, de nouvelles fondations seraient coulées, une construction émergerait. Il était à parier qu'elle serait encore plus grande que la villa détruite.

Il remonta dans la Primula, regarda la lettre envoyée par la mère de Demba et se mit en route, direction le quartier Pissevin, pour la déposer comme convenu chez Corti.

Dans la cage d'escalier, un jeune de quatorze ou quinze ans en tenue de jogging, la pochette Adidas en bandoulière, se décala avec mauvaise volonté pour le laisser passer et se permit même de cracher par terre. Peu impressionné par ce marquage de territoire, Bordarier entrouvrit sa veste et afficha un large sourire qui signifiait que si le petit con cherchait la merde, il allait la trouver. L'autre regarda l'étui de pistolet, décida qu'il avait un important coup de fil à passer sur son petit portable et s'éclipsa.

L'ascenseur était en piteux état. En plus d'innombrables graffitis et d'une odeur d'urine assez prononcée, il avait subi de nouvelles déprédations depuis sa dernière visite. Tous les numéros avaient été brûlés au briquet, la seule façon d'arriver à bon port était désormais de compter les boutons en espérant ne pas se tromper.

De la musique sortait de chez Corti, des arpèges mélancoliques de cordes qui frottaient un peu, comme enrouées. Bordarier se sentit transporté quelque part de l'autre côté de la Méditerranée.

— Ah, commissaire, merci de vous être déplacé. Et encore plus merci de votre accueil généreux, qui nous a bien dépannés. C'est la lettre ?

— Oui, Demba est là ?

— Non, il est retourné à l'hôpital Carémeau.

— Pourquoi ? Tout va bien ?

— Oui, oui, je pense. C'était l'une des légistes qui a constaté ses blessures qui voulait qu'il passe pour prendre quelques papiers. Elle a appelé deux ou trois fois ici déjà. Très gentille.

Bordarier se souvint qu'Hennequen lui avait dit que Mlle Poortvliet, la nouvelle assistante et protégée du médecin légiste, Malabru, avait tapé dans l'œil de Demba. Est-ce que ça avait été réciproque ?

Il aperçut derrière Corti les deux amis de Demba. Fofana était sur sa Gibson flammée, pendant que Ningbé tenait devant lui un imposant instrument fait d'une grosse demi-calebasse recouverte d'une peau clouée, d'où sortait un long manche tendu de cordes. Ses pouces et ses index tissaient avec virtuosité des mélodies trébuchantes d'une grande poésie. Il leur fit un petit signe d'amitié et ils arrêtèrent de jouer pour venir le saluer.

— N'hésitez pas à me dire s'il y a quelque chose que je peux faire pour vous, avec les papiers.

— Merci, commissaire. Vous n'êtes pas comme la police de chez nous, vous avez du cœur.

En route vers le centre au volant de la Primula, porté par le sentiment qu'enfin quelque chose était en train de se débloquer, il eut envie d'aller dans un bon restaurant. Il décida de retourner au Milonga, dont le patron triple ponté proposait le dimanche midi un menu particulièrement avantageux.

Installé sous la tête de taureau pelée, dont il lui traversa l'esprit qu'il pourrait représenter pour lui une sorte de divinité protectrice, Bordarier regarda l'ardoise et s'annonça en faveur de la daube camarguaise avec son riz et sa ratatouille. Avec ça il prendrait un verre de saint-joseph rouge. Jules nota la commande et alla la transmettre à l'Antillais qui transpirait en cuisine. Bordarier remarqua soudain que Claude Farfale était assis dans un coin et l'observait en silence.

— Ah, Claude, qu'est-ce que tu fais là ?

Farfale se leva, regarda à droite et à gauche. Il sembla à Bordarier qu'il avait perdu du poids, que ses joues s'étaient creusées.

— Est-ce que tu es au courant que Courtois aussi a reçu des lettres anonymes, des lettres de menace ?

— Comment tu le sais ?

— Par Géraldine.

— Nanorobot ?

— Elle m'a dit ce matin que tu menais l'enquête. J'ai les boules, Émile, mon médecin a augmenté les doses et m'a rajouté deux médicaments, ma tension est montée à 19.

Bordarier considéra ce dilemme. Fallait-il rassurer Farfale ? Mais comment le faire sans s'incriminer lui-même ?

— Écoute, Claude, je ne crois pas que tu aies à t'en faire, j'ai des raisons de penser que c'était une plaisanterie.

— Une plaisanterie ? Il y a quelqu'un qui veut ma peau et tu me dis que c'est une plaisanterie ?

— Des gamins qui s'amusaient.

— Tu en es sûr ? Comment tu le sais ?

— Dès que tu m'as envoyé la lettre, j'ai fait des analyses. Empreintes papillaires, ADN, la totale. Je les ai retrouvés, je leur ai parlé, tu peux considérer l'affaire comme réglée. Je te garantis que tu ne recevras pas d'autres lettres.

Est-ce que ça avait marché ? De retour à sa place, Farfale lui sembla au bout d'un moment un peu moins pâle, il attaquait même son nougat glacé avec un certain enjouement, une fermeté dans le port de la cuillère incompatible avec l'anxiété de tout à l'heure.

De son côté, Bordarier fit durer son repas, essayant de se concentrer sur chaque riche bouchée d'une viande fondante, trempant son pain dans la sauce miroitante d'huile, mâchant avec application, méthode, détermination. Il cherchait à se libérer l'esprit, faire momentanément table rase pour mieux se concentrer plus tard. Une fois son assiette vide, il fit semblant d'hésiter, puis commanda le dessert du jour, une mousse au chocolat à volonté que Jules dispensa d'un saladier en trois généreuses louchées, l'interrogeant d'un regard à chaque fois pour voir si c'était suffisant.

— Merci. Et un petit whisky pour finir, s'il vous plaît.

— Double ou triple ?

— Euh, double, merci.

— Si vous revoulez de la mousse au chocolat, n'hésitez pas à me faire signe, il faut la finir.

Lorsqu'il sortit du restaurant, Bordarier sentit que s'amorçait une digestion difficile. Il décida de marcher un peu avant de récupérer la Primula qu'il avait garée un peu plus loin. Alors qu'il passait dans une rue commerçante, il eut la surprise de voir deux jeunes s'arrêter et le montrer du doigt. Il essaya de les ignorer, mais ils piquèrent droit sur lui de leur démarche un peu dégingandée d'ados montés en graine, portables dernier cri à la main. Détournant le regard, il fit semblant de s'intéresser à la vitrine d'un libraire.

— Monsieur, monsieur ! On peut prendre un selfie avec vous ?

Il se retourna, surpris et inquiet.

— Et pourquoi vous voudriez prendre un selfie avec moi ?

— Ben, vous êtes viral !

— Viral ?

Les deux jeunes le regardaient, souriants. Mais à part leur requête étrange, ils avaient l'air de lycéens normaux. Jean, baskets, sweats, quelque chose de profondément idiot dans l'expression du visage, impression certes à mettre peut-être en partie sur le compte d'une acné galopante. Bordarier se mit lui aussi à sourire, amusé par l'absurde de la situation. Prenant ça pour un accord tacite et avant qu'il ait pu les arrêter, ils l'entourèrent pour immortaliser son faciès. Incommodé par la puissance de l'eau de Cologne dont ils s'étaient aspergés, il entendit quelque part à l'intérieur de sa tête la voix de Géraldine Pinot qui lui disait qu'il avait l'air d'un brave con, flanqué de ces deux merdeux, et que ce serait pire quand la photo serait sur les réseaux sociaux.

— Bon, ça suffit, qu'est-ce que c'est que cette histoire ?

Ils s'écartèrent brusquement, non à cause de sa voix grondeuse, mais parce que leur parvenaient les éclats de voix d'un groupe de filles surexcitées.

— Putain, c'est Mina, viens on file, elle va nous prendre le chou.

Bordarier tenta d'en retenir un par la manche, sans succès. Ils s'éloignaient déjà en courant.

— Hé, attendez, les jeunes, expliquez-moi !

— TikTok ! Vous avez TikTok ?

— Quoi ?

Trop tard, ils avaient disparu au coin de la rue. Bordarier grommela de frustration en se demandant ce qui était en train d'arriver. Peut-être ressemblait-il à quelqu'un de connu ? À moins que l'affaire de l'homicide de Marsot ait pris une telle ampleur dans les esprits que la population s'intéressait maintenant au commissaire en charge de son élucidation ? Non, c'était autre chose. À coup sûr une nouvelle plaisanterie en vogue chez les jeunes. Prendre au hasard un bonhomme pas trop charismatique et le traiter comme s'il était une star avec des millions d'abonnés.

Son portable sonna. Un peu engourdi par le vin et le whisky, il lutta pour le tirer de sa poche.

— Allô, commissaire ? Ici, c'est Cordelle. Est-ce que vous pourriez passer chez moi ? C'est urgent.

— Qu'est-ce qu'il vous arrive ?

— Je vous dirai ça de vive voix.

44

Au fond du couloir, à nouveau l'icône orthodoxe, dorée et sombre. Saint George terrassant le dragon. Puis la photo grand format, à côté, dont il reconnaissait maintenant le sujet. Le portrait d'Islam jeune, torse nu et sans chaussures sur un tapis de feuilles semé de givre, dans une forêt de bouleaux. En dépit des circonstances dramatiques dans lesquelles ils s'étaient croisés, une sorte de reconnaissance émue infléchit les lèvres de Bordarier. Cordelle s'arrêta elle aussi pour regarder le lutteur. Ses traits durs et son expression un peu sauvage projetaient vers le spectateur l'impression d'une puissance brute, animale.

— Il m'a appelée hier. Ils ont dérivé pendant quatre jours mais ils ont été finalement secourus par un bateau de pêche roumain. Ils étaient déjà en route vers le Daghestan.

— Vous pensez qu'ils vont être traqués par les services secrets russes ?

— On les croit sans doute morts. Et ils savent rester sous le radar.

— Et nous ?

— Je ne sais pas. Aucune information a paru dans la presse russe sur le naufrage d'un superyacht. Blagoev et ses hommes avaient éteint le transpondeur, vous vous souvenez ? Personne ne sait dans quelle direction ils sont partis. Il est possible que leur petite fête ait été gardée secrète et que très peu de personnes aient été au courant qu'ils allaient se débarrasser de moi et d'Ivanka.

Il sembla à Bordarier que la paupière de Cordelle avait tressailli au souvenir de la victime.

— Ça ne les a peut-être pas empêchés d'envoyer un message d'alerte.

— Coincés dans la salle des machines ? Là où on était, il n'y avait plus de réception sur les portables.

Se pouvait-il qu'ils s'en sortent à si bon compte, tous leurs ennemis disparus d'un coup dans l'incendie et le naufrage du *Galina* ? Mais ces gens avaient des associés, des amis, des familles. Allaient-ils devoir vivre en regardant par-dessus leur épaule en permanence, redoutant une vengeance ? Toujours dans l'ignorance de la raison pour laquelle Cordelle l'avait fait venir, Bordarier pénétra avec un peu d'appréhension dans le salon, une grande pièce avec un plancher en bois, des livres sur les murs, un poêle en fonte qui irradiait une chaleur agréable. Il eut la surprise de voir que Genet était là, ainsi que Namgyel. Et une surprise encore plus grande en reconnaissant l'agent à qui il avait rendu visite, à Paris, avec Aboulafia. Celui qui avait été mis à pied, soupçonné d'être une taupe. Adrien Barthez se leva du fauteuil à oreilles, main tendue. Son attelle au doigt avait disparu.

— Je ne sais pas si vous vous souvenez ?

Bordarier soupira en comprenant qu'il était comme dans un de ces cauchemars dont on croit se réveiller, mais qui en fait se prolonge dans une deuxième séquence encore plus terrifiante, puisque cette fois le dormeur est convaincu qu'il est dans la réalité.

— Bien sûr que je me souviens de vous. J'espère que vous n'avez pas de mauvaise nouvelle à nous annoncer ?

— Une bonne nouvelle. Des informations et un plan d'action qui vont peut-être nous permettre de régler le problème une bonne fois pour toutes.

— Le problème ?

— De la taupe.

— Un problème qui ne me concerne pas.

— Après tout ce qui s'est passé ? Vous avez failli y laisser votre peau, là-bas, en Bulgarie.

— Bon, vous savez qui est la taupe ?

Jusque-là absorbé dans l'examen de documents au point d'avoir à peine levé la tête quand Bordarier et Cordelle étaient entrés dans la pièce, Genet fit pivoter un ordinateur portable et de son index attira l'attention de Bordarier sur la photo affichée sur l'écran.

— Vous les reconnaissez ?

Deux hommes installés à la table d'un café, comme il y en a des millions dans le monde chaque jour. Mais deux hommes photographiés de loin, au téléobjectif, car la perspective était écrasée. Deux hommes qu'il reconnaissait parfaitement et qui n'auraient pas dû apparaître dans ce tête-à tête amical et familier.

Fabrice Destoine, directeur de la section d'infiltration du Kremlin et Lioubov Aliokhine, qui jusqu'à sa mésaventure en mer Noire avait été l'homme de main de Tiefersumpf et sans doute l'agent le plus important de son entreprise de renseignement privée.

À en juger par les inscriptions en hébreu qui se reflétaient dans la vitre, ils étaient quelque part en Israël. Le visage carré de Destoine, avec sa raie de côté, ressemblait finalement à celui d'Aliokhine, lui aussi carré. Aliokhine était beaucoup plus imposant. Il avait la taille, la musculature et le visage hâlé et franc d'un culturiste californien. Et maintenant il pourrissait dans les profondeurs de la mer Noire.

Bordarier hocha la tête devant cette preuve que la taupe était Destoine. Il n'était pas très surpris, finalement. Depuis le début, il ne le sentait pas. C'était son air de supériorité, sa façon de signifier aux autres qu'ils n'étaient pas à la hauteur, les humiliations qu'il lui avait fait subir. Mais est-ce que ce document était authentique, au moins ?

— D'où vient cette photo ?

Adrien Barthez sourit en coin. L'agent en disgrâce leur avait annoncé à Paris qu'il allait travailler à prouver son innocence, réfuter les accusations de ceux qui avaient cru que c'était lui la taupe russe. Manifestement, il avait le sentiment d'avoir triomphé.

— C'est un cadeau de la CIA. Ce n'est pas dans l'intérêt des Américains que la DGSE soit infiltrée par d'autres qu'eux.

— Et elle date de quand ?

— Elle est relativement récente. S'il n'y avait que cette photo, on pourrait encore douter, mais les preuves sont accablantes. Regardez. Il était surveillé depuis au moins six mois, ils ont fait une très belle récolte.

Bordarier jeta un coup d'œil aux documents que Barthez lui désignait sur la table. Il aurait fallu des heures de travail pour commencer à comprendre ce dont il s'agissait et il n'avait aucune envie de se lancer.

— Pourquoi vous n'allez pas directement voir la Direction de la sécurité de la DGSE pour leur montrer ça ? Il y aurait de quoi les interpeller, non ?

— Jusqu'ici, la DSEC n'a pas fait son travail, il y a des dysfonctionnements, des protections haut placées. Quant à l'ISR, l'inspection des services de renseignement, le temps qu'ils bougent, tout peut arriver. Non, il faut agir tout de suite, pousser Destoine à la faute, crever l'abcès d'un coup. Comme ça, ses alliés politiques ne pourront pas introduire le doute, suggérer que tous ces documents qui démontrent sa culpabilité sont peut-être des faux.

— Et comment vous comptez vous y prendre, exactement ?

— L'opération a déjà commencé. J'ai laissé des miettes qui vont l'amener chez moi, où il va trouver une partie de ce que je sais sur lui. Le plus probable, c'est qu'il va vouloir m'éliminer le plus vite possible. Je vais servir d'appât, mais j'ai besoin d'aide pour refermer la nasse.

— Comment ça ?

— Je vais attendre ici qu'il vienne et on va l'arrêter.

— Qu'est-ce que vous faites s'il ne vient pas ? Ou s'il réussit à vous surprendre ? Ou s'il vient accompagné d'une équipe de tueurs ?

— S'il ne vient pas, ce sera parce qu'il aura choisi de prendre la fuite pour la Russie ou ailleurs. Mais ce sera difficile pour lui. Je suis à peu près convaincu qu'il ne travaillait pas pour le SVR, mais pour l'entreprise de renseignement privée de Tiefersumpf. Maintenant que celle-ci est décapitée, il n'est pas certain qu'il ait l'appui du SVR, il risque de se retrouver complètement seul. Croyez-moi, avant de disparaître, il va tenter le tout pour le tout. Quant à savoir s'il pourrait me surprendre, je ne crois pas. On ne va rien laisser au hasard.

— On ?

— Nous. Vous aussi, si vous voulez nous donner un coup de main.

— Et la CIA ? Vous disiez que ça les intéressait de débusquer une taupe russe infiltrée dans les renseignements français. Ils pourraient peut-être intervenir, non ?

Cherchant désespérément une issue au cauchemar dans lequel il se sentait à nouveau sombrer, Bordarier crut déjà voir une équipe d'Américains en costume noir descendant d'un hélicoptère pour les saluer d'une main ferme, un morceau de chewing-gum viril entre les mâchoires et le regard droit derrière leurs lunettes de soleil.

— Ils ne vont pas bouger, ils ont été clairs là-dessus. Ils m'ont communiqué les informations que je demandais et m'ont permis d'identifier notre taupe. Maintenant, la balle est dans notre camp. Tout ce que je vous demande, c'est une petite équipe de surveillance. S'il vient, il sera là demain, ou après-demain.

Bordarier pinça les lèvres devant le dilemme auquel il était confronté. Fidélité à Cordelle, ou respect des règles ? Peut-être les choses étaient-elles plus simples qu'il ne le croyait. Il suffisait de dire qu'il avait des raisons de penser qu'un fou assassin allait frapper à cet endroit pour justifier la constitution d'une équipe.

— Je veux bien mettre une surveillance en place, mais je ne vais pas pouvoir mobiliser des collègues pendant des jours et des jours. Si Destoine paraît, on fera tout pour l'arrêter en flagrance.

Jusqu'ici absorbé dans l'étude des papiers amenés par Barthez, Genet releva la tête avec intérêt.

— Je vais placer des caméras infrarouges et des alarmes silencieuses partout, comme ça on ne risquera pas de se faire surprendre.

Cordelle échangea un regard avec Aboulafia, puis sourit à Bordarier. Il espéra qu'elle continuait à apprécier ce qu'il faisait pour elle.

45

Le lendemain, Bordarier, qui regrettait d'avoir accepté un peu trop vite de participer à l'opération conçue par Adrien Barthez, se livra à une rumination mélancolique sur les différentes façons dont elle était susceptible de partir en vrille. Mains crispées sur le volant, son pouls s'accélérant, la gorge nouée, il s'aperçut que ce thème était malheureusement déclinable à l'infini.

Destoine se coulait inaperçu à travers leur dispositif de surveillance pour leur faire sauter la cervelle, un par un, de loin, avec un fusil de sniper. Ou bien il débarquait en hélicoptère, en pleine nuit, accompagné d'une équipe d'assassins dépêchés de Russie. Le bouquet était l'attaque au drone kamikaze. Nul besoin d'un engin énorme, il suffirait d'un petit gabarit lancé à quelques kilomètres de sa cible avec sa charge explosive de deux ou trois kilos. La vision de la maison de Cordelle disparaissant d'un coup dans un éclair de feu fit courir un frisson d'horreur le long de sa colonne vertébrale. Il abaissa la vitre, respira l'air frais et humide de la campagne, puis tourna le bouton de la radio en espérant se changer les idées.

Les voix agiles de deux journalistes de France Info se renvoyant la balle remplirent l'habitacle. C'était idiot, mais Bordarier trouvait rassurante la façon qu'ils avaient d'appuyer sur certaines syllabes en début de mot, comme si cette élocution suffisait à imposer des limites claires au brouillard mouvant des événements quotidiens. Après les bassines agricoles, fortement contestées par les écologistes, puis les économies d'énergie que se proposaient de réaliser certaines piscines municipales en offrant aux baigneurs une eau particulièrement vivifiante, occasion d'introduire une note d'humour et de légèreté, ils enchaînèrent sur la mort suspecte de plusieurs agents du Mossad, noyés dans un lac italien lors d'une fête de départ en retraite. Bordarier sursauta. Il avait l'impression d'être traqué, cerné par une machination, même la radio le renvoyait directement à ce qu'il s'efforçait d'oublier.

Il l'éteignit rageusement. Il ne manquerait plus qu'ils mentionnent le naufrage du *Galina*. Que diraient-ils, d'ailleurs ? Qu'un commando d'assassins de la DGSE avait été dépêché en Bulgarie pour éliminer le fondateur d'une agence de renseignement privée russe utilisée par le SVR ? Qu'il y avait des raisons de penser qu'un appui stratégique avait été apporté par un trio de Daghestanais dont certains avaient été employés par le SVR pour former des agents d'élite après la chute de l'Union soviétique ?

Si le travail de policiers pouvait parfois réserver des surprises, celui d'espion lui apparaissait désormais comme une suite de péripéties aussi grotesques que dangereuses, dont les journalistes, lorsqu'elles venaient à être connues, s'emparaient en échangeant des sourires incrédules et en hochant la tête devant une telle accumulation d'incongruités.

Ce fut une femme qui ouvrit la porte de la maison des Capoulade. Elle était grande, avait de longs cheveux blond et blanc, un regard doux dans un visage marqué par le chagrin.

— Bonjour, madame, je suis le commissaire Bordarier. J'ai déjà parlé à votre mari, samedi.

— Oui, il me l'a dit. Alors, vous allez faire quelque chose, pour maître Courtois, il va être arrêté ?

— Sans aucun doute, le tribunal est en train de constituer un dossier, de saisir des preuves.

— Ah, c'est bien.

Elle avait l'air un peu absente, rêveuse, comme si quelque chose d'autre la préoccupait et qu'elle ne pouvait accorder qu'une fraction de son attention à Bordarier. Il attendit un moment que son regard fasse à nouveau la mise au point dans sa direction.

— Excusez ma demande, qui va peut-être vous paraître étrange, mais est-ce que je pourrais voir votre garage ?

— Notre garage ?

— Oui.

— Pourquoi ?

— Je voudrais vérifier quelque chose.

— Euh, eh bien suivez-moi, c'est par là, il faut faire le tour.

Elle prit les clés sur un petit crochet dans l'entrée et descendit les marches du perron. L'allée qui passait sur le côté de la maison était bordée de pots de fleurs, des plantes grasses de toutes tailles. Il y avait aussi une vieille rampe en plastique appuyée contre le mur, qui avait sans doute été utilisée par les Capoulade pour faire franchir le perron au fauteuil roulant de leur fille, avant qu'elle ne soit prise en charge de manière définitive par une structure d'accueil. La porte du garage ouverte, les deux battants écartés, Bordarier vit l'emplacement réservé à la Fiat Panda rouge, marqué par des taches d'huile qui s'étaient superposées avec les années. Dans un coin, il y avait deux vélos. Un VTT Décathlon dont les pneus étaient dégonflés et un antique Motobécane vert métallisé qui semblait en parfait état de marche.

— Voilà, monsieur le commissaire, c'est notre garage. Vous avez vu ce que vous vouliez voir ?

— C'est votre vélo ?

— Celui de mon mari.

— Vous ne trouvez pas ma requête un peu étrange ?

— Je devrais ? Vous êtes de la police, vous devez avoir vos raisons.

— Et si je vous demandais ce que vous et votre mari faisiez le soir du dimanche 27 février ?

— Nous étions chez nous, nous ne sommes pas sortis. Nous avons regardé la télé.

— La plupart des gens, vous leur demandez ce qu'ils ont fait le week-end d'avant, il leur faut un moment pour répondre. Surtout si c'est un policier qui pose la question, ils sont un peu stressés, ils ne savent plus. Là, ça fait déjà pas mal de temps.

— Je n'ai pas besoin de m'en souvenir, nous ne faisons jamais rien, le dimanche soir. Ni les autres soirs d'ailleurs.

— Vous savez que le voisin de votre avocat véreux est mort assassiné ? Un coup de couteau dans la gorge. Et puis le feu, pour couvrir les traces du crime.

Cette fois-ci, les paupières de Mme Capoulade battirent lentement, comme si elle regardait, hébétée, une lumière très vive.

— Ah bon ? Qu'est-ce qui s'est passé ?

— C'est bien la question que je me pose, madame Capoulade, c'est bien la question que je me pose.

— Vous pensez que c'est M. Courtois ?

— Je ne sais pas trop ce que je pense.

Il y eut un long silence. Bordarier prit une photo du Motobécane, puis regarda Mme Capoulade refermer la porte du garage à clé.

— Votre mari travaille aujourd'hui ?

— Oui.

— Il rentre à quelle heure ?

— Je ne sais pas. Des fois, il reste dormir sur le parking de l'EEAP.

— L'EEAP ?

— Ça veut dire Établissement et services pour enfants et adolescents polyhandicapés. C'est là où se trouve notre fille. Les Chênes verts. C'est quand il a besoin d'être plus proche d'elle, de Mona.

Elle avait relevé vers lui ses yeux clairs, presque gris. Il reçut son regard de plein fouet, la pupille comme un soleil noir se levant sur une mer vide, stérile. Ce couple, de toute évidence, avait été brisé par ce qui était arrivé à leur fille. Ils avançaient dans la vie dans un état second. Les odieux mensonges de Courtois avaient sans doute été une pointe remuée au fond de leurs blessures.

En passant devant le bar-tabac de l'autre jour, Bordarier eut faim, malgré tout. Appâté par l'ardoise qui annonçait en plat du jour une spécialité portugaise, sans préciser, il poussa la porte.

Une grand-mère équipée d'une perruque mal ajustée remplissait une grille de Loto. Au comptoir, un peintre en bâtiment buvait une bière en regardant les nouvelles à la télévision. Il y avait des grèves. Le patron l'avait reconnu, déjà il le traitait en habitué.

— Ah, le monsieur de l'autre jour qui voulait savoir si je croyais au hasard. J'en ai parlé à ma femme, vous savez, on a bien ri. Alors, c'est le hasard qui vous ramène ici ?

— La faim.

— Vous tombez bien, la cuisinière a fait un plat du jour délicieux et il en reste quelques portions. Elle est portugaise, comme moi.

— C'est quoi ?

— Le sandwich portugais. Une sauce un peu relevée, du pain de mie, du jambon, des œufs, des saucisses. Servi avec des frites. C'est un plat très complet.

— Entendu, alors, avec un demi.

Lesté comme rarement, Bordarier quitta tôt le commissariat où il était revenu signer quelques documents, puis décida de faire un crochet par l'impasse des Anémones avant de rentrer au mazet.

La lumière était faible au-dessus du goudron, des lignes électriques étaient suspendues à longs intervalles à des poteaux en béton, mais tous n'étaient pas équipés de lampadaires. En fait, il n'y en avait que deux, qui jetaient leur éclat roussâtre sur un périmètre assez restreint.

Bordarier essaya de s'imaginer Capoulade garant sa Fiat Panda un peu plus haut, peut-être à un endroit où la route, entre les murs de pierres sèches, était plus large et permettait de faire un demi-tour. Après, il serait allé à pied dans l'impasse, à la recherche de la maison de Courtois. Que voulait-il faire ? L'insulter ? Le menacer ? Était-il déjà décidé à le tuer ? Avait-il apporté un couteau ?

Bordarier passa devant la maison de Courtois. Les rideaux du salon étaient éclairés. Des rideaux à motifs floraux assez hideux. La lueur mouvante d'une télévision. Soudain, une ombre se dessina, d'abord grande et déformée, puis de plus en plus précise. Le rideau s'écarta et la silhouette courte, un peu ronde, de l'avocat véreux apparut dans le contre-jour scintillant de son lustre à pendeloques. Lorsqu'il fit un petit hublot de ses mains pour voir à l'extérieur, Bordarier se baissa derrière le muret. Il continua d'avancer ainsi, penché en avant, jusqu'à ce qu'il soit hors de vue.

Il était maintenant devant les décombres de la villa de Marsot. Le numéro de l'adresse était affiché sur le pilier crépi de blanc du portail. Un onze en métal. Non, à moins d'être complètement azimuté, il était impossible de se tromper.

46

— Et Genet, il est où ?

— Il est rentré se reposer, il est resté dans son bureau toute la nuit.

— Et Namgyel ?

— Chögyam est chez Vera. Mais Kévin est là, si vous voulez.

— Bon, merci Hennequen, je vais lui demander s'il peut m'aider.

— Ne le cherchez pas dans son bureau, patron, il est dans celui de Genet depuis 5 heures ce matin.

— Ah bon ? Genet est d'accord ?

— C'est lui qui l'a posté là.

Cette marque de confiance était tout simplement extraordinaire. Comme la chambre d'un adolescent, le bureau de Genet était une zone interdite à toute présence extérieure lorsqu'il ne s'y trouvait pas. Une femme de ménage avait même fait les frais d'une crise de nerfs épique, quelques années auparavant, lorsqu'il l'avait accusée d'avoir déplacé une installation électronique de haute technicité, un engin soi-disant capable d'envoyer des ondes inaudibles pour l'oreille humaine, mais insupportables aux cigales qui s'en allaient frotter leurs ailes bruyantes ailleurs. Enfin, ça, c'était la théorie, car les essais subséquents sur le terrain s'étaient avérés moins concluants, entraînant quelques mois plus tard l'abandon des recherches et peut-être le début de nouvelles expérimentations sur les insectes qui avaient permis l'invention du suce-mouches.

Kévin Ratier avait le regard rivé sur deux écrans découpés en petits carrés qui montraient plusieurs routes, un morceau de campagne, puis des vues de la propriété de Cordelle. Bordarier comprit qu'il avait lui aussi été réquisitionné pour ce qui était en passe de devenir l'affaire Destoine.

— Vous pourriez me faire une demande auprès des opérateurs téléphoniques ? Je voudrais savoir si ce portable a borné dans le quartier des garrigues nord le 27 février. Tenez.

— Pas de problème, commissaire.

Sans détacher son regard de son observation, Kévin tendit la main et prit le morceau de papier qu'il lui donnait.

— Qu'est-ce que vous faites ?

— Euh, c'est pour la surveillance de la propriété de Vera. Quelqu'un l'a menacée. Une vieille affaire, apparemment. Il vient de sortir de prison et ils pensent qu'il risque de venir se venger. Genet m'a demandé de ne pas quitter une seconde les écrans du regard.

Bordarier fit une grimace devant le grossier mensonge inventé par Genet, que Kévin avait gobé entier avec la coquille. Ce qui était plus ennuyeux que la naïveté toujours un peu surprenante de Kévin, c'était qu'une bonne partie de son équipe était mobilisée pour attendre la venue pour le moins hypothétique d'un agent de haut rang de la DGSE qui serait à la solde des Russes. Le plus probable était que Destoine, s'il était vraiment coupable, allait prendre la poudre d'escampette. Un aller simple pour Moscou ou quelque part dans un des anciens pays satellites. Bordarier marmonna quelque chose d'indistinct sur les emmerdements délirants qui continuaient de s'accumuler depuis le détachement de Cordelle.

— Vous dites, commissaire ?

— Rien, euh, vous allez rester là longtemps ?

— Genet revient à midi.

— Bon appelez-moi dès que vous saurez où ce téléphone a borné.

En descendant les escaliers, Bordarier eut un éclair d'inspiration. Si Capoulade allait voir sa fille tous les jours dans son établissement d'accueil, le personnel aurait peut-être quelque chose à dire sur son comportement des dernières semaines.

L'endroit était situé à une vingtaine de minutes en voiture, tout au fond d'un quartier résidentiel fait de maisons mitoyennes plutôt modestes, revêtues du même crépi rosâtre.

Les rues montaient en pente douce vers le sommet d'une petite colline, jusqu'à l'impasse où était logé l'EEAP. C'était un bâtiment qui évoquait un peu l'école, avec quelques touches de couleurs vives qui devaient chercher à évoquer l'enfance pour adoucir le terrible destin de ses pensionnaires. Des camionnettes étaient garées sur le parking, mais pas la Fiat Panda rouge.

Bordarier montra sa carte de police à la jeune femme qui avait entrouvert la porte. Devant ses sourcils surpris, il afficha son sourire habituel de mise en confiance, étudié pour projeter l'aura bonhomme du père de famille.

— Ce serait pour poser quelques questions sur un parent, le papa de Mona, vous avez un moment ?

Le visage qu'il avait en face de lui se crispa brièvement. Elle regarda à nouveau la carte.

— Ça risque d'être compliqué, vous savez, on ne communique aucune information sur nos patients.

— Je comprends, cependant il ne s'agit pas de Mona, ni de son état de santé, mais de son père.

— Ah, oui. Bon, alors, ne bougez pas, je vais aller chercher la directrice et vous lui expliquerez.

Bordarier hocha la tête calmement, accompagna du regard le pas rapide et légèrement anxieux de l'employée, puis, apercevant du monde dans une pièce aux murs peints de bleu et d'orange, derrière la double porte vitrée, il s'en approcha.

Des enfants de plusieurs âges, tous en fauteuil roulant, étaient installés en demi-cercle autour d'un homme de grande taille, en pull noir, qui était muni d'une longue flûte à bec de bois clair. Tout en chauffant son instrument entre ses mains, il sourit à son public et adressa même à travers le verre un bref salut de la tête à Bordarier. Sans souffler encore, il fit danser ses doigts sur les trous avec grâce, comme des battements d'ailes d'oiseau ou de papillon. En face, il y eut quelques gestes maladroits et saccadés parmi les corps entravés, les cous déjetés en arrière, penchés sur le côté, maintenus par des appuie-têtes, les torses et les jambes fragiles sanglés, les pieds tordus, coincés dans des étriers. Soudain, sans avertissement, il éleva sa flûte et ses lèvres se refermèrent sur le bec. Une magnifique mélodie baroque se mit à résonner en traversant sans peine la porte. Les enfants polyhandicapés, serrés les uns contre les autres, se mirent immédiatement à réagir. C'était comme si un fluide léger, enivrant, venait les cueillir par les oreilles, faire briller leurs pupilles, suggérer la possibilité du vol. Bordarier lui-même se sentit tout à coup touché. Engoncée dans une chaise roulante qu'une peinture mauve avait cherché à maquiller en jouet, une petite fille avait esquissé un sourire, une sorte de fleuraison qu'on devinait rare. Bordarier se demanda si c'était Mona.

Il se détacha à regret du spectacle pour voir arriver la directrice, une femme d'une quarantaine d'années, en robe longue, le visage avenant, les yeux verts. Dans ses longs cheveux bruns bouclés rassemblés en queue-de-cheval filaient quelques mèches grises.

— Monsieur ? Venez dans mon bureau, nous serons plus tranquilles.

— Merci.

Le bureau était couvert de grilles d'emploi du temps, de rappels de directives, de listes de numéros de téléphone.

— Que puis-je pour vous ?

— Je voudrais que vous me parliez de M. Capoulade.

— Vous parler de lui, comment ?

— Est-ce qu'il vient souvent ?

— Tous les jours.

— C'est vrai qu'il reste parfois dormir sur le parking ?

— C'est arrivé.

— Pourquoi ?

— Il a du mal à s'éloigner de sa fille, à la laisser seule, il se sent coupable de ce qui lui est arrivé.

— Elle est ici en permanence ?

— Malheureusement, son état ne lui permet pas de rester à la maison, les soins à donner sont trop importants. Elle a subi une lésion du cerveau qui rend les tâches les plus simples impossibles à accomplir.

— Une lésion due à quoi ?

— C'est de naissance.

— Elle aurait été victime de maltraitance dans une autre institution. Vous êtes au courant ?

— Oui, son papa nous en a parlé, quand il a obtenu une place ici. L'EEAP qui est responsable a mauvaise réputation, d'ailleurs. J'ai entendu parler d'enfants enfermés dans les toilettes toute la nuit, d'autres privés de nourriture, ou mis dans une corbeille à linge pour ne pas déranger. Ce n'est pas du tout ce qui se passe ici, bien évidemment.

— Et la justice a été saisie ?

— Plusieurs fois, sans succès. L'affaire de M. Capoulade n'est allée nulle part, rien n'a été fait. Il paraît même qu'il s'est fait arnaquer par son avocat, qui en plus l'a menacé de poursuites. C'est pour ça que vous êtes là ?

— Vous avez remarqué un changement dans son attitude, ces derniers temps ?

— Il est peut-être plus triste que d'habitude, ça se comprend, avec cette histoire.

— Qu'est-ce qu'il fait quand il est avec Mona ?

— Il lui parle, il la tient dans ses bras.

— Et vous savez ce qu'il lui dit ?

— Non, je les laisse tranquilles, c'est privé.

— Le moindre élément pourrait m'aider.

— Je ne sais pas ce qu'il lui dit. Sauf, peut-être, la semaine dernière. Je l'ai entendu qui lui demandait pardon.

— Pardon de quoi ?

— Aucune idée. Peut-être de ne pas avoir réagi plus vite, quand elle a été maltraitée ?

Un quart d'heure plus tard, au volant de la Primula, comprenant soudain que s'il avait raison, la petite Mona ne reverrait pas son père avant longtemps, Bordarier sentit une douleur sourde contracter sa poitrine. Une sorte de hoquet. Comme il se rapprochait du centre de Nîmes, il avisa un petit bar de quartier.

— Un café et un verre d'eau, s'il vous plaît.

— Un Pernod ?

— Non, un verre d'eau.

— Ah, au temps pour moi, j'ai mal entendu.

Bordarier regarda la patronne, son maquillage noir coulant sur les cils, son tatouage au-dessus des seins, une sorte de colombe un peu décatie. Impossible de dire si elle était en train de le charrier.

— Bon, un Pernod, alors, vous avez raison.

— Je ne voulais pas vous pousser à la consommation, c'était juste une plaisanterie, monsieur.

Un pilier de bar à demi assis sur le tabouret à côté de Bordarier ricana, envoyant dans sa direction son haleine de tabac et d'alcool.

— Vingt ans qu'elle fait la même blague. Heureusement qu'il n'y en a pas souvent qui demandent un verre d'eau, hein, sinon ça deviendrait lourd à force.

— Et toi, tu peux parler, tu ferais bien de boire un coup de flotte de temps en temps, pour rompre la monotonie.

En sirotant son deuxième Pernod, Bordarier commença à se sentir mieux. Avec les circonstances atténuantes dont allait bénéficier Capoulade, ce serait bien le diable s'il n'y avait pas des aménagements de peine. Ce père dévoué n'était pas une menace pour la société, il avait été poussé à bout par le handicap de sa fille, la maltraitance dont elle avait été victime, le faux procès inventé par Courtois, qui lui avait coûté beaucoup d'argent tout en lui faisant croire qu'il allait obtenir réparation.

La vérité, c'était que le pauvre Marsot, assassiné dans son lit, avait été la victime collatérale de l'escroquerie de Courtois. Bordarier fit tourner le glaçon dans son verre. La seule chose difficile à expliquer, dans ce scénario, était que Capoulade se soit trompé de maison.

Mais en fin de compte ça aussi pourrait être exploité à son avantage par la défense. En proie à une douleur morale intense, cet homme avait tellement perdu la tête qu'il était entré dans la mauvaise propriété et s'était vengé sur la mauvaise personne.

Bordarier regarda au fond de son verre vide. Est-ce qu'il n'était pas en train de se fourvoyer complètement ? Des vélos Motobécane verts, il en restait encore beaucoup, comme les Fiat Panda rouges étaient nombreuses. D'étonnantes coïncidences pouvaient égarer une enquête, c'était déjà arrivé. Peut-être Ratier allait-il lui dire que le portable de Capoulade n'avait pas borné dans le quartier des garrigues nord. Et puis, ces lettres de menace reçues par Courtois, non seulement rien ne prouvait qu'elles avaient été envoyées par Capoulade, mais il n'en tenait pas une seule entre les mains. Tout ce qu'il avait, c'était le témoignage douteux de Nanorobot.

Un *Midi Libre* périmé, abandonné sur le comptoir, le fit repenser aux photos prises par le fait-diversier Michel Pourtalet. Il se rendit compte qu'il n'avait jamais demandé à les voir. Si la Fiat Panda rouge était bien celle de Capoulade, elle n'apparaîtrait pas dans la foule, puisque celle-ci avait été enregistrée par une caméra de surveillance redescendant vers le centre quelques minutes avant que l'alerte ne soit donnée aux pompiers. Mais par acquit de conscience, Bordarier se devait de vérifier. Il paya et sortit dans la lumière de la rue.

Pourtalet répondit tout de suite au téléphone et lui donna rendez-vous directement dans les locaux du *Midi Libre*, situés depuis quelques années dans un bâtiment moderne derrière la gare ferroviaire.

Grande table, moquette grise, écrans de télé, petits postes de travail en open space. Un journaliste à barbe parlait au téléphone en mâchouillant le bout d'un crayon puis s'en tapotant le bout du nez d'un air pensif. Pourtalet jaillit d'une salle de réunion vide.

— Ah, commissaire ! Vous avez de la chance, si vous m'aviez appelé un peu plus tard, vous ne m'auriez pas trouvé. Je dois aller couvrir la fête foraine, sur le parvis du stade des Costières. Il paraît qu'il y a des équipements qui ne sont pas aux normes, une gamine a été blessée hier.

— Vous risquez d'être bien reçu.

— Le lecteur a le droit d'être informé, c'est mon devoir. « Quoi qu'il en coûte », c'est ma devise.

— C'est vrai ?

— Non, mais ça pourrait l'être.

— Merci encore une fois de ne pas avoir mentionné la théorie des migrants dans votre article sur l'incendie de la villa de M. Marsot, ça nous a évité bien des ennuis. Alors, ces photos, je peux y jeter un œil ?

— Je les ai mises sur ce PC, vous pourrez aussi les copier sur une clé USB, si vous préférez. Vous en avez une ?

Bordarier fit signe que oui. Aussi utile que facile à égarer, l'objet minuscule ne quittait plus la poche intérieure de sa veste. Il le redécouvrait parfois du bout des doigts, surpris, espérant vaguement que ce soit un paquet de chewing-gum.

Pourtalet resta un moment pour l'aider dans ses manipulations, une main appuyée sur le dossier du fauteuil. De temps en temps, pour commenter la valeur esthétique d'un cliché, il interrompait le défilement des images en enlevant la souris à Bordarier. Il était fier en particulier de plusieurs gros plans sur les visages mal réveillés des riverains, avec les reflets des flammes dans les pupilles dilatées, qui suggéraient une catastrophe de plus grande ampleur. Le crash d'un avion de ligne, par exemple.

Pourtalet parti, Bordarier se concentra sur chaque image. Le déroulement de la soirée lui revenait. D'abord il s'était réveillé après son étrange cauchemar. Il y avait le rhume terrible dont il souffrait ce soir-là. L'odeur de fumée, les flammes. Farfale, Casse, Audibert lancés sur la thématique de l'immigration. On les voyait sur plusieurs photos. Audibert avait l'air particulièrement allumé. C'était le cadrage un peu penché, l'auréole que faisait l'incendie autour de sa tête, le plateau de cafés que sa femme tenait devant lui. Bordarier apparaissait trois fois de dos.

Il avait les épaules basses, une impression d'accablement émanait de sa silhouette. Sur une autre, de profil, il avait le nez dans le café de la femme d'Audibert. Il eut beau zoomer, enfiler ses lunettes pour examiner chaque badaud ou riverain, il n'identifia personne qui aurait pu avoir l'air même vaguement suspect. Courtois apparaissait placide, considérait les choses avec intérêt mais de loin, impression sans doute due à certains aspects de sa physionomie, principalement à ses joues tombantes. Comme il l'avait prévu, il n'y avait pas la moindre trace de M. Capoulade.

De retour au commissariat, Bordarier chercha Ratier, mais ne le trouva pas. Interrogée, Hennequen eut besoin de quelques secondes pour reprendre son souffle avant de lui répondre.

— Il est parti depuis une heure, Kévin, sa veille devant les écrans de Genet l'a laminé, il avait envie de vomir.

— Vous allez bien, Hennequen ?

— J'ai battu mon record. J'ai fait les escaliers vingt-cinq fois en vingt-deux minutes. Un dénivelé de fou, regardez ma montre.

— Votre montre ?

— Regardez.

C'était une de ces montres sportives à GPS et altimètre. Sur l'écran à cristaux liquides, un trophée schématisé était apparu, qui clignotait et envoyait en l'air des cotillons.

— Vous n'avez pas peur de vous faire mal ?

— Ce qui ne me tue pas me rend plus fort.

— Euh, oui, mais si ça vous tue, alors quoi ?

— Ah ben, merci, vous êtes gai, patron, aujourd'hui !

— Au fait, vous savez si Ratier a laissé quelque chose pour moi ? Je lui avais demandé de faire une vérification.

— Ah pardon, j'ai failli oublier, il m'a dit que le portable n'avait pas borné là où vous l'espériez. En fait, le portable de M. Capoulade ne borne que sur un trajet très réglé entre son travail et sa maison.

— Bon, merci Hennequen.

Dépité d'apprendre que son suspect n'avait pas oublié de laisser son portable avant de trucider Marsot, ce qui aurait merveilleusement facilité l'enquête, Bordarier décida d'aller prendre un café au distributeur.

La cuisinette était vide, il commençait à se faire tard. Ses cinquante centimes d'euro glissés dans la fente, il sélectionna un allongé sans sucre puis s'appuya contre la machine. Tandis que le ruban mousseux remplissait le gobelet avec un petit bruit de vespasienne, il laissa échapper un énorme bâillement, se frotta un œil, considéra la lumière de fin d'après-midi qui pénétrait par la fenêtre, les rideaux blancs d'un salon, en face, qu'un léger courant d'air faisait bouger. Au lieu du bip attendu, le distributeur émit une série de cliquetis violents qui le firent sursauter. Il se baissa vers l'ouverture, juste à temps pour voir deux nouvelles touillettes tomber dans son gobelet qui en contenait déjà cinq ou six. Il voulut secourir son café en le retirant mais en fut empêché par une nouvelle salve de touillettes qui lui meurtrirent la main. Une odeur de métal chaud parvint à ses narines, sans aucun doute liée à un problème électrique. Il contourna la machine pour arracher la prise. Quatre autres touillettes jaillirent encore. Avec la pensée désagréable qu'il était peut-être en train d'être témoin d'un phénomène paranormal digne d'un roman de Stephen King, il attendit, retenant sa respiration. Non, heureusement, ça s'était arrêté.

47

Bordarier enfila ses lunettes de lecture et consulta l'emballage des pâtes qu'il avait achetées à Carrefour City. Il ne trouva pas le temps de cuisson, mais fut informé qu'un tréfilage au bronze traditionnel avait doté ces mezzi rigatoni d'une porosité et d'une rugosité qui leur permettait de retenir et absorber la sauce supérieurement, pour une expérience gustative exceptionnelle. Tout de même, se dit-il, la cuisine italienne, quel mélange d'extrême simplicité et de nuances subtiles ! Parfois si subtiles, à vrai dire, qu'il arrivait que le premier instinct, bien naturel, soit la défiance. D'ailleurs, si à la maison il en mangeait volontiers, des pâtes, au restaurant il rechignait à commander ce plat auquel il reprochait de n'avoir pas su rester fidèle à lui-même, c'est-à-dire humble et économique. Trop souvent, il avait été échaudé par la note accompagnant l'assiette à large bord dans laquelle on lui avait servi, avec des effets de serviette, un ravioli solitaire couché dans un pingre pédiluve.

Se remplissant un autre verre de bandol, il se promit de se coucher tôt et de dormir d'un sommeil profond. C'était seulement à cette condition qu'il pourrait espérer se réveiller le lendemain avec les idées claires. Il commencerait par s'atteler à prouver la présence physique de Capoulade dans la villa, le soir où Marsot avait été assassiné dans son sommeil. Que le téléphone n'ait pas borné n'était qu'un revers temporaire, il existait d'autres moyens. Des caméras de surveillance avaient pu échapper à Hennequen. Ce serait bien le diable si la plaque d'immatriculation n'apparaissait quelque part.

À la moitié du verre de bandol suivant, qu'il calcula être son troisième, ses pensées changèrent de direction. Il s'interrogea sur ce que ses collègues étaient en train de faire ce soir. Attendaient-ils toujours la venue hypothétique de Destoine ? Se souvenant du deep fake vocal dont il avait été victime, il se demanda ce que valaient les preuves qu'il avait entrevues, dont la photo montrant Destoine et Aliokhine apparemment en bonne entente. Et d'ailleurs, qui était en réalité cet Adrien Barthez qui avait débarqué chez Cordelle sans prévenir ?

Il versa d'un coup les pâtes dans l'eau. Sept minutes plus tard, alors qu'il venait en tester la cuisson, un bruit bourdonnant et sifflant à la fois lui fit tendre l'oreille en direction de sa gazinière.

Non, ce n'était pas une fuite, ça venait du dehors. Il regarda par la fenêtre et aperçut, entre les branches de sa tonnelle, le drone de Julien qui passait au-dessus des toits. Puis, au moment où il réduisait la flamme pour empêcher les projections de sa réduction de sauce tomate à l'ail et au basilic, le carillon de sa porte d'entrée tintinnabula.

Destoine se tenait devant lui, en costume et manteau, en train d'ajuster les fins gants de peau qu'il venait d'enfiler.

— Bonsoir, commissaire, je peux entrer ?

Son arme malheureusement rangée dans sa mallette, Bordarier s'efforça de prendre l'air le plus naturel possible. Faire celui qui était un peu surpris, voire embêté, mais tout de même curieux de savoir ce qui avait amené l'agent de la DGSE jusqu'à sa porte.

— Euh, oui, bien sûr, entrez. Qu'est-ce qui se passe ?

Destoine referma derrière lui, avança en penchant la tête, regardant dans le salon, le canapé un peu miteux, la cheminée, une vue en noir et blanc d'un bouquetin des alpes que Bordarier avait récupérée chez son grand-père, l'impressionnante collection de vinyles qui couvrait tout un mur.

— N'essayez pas de noyer le poisson, vous savez exactement pourquoi je suis ici. Barthez est à Nîmes, il vous a raconté que c'était moi la taupe et vous y avez cru. Encore une fois, je constate que vous ne m'accordez pas le bénéfice du doute. Laissez-moi deviner, j'ai été habilement retourné par le SVR? Ils ont trouvé le moyen parfait pour me faire trahir mon pays et ruiner ma carrière?

— Euh, je ne vois pas de quoi vous voulez parler. Personne ne m'a rien dit. D'ailleurs, croyez-moi, tout ça ne m'intéresse pas plus que ça, je suis très occupé par une enquête sur un homicide.

— Vous savez comment la partie adverse recrute dans un service de renseignement étranger? Ils cherchent des agents frustrés de ne pas être appréciés à leur juste valeur. L'argent, le besoin de reconnaissance, l'orgueil, ce sont souvent des moteurs puissants. Mais il y a d'autres leviers. Il y a aussi ceux qui éprouvent un plaisir pathologique à avancer masqués. Qu'en pensez-vous, commissaire, quoi de plus exaltant de ce point de vue que de devenir agent double? Un masque sur un masque. Les autres cibles, ce sont ceux qu'on peut piéger. Par exemple, j'aurais pu faire l'erreur de tomber amoureux, monsieur le commissaire, peut-être d'une femme travaillant pour le Mossad. Elle m'aurait arraché des secrets sur l'oreiller, des informations confidentielles. Et pendant tout ce temps, les Russes auraient regardé par-dessus son épaule, intercepté ses communications. Au bout d'un moment, lorsque j'aurais enfin compris qu'elle m'utilisait, je l'aurais quittée. Douloureusement. Et puis quelques mois plus tard, les Russes m'auraient montré tout ce qu'ils avaient sur moi. Coopérez, ou on rend tout ça public. Pas vraiment un choix, n'est-ce pas?

— Bon, euh, écoutez, je m'apprêtais à manger, j'ai eu une journée difficile, alors si vous voulez bien…

Destoine sortit un pistolet équipé d'un silencieux puis se laissa tomber sur le canapé en lui désignant son petit fauteuil en cuir.

— Commissaire, je vous en prie, asseyez-vous.

— Je peux éteindre sous mes pâtes?

Destoine acquiesça. Sous son regard attentif, Bordarier tourna le bouton, puis décrocha sa passoire pour la poser dans l'évier. Au moment où il allait se saisir de la casserole d'eau bouillante pour égoutter ses pâtes, son visiteur agita le canon de son arme.

— En revanche, vous pouvez laisser votre casserole où elle est.

— Mais, mes pâtes ?

— Tant pis pour vos pâtes.

— Bon.

— Barthez vous aura peut-être dit que ce n'était pas le SVR qui m'avait retourné, mais l'entreprise d'Anatoli Tiefersumpf, grâce au travail d'Aliokhine ? Qu'à Tel Aviv, ils m'auraient montré ce qu'ils avaient sur moi ? Que malgré mes années de bons et loyaux services, j'aurais cédé assez vite ?

Regardant le trou noir au bout du silencieux, Bordarier se sentit profondément idiot. Ses pâtes risquaient de ne jamais être mangées, elles allaient peut-être devenir molles, gonfler, pendant que son corps sans vie reposerait sur les tomettes dans une mare de sang.

Considérant du coin de l'œil un couteau de cuisine dont le manche dépassait d'un pot en grès, il se demanda quelle chance il aurait de pouvoir s'en saisir et le lancer en direction de Destoine avant que celui-ci ne presse la détente. Aucune, bien évidemment.

— Je ne sais rien, on ne m'a rien expliqué, je ne m'intéresse pas à vous. Pourquoi vous me racontez tout ça ?

— Vous ne savez rien, certes, mais vous montrez pourtant une incroyable ténacité. Vous avez continué à jouer la partie, quitte à perdre encore et encore, jusqu'à ce que vous ayez atteint votre but, ramener Cordelle, en éliminant au passage, chose tout de même extraordinaire, deux oligarques russes et un mafieux bulgare, sans parler de leur garde rapprochée. À vrai dire, c'est un exploit. Mais est-ce que vous vous êtes demandé comment Barthez est entré en possession de tous ces documents sur moi. D'où croyez-vous qu'il les tient ?

— De la CIA ?

— Ah ! Vous voyez, commissaire, à la bonne heure, vous avez donc bien parlé avec Barthez.

— Ce n'était qu'une hypothèse. Vous êtes comme le fou qu'on essaie de ne pas contrarier.

— Un fou qui essaierait de vous faire entendre raison serait-il complètement fou ? Écoutez-moi, vous croyez vraiment que la CIA confierait tout un dossier d'espionnage à un agent disgracié de la DGSE ? Non, ça se passerait à un niveau beaucoup plus officiel, beaucoup plus élevé. Une entrevue avec le ministre de l'Intérieur, par exemple. Barthez travaille pour le SVR. Ils ont décidé de me faire porter le chapeau en m'accusant d'être la taupe.

Bordarier hésita, il n'avait pas cru si bien dire en parlant de folie, il avait lui-même l'impression que le sol était en train de se dérober sous lui, qu'il perdait complètement la tête.

— CIA, SVR, si vous voulez. Sans vouloir vous offenser, encore une fois, je m'en fiche un peu, monsieur Destoine.

— J'ai un marché à vous proposer. Vous m'aidez à arrêter Barthez et je vous promets que vous recevrez une médaille dans la cour d'honneur de la DGSE. Tous les documents que vous a montrés Barthez sont faux, construits de toutes pièces. Photographies, enregistrements, l'intelligence artificielle permet tous les bidonnages. Je tombe, Barthez revient à la DGSE, réhabilité, c'est lui qui reçoit une médaille et le patron du SVR se frotte les mains, puisqu'il a de nouveau quelqu'un dans la place.

— Vous pourriez baisser votre arme ?

— Bien sûr, commissaire, bien sûr. Ne vous inquiétez pas, je ne suis pas venu pour vous tuer, je suis venu pour arrêter Barthez.

— Il n'est pas ici.

— Ça aussi, je le sais.

— Alors, qu'est-ce que vous faites chez moi ?

— Barthez se planque chez Vera Cordelle. Vous m'aiderez à entrer, à m'expliquer. Et puis une fois que toute la situation sera clarifiée, chacun reprendra sa vie comme avant.

— Clarifiée ?

— Barthez mis hors d'état de nuire.

— Vous avez l'intention de faire quoi, exactement ?

— Il sera mis dans une maison isolée en région parisienne. Un lieu que la DGSE utilise pour des débriefings délicats. Une fois qu'il aura avoué pour qui il travaille, je pourrai aller voir mes supérieurs.

— Vous êtes venu seul ?

— Les mensonges de Barthez sont bien ficelés, ç'aurait été trop compliqué pour moi d'impliquer une équipe. Bon, vous êtes prêt, commissaire, on y va ?

Bordarier regarda à regret les flammes de son âtre, sa casserole qui fumait sur la gazinière. Il aurait dû se douter que l'implacable engrenage dans lequel il avait mis le pied n'allait pas le laisser s'échapper si facilement. Tout était allé trop loin. Qu'est-ce qui lui avait pris d'appeler Brun pour qu'il fasse jouer ses contacts, puis d'aller à Paris, Marseille et enfin, couronnement de bêtise, Baltchik, au bord de la mer Noire ? Qu'avait-il accompli, en réalité ? Est-ce qu'il avait vraiment sauvé Cordelle ? Peut-être, mais pas avant d'aider les Russes à la reprendre en les menant droit à elle. Non, il n'y avait vraiment pas de quoi être fier. Et maintenant, c'était Destoine qui voulait l'utiliser. Il aurait été idiot de se fier à ce qu'il avait dit. Qu'est-ce qui l'empêchait de les exécuter et de blâmer ensuite l'intervention d'un commando russe ?

Il faisait nuit quand Bordarier sortit devant Destoine, dont l'arme était à peine dissimulée sous un pan de son imperméable, comme s'il avait endossé sur une scène le rôle de l'agent secret, exagérant ses jeux de physionomie pour un public amateur de mystère. Il n'était même pas besoin de se cacher, d'ailleurs, les volets des voisins étaient fermés, la rue était déserte. Seul le drone de Julien continuait de tourner au-dessus des toits, comme une chauve-souris, mais plus loin maintenant, en hauteur.

Destoine fit monter Bordarier dans sa voiture, un crossover Nissan noir aux vitres teintées. Pas besoin d'une clé pour mettre le contact, il suffisait d'appuyer sur un bouton pour que le moteur se mette à tourner avec un discret toussotement. Les phares s'étaient allumés tout seuls. Il tourna le volant, ergonomique, direction assistée, pour s'engager sur la route étroite. On pouvait rejoindre de deux façons la nationale qui menait vers la maison isolée de Cordelle. La première était la plus rapide et supposait de revenir un peu vers le centre avant de bifurquer à nouveau vers le nord. L'autre faisait passer devant l'impasse des Anémones au prix d'un détour de deux ou trois kilomètres. Comme Destoine ne disait rien, Bordarier choisit celle-là. Il avait besoin de gagner du temps, de réfléchir à ce qu'il allait faire. Une seule chose était sûre, il était hors de question d'aller chez Cordelle.

Derrière les murets de pierre, les chênes verts, les oliviers et les figuiers de barbarie n'étaient que des silhouettes noires. Bordarier se prit à espérer, de manière tout à fait irréaliste, car après tout les vitres étaient teintées, qu'un voisin marchant le long de la route allait le reconnaître. S'il parvenait à lui faire un discret signe de détresse, peut-être aurait-il l'idée d'appeler le commissariat.

— Vous roulez trop lentement, Bordarier, accélérez, nous n'avons pas que ça à faire.

Et s'il rentrait tout simplement dans un mur ? Ou dans une autre voiture ? Un accident arrêterait tout. En fait, à y réfléchir, c'était maintenant Bordarier qui avait toutes les cartes en main. Ce coup de poker que tentait Destoine ne pouvait fonctionner que s'il laissait la peur prendre le dessus. Retourner l'échiquier, c'était ça qu'il fallait faire, et tout de suite.

Poussant un cri, Destoine se jeta sur le volant pour tenter de faire faire une embardée au crossover et d'éviter une voiture que Bordarier n'avait pas vue et qui arrivait à toute vitesse de l'impasse des Anémones, son toit seul visible au-dessus des pierres sèches d'un muret, dans une trajectoire de collision directe avec eux.

Il n'y eut pas le temps de freiner. Le cou de Bordarier enregistra un choc latéral, sec et puissant. Dans la pluie de verre du pare-brise qui venait d'exploser, il sentit ses épaules et sa tête partir violemment sur le côté pour s'enfoncer dans l'airbag qui s'était déployé en une fraction de seconde au-dessus de la portière.

Désorienté, il mit un instant à se dégager du tissu qui commençait déjà à se dégonfler. Lorsqu'il put enfin regarder autour de lui, un Destoine ensanglanté sortait à quatre pattes sur le capot. Que comptait-il faire ? S'enfuir à pied ?

Non, il avait encore son pistolet à silencieux et le levait maintenant en direction de l'habitacle de la voiture qui les avait pris en écharpe, au milieu du nuage de fumée grise qui sortait du moteur et rendait indiscernable le visage du conducteur. Tout en cherchant à actionner le bouton de sa ceinture de sécurité, Bordarier vit l'agent appuyer plusieurs fois sur la détente et entendit une série de bruits creux, comme si quelqu'un avait tapé avec un bâton sur un seau en plastique.

Qui visait-il ? Qui les avait attaqués ? Un commando russe ? Une détonation retentit, une carabine de chasse, cette fois. Sans théâtre, sobrement, Destoine tomba comme une masse, à plat ventre, atteint dans le dos. Le coup était parti de la route. Bordarier regarda avec horreur les jambes tressaillir, puis s'immobiliser, pendant qu'une épaisse flaque de sang se formait sur le sol, noire à la lumière du lampadaire.

Il trouva enfin le bouton de sa ceinture et rampa à son tour sur le capot. Un homme s'avançait dans l'ombre des arbres, une carabine dans les mains. Bordarier se laissa glisser sur le goudron, se releva, titubant, puis entreprit d'escalader un muret dont les pierres, qui n'étaient pas tenues par un mortier, se dérobèrent sous la pointe de ses chaussures. Preuve que dans une situation de stress extrême, le cerveau humain pouvait encore établir des connexions pertinentes, il se souvint d'un cafard qu'il avait regardé pédaler désespérément de ses six pattes contre le rebord de sa baignoire, quelques mois auparavant.

— Émile ! Attends, c'est bon, c'est moi.

Il se retourna. C'était Farfale, visiblement bouleversé. Ses mèches normalement lissées en arrière se détachaient de son crâne comme s'il venait de sortir du lit et les poches de son jogging Décathlon étaient distendues par deux boîtes de balles de chasse qui dépassaient de plusieurs centimètres, le faisant vaguement ressembler à ce qu'aurait pu être un Rambo français.

— Ça va les gars ?

L'homme qui émergeait de l'autre voiture accidentée et venait de les interpeller n'était autre qu'Audibert. Un sourire éclairait son visage, celui qu'il devait arborer quand il avait réussi une belle prise dans sa chasse aux fraudeurs. Comment avait-il pu émerger indemne après que Destoine avait vidé son chargeur dans sa voiture ? Est-ce que les inspecteurs des impôts appartenaient à une espèce différente du reste de l'humanité ? Farfale, toujours sa carabine de chasse à la main, s'était approché.

— Et toi, Stéphane ?

— Il m'a raté, pas fort, le mec. En revanche, chapeau, d'un coup d'un seul tu l'as aligné comme à la parade. Vous savez qui c'est, commissaire ?

Bordarier considéra le corps qui ne bougeait plus. La question qui venait de lui être posée lui fit l'effet d'une énigme à laquelle nulle réponse satisfaisante ne pourrait jamais être apportée. Il n'avait aucune idée de qui avait été Fabrice Destoine.

— Un agent de la DGSE. Une taupe russe.

— Une taupe russe ? Qu'est-ce qu'il faisait dans la garrigue ?

— C'est compliqué, je t'expliquerai. Comment tu as su qu'il m'avait pris en otage ?

— Euh, c'est mon neveu, Julien, ton voisin. Il m'a alerté au téléphone. Il était en train de s'amuser à emmerder le voisinage avec son drone quand il a vu avec la caméra que le mec avait pointé une arme sur toi. Il a beau être complètement con, il a quand même eu l'idée de m'appeler. J'ai dit à Sandrine de tout de suite faire venir la police et puis j'ai sauté dans la voiture pour me mettre en embuscade.

Bordarier s'éloigna en boitant un peu de la voiture d'Audibert, dont l'avant et le capot pliés en accordéon laissaient partir des étincelles avec des crépitements de court-circuit électrique. La batterie, sans doute. Une fumée de plus en plus épaisse était en train de s'envoler vers les branches des pins et d'un arbousier qui s'appuyait contre un muret de pierre.

Farfale jetait des regards effrayés en direction du corps de Destoine, dont un coin de l'imperméable noir battait un peu dans le vent du soir, comme un corbeau qui aurait essayé de s'envoler.

— Émile, tu es sûr que ce n'est pas lui qui envoyait les lettres anonymes ? Tu ne m'aurais pas raconté des calembredaines pour me rassurer, quand tu m'as parlé des jeunes qui s'étaient amusés à m'écrire pour me foutre les jetons ?

— Euh, non, Claude, je t'assure que ce n'est pas lui.

— Bon, tant pis, enfin tant mieux. Qu'est-ce qui va se passer, maintenant ?

— Beaucoup de paperasse.

Du bout de l'impasse leur parvint un cri. C'était Sandrine qui arrivait en trottinant. Elle avait enfilé des pantoufles bleu ciel à pompons. Audibert, mains tendues, allait déjà à sa rencontre.

— Je n'ai rien, chérie, je n'ai rien !

— J'étais au téléphone avec la police quand j'ai entendu l'accident. Il y a eu un coup de fusil ?

— C'est Farfale qui m'a sauvé la mise.

— Et vous, commissaire ?

— À peine quelques égratignures, merci.

Audibert s'était interposé pour essayer d'empêcher sa femme d'approcher, attirant ainsi son attention sur le cadavre qu'elle n'avait pas remarqué tout de suite. Elle poussa un nouveau cri d'effroi et enfouit son visage dans la poitrine creuse, probablement assez dure, de son époux.

— Il est mort ?

— Qu'est-ce que tu crois ? Il a l'air de vouloir venir prendre le café ? Allez viens, rentrons. Vous venez ?

Bordarier s'accroupit à côté de Destoine, dont les yeux bleus étaient grands ouverts, comme s'il observait, étonné, la mare de sang qui s'était répandue sous lui. Deux doigts posés sur le cou ne lui permirent pas de percevoir la moindre pulsation.

— Je vais attendre les secours et les collègues ici.

— Ah, voilà Casse, il va vous tenir compagnie.

Pendant que Stéphane Audibert raccompagnait Sandrine, Bordarier, qui n'avait pas pu prendre son portable, demanda à Farfale de lui prêter le sien.

— Désolé, il n'y avait pas la place, avec les cartouches.

Le patron de bar-tabac les avait rejoints, équipé d'un petit extincteur. Peut-être que lui pourrait l'aider.

— Pétard, qu'est-ce qui s'est passé ?

Bordarier secoua la tête. Il n'en était pas vraiment sûr, se dit-il en le regardant retirer la goupille et commencer à asperger de poudre blanche le moteur fumant de la Volvo.

48

Après avoir appelé les secours, Bordarier consulta son carnet et composa le numéro de Cordelle. Il regardait par terre en attendant qu'elle décroche, des cailloux bruns et ronds, de la terre mêlée d'aiguilles de pin brunies, semée d'herbes courtes, espacées.

— Destoine est mort.

— Comment ça, mort ?

— Il m'a pris en otage et un voisin l'a abattu d'un coup de carabine de chasse.

— C'est pas vrai.

— Euh, si.

— Bon, on arrive tout de suite, patron.

Bordarier rendit son téléphone à Casse. Comme des fourmis s'invitant à un pique-nique, des badauds commençaient à arriver sur les lieux. Le premier, un homme en parka, précédait seulement de quelques mètres un groupe de deux, sans doute des frères, moustaches assorties et mains dans les poches, puis un groupe de trois ou quatre et enfin une famille qui paraissait au complet, avec deux gamins qui ne devaient pas avoir plus de dix ans. Heureusement, les collègues en uniforme ne se firent pas attendre et déroulèrent leurs rubans pour repousser tout ce monde qu'on aurait pu croire attiré par l'odeur du sang.

La Scientifique avait délimité la zone. Le commissaire en personne avait beau avoir été témoin de la scène, il allait falloir en faire la description minutieuse. Jean Malabru s'était déplacé. Il était étrange de le voir sur le terrain, lui qui la plupart du temps se cantonnait aux découpages secrets dans son souterrain de l'hôpital Carémeau. Dans sa combinaison blanche à capuche, il ressemblait à un croisement contre-nature entre un extraterrestre mangeur d'hommes et un Télétubby.

— Dites, commissaire, vous avez de la chance, vous avez des voisins en or. Regardez-moi ça, à vingt mètres au moins, il envoie une balle de carabine pile dans le cœur et se paie en plus le luxe de sectionner la colonne vertébrale. Du travail d'orfèvre. Et l'autre, là, dans la Volvo qui vous a percuté, il a une chance de cocu, vous le lui direz, hein ? Regardez les impacts, on dirait un spectacle de cirque, ils ont presque détouré sa silhouette.

Puis, se tournant vers un technicien qui avait croisé les bras pour l'écouter avec déférence et admiration :

— Tenez, jeune homme, au lieu de glander, vous voyez dans la terre, là, il y a des fragments noirs. Vous savez ce que c'est ?

— Euh, non, monsieur. Des bouts de terre ?

— Des bouts de terre, écoutez-le celui-là ! Mais non, mon brave, ce sont des fragments du silencieux qui a été utilisé sur le Beretta. Vous n'en verrez pas souvent, c'est dû à un défaut de construction. Profitez-en, mettez-vous à quatre pattes et ramassez-moi tout ça à la pince à épiler.

— Entendu, chef.

— D'ailleurs, tiens, Bordarier, si ton voisin est encore vivant, c'est sans doute à cause du silencieux qui a déconné. Un bidule a pété à l'intérieur à cause de la pression des gaz et ça a dévié la trajectoire des tirs.

— Ah, comme quoi.

— Eh oui, la vie ne tient pas à grand-chose. Tiens, c'est qui celle-là ?

Bordarier se retourna pour voir qu'un taxi à la carrosserie gris métallisé s'était arrêté juste devant les bandes jaunes. Benedetta en descendait, le visage pâle, ses cheveux dénoués en longues boucles brunes. Le souffle coupé, comme s'il avait reçu un coup de poing dans la poitrine, Bordarier réalisa soudain à quel point il avait eu besoin d'elle et s'était sans le savoir fait mal en la tenant à distance des épreuves qu'il avait traversées ces derniers jours. Elle l'embrassa, posa sa joue contre la sienne, le serra dans ses bras, en glissa un sous sa chemise, dans son dos.

— Je suis arrivée en taxi pour te faire une surprise quand tu rentrerais ce soir. Et puis j'ai vu la porte ouverte, les pâtes arrêtées sur la gazinière. Ce sont les voisins qui m'ont prévenue. J'ai failli perdre la tête.

Il l'écarta un peu pour pouvoir la regarder dans les yeux. Ses pupilles noires brillaient.

— Tu ne peux pas savoir comme je suis content de te voir.

Elle le considéra, surprise. Lui qui était d'ordinaire un peu réservé, pudique, il avait baissé sa garde. Cet abandon semblait lui faire plaisir autant qu'à lui.

Aboulafia, Cordelle, Namgyel et Barthez descendaient du sous-marin. Barthez s'approcha du corps avant d'être repoussé d'un geste par Malabru, dont l'impressionnant ventre semblait prêt à faire éclater sa combinaison.

— Vous vous croyez où, vous, chez mémé ? On ne vous a jamais dit qu'on ne venait pas fourrer ses godillots au beau milieu d'une scène de crime ? C'est quoi ce bordel, nom de dieu ?

S'approchant de Bordarier, Cordelle adressa un bref salut à Benedetta, qui le lui rendit un peu froidement, l'inspectant avec méfiance.

— Patron, je suis désolée. Il est arrivé là où on ne l'attendait pas. Il vous a dit quelque chose ?

— Euh, oui, une sorte de confession bizarre. Comme s'il m'expliquait comment il avait été retourné par les Russes, tout en suggérant que c'était une invention de Barthez. Je ne suis pas sûr d'avoir compris.

— La DGSE va vouloir des détails. Dépêchez-vous de mettre tout ça par écrit, parce que des rapports et des débriefings, je vous avertis, il va y en avoir à la pelle.

Bordarier s'aperçut tout à coup que Courtois se tenait à côté de Farfale, contre un muret, à quelques mètres. Est-ce qu'il était déjà en train d'offrir ses services à son voisin encore sous l'émotion d'avoir tué un homme ? Il se détacha de Benedetta tout en s'excusant d'un geste, la laissant avec Cordelle. Sans hésiter, il interrompit la conversation.

— Et vous, vous n'en avez pas reçu, des lettres anonymes ?

L'avocat avait beau être rompu aux surprises que lui concoctait la partie adverse, par exemple une nouvelle expertise tirée d'un dossier comme un lapin d'un chapeau quelques heures avant de plaider, Bordarier surprit un coup d'œil rapide, furtif, par en dessous, avec quelque chose du renard ou de la belette ayant détecté une menace.

— Des lettres anonymes, moi ? Euh, non, pourquoi ?

— Apparemment, c'est devenu un problème endémique dans le quartier, j'étais juste curieux.

— Ah, eh bien, rassurez-vous, rien n'est arrivé chez moi.

Deux heures plus tard, Bordarier put refaire une flambée dans la cheminée. Tandis qu'il recommençait ses pâtes, devenues immangeables à cause de leur macération prolongée, Benedetta mit de la musique sur la petite enceinte Bluetooth dont il s'était équipé à l'époque où il avait essayé d'utiliser Deezer, avant de retourner à ses vinyles. Une mélodie belle et mélancolique s'éleva, s'enroula autour de leur couple, dans la cuisine, les pressa l'un contre l'autre, lèvres humides. Écoutant des voix mêlées qui entonnaient un poème d'une beauté absolue, mais dont il ne comprenait pas le moindre mot car il était chanté en arabe, Bordarier eut l'impression qu'autour d'eux s'ouvraient des espaces bleus, la mer infinie, qu'une brise chaude les enveloppait, les caressait. Il devina une histoire d'amour malheureux, reconnut un nom, Zina, lointain et magnifique comme un arbre parfumé entraperçu en haut d'une colline.

49

Le reste de la semaine, puis le week-end, avaient passé en un éclair, Benedetta ne pouvait rester plus longtemps, son travail la rappelait à Paris. Redescendant les escaliers de la gare avec l'impression qu'à chaque marche un poids lui tombait sur les épaules, Bordarier enfila les Ray-Ban dont elle lui avait fait présent la veille, un peu par plaisanterie, lorsqu'ils étaient passés devant la boutique d'un opticien. La vitrine du Relay, en bas des escaliers, lui renvoya l'image troublante et sinistre d'un agent du renseignement. Il se demanda si l'achat de Benedetta n'avait pas été une sorte d'exorcisme.

Au commissariat, Mme Zakine lui annonça que le journaliste Michel Pourtalet faisait le siège en règle de son bureau et exigeait d'obtenir son récit en exclusivité, au nom de leur vieille amitié. La Ligue occitane était également passée, ravie d'avoir appris par la rumeur publique qu'un groupe citoyen avait empêché l'assassinat d'un commissaire de police. Leur proposition était de continuer sur la même lancée en organisant des patrouilles de milices armées dans les quartiers.

Bordarier s'était soumis à un long interrogatoire de la DSEC – la vraie, cette fois – durant lequel il avait dû expliquer tout ce qu'il savait à des hommes au front plissé par le doute et le soupçon. Au moins, avait-il raconté à Benedetta, on lui avait épargné l'humiliation du détecteur de mensonges. Brièvement entrevue à cette occasion, Cordelle lui avait laissé entendre que Destoine était bien la taupe, puis elle avait ajouté, avec une expression dubitative, qu'il serait remplacé par Marc Grünbein, l'agent un peu lunaire que Bordarier avait rencontré à Paris.

Assis devant son bureau, il enleva ses lunettes de soleil et pensa à Capoulade. Il était temps d'aller le chercher au golf où il travaillait, pour qu'il s'explique. S'il était bien responsable de la mort de M. Marsot, comme Bordarier en était à peu près convaincu, il avouerait sans doute assez rapidement, sans qu'il soit besoin de lui forcer la main. La plupart des assassins amateurs ou accidentels n'avaient pas la capacité des criminels endurcis à jouer le jeu de l'innocence, du moins pas avec la constance nécessaire pour introduire le doute chez leurs interrogateurs.

Namgyel et Cordelle étaient aussi de retour à leurs postes. Bordarier, tout naturellement, passa les prendre pour qu'ils se joignent à lui et ils se trouvèrent bientôt tous les trois à bord de la Primula, comme avant, comme s'il ne s'était rien passé, ou presque.

Les grandes étendues de verdure, les plaques plus claires des greens, la paix, les arbres, les pointes de quelques cyprès. Le seul problème, se dit Bordarier, la main en visière, c'étaient les balles. Qui avait eu l'idée de ce jeu insensé ? Un octogénaire fouetta l'air pour envoyer son missile vers le prochain trou, situé à une distance considérable.

— Patrick, oui, il est dans son bureau, pourquoi vous voulez le voir ?

— Quel est son rôle ici ?

— Intendant de terrain.

— Ah, il s'occupe du jardinage ?

— Pas lui-même, il encadre l'équipe des jardiniers et s'occupe de la gestion et de l'entretien du parcours et du matériel. Il est directement sous l'autorité du directeur du golf.

— Et tout se passe bien ?

La responsable du pro-shop regarda la carte de police que Bordarier était en train de ranger, hésita, fit une sorte de grimace.

— Il y a eu des petits problèmes avec le gazon, dernièrement, mais ça va mieux. Je ne sais pas si vous savez, mais Patrick a eu beaucoup de soucis ces dernières années avec sa fille.

— On est au courant.

Namgyel frappa à la porte qu'elle leur avait indiquée, au bout d'un couloir au dallage beige. Avec un grincement, elle révéla un bureau vide. Une fenêtre était grande ouverte.

Bordarier s'approcha pour regarder dehors et vit avec surprise que Capoulade était déjà loin, en train de courir sur le gazon tandis que quelques joueurs surpris s'étaient interrompus pour observer son manège.

— Regardez, c'est lui qui s'enfuit!

Namgyel et Cordelle enjambèrent agilement l'appui de la fenêtre, tandis que Bordarier faisait le tour et traversait le restaurant pour retrouver la terrasse du club-house. Il se dirigea ensuite à pas rapides vers la sortie, remonta vers la route où était garée la Primula.

Une fois derrière le volant, il exécuta un rapide demi-tour et se mit à faire le tour du golf par les rues extérieures, à peu près certain que Capoulade était en train d'aller dans la direction de l'EEAP où se trouvait Mona. À vol d'oiseau, c'était à peine à deux ou trois kilomètres. Tandis que d'une main il essayait d'appeler Cordelle, sans parvenir à la joindre, il se retrouva dans un petit quartier résidentiel où il suivit l'étroite rue du Green avant de se perdre, de faire demi-tour et de se retrouver après plusieurs tâtonnements dans le chemin du Grand-Bois, une autre rue encore plus étroite, entourée de murets et de petites maisons anciennes et charmantes. Une vibration sur le siège passager l'informa que Cordelle était en train de le rappeler.

— Il est monté dans une golfette, il nous a semés.

Bordarier se représenta un instant une version réduire du ballon azur et or qui s'était jadis élevé au-dessus du château de Versailles. Non, impossible qu'il se soit échappé en montgolfière, ça devait être un de ces petits véhicules ridicules à bord desquels les golfeurs peu enclins à l'exercice se rapprochaient de leur balle avant de l'envoyer à nouveau plus loin.

— Et vous, vous êtes où ?

— On sort du parcours à l'endroit où il l'a abandonnée.

Au moment où il s'y attendait le moins, Bordarier aperçut Capoulade dans son rétroviseur. Il avait déboulé quelques mètres derrière la Primula et se mettait maintenant à courir dans la direction opposée. Bordarier enclencha la marche arrière, mit la main sur le dossier du siège passager pour se retourner, écrasa l'accélérateur.

Capoulade tentait d'escalader un mur. Bordarier freina brusquement, dérapa en travers de la route, sortit, se jeta sur lui pour empoigner ses deux jambes et le forcer à redescendre. Il se retrouvèrent au sol. Écrasé par la masse imposante de son assaillant, Capoulade abandonna bientôt la lutte et se couvrit le visage de ses deux mains.

Bordarier se releva, puis essuya sombrement la poussière du muret qui s'était déposée sur ses manches. Lui aussi pensait à Mona, là-bas, dans son fauteuil roulant. Les petites boules noires d'un laurier-tin luisaient de leur éclat métallique, comme des yeux mauvais lui reprochant quelque chose. Cordelle et Namgyel apparurent une cinquantaine de mètres plus bas, il leur fit signe puis laissa retomber son bras.

De retour au commissariat, Bordarier fit installer Capoulade dans son bureau. Son visage cerné, vieilli, son regard flottant, exténué de chagrin le rendirent à nouveau mécontent avec lui-même. Cordelle s'était assise devant l'ordinateur. Namgyel était à côté de la fenêtre. Kévin revenait avec des bouteilles d'eau. Bordarier pivota sur son fauteuil, regarda le ciel, les façades, les toits de tuiles, puis à nouveau Capoulade.

— Comment vous avez fait pour vous tromper ?

L'homme leva la tête, soupira. Des larmes remplissaient le bord de ses paupières.

— Je ne me suis pas trompé. Le numéro était sur le muret, à côté du portail.

— Quel numéro vous avez lu ?

— Le 8.

— Pourtant, l'homme que vous avez tué habitait au 11. Comment vous expliquez ça ?

Pour toute réponse, Capoulade écarta les mains, comme pour signifier que c'était là une chose incompréhensible, une de plus, comme ce qui était arrivé à sa fille ou comme ce faux procès que Courtois avait inventé pour leur voler leur argent. Bordarier se gratta le front, perplexe, confus. Il fallait être azimuté au plus haut degré pour faire une erreur de ce genre.

— Bon, et après, qu'est-ce qu'il s'est passé ?

— J'ai trouvé la chambre où il dormait. Je l'ai écouté un moment. Puis je suis redescendu en bas. J'ai pris un couteau dans la cuisine. Je suis resté longtemps là, sans rien faire, puis je suis remonté. Je me suis approché du lit et j'ai frappé une fois. Il a bougé un peu.

— Et vous n'avez pas vu que ce n'était pas l'avocat ?

— Non, je n'avais pas allumé la lumière.

— Et après ?

— J'ai pris des produits que j'ai trouvés, des allumettes. Je crois que j'ai arraché des rideaux, j'ai mis le feu. Puis je suis sorti, je suis monté dans ma voiture. Je l'avais garée un peu plus loin.

— Qu'est-ce qui vous a fait passer à l'acte ?

— Je ne sais pas. Tout. Une accumulation. Qu'il me dise qu'il n'en avait rien à foutre de notre fille, que c'était notre problème, que de toute façon on ne pourrait jamais rien prouver sur les mauvais traitements qu'elle avait subis, que si ça se trouvait, c'était nous qui nous amusions à la tourmenter. Qu'il nous accuse d'avoir créé des faux documents alors que c'était lui, qu'il nous menace d'un procès. Mais je n'avais pas l'intention de le tuer quand je suis entré chez lui.

— C'était vous, les lettres anonymes envoyées à Courtois ?

— Oui.

— Combien vous en avez envoyé ?

— Une dizaine.

— Qu'est-ce que vous espériez accomplir ?

— Je voulais qu'il ait peur.

Un peu plus tard, alors qu'il allait prendre un café au distributeur, Bordarier laissa échapper un soupir. Comment expliquer qu'en lisant 11 Capoulade ait compris 8 ? Sa pensée se heurtait à nouveau à cette improbabilité, cette erreur étrange, inexplicable.

— Patron, vous pouvez venir voir un truc, deux minutes ?

Ratier avait l'air excité et c'était presque répugnant à voir. Quelque chose dans la façon dont sa langue était passée brièvement sur ses lèvres, dont ses mains un peu boudinées, qu'on devinait humides, voire peut-être huileuses, avaient résisté à la tentation d'accrocher Bordarier par le bras. Il attendit pour répondre que sa tasse eut fini de se remplir.

— Qu'est-ce que c'est, Ratier ?

— J'ai trouvé un truc sur les photos de Michel Pourtalet que vous avez récupérées.

— Quoi donc ?

— Un truc bizarre.

— Un truc, d'accord.

— Venez.

— Bon.

À regret, Bordarier suivit Kévin jusqu'à son poste de travail. Il reconnut avec irritation la clé USB verte qui clignotait dans le Dell.

— Vous avez pris ma clé USB dans mon ordinateur ?

— J'ai eu comme une intuition, sur les photos que vous aviez mentionnées, je me suis permis de vérifier.

— Une intuition.

— Oui, patron, je sais, c'est con, mais regardez ça, là, le numéro.

Il avait zoomé avec la molette de la souris. Le portail de la villa de Marsot grossissait, l'image devenait de plus en plus floue, pixélisée, mais il n'y avait pas de doute possible à avoir, c'était bien un 8.

— Quelqu'un a changé le numéro. Du coup, je suis allé vérifier tout à l'heure, pendant que vous interrogiez Capoulade. Le 11 était de retour à sa place.

Bordarier tira à lui un fauteuil à roulettes et s'y laissa tomber. Quelque chose remontait à travers ses méninges, le souvenir du cauchemar étrange qu'il avait fait le jour de l'incendie de la villa. Le cargo, l'étrange partie d'échecs. Pour ne pas lécher le poison qui s'était répandu sur les cases noires et blanches, il avait actionné un petit levier. L'échiquier avait tourné et ç'avait été le vieil homme en costume marron, aux lunettes en cul de bouteille, qui avait été empoisonné à sa place. Une variation, en somme, sur la scène ressassée à l'infini dans les livres et au cinéma de l'éternel empoisonneur et de l'éternel empoisonné faisant tourner leurs verres autour d'une table, jusqu'à ce qu'on ne puisse plus savoir qui était qui, ni où se trouvait la boisson fatidique.

— Bravo, Ratier.

— Merci patron.

Est-ce qu'il rêvait, ou Ratier était ému ? Ses yeux marron brillaient, leur blanc un peu rose. De la paume de la main, en un mouvement ascendant peu gracieux, il s'essuya le nez. Bordarier se fit une note mentale. Dorénavant, être plus gentil avec Ratier, le pauvre.

50

— Comment vous dites, commissaire ?

— Vous allez avoir besoin d'un avocat.

Namgyel sourit en plaçant sa large main sur la porte, au cas où, pour l'empêcher de se refermer.

— C'est le comble de l'avocat, non, d'avoir besoin d'un avocat ?

— Votre préambule manque de finesse, mais il pique ma curiosité, entrez donc, messieurs, et expliquez-moi ça.

Quand Bordarier eut fini son exposé, Hugues Courtois avait retrouvé son sang-froid et semblait rassuré.

— Ce dont vous m'accusez, si je comprends bien, c'est d'avoir trafiqué les numéros de ma villa et de celle de Marsot pour égarer un éventuel assassin ? C'est complètement farfelu, votre affaire. Comment vous allez prouver ça ? Et puis même si vous le prouviez, ce qui est impossible parce que ce n'est pas moi, qu'est-ce que vous croyez qu'il arriverait ? Absolument rien. L'assassin, vous l'avez trouvé. Alors quoi ? Ces gens me harcèlent depuis je ne sais pas quand, ce sont des fous, des malades.

— Pourquoi n'avoir pas porté plainte contre eux ?

— J'y ai pensé, figurez-vous. Sérieusement, même. C'est la pitié, c'est tout, rien que la pitié. Leur fille, dans ce centre sordide, vous n'imaginez pas. Je suis allé la voir pour préparer le dossier. Mais ils n'avaient des preuves de rien. Les sévices qu'elle aurait subis, je n'étais même pas sûr qu'ils ne les avaient pas inventés. Quand je leur ai dit que ça n'allait pas aller jusqu'au procès, qu'un non-lieu avait été prononcé, c'est là qu'ils ont pété les plombs. Ils ont trafiqué des faux papiers pour aller faire un scandale au Palais de justice, essayer de ruiner ma réputation. J'ai fait ce que j'ai pu pour les apaiser, mais ils en veulent au monde entier et c'est sur moi qu'ils se vengent de ce qui leur est arrivé.

Bordarier hocha la tête. Une défense habile. Oui, pas mal du tout, mais les preuves matérielles allaient facilement contredire ce récit, si bien ficelé soit-il. Il appela sur son téléphone pour lancer la perquisition qui, parce qu'il s'agissait d'un avocat, avait dû être autorisée par le juge d'instruction et le juge des libertés. Le bâtonnier également était présent. En revanche les policiers devaient quitter les lieux. Au moment où Bordarier et Namgyel se levaient, Courtois secoua la tête.

— Si j'avais été assez idiot pour faire ces faux grossiers, j'aurais sans doute été assez idiot pour les laisser dans mon ordinateur. Mais cherchez tout ce que vous voudrez, vous ne trouverez rien. C'est Capoulade, je vous rappelle qu'il a quand même tué quelqu'un.

— D'accord, mais qui se serait amusé à changer le numéro de la villa de M. Marsot en y mettant le vôtre ?

— Je ne sais pas. Encore Capoulade ? C'est aberrant, mais je ne vois pas d'autre explication.

Pendant les quelques heures qui suivirent, Bordarier fut incapable de se concentrer. Il commençait à souffrir d'un mal de tête brutal et sentait par moments courir le long de son échine les frissons avant-coureurs d'une grippe. Avant de quitter l'impasse des Anémones, il avait pris les numéros en métal du 8 et du 11, qui étaient sortis du mur sans qu'il soit besoin d'utiliser un outil ni à vrai dire de faire le moindre effort. Leur construction était similaire et il n'était pas impossible qu'ils aient été produits dans la même usine. Seule différence, le 11 était pourvu de deux pitons à sceller dans le mur, alors que le 8 n'en avait qu'un. Il avait été facile de faire tenir le 8 en l'enfonçant dans l'un des trous du 11. Il espéra qu'on y découvrirait les empreintes papillaires de Courtois, sans toutefois se faire trop d'illusions.

À un moment, il eut faim. Il descendit au troquet du coin grignoter un sandwich aux anchois et aux olives accompagné d'un verre de vin. Il avait maintenant un peu mal à la gorge. Le ciel s'était assombri, avec de gros nuages qui de temps en temps lâchaient sur un bout de rue quelques gouttes dispersées, sans qu'on puisse appeler ça de la pluie. Il faisait doux, l'hiver avait momentanément battu en retraite devant un vent venu du sud, de l'Afrique, une haleine chaude qui faisait ressortir les parfums de la ville, odeurs végétales d'arbres, d'herbes, mêlées à celles des pots d'échappement et des trottoirs.

— Commissaire, vous n'êtes pas sympa, je vous cherche depuis une semaine, on m'envoie balader, vous ne répondez pas. Je vous ai toujours rendu service, pourtant, quand vous en aviez besoin, non ?

Bordarier tourna la tête et reconnut Michel Pourtalet. Il était vêtu d'un blouson en cuir marron d'où sortait une capuche, d'un jean, de chaussures de sport, des New Balance.

— Ah bon, vous me cherchiez ? Et pourquoi ?

— Ah, eh bien, ce que je veux savoir, c'est surtout pourquoi on prend les gens pour des cons. Je lis dans le *Figaro* qu'un agent haut placé de la DGSE est mort dans un accident de chasse alors qu'il passait en voiture dans la garrigue. Je suis allé voir, j'ai posé des questions. Passez-moi l'expression, mais accident de chasse, mon cul.

Bordarier mordit dans son sandwich tout en le regardant avec un intérêt poli, comme s'il ne le comprenait pas tout à fait. L'enquête avait été prise en charge par la DSEC et immédiatement placée sous le sceau du secret défense. L'auteur du tir fatal, le pauvre Farfale, avait accepté de signer tout ce qu'on lui présentait, à l'instar de l'ancien inspecteur des Impôts, Audibert, depuis toujours fidèle et zélé serviteur de la République. Résultat des courses, l'enquête était déjà bouclée. Sa conclusion : drame de la chasse. C'était précisément cette expression qui avait servi de manchette au *Figaro* et aux journaux qui avaient repris la nouvelle. Les faits étaient banals. Au volant de sa voiture alors qu'il se déplaçait à Nîmes pour rendre visite à des amis, Fabrice Destoine avait eu la mauvaise fortune de croiser la trajectoire d'une balle de gros calibre destinée à un sanglier fouilleur de poubelles récidiviste. Touché mortellement, il avait immédiatement perdu le contrôle de son véhicule, qui était allé percuter une autre voiture. Des secours avaient été prodigués, mais les médecins urgentistes n'avaient pu que constater le décès de l'automobiliste.

— Mon cul, pourquoi ?

— Parce que les traces laissées sur le goudron et contre le muret par l'accident ne cadrent pas avec ce scénario. Parce que M. Farfale, que j'ai pu rencontrer, est un très mauvais menteur. Parce que l'information judiciaire n'a même pas d'expertise balistique. Parce que vous étiez sur les lieux au moment où ça s'est passé alors que vous n'apparaissez pas dans le dossier. Parce que, parce que. Je continue ?

Bordarier regarda autour de lui, puis enfila ses Ray-Ban et commanda un whisky double avant de se tourner vers Pourtalet qui observait son manège avec des yeux ronds.

— Croyez-moi, Pourtalet, laissez tomber. C'est une affaire trop grosse pour vous.

— Comment ça ?

— Vous êtes dans un autre paradigme, là, c'est du lourd. Pensez espionnage, assassinats commandités par l'État. Creusez un peu plus et vous risquez de tomber sur un os. Je vous offre un whisky ?

Avait-il réussi à faire peur à Pourtalet ? Rien de moins sûr. Il avait détecté une lueur d'excitation dans sa pupille, alors qu'ils sirotaient ensemble leur whisky, celle du chercheur d'or qui tombe sur un filon et que la fièvre saisit pour ne plus le lâcher.

Il arriva au commissariat juste au moment où Genet sortait de son bureau avec une expression excédée sur le visage. Son crâne moucheté était rouge, squameux. Il avait dû gratter dur et longtemps, ses épaules étaient saupoudrées de pellicules épaisses, grasses.

— Rien, patron.

— Rien ?

— J'ai eu un coup de fil de mes collègues qui font l'analyse des ordinateurs de Courtois. Pour l'instant, ils n'ont rien.

Bordarier regarda ses chaussures, découragé.

— Ça va venir, Genet, ça va venir.

Plus tard, rentré chez lui, il mangea une omelette aux oignons avant de s'accorder une petite sieste. Ensuite, il s'installa à la table de son minuscule jardin et entreprit de remplir la grille jaunie d'un vieux mots croisés. De temps en temps, un petit oiseau venait se poser à quelques pas de lui, l'observait avec un œil, puis l'autre, penchant la tête. Attendait-il une miette ou était-il simplement curieux de sa présence ?

Il venait de trouver, en sept lettres, horizontal, la solution à la définition « Reconduite à son point de départ » (ramenée), lorsque son portable se mit à vibrer, ce qui fit fuir l'oiseau.

— Commissaire ? C'est monsieur Corti.

— Ah ? Tout va bien ?

— Vous savez que nous participons à la manifestation Solidarité avec les sans-papiers, demain. Comme vous nous avez beaucoup aidés, je tenais à vous inviter à vous joindre à nous.

Bordarier ne put s'empêcher de sourire. Non content de lui avoir forcé la main pour qu'il accueille chez lui des sans-papiers, le bénévole voulait maintenant qu'il risque sa tête en se montrant en public défendant sa cause.

— Ah, c'est gentil. J'ai beaucoup de choses à faire demain, mais si j'arrive à me libérer, je vous ferai signe.

Il venait à peine de raccrocher lorsque le son du carillon lui parvint. Méfiant, il retourna à l'intérieur, traversa sa cuisine et son séjour, puis entrouvrit la porte d'entrée. C'était Gérard Brun, accompagné de Martine. Il resta un instant interloqué devant cette présence plus qu'inattendue, inimaginable.

— Bonjour, euh, que me vaut cette…

Martine bouillait visiblement, on aurait dit une cocotte-minute prête à exploser, tandis que Gérard, gêné, prévenait Bordarier par des regards inquiets que ça allait chauffer et qu'il n'y avait rien qu'il pourrait faire pour détourner l'orage.

— À cause de toi, on vient de se faire remonter les bretelles par ma sœur. Elle me dit que tu apparais avec mon neveu sur une vidéo virale où tu te comportes en clown. Ça a été filmé le soir où tu l'as soi-disant amené voir un film d'art et d'essai iranien. Elle est très à cheval sur l'éducation, la culture ! Elle était surprise et heureuse de ton initiative, mais maintenant, elle ne sait plus quoi penser de toi. Tu sais que cette vidéo va rester pour toujours sur Internet ? On en est à 780 000 vues et ça ne va pas s'arrêter en si bon chemin. Quand Lucas va arriver sur Parcoursup, qu'est-ce qu'il va se passer ? Et quand il va chercher du travail, il aura l'air de quoi ?

Bordarier se souvint d'Aliokhine, puis de Destoine, puis de Courtois. S'ils pouvaient mentir comme des arracheurs de dents, pourquoi pas lui ? Il fallait juste tenir la ligne, ne pas dévier.

— Je ne vois pas de quoi tu veux parler. On est bien allés voir un film iranien. Après on est allés manger une pizza. J'ai pris une reine et Lucas une quatre-saisons.

Martine loucha sur lui, comme si elle n'en revenait pas, secoua la tête, puis fouilla dans son sac à main, fébrile, indignée.

— Ah, bon ! Tu fais comme Lucas, tu nies tout en bloc, malgré l'évidence. Et ça, c'est quoi, Émile ?

Bordarier tira calmement ses lunettes de lecture de la poche de sa chemise, puis prit entre ses mains le portable dernier cri qu'elle lui tendait.

On voyait une cohue de jeunes, puis une grosse voiture d'où émergeait l'influenceuse Nikki Ariana. Soudain, un homme gros, à quatre pattes, apparaissait à ses pieds. Avec l'aide de Lucas, il se redressait, écarlate et transpirant, pour écouter d'un air hébété ce qu'elle laissait tomber de ses lèvres passées au gloss. C'était un spectacle à la fois comique et grotesque. Un commentaire sur un bandeau noir au-dessus disait « *POV : quand tu sais plus quoi faire pour te faire remarquer.* »

— Que tu te ridiculises, d'accord, mais regarde, on voit parfaitement le visage de Lucas à côté de toi. Qu'est-ce qu'il t'a pris d'aller voir cette influenceuse débile ?

— Je n'y suis pas allé, Lucas n'y est pas allé. C'est un deep fake. Il y a des gens qui cherchent à nuire à ma réputation, ils ont de très gros moyens. Je n'ai pas le droit d'entrer dans les détails, ce serait dangereux pour tout le monde, mais tu peux me croire, je te le jure sur la tête de qui tu veux.

En lâchant ces derniers mots, il avait pris l'air grave, avec un coup d'œil appuyé en direction de Brun. Mais Martine rangeait son téléphone en tremblant de fureur.

— Un deep fake, non mais tu t'écoutes des fois ? Tu me prends pour une conne, c'est ça, hein ? Comme avant, comme toujours.

— Euh, je ne t'ai jamais prise pour une conne, Martine. Et je ne te mens pas. Je t'assure, demande à ton mari.

Elle se tourna vers Brun, qui pinça les lèvres et se frotta le front, comme s'il avait tout à coup entrevu un abîme. Comment aurait-il pu oublier la DGSE, l'affaire Cordelle ?

— Chérie, j'ai préféré ne pas t'en parler pour te protéger, mais c'est vrai qu'une collègue d'Émile a été ciblée par une opération menée par les services de renseignement d'une puissance rivale. Une opération extrêmement sophistiquée, avec enlèvement, tentative d'assassinat. Il y a eu des victimes. C'est d'ailleurs une situation très préoccupante pour la France, cette présence de plus en plus agressive d'acteurs étrangers sur notre territoire.

Bordarier retint in extremis un sourire. Il enleva ses lunettes de lecture, les remplaça par ses Ray-Ban qui par chance étaient dans son autre poche. L'expression sur le visage de Martine s'était modifiée. À peine plantée, la puissante graine du doute avait commencé à germer.

— Et ils iraient jusqu'à produire un faux de cette qualité pour ternir ta réputation ?

Bordarier prit un air profond, s'inspirant un peu, pour le ton et l'expression du visage, d'un annonciateur de catastrophes qu'il avait fréquenté dans un troquet et qui arrivait à frapper de stupeur et de consternation un public pourtant endurci.

— Maintenant, avec l'intelligence artificielle, ils sont capables de tout, Martine, c'est terrifiant.

— Mais dans quel monde est-ce qu'on va ? Ce que tu es en train de me dire, c'est qu'on ne pourra plus distinguer le vrai du faux ?

— Ça n'a jamais été simple, mais désormais ça devient encore plus compliqué. Il faut partir du principe que tout est mensonge, rester sur ses gardes en permanence, ne rien accepter pour argent comptant.

Brun acquiesça sans que Bordarier puisse savoir s'il était tombé dans le panneau ou s'il faisait semblant de le croire dans l'espoir d'éteindre cette crise familiale dont il risquait de continuer à essuyer les plâtres pendant un moment.

— C'est vrai, Martine, tu te rappelles quand des arnaqueurs ont réussi à se faire passer pour le ministre de la Défense et à soutirer de l'argent à des grandes fortunes françaises pour soi-disant financer des opérations en urgence ?

Bordarier enleva ses lunettes et les remit dans sa poche, adoptant un air docte et digne.

— Et encore, Gérard, ça c'était de l'artisanal, un masque silicone, sur Skype. Imaginez des puces surpuissantes animant une vidéo en direct et lui faisant tenir des conversations parfaitement crédibles sur tous les sujets.

Quand les époux Brun remontèrent dans leur voiture, ils semblaient désolés pour Bordarier, innocente victime d'une conspiration high-tech. Il attendit qu'ils aient tourné le coin de la rue pour refermer la porte, puis il se regarda dans le miroir de l'entrée. Rien n'avait changé, son mensonge grossier n'avait laissé aucune trace.

Il se saisit d'une bouteille de rouge qu'il avait oubliée pendant quelques semaines dans son étagère à chaussures, un collioure puissant, avec des notes de cuir, d'épices, que proposait de temps en temps Super U. Il avait encore un peu mal au crâne, mais sa sieste l'avait bien retapé, le spectre de la grippe s'éloignait. Il alluma un feu dans la cheminée, puis fouilla dans sa collection jusqu'à ce qu'il finisse par trouver ce qu'il cherchait, un album de Maxime Le Forestier, daté de 1979, sur lequel figurait un de ses succès, la chanson « Mentir », dont il fredonna les paroles en sirotant son verre et en examinant la pochette mauve. Dessus, le chanteur levait la tête vers une marionnette de Pierrot, assise sur un croissant de lune.

51

— Commissaire Bordarier ? Sarriette à l'appareil.

— Bonjour, monsieur le procureur.

— Je vous appelle pour vous annoncer la bonne nouvelle, vous allez pouvoir embarquer Hugues Courtois.

Bordarier tendit la main vers son réveil. Non seulement le procureur était un éternel angoissé à qui plus rien ne procurait d'apaisement, mais comme beaucoup de gens pour qui le sommeil est une chose élusive et compliquée, ses appels ne respectaient pas les horaires habituels et pouvaient intervenir aussi bien très tôt que très tard. Bordarier plissa les paupières et constata avec incrédulité que le cadran indiquait 13 heures. La tête comme un compteur à gaz, le ton de sa voix rivalisant avec le croassement d'une vieille corneille grippée, il aurait aimé qu'on lui explique comment il avait pu passer la moitié de la journée dans son lit, sans qu'il en soit d'ailleurs plus fringant pour autant.

— Vous avez trouvé quoi ?

— Ce qu'on cherchait, c'est lui qui a fait les faux. La seule précaution qu'il a prise, c'est d'utiliser l'ordinateur d'une de ses collègues. Heureusement, nous avons eu le nez de tout embarquer quand nous avons perquisitionné le cabinet, malgré le bâtonnier qui nous a royalement emmerdés. En revanche, commissaire, je vous préviens, pour coincer Courtois sur le rôle qu'il a ou aurait joué dans la tragédie qui a frappé votre quartier, ça va être plus difficile. Ce rocambolesque échange de numéros avec la villa de

M. Marsot, même s'il est avéré, ne suffira pas pour prouver sa responsabilité dans le meurtre.

Bordarier grogna. C'était vrai, le meurtrier de Marsot, en dernière instance, c'était Capoulade. Pire, il n'était même pas certain que Courtois allait faire de la prison pour son arnaque au procès fictif. Le mieux qu'on pouvait espérer, c'était sa radiation de l'ordre des avocats.

Habillé de propre et rasé de frais, Bordarier se présenta une heure plus tard au domicile de Courtois. Il eut au moins le plaisir de lui trouver une mauvaise mine, comme s'il avait cogité toute la nuit.

— Vous me disiez qu'on ne trouverait pas le faux jugement dans votre ordinateur. Apparemment, vous vous êtes trompé. Est-ce que c'est encore Capoulade qui vous a piraté pour faire croire que c'était vous qui l'aviez composé ?

— D'abord, commissaire, ce n'est pas dans mon ordinateur qu'il a été trouvé, mais dans celui de mon associée. Qui vous dit que ce n'est pas elle qui a tout manigancé ?

— Comment vous le savez ?

— Quoi ?

— Que le document était dans son ordinateur ?

Courtois se cramoisit, couleur qu'il conserva jusqu'à ce qu'il le fasse monter, menotté, à l'arrière de la Primula. Durant tout le trajet, le silence fut glacial, un témoin extérieur aurait pu les prendre pour un chauffeur d'Uber maussade qui venait d'embarquer un client revêche. Comme il était inutile de procéder à un interrogatoire avant la présentation au procureur, Bordarier alla directement déposer l'avocat véreux au Palais de justice, où ils passèrent ensemble entre les hautes colonnes cannelées, leurs pas résonnant sur le marbre blanc et noir. Les greffiers, huissiers et autres employés de la maison se retournaient d'un air étonné sur leur passage.

Son colis déposé entre les mains de Sarriette, Bordarier considéra ce qui restait de sa journée. Il ne se sentait pas très bien, mais ça ne l'empêcha pas d'éprouver un sentiment de légèreté en pensant que cette fois l'affaire était bouclée. Comme à l'époque des débuts de vacances, quand il était enfant, il eut l'impression qu'une immense plage de temps se déroulait devant lui, un ciel bleu ouvert jusqu'à l'horizon. Certes, c'était idiot, des tonnes de paperasses l'attendaient au commissariat.

Il commença par se promener en touriste à travers les rues de l'Écusson, lentement, les mains dans les poches, tout juste s'il ne sifflotait pas, l'œil aux aguets à la manière d'un flâneur, captant ici ou là des scènes intéressantes. Une femme dont le gros chien ne voulait plus avancer et se vautrait tous les trois mètres au milieu de la rue, insensible à ses remontrances, promesses, câlineries. Voilà, ça c'est le réel, se dit-il. Un peu plus loin, un homme faisait monter un seau au bout d'une corde le long d'un échafaudage. Il s'arrêta pour observer son ascension au rythme de bras puissants qui tiraient sur la corde. En face, une femme avait des difficultés à enfiler un pull sur un mannequin en plastique qui finit par se séparer en deux parties, les jambes tombant d'un côté et le buste de l'autre. Comme il avait tout de même un peu froid, Bordarier poussa la porte d'un café taurin.

Sa première bière fut suivie d'une autre, puis d'une autre, cette fois accompagnée de quelques tapas : sardines aux piments, poulpes nageant dans l'huile et le citron, patatas bravas. Après quoi, il passa au whisky. Il se sentait de mieux en mieux, comme si l'alcool était en train de décimer les petites bêtes qui avaient recommencé à faire couler son nez, à lui serrer les tempes et irriter ses yeux. La musique, du flamenco, lui faisait tambouriner le comptoir du bout des doigts, il aurait presque eu envie de danser. Il appela Benedetta, mais elle devait être occupée au travail.

Il sortit, reprit sa promenade qui le mena sur le boulevard. À nouveau près des arènes, il fut surpris par le tumulte d'une manifestation. Une foule bigarrée agitait des banderoles au son de rythmes africains joués sur des tambours, la danse était partout, les slogans écrits étaient repris sur les porte-voix, déclenchant des clameurs joyeuses. « *On n'est pas des délinquants, on est des travailleurs.* » Sans avoir cherché à se rapprocher, Bordarier se retrouva absorbé par la masse, qu'il se mit à suivre bon an mal an, mû par un mélange de passivité et de curiosité, épaule contre épaule avec des hommes qui se plaignaient de ne pas pouvoir travailler légalement, d'être contraints à exister dans les marges, à la merci de tous les abus.

— Hep, commissaire, vous êtes venu finalement !

Bordarier se retourna et aperçut Corti. Son noble visage de Romain était surmonté d'une banderole qui disait : *« Il n'y a pas d'étrangers sur cette terre, être né quelque part, c'est toujours un hasard. »* Demba, Fofana et Ningbé étaient là aussi, accompagnés d'une grande femme aux cheveux blonds très courts, toute vêtue de cuir noir, qui n'était autre que Mlle Poortvliet.

— Oui, euh, je passais par là et bon, je me suis dit que je vous ferai un petit bonjour.

Demba et ses amis avaient l'air d'aller bien. Ils s'étaient munis d'un tambour sur lequel ils ponctuaient le slogan qui venait d'être lancé devant le cortège. *« On bosse ici, on vit ici, on reste ici. »* Corti paraissait ému, il posa sa main sur l'épaule de Bordarier pour lui crier dans l'oreille.

— Vous savez, commissaire, vous êtes exceptionnel. C'est un très puissant symbole de vous avoir ici, à nos côtés.

Bordarier hocha la tête. Si jamais sa présence était remarquée par des collègues syndiqués à l'extrême droite, il y aurait un petit scandale, il risquerait de se faire remonter les bretelles assez douloureusement par sa hiérarchie. Pourtant, il n'était pas inquiet. Il se sentait noyé dans la masse, sa légère ivresse l'enveloppait d'une sorte de cocon agréable à travers lequel les sons du tambour ne lui parvenaient qu'atténués, sans heurter ses tympans le moindrement du monde.

Une jeune femme s'arrêta devant Bordarier. Elle portait agrafée à l'oreille une plaque d'identification comme celles qu'on voit aux animaux d'élevage et avait dans la main une liasse d'autocollants. Elle lui en laissa un sur la poitrine puis continua sa distribution. Il se pencha pour le lire, il disait : *« Ouvrez les frontières, fermez les centres de rétention. »* Un programme ambitieux, à n'en pas douter. Tout à coup, levant les yeux, il vit Cordelle, Hennequen et Genet qui coupaient à travers la foule pour les rejoindre. Pour une surprise, c'était une surprise, à croire que la moitié du commissariat s'était donné rendez-vous.

— Qu'est-ce que vous faites ici ?

Hennequen paraissait excitée, elle lui répondit d'une voix rauque, comme si elle avait beaucoup crié.

— C'est M. Corti qui m'a invitée, j'ai réussi à motiver Vera et Tristan pour qu'ils m'accompagnent.

Cordelle sourit à Bordarier, elle avait l'air d'aller de mieux en mieux. Déjà, tout ce qu'ils avaient vécu perdait ses contours, devenait flou. La mer Noire, il n'était plus sûr d'y être allé, c'était comme s'il avait fait un rêve étrange. Destoine avait été escamoté si brusquement, lui aussi s'estompait déjà.

Tout à coup, Genet surgit comme un gnome de derrière Mlle Poortvliet, il portait une petite pancarte qui disait « *Immigration, les fausses idées tuent* ». Sa femme Jeannine était à côté de lui, avec sur une autre pancarte, « *D'où que l'on vienne, où que l'on soit né, notre pays s'appelle solidarité* ». Si ça continuait, on allait penser en haut lieu que le commissariat de la PJ nîmoise était un dangereux nid de gauchistes.

— Qu'est-ce que vous faites ici, Genet ?

— Et vous, patron ?

— Moi ? Euh, c'est un peu le hasard, je me promenais, j'ai reconnu des amis.

— Avec Jeannine, on s'est dit qu'on allait montrer notre solidarité avec vous. Tout le monde a été impressionné que vous preniez chez vous ces trois migrants, vous nous avez mis le nez dans nos contradictions.

— Ah.

— Vous savez, j'ai repensé à toute l'affaire.

— Quelle affaire ?

— Celle de Cordelle, de la taupe à la DGSE.

— Arrêtez d'y penser, elle est réglée.

— Vous ne voulez pas savoir ma conclusion ?

— Non.

— Barthez est une autre taupe russe.

— Mais non, Genet, vous délirez, la DSEC a enquêté.

— C'est quand même extraordinaire qu'il ait identifié seul la taupe alors que la DSEC a cherché pendant tout ce temps, vous ne pensez pas ? Je ne suis même plus sûr que les documents étaient authentiques. Les Russes du SVR ont compris que Destoine était cramé et ils ont décidé de remettre en place leur deuxième agent qui était compromis. Ils ont roqué, changé de place, le traître est devenu le héros et le héros le traître.

Soudain, il y eut une clameur, puis un violent mouvement de foule, une série de bousculades, des cris. Bordarier crut d'abord à une charge de la gendarmerie, puisque c'étaient eux qui étaient responsables du maintien de l'ordre sur cette manifestation, mais ce qui surgit entre les rangs qui s'écartaient était un groupe d'hommes avec des casques de moto et des bâtons. Il reconnut sur un brassard le symbole de la Ligue occitane, groupuscule identitaire d'ultradroite qui faisait périodiquement parler de lui dans la région nîmoise, puis il croisa le regard haineux d'un homme balèze qui fonçait dans sa direction, matraque au vent. Dans un effort dérisoire pour arrêter la charge, comme s'il était doté d'un pouvoir spécial qui lui permettrait de mouvoir les objets à distance, Bordarier mit les mains en avant et ferma les yeux.

Le choc attendu n'arriva pas. Ou plutôt, il fut remplacé par un bruit mat et un peu humide de tas de viande jeté par terre. Bordarier souleva les paupières juste à temps pour voir Cordelle faire une douloureuse clé au bras de l'assaillant mis au sol, puis le contraindre à lui remettre son arme. Mais d'autres arrivaient derrière, brutaux, menaçants. La banderole vacilla, puis se déchira dans un affreux piétinement. Bordarier se baissa pour ramasser l'une des hampes, un long bâton aux allures de lance. Quand un abruti de la Ligue occitane s'approcha de lui en vociférant dans son casque, il releva le bout où pendait un fragment du slogan déchiré. Lansquenet, perchiste ou saint Georges, il s'avança, puis prit de la vitesse. L'autre comprit le danger et s'effaça. En proie à une sorte d'euphorie peut-être due à la fièvre, Bordarier continua à courir avec devant lui quelques mots qui se redressaient dans le vent.

CET OUVRAGE A ÉTÉ COMPOSÉ PAR BELLE PAGE
ET ACHEVÉ D'IMPRIMER
PAR GRAFICA VENETA (35010 TREBASELEGHE)
POUR LE COMPTE DES ÉDITIONS J.-C. LATTÈS
17, RUE JACOB, 75006 PARIS
EN NOVEMBRE 2023

LE MASQUE
s'engage pour l'environnement
en réduisant l'empreinte carbone
de ses livres.
Celle de cet exemplaire est de :
950 g éq. CO_2
Rendez-vous sur
www.lemasque-durable.fr

PAPIER CERTIFIÉ

N° d'édition : 01
Dépôt légal : janvier 2024
Imprimé en Italie